Lilian Kaufmann ist 1991 geboren und Ärztin in der Inneren Medizin. Eigentlich fing alles noch vor dem ersten Buchstaben an: Schon immer fasziniert von Büchern und Fantasiewelten, hat Lilian Kaufmann bereits an Geschichten getüftelt, als sie noch gar nicht schreiben konnte. Zunächst waren es Bildergeschichten, später folgten Schulaufsätze, Kurzgeschichten und erste Romanentwürfe. Da sich Bücher leider schwer planen lassen, hat sie nach einer beruflichen Alternative gesucht und nach dem Abi ein Krankenhauspraktikum ausprobiert – mit dem Ergebnis, dass sie angefangen hat, Medizin zu studieren. Parallel dazu ist Lilian Kaufmann ihrer Leidenschaft zum Schreiben jedoch weiter nachgegangen. Ihr erstes Romanmanuskript hat sie schließlich mit Anfang 20 fertiggestellt. Mit 24 folgte die erste Version der *Sommerkinder*. Seit August 2018 arbeitet sie in einem Krankenhaus als Ärztin in der Inneren Medizin, in ihrer Freizeit schreibt sie an einem neuen Romanprojekt.

LILIAN KAUFMANN

sommer kinder

ROMAN

Erstausgabe August 2019

Made in Stuttgart with ♥

sommerkinder

ISBN 978-3-96087-783-7
E-Book-ISBN 978-3-96087-730-1

Umschlaggestaltung: Franziska Wiedemann
Unter Verwendung einer Abbildung von
© Zamurovic Photography/shutterstock.com
Lektorat: Janina Klinck
Korrektorat: Katrin Gönnewig
Satz: dp DIGITAL PUBLISHERS
Druck: Bookfactory.de, Szczecin, Poland

www.digitalpublishers.de

Für Paula

One day baby, we'll be old
Oh baby, we'll be old
And think of all the stories that we could have told.
Asaf Avidan & The Mojos

Prolog

Es ist schwierig, zu sagen, wann alles anfing. Vielleicht war es der Moment, als wir uns zum ersten Mal begegnet sind. Um die Zusammenhänge zu verstehen, muss ich aber vermutlich noch weiter ausholen. Das fällt mir eigentlich nicht schwer: Ich habe mir Notizen gemacht, über jeden einzelnen dieser schockierenden, alles verändernden Tage. Obwohl ich die Erlebnisse auch ohne große Mühe aus dem Gedächtnis wiedergeben könnte. Ich schätze, ich werde sie nie vergessen. Und das sollte ich auch nicht. Wenn das passieren würde, wäre schließlich alles umsonst gewesen.

TAG 1

Uno

Emily

Er war weg. Und anstatt darüber entsetzt zu sein, war ich es eher über meinen spontanen Impuls, loszulachen. Glücklicherweise konnte ich ihn unterdrücken, denn sonst hätte ich am Ende die Aufmerksamkeit der Umstehenden noch auf mich gelenkt. Und das wollte ich ganz sicher nicht, immerhin waren sie allesamt bewaffnet: mit Digitalkameras, Spiegelreflexapparaten und Smartphones, den modernen Spontaneitäts- und Intimkillern. Sie alle zeigten jetzt schlaff zu Boden, eine ungewöhnliche Richtung, wenn es dort keine speziellen Pflanzen oder die eigenen Schuhe festzuhalten galt. Niemand sagte etwas. Jeder schien zu erwarten, dass noch etwas passieren, sich alles aufklären würde. Vereinzeltes Stirnrunzeln, offenstehende Münder, irgendjemand räusperte sich. Ein Bild der Verwirrung: Die beiden Tourguides, die im Übrigen nicht weniger überrascht aussahen, und die bunten Angebotsflyer hatten uns etwas anderes versprochen.

Uns, damit meine ich eine Gruppe junger Touristen mit ähnlichen Herkunftsländern, ähnlichen Geschichten und ähnlich ratlosen Gesichtern. Bis auf das eines schlaksigen Engländers, der die Erinnerungswürdigkeit des Augenblicks erkannte und seine Hände nun hob, um grinsend ein Foto von der Szene zu schießen. Wie viele Likes er wohl dafür kriegen würde?

Uns, das heißt auch ich: Emily, dreiundzwanzig, Medizinstudentin aus Berlin. Auch ich war einem solchen Angebotsflyer gefolgt. Gespickt mit geradezu unecht farbigen Highlights, ausgehändigt von dem Rezeptionisten meines Hostels. Er hatte mir die gesamte Tour in schlechtem, aber umso überzeugenderem Englisch ans Herz gelegt. Bereits eine halbe Stunde später war ein vollklimatisierter silberner Van vor meinem Hostel vorgefahren. Ein Fahrzeug, das in seiner Sterilität und seinem fremdartigen Spiegelglanz vollkommen deplatziert gewirkt hatte. Ein Bestandteil des Westens, mit aller Gewalt in den Osten verpflanzt. Eines jener Touristen-Zugeständnisse mit dröhnendem Air-Conditioner, der mir schon beim Einsteigen mitten ins Gesicht blies. Als wollte er ungefragt demonstrieren, welche enormen Vorteile diese teurere Transportvariante mit sich brachte.

Ich nahm vorne hinter dem Fahrer Platz, da ich als letzte einer ganzen Reihe von Backpackern abgeholt worden war. Über das Rattern der Lüftung erhob sich die Stimme des Beifahrers und leitenden Tourguides der heutigen Veranstaltung. In bester Kellner-Manier begann er, die geplanten Programmpunkte aufzuzählen. Ein Wasserfall (einer der größten), eine Tempelanlage, ein Markt, ein typisch thailändisches Dorf (direkt nebendran), und daneben (wie praktisch) auch noch ein Reisfeld, ein zweiter Wasserfall, und zu guter Letzt der Grund, warum der bunte Flyer eine ganze Seite mehr umfasst hatte und deshalb theoretisch als Broschüre bezeichnet werden konnte: Das Mekka der Backpacker, ein „modernes Heiligtum", wie ein Internet-User kurz nach seiner Entdeckung erkannt hatte.

Und eigentlich nur der Wunsch nach ein wenig Individualität, nach einem Foto also, das Profilbildqualitäten besaß.

Die Tour im silbernen Großraumvan wurde schon seit einiger Zeit angeboten und so waren bereits eine Menge luftgekühlter Touristen über den Umweg mehrerer Marktstände, Dorfhäuser und Reisfelder zu jenem zweiten Wasserfall geleitet worden. Vor einigen Monaten hatte dort ein selbsternannter Backpacker die Besonderheit eines Felsens für seine Handykamera entdeckt. Er besaß die Form einer steinernen Welle und war durch jahrelange Wassertropfen mit einem augenförmigen Loch versehen worden. Der Backpacker hatte sich für ein Foto so positioniert, dass sein Gesicht hinter dem Wellenausläufer verschwunden war und er mit einem Auge durch das Loch hatte schauen können.

Mit den Bildunterschriften *#immerseyourself, #seetheworld, #thetravellerseye* hatte er das Selfie hochgeladen – und innerhalb kürzester Zeit Tausende Gleichgesinnte erreicht. Das Auge des Reisenden war bereits nach wenigen Wochen im Internet zum Selfie-Ort des Jahres gekürt worden – und verdiente damit auch eine eigene Broschürenseite.

„You have thirty minutes. Toilets are there." Einer Handbewegung nach rechts folgte die Aufforderung des leitenden Tourguides, die Türen des Vans zu öffnen und sich in eine Reihe mit einer anderen Gruppe zu stellen. Sie war gerade mit einem zweiten, ähnlich silbrig glänzenden Bus auf dem Parkplatz des ersten Wasserfalls vorgefahren und strömte nun Richtung Aussichtsplattform.

Feuchte Hitze schlug uns entgegen, die sich unter dem bewölkten Himmel angestaut hatte. Die Gerüche, die mir in die Nase stiegen, hatten nichts Exotisches: Die Mischung aus erhitztem nassen Stein und grasbewachsener Erde hätte ich auch in Europa finden können.

Für ein Foto blieben pro Person gut vierzig Sekunden, ausreichend Zeit also, um mehr als eine Pose auszuprobieren. Sportbegeisterte konnten verschiedene Sprungtechniken üben, Kreative taten so, als würden sie sich mit den Händen gegen den Wasserfall im Hintergrund stemmen und weniger Experimentierfreudige wählten zwischen dem Kussmund- und Grimassen-Klassiker. Wer keinen Selfiestick mitgebracht hatte, fand genügend hilfsbereite Mitreisende, die sich im Gegenzug selbst fotografieren ließen.

Nur ein junger, braun gebrannter Typ blieb am Rand stehen, als gehörte er nicht zu der Gruppe. Er sah aus wie einer jener Menschen, die sich ein Tier oder ein Baby anschaffen, um einen eigenen YouTube-Channel gründen zu können. Mehrfach tastete er seine Hosentaschen ab, bevor er zu fluchen anfing. Wie es schien, hatte er sein Handy im Hostel liegen lassen.

„Was soll ich hier ohne Kamera?“, fragte er auf Hochdeutsch. „Eindrücke sammeln?“

Keiner der Anwesenden wusste eine Antwort darauf.

Das Anstehen endete konsequenterweise in einer zweiten Schlange vor einigermaßen sauberen Touristen-WCs, danach führte eine dritte Schlange zurück in den eisgekühlten Van.

Der nächste Programmpunkt wartete bereits.

Die Tempelanlage erstreckte sich auf einem Hügel, der so nebelverhangen war, dass selbst fotowilligen Profis das vielseitig erprobte Lächeln verging.

„No worries, only one day in the year I see sun here." Das strahlende Lachen des Tourguides hätte sich fantastisch auf den trüben Bildern gemacht. Warum sie dann jeden Tag hierherfuhren? Das Lachen wurde um ein Schulterzucken ergänzt.

Bei Programmpunkt Nummer drei war das schon leichter zu erkennen, wurde der Aufbruch zu Programmpunkt vier (das authentische Dorf) doch genau in dem Moment bekannt gegeben, als auch der letzte Tourist unsicher nach einem Säckchen getrockneter Früchte oder vielleicht auch einer Tüte Nüsse gegriffen hatte (da jeder der zwölf Marktstände eines von beidem anbot, fiel die Wahl nicht besonders schwer). Eine Runde durch das ausgestorbene, authentische Dorf führte zu einem Reisfeld, das glücklicherweise breit genug war, um mehrere Leute gleichzeitig und nebeneinander Fotos schießen zu lassen. Die Zeit wurde langsam knapp, denn das Broschüren-Highlight war noch immer nicht erreicht.

Ein letztes Klicken der Apparate, Rückzug in den Van, Aufbruch zum zweiten Wasserfall. Der Air-Conditioner blies eifrig auf Hochtouren. Auf den hintersten Sitzen entbrannte eine Diskussion, wie man sich am besten durch das Auge des Reisenden ablichten lassen würde.

Ein großer Parkplatz erschien, aber wieder war der zweite Silbervan schneller gewesen und entleerte seine Fahrgäste bereits. Aufgeregtes Kamerazücken und ein kurzer Weg über glitschige Steine.

„Wo ist er denn jetzt?“, fragte der Deutsche ohne Handy.

Das strahlende Lachen des Tourguides war einem Stirnrunzeln gewichen. Dreißig Augenpaare wanderten von ihm zu der Steinwelle, deren berühmtes Loch scheinbar so groß geworden war, dass es einen Teil des Steins aufgefressen hatte. Die Welle hatte sich halbiert, als wäre sie mit einem Messer zerteilt worden. Das Murmeln unter den Touristen wurde lauter, aufgeregter.

„Kann man so was stehlen?“

„Ist das ein Witz?“

„Kriegen wir jetzt unser Geld zurück?“

Die Laune des Deutschen besserte sich dagegen mit einem Schlag. Er würde nicht mehr der Einzige ohne ein Selfie mit dem Traveller's Eye sein.

Die Augenpaare der Reisenden wechselten zu ihm. Ein schlaksiger Engländer schoss ein Foto von der zerteilten Welle. Er würde sicher viele Likes dafür bekommen.

Ja, ich denke, das war der Anfang.

Ich packe meinen Koffer

Emily

Es raschelte. Erst lauter, dann wieder leiser. Ich fluchte und hielt inne. Bis auf das gleichmäßige Surren des Deckenventilators war es ganz still im Zimmer. So still, dass ich mir einreden konnte, alleine zu sein. Das stimmte aber nicht. Mir war eine Wölbung aufgefallen, im Stockbett rechts an der Wand. In der unteren Etage schien eine Person zu schlafen, obwohl es erst fünf Uhr nachmittags war. Vielleicht ein Neuankömmling, so wie ich selbst, dem der Jetlag zu schaffen machte.

Es war ein dunkles, heruntergekommenes Zimmer, aus dessen Ecken und Ritzen ein modriger Geruch sickerte. Ich hatte mir vom ersten Moment an fest vorgenommen, diese Stellen zu übersehen. Ich hatte Angst vor Spinnen und kriechendem Ungeziefer und hatte das ungute Gefühl, in jeder Ecke genügend von beidem finden zu können. Das einzige Fenster war klein und wurde von einem dunkelbraunen, fleckigen Vorhang erstickt. Ansonsten wurde jeder freie Zentimeter des Raumes von den sechs Schlafstellen ausgefüllt, auf denen sechs unterschiedliche, bleiche Bettbezüge lagen, und von sechs nicht verschließbaren Schrankkästen. Bisher war ich keinem meiner Mitbewohner begegnet, obwohl ich annahm, dass es sich um fünf Frauen handeln musste. Immerhin hatte ich einen *6-Bed-Female-Dorm* gebucht.

Als ich am Vorabend in Bangkok angekommen war, war es bereits spät gewesen. Übermüdet und aufgeregt war ich in das dunkle Sechsbettzimmer geschlüpft, in dem kein Licht mehr brannte. Mithilfe meiner Handylampe hatte ich so leise wie möglich meinen Rucksack abgestellt und die untere Matratze des linken Hochbettes bezogen. Eine Stunde war ich wach geblieben und am nächsten Morgen trotzdem als Letzte aufgestanden. Verwirrt und verschlafen hatte ich mich an der Rezeption nach einem Frühstück und einer Stadtkarte erkundigt. Dort hatte man mir den Ausflug zum berühmten Traveller's Eye empfohlen, laut Rezeptionisten eine einmalige Gelegenheit. Und da ich zum ersten Mal in meinem Leben vollkommen alleine war, hatte ich Ja gesagt. Die Aussicht auf eine kleine Reisegruppe war mir tröstlich vorgekommen. So war ich mitgefahren, im eisgekühlten Silbervan.

Nun, zurück in meinem Zimmer, fühlte ich mich verschwitzt und müde, obwohl ich erst vor wenigen Stunden aufgestanden war. Das schwüle Wetter drückte mir auf die Stimmung. Wieder griff ich in meinen Backpackrucksack und wieder raschelte es.

Niemals hätte ich gedacht, auf so wenigen Quadratmetern so wenig Ordnung halten zu können. Eine ganze Woche hatte ich nach dem richtigen Rucksack-Modell gesucht. Ich hatte sämtliche Internet-Anbieter durchgeklickt, mich in Foren belesen und war mit meiner Mutter in einem Spezial-Geschäft gewesen. Der Verkäufer hatte erfahren gewirkt, nicht zuletzt dank seines üppigen Hipster-Bartes. „Du brauchst 'nen

65-Liter-Trekkingrucksack für Damen mit Rückenpanel und extra Hüftpolsterung. Mehr Gepäck ist absolut sinnlos, das zieht dich nur runter und du siehst echt nicht stark aus. Achte auf den Gurt oberhalb der Brust, der muss gut sitzen. Zu viele Gurte und Schlaufen sind unnötiger Schnickschnack fürs Auge, am Ende wirst du nur irgendwo hängen bleiben. Und im Ausland auf die Fresse knallen will keiner, glaub' mir. Seitenfächer brauchst du genauso wenig, die machen nur 'ne Gewichtsumverteilung und das schadet der Ergonomie, weil's weniger auf die Hüften geht."

„Der junge Herr weiß Bescheid, Emily", hatte meine Mutter gesagt, zutiefst beeindruckt.

Der Verkäufer hatte noch mehr Geheimtipps gekannt und so hatten wir den Laden mit einer kompletten Rundumausstattung verlassen: Moskitospray für tagsüber und für die Nacht ein insektenabweisender Seidenschlafsack mit insektenabweisendem Waschmittel, um den Seidenschlafsack insektenabweisend zu imprägnieren. Außerdem ein Fliegengitter mit Zeltboden, das sich laut Fachverkäufer auf jeder Bettmatratze selbstständig und formgerecht entfaltete und damit zielsicher bereits die dicksten (und damit auch erfolgreichsten und möglicherweise sprayresistenten) Mücken abwehrte. Komprimierbare Reisehandtücher, komprimierbare Wasserflasche und komprimierbares Reisekopfkissen, allesamt aus ultraleichtem Spezialmaterial. Und mehrere Beutel und Taschen zum Verstauen. „Water-resistant und eco-friendly." Leider raschelten sie laut, sobald man sie berührte.

Ich kramte weiter nach dem Beutel mit meinen Duschsachen. Schon am Morgen, bevor ich zum Ausflug aufgebrochen war, hatte ich ihn hervorgeholt. Mittlerweile schien er jedoch auf unerklärliche Weise wieder bis ganz nach unten gerutscht zu sein. Mein Handy vibrierte. Ich gab meine Suche auf und warf einen Blick auf die Wölbung im Nachbarbett. Sie regte sich nicht. Leise verließ ich das Zimmer und drückte auf den grünen Button.

„Emy, Häschen", rief mir die Stimme meiner Mutter entgegen. „Wie geht's dir? Wie war dein erster Tag? Wir haben uns schon Sorgen um dich gemacht, weil du uns nicht geschrieben hast."

„Ich hab euch doch heute Morgen geschrieben, dass ich auf einem Ausflug bin. Ich hatte unterwegs kein Internet und bin erst seit einer halben Stunde wieder zurück."

„Ach so, dann sind wir ja beruhigt! Wie geht's dir, mein Schatz? Gefällt es dir?"

„Mir geht's gut. Alles in Ordnung. Ich bin nur etwas müde."

„Es ist aber auch alles sehr anstrengend! Stell dir mal vor, wie lange du im Flugzeug gesessen hast. Dreizehn Stunden! Und dann auch noch umsteigen. Dass so was überhaupt möglich ist ... Du bist wirklich eine Abenteurerin!"

„Die größte Gefahr ging heute von der Klimaanlage aus."

„Ach, wir vermissen dich jetzt schon! Sind die Leute nett?"

„Ich vermiss euch auch, Mama. Ich fühl mich hier ziemlich allein, ich hab noch nicht viele Leute kennengelernt."

„Das wird schon, Schatz. Pass nur immer gut auf dich auf, ja? Versprichst du uns das? Geh nicht mit Fremden mit! Und geh niemals alleine irgendwohin!"

„Nein, Mama, ich hatte vor, vier Monate lang im Hostel in meinem Moskitozelt zu sitzen und dann wieder nach Hause zu fliegen."

„Besser wär's vermutlich! Weißt du denn schon, wie es weitergeht?"

„Bis jetzt noch nicht."

„Noch keinen Plan?"

„Ich hab mich noch nicht entschieden."

„Du hast aber auch so viele Möglichkeiten! Lass dir ruhig Zeit. Ruh dich doch noch ein paar Tage aus. Wir bezahlen dir auch ein Hotel, das weißt du!"

„Das weiß ich. Das ist lieb von euch."

„Hauptsache, es geht dir gut!"

Das WC und die Duschbrause befanden sich in einem und demselben schwach beleuchteten Raum. Er war mit lockeren Steinen ausgelegt und seine beigefarbenen, gekachelten Wände teilweise mit grünen Schimmelspuren überzogen. Ich hatte schon am Morgen, bei meinem ersten Duschgang, erkannt, dass es für mich nur einen einzigen möglichen Pfad zur Duschbrause gab. Er führte weder über ein Bodenloch mit Spinnengefahr noch ging er zu nahe an der schmutzigen Wand entlang. Mit Flip-Flops bewaffnet trat ich ihn an und versuchte, nirgendwo genauer hinzusehen. Der Geruch nach Kloake ließ sich weniger leicht ignorieren. Immerhin handelte es sich bei dem WC nicht auch um ein Bodenloch, sondern um ein nullachtfünfzehn Sitzklo, wie man es an deutschen Bahnhöfen fand (was genau genommen auch kein gutes Zeichen war).

An der Duschbrause angekommen, platzierte ich meine Waschsachen vorsichtig auf einer einigermaßen sauberen Kachel. Das Wasser war eiskalt und ließ eine feine Spur Ameisen auf meinen Kopf regnen. Ich schrak zurück, stieß mein Duschgel um und beförderte es auf den Boden, direkt neben ein besonders großes Loch. Ich musste mich verrenken, um beim Bücken weder einen der Steine noch die schimmelige Wand zu berühren. Der gesamte Raum schien bereits von der spritzenden Brause überflutet worden zu sein und sämtlichen Schmutz vor meine Flip-Flops zu schwemmen. In meinen Ohren klangen die Worte meiner Mutter: „Wir bezahlen dir auch ein Hotel". Ich kniff die Augen zusammen. Ich war freiwillig hier. Und ich würde nicht so schnell aufgeben.

Es brauchte zehn Minuten, bis ich mich nach dem Duschen mit meinem extra-abweisenden Mückenspray und einer Portion Sonnencreme mit Lichtschutzfaktor 50 einbalsamiert hatte. Danach stand ich unschlüssig in meinem Zimmer.

Ich wollte es mir nicht eingestehen, aber ich fürchtete mich davor, in den Aufenthaltsraum des Hostels zu gehen und Fremde ansprechen zu müssen. Oder noch schlimmer: mich nicht zu trauen, jemanden anzusprechen, und vereinsamt in einem Sessel zu enden. Als Außenseiterin des Hostels.

Ich rief mir ins Gedächtnis, dass ich schon viel unangenehmere Situationen bewältigt hatte. An meinem ersten Unitag in einer fremden Stadt hatte ich es schließlich auch geschafft, unbekannte Kommilitonen anzusprechen.

Meine Bedenken sollten sich als vollkommen unbegründet herausstellen, denn der Aufenthaltsraum im Erdgeschoss des dreistöckigen Gebäudes war vollkommen leer. Es war ein Ort, der trotz permanent laufenden Deckenventilators muffig roch, erfüllt von abgestandener, warmer Luft. Sein Boden war übersät mit Sitzsäcken in verblassten Farben, an einer Wand stand ein altes, unerwartet elegantes Sofa, wie die verstaubte Antiquität in einem Museum. Darüber hingen allerhand Fotos von jungen Reisenden, die fröhlich lächelten, in den Augen Abenteuerlust.

Ich betrachtete einen der abgewetzten Sandsäcke. Zu Hause hätte ich einen Bogen um ihn gemacht, musste ich bei seinem Anblick doch sofort an Flöhe, Läuse und verschiedenste Körperflüssigkeiten denken. Aber jetzt war ich in Bangkok und wollte mich selbst als Backpackerin bezeichnen. Ich versuchte, möglichst lässig darin Platz zu nehmen, und knallte dabei fast auf den Boden, da der durchgehangene Sack offensichtlich keinerlei Gewicht mehr trug.

„Hey."

Ich drehte mich um. Ein Junge mit braunem Teint und aufgepumpten Oberarmmuskeln hatte den Raum betreten, unter seinem gestählten Arm ein handliches MacBook.

„Hey", erwiderte ich überrascht.

Ich überlegte, was ich dem ersten waschechten Backpacker sagen sollte, als dieser meinte: „New here?"

„Yes."
„'Cause you're sitting on the false bean bag. Nobody sits there. It's the worst place in the whole room."

Ich – ganz lässige Backpackerin ohne empfindlichen Rücken – meinte: „Oh, it's okay, thank you." Während ich das sagte, war ich bereits um weitere zwei Zentimeter nach unten gerutscht und fürchtete, nie wieder aus dem Sitzkissen aufstehen zu können. Ich hatte die Hoffnung geschöpft, ein Gespräch zu beginnen, und wollte etwas sagen, doch der Fremde hatte bereits das Kabel seines Laptops in eine der Steckdosen und schwarze Kopfhörer in seine Ohren gestöpselt.

Unsicher hing ich auf dem *false bean bag*, der meinen Hintern immer tiefer gleiten ließ und gleichzeitig meine Oberschenkel in ungünstigem Winkel gegen meinen Bauch presste. Ich fühlte mich ein wenig wie in einer Fliegenfalle. Der echte Backpacker gegenüber schien ganz und gar in sein MacBook vertieft.

Schließlich entschied ich, den muffigen, tristen Raum zu verlassen und nach draußen zu gehen. Nicht zuletzt, weil meine Haltung immer unwürdiger wurde und ich mich fehl am Platz fühlte. Ich musste meine Hände auf dem Boden abstützen, um mich mit einigem Kraftaufwand wieder aufzurichten. Der echte Backpacker warf mir verstohlene Blicke über den Rand seines Bildschirms zu. Lässig humpelnd verließ ich das Zimmer.

Das Hostel lag direkt an der berühmten Khaosan Road, Backpackermittelpunkt und Partymeile Bangkoks. Sie war breit und eine der wenigen Straßen für Fußgänger. Hier musste man ausnahmsweise keine Angst haben, von brausenden Tuk-Tuks oder ratternden Motorrädern überfahren zu werden. Laut war es dennoch: An den Straßenrändern tummelten sich Hostels, Bars und Restaurants mit grellen Leuchtreklamen und blinkenden Discokugeln. Sie alle waren auf das junge Publikum zugeschnitten und warben mit Alkohol und westlichem Junkfood. Heimisches Essen fand sich dagegen auf zahlreichen fahrenden Wagen, die mitten auf der Straße aufgebaut waren. Daneben Stände mit Kleidung, Schmuck und Taschen, von Gucci bis Louis Vuitton.

Ausgefüllt wurde die gesamte Szene von einem Gewimmel aus Menschen verschiedenster Nationen. Sie alle kamen unter einem drückenden, tropischen Himmel zusammen, dessen dicke, feuchte Luft fast greifbar war. Sie war geschwängert mit dem Geruch von Bratfett, exotischen Gewürzen und literweise süßlichsaurer Cocktails. Junge Europäer wechselten sich mit Thais jeden Alters ab, die ihre Waren, den Zutritt zu einer Bar oder das Ticket zu einer Show anboten. Sie hatten verschiedene Taktiken, um die Vorbeigehenden auf sich aufmerksam zu machen: Manche versuchten es mit Schmeicheleien, andere mit dem Aufzählen der niedrigsten Preise und wieder andere liefen ihren Opfern einfach aufregend plappernd hinterher.

Ich hörte ein Plopp-Geräusch neben meinem linken Ohr und sah einen Thai mit gelben Zähnen, der mich angrinste. In einem Reiseblog hatte ich gelesen, dass auf diese Weise auf Ping-Pong-Shows hingewiesen wurde. Schnell ging ich weiter.

„Wanna have a drink, young lady?“

„Nice dress! Best dress in Bangkok! Eighty Baht! Sixty Baht for you, Miss!“

Plopp, plopp.

„Ice Cream! Coconut Ice Cream!“

Ein Massagesalon bot Fuß- und Nackenmassagen auf offener Straße an. Es war der einzig ruhige Ort.

Je weiter ich lief, desto lauter wurde die Musik und desto mehr Bars erschienen. Die Händler mussten fast schreien, um die Partysongs zu überstimmen. Aus jeder Bar und jedem Restaurant ertönten andere Lieder, sodass den Fußgängern je nach Standpunkt ein unharmonisches Klanggemisch entgegenschlug.

„Grab somebody sexy tell'em hey, got the magic stick, I'm the love doctor, so we gon' dance until we drop.“

Ich war eindeutig zu nüchtern dafür. Am Ende der Straße wurde das Gedränge enger und die Besucher betrunkener. Sie tanzten auf der Straße und leerten Plastikbecher in sich hinein.

„Hey, darling!“ Eine Hand streckte sich nach mir aus. Sie gehörte zu einem pausbäckigen, schweißnassen Gesicht. „Don't be so shy!“

Ich bezweifelte stark, dass der Typ bei weniger schüchternen Frauen mehr Erfolg haben würde. Schnell machte ich kehrt und hatte Mühe, in dem Getümmel vorwärtszukommen.

Vor einem einigermaßen ruhigen Restaurant am Anfang der Straße blieb ich stehen und studierte die Speisekarte. *Peel it, boil it, cook it or forget it,* kam mir in den Sinn. „Kein Salat, keine Mayo und keine Eiswürfel“, hatte mein Vater mir eingebläut. „Und sei vorsichtig mit Fisch!“

Ich bestellte Nudeln mit Hähnchen. Es triefte vor Fett und schien die raffinierte Küche Thailands geradezu zu verhöhnen. Dennoch aß ich es auf. Der Ausflug und die Aufregungen des Tages hatten mich hungrig gemacht.

Ein langgezogener, dumpfer Ton ließ mich hochschrecken. Eine dicke, mittelalte Thai tauchte zwischen den Tischen auf. Sie präsentierte ein Holzstück, das rülpsende Geräusche wie eine alte Kröte von sich gab, wenn man mit einem Stab darüberfuhr.

„Thirty Baht", sagte sie. „Wanna have?"

Ich schüttelte den Kopf. „No, thank you."

„Okay, twenty Baht. Wanna have?"

Wieder vollführte die Frau den Rülpsgesang, als sei dieser ein höchst überzeugendes Argument.

„No, thank you", sagte ich zum Erstaunen der Verkäuferin.

„Fifteen Baht."

Unsicher betrachtete ich meinen leeren Teller, der fettig glänzte. Es vergingen mehrere Minuten, in denen die Frau nichts machte, außer neben mir zu stehen und hin und wieder lustlos über das Holzstück zu fahren. Ich tat so, als würde ich eine sehr lange SMS verfassen und hatte die paranoide Vorstellung, die Verkäuferin könnte mir über die Schulter schauen und meinen Bluff entlarven. Irgendwann sah ich aus dem Augenwinkel, wie sie mit langsamen Schritten zum Nachbartisch schlurfte.

Ich befürchtete, sie könnte zurückkommen, besonders als sie als Nächstes eine abnorm blinkende Trillerpfeife auspackte („Thirty Baht, but twenty for you, Mister"), die sie mir noch nicht vorgeführt hatte. Also entschied ich kurzerhand, das Restaurant zu verlassen.

„You early!", begrüßte mich der Mann an der Rezeption meines Hostels. „It's nine p. m.!" Es war der Angestellte, der mir am Morgen zu dem Ausflug im Silbervan geraten hatte. Er trug ein weißes, glatt gebügeltes Hemd, das eher zu einem schicken Hotel gepasst hätte, und strahlte trotz seiner unreinen Gesichtshaut die Erfahrenheit einer älteren, eingearbeiteten Fachkraft aus.

Ich zuckte mit den Schultern.

„No fun at Khaosan?" Der Mann zeigte ein Lächeln, das mir mitleidig vorkam.

Weil ich nicht wusste, was ich sonst tun sollte, suchte ich mein Zimmer auf und legte mich auf die harte Matratze meines Stockbettes. Ich hatte den imprägnierten, insektenabweisenden Seidenschlafsack darüber ausgebreitet. Nur das Mückenzelt lag noch immer in meinem Rucksack. Ich hatte mich nicht getraut, es hervorzuholen, da trotz der Experten-Beteuerungen des bärtigen Hipster-Verkäufers und meiner Mutter offensichtlich niemand in meinem Schlafsaal etwas Vergleichbares verwendete. Aus dem Augenwinkel konnte ich die Wölbung im Nebenbett erkennen. Ansonsten war der Raum leer.

Wenn ich mir nicht zu achtzig Prozent sicher wäre, dass im Bett neben mir jemand schläft, dann würde ich jetzt ein Selbstgespräch beginnen, schrieb ich in den WhatsApp-Chat, der mich mit meinen zwei besten Freundinnen aus Berlin verband. *Ich würde mir erzählen, was ich heute alles erlebt hab und dass ich eine starke, unabhängige junge Frau bin. Wundert euch nicht, wenn ich euch bald nicht mehr schreibe. Ich werde wohl lernen müssen, alleine durchs Leben zu ziehen, als asozialer Mensch ohne Freunde. Vielleicht werden mich ja manche für eine selbstbestimmte Abenteurerin halten, die zu cool für Hostel-Bekanntschaften ist. Habt ihr nicht Lust, eure Vorlesungen zu schwänzen und auch hierherzukommen?*

Lange lag ich wach. Der Gedanke, nicht zu wissen, was ich am nächsten Morgen tun würde, machte mir Angst. Ich unterdrückte ein aufkommendes Gefühl von Panik. Wieder sagte ich mir, dass ich schon vor dieser Reise alleine losgezogen war. Als ich meinen Studienort gewechselt und Berlin zum ersten Mal verlassen hatte. Und auch das hatte geklappt. Irgendwann gelang es mir, einzuschlafen. Ich träumte von einem großen, alles verschlingenden Wasserfall. Er rauschte bedrohlich und riss das Traveller's Eye unsanft entzwei, dann fing er an zu kichern und zu lallen.

„Psssst!", sagte eine Stimme.

Ich blinzelte. Das Zimmer war hell erleuchtet. Vier Mädchen standen in dem schmalen Gang vor meinem Bett, in kurzen Kleidern und Jeans. Sie lachten. Allem Anschein nach waren sie betrunken und bestens gelaunt. Ich rollte mich unauffällig zur Seite. Der erste Tag von vier Monaten war fast geschafft.

Schafkopf

Julius

Es brauchte wohl einiges Glück und Vertrauen, um auf einer Reise einen Weggefährten zu finden, dem man sich bedingungslos anschließen würde. Dieses instinktive Gefühl, zusammenzupassen, diese Sofort-Sympathie. Julius glaubte, genau das zu spüren, als er an der Bar seines Hostels auf einen Holländer mit breitem Grinsen traf.

„Du siehst aus, als könntest du einen Drink vertragen", sagte dieser zur Begrüßung. „Als könntest du vielleicht sogar jeden Abend einen Drink vertragen. Und darauf sollten wir anstoßen."

Weise Weggefährten waren in jedem Fall doppelt so wertvoll.

Als hätte er bereits mit Julius' Auftauchen gerechnet, schob er ihm ein Glas mit brauner Flüssigkeit hin. „Whiskey", meinte der Fremde. „Und nicht der Billigste."

Julius nahm das Getränk entgegen.

Die Bar war laut und bis auf den letzten Hocker besetzt. Junge Menschen tummelten sich dicht an dicht, ein Stimmengewirr auf Englisch und Deutsch. Dazwischen zwängten sich Töne eines Rihanna-Songs. Nur Fetzen davon fanden ihren Weg durch das enge Gemurmel bis an Julius' Ohr. Das Lied klang schräg, als sei es keine Originalversion oder als sei die Box am hinteren Ende des Raumes defekt. Julius hatte Mühe, den Fremden zu seiner Rechten zu verstehen, denn er sprach leise. Als würde er mit sich selbst reden.

„Bevor du mich fragst“, fuhr er fort, „ich heiße Yan und komme aus Holland. Das ist es, was alle immer wissen wollen, oder? Woher kommst du? Was machst du? Wohin willst du als Nächstes? Du wirst es irgendwann hassen. Ein auswendig gelerntes Ping-Pong-Spiel. Warum immer das Offensichtliche fragen? Das ist so unkreativ.“ Yan legte die Stirn in Falten, als würde er sich ärgern, und nahm einen Schluck von der braunen Flüssigkeit. „Ich frage stattdessen: Was trinkst du gerne? Das sagt auch etwas über mein Gegenüber aus. Trink- und Essgewohnheiten können einiges verraten. Mich interessiert der Mensch hinter dem Steckbrief.“

Julius zuckte mit den Schultern. „Geht in Ordnung für mich. Aber eine Frage hab ich: Warum sprichst du so gut Deutsch?“

Yan sah aus, als hätte Julius ihn enttäuscht. „Das fragen mich *alle* Deutschen. Ich hab neun Jahre lang in Deutschland gelebt, mit meinen Eltern. Ich bin dort zur Schule gegangen. Wie schmeckt dir der Whiskey?“

„Nicht schlecht. Ist das eine thailändische Sorte?“

„Aus Reis hergestellt.“ Yan drehte sich zum Barmann um und sagte einige schnelle Worte auf Thai. „Meine Mutter“, erklärte er daraufhin, „halbe Thai. Ich bin in Bangkok geboren. Das hier fühlt sich an, als würde ich nach Hause kommen.“

Julius erstaunte die Aussage einigermaßen, wies doch nichts in Yans milchig weißem Gesicht auf diesen Teil seiner Herkunft hin. Vielleicht waren die dunkelbraunen dichten Haare auf eine Mischung aus holländischem Blond und asiatischem Schwarz zurückzuführen. Seine silbergrauen, glasigen Augen jedoch schienen ganz und gar einzigartig und keiner Ethnie zuzuordnen zu sein.

„Ich mag Whiskey", meinte Julius. „Vor ein paar Monaten hab ich bei einem Tasting mitgemacht. Der traditionelle Malt-Whiskey aus Schottland wird aus Gerste hergestellt. Amerikanischer zum Großteil aus Mais, deswegen schmeckt er süßlicher. Zum Verkosten muss man eine Hand auf das Glas pressen, das Glas kurz umdrehen" – er führte die Bewegung vor – „und wieder zurück und dann die Flüssigkeit auf der Handfläche verteilen. Durch die Körperwärme können sich die charakteristischen Aromen richtig entfalten." Er beugte sich über seinen Handteller und zog die Nase hoch. „Er riecht ... stark, würde ich sagen."

„Du hältst gerne Vorträge, was?" Yan grinste. „Gibt Schlimmeres. Was machst du hier?"

„Ich dachte, dich interessiert so was nicht?"

„Hab ich das gesagt?"

„Ja, gerade eben. Die Person hinter dem Steckbrief."

„Das heißt nicht, dass ich den Steckbrief uninteressant finde. Du bist neu hier, oder?"

„Ja."

„Dann hast du die Fragerei noch nicht satt. Ich sehe keinen Grund, warum ich dich verschonen sollte." Er lachte. „Also, was machst du hier?"

„Ich war in Perth im Auslandssemester. Und jetzt will ich zwei Monate durch Südostasien reisen. Ich bin seit drei Tagen in Bangkok."

„Verstehe. Das hab ich schon ein paar Mal gehört. Nicht schlecht. Wie lange bleibst du in Bangkok?"

„Weiß noch nicht genau. Ich hab noch keine konkreten Pläne. Ich dachte, das würde sich beim Reisen von selbst ergeben."

„Du meinst, wenn man erst mal Leute kennenlernt."

„Genau."

„Dann hast du Glück. Du hast jetzt mich kennengelernt. Und ich suche jemanden, der Lust hat, in den Norden zu reisen. Ich will ein Auto mieten. Am Sonntag soll's losgehen."

Yan war eine jener Reisefiguren, von denen man sich nicht vorstellen konnte, dass sie jemals etwas anderes getan hatten, außer zu reisen und zu leben. Als hätte er die Geburt in Bangkok und die neun Jahre in Deutschland nur erfunden, um sich anzupassen. Um wie jeder andere eine Vorgeschichte erzählen zu können.

„Cool", antwortete Julius. „Klingt gut. Ich will so viele Orte sehen ... Ich hab mich noch nicht entschieden, wo ich anfangen soll."

„Der Norden ist ein guter Start, glaub mir. Ich kenne viele Ecken abseits vom Massentourismus. Ich hab Familie dort oben. Und vielleicht finden wir ja auch noch ein paar Mädels, die mitkommen wollen. Roadtrips sind super."

Yans Art war einnehmend, fast schon besitzergreifend. Bereits mit dem ersten Blick seiner eisgrauen Augen schien er sein Gegenüber fesseln zu können. Zu Hause, in seiner gewohnten Umgebung, wäre Julius einem Menschen wie Yan vermutlich instinktiv aus dem Weg gegangen. Aber hier, in der Fremde, war er offener. Toleranter. Er konnte nicht genau sagen, warum, aber Yans Erzählungen überzeugten ihn. Er wirkte wie ein Anführer, der wusste, wo es langging. Genau das Richtige auf einer Reise.

„Okay, warum nicht", meinte Julius.

„Also abgemacht. Du und ich im Norden. Dschungel und das alles. Ein echtes Abenteuer. Du wirst es nicht bereuen."

Ein Mädchen schob sich an ihnen vorbei, so dicht, dass ihr Hintern kurz Julius' Oberschenkel streifte und er ihr Parfüm riechen konnte. Es verdeckte einen dezenten Schweißgeruch, der vermutlich dem stickigen Raum ohne Belüftung geschuldet war.

„Die ist heiß, oder?" Yan hatte Julius' Blick bemerkt. „Du siehst aus wie einer, der bei Mädels gut ankommt."

Das Mädchen war weitergelaufen, ohne sie zu beachten.

„Könnte besser sein."

„Keine falsche Bescheidenheit, so was mag ich nicht. Gefallen dir Thai-Mädchen? Lass die Finger von ihnen. Ich finde es widerlich, wie europäische Männer ihren Status ausnutzen. Und du wirkst nicht wie jemand, der auf der Suche nach was Ernstem ist, hab ich recht? Dann nimm dir 'ne Backpackerin. Die kommen doch extra her, weil sie scharf sind auf Abenteuer. Zu Hause mögen sie rumlaufen wie die größte Kirchenmaus, aber hier kann's gar nicht wenig genug Stoff sein. Bei jeder zweiten zeichnen sich die Nippel durch das Oberteil ab. Und überall Bauchnabel ... Glaub mir, die legen's drauf an. Drei Monate ohne Regeln und dann geht's zurück ins geordnete Spießbürgertum. Master,

Job, eigene Wohnung. Als wär nie was gewesen. Jeder genau gleich. Das Leben geht immer weiter." Er kratzte mit dem Nagel über einen Schmutzfleck an seinem leeren Glas, als würde er über etwas nachdenken. Dann wandte er sich dem Barmann zu und bestellte zwei neue Gläser Whiskey.

„Magst du Spiele?", fragte Yan, während der Barmann die Gläser auffüllte.

„Was für Spiele meinst du?"

„Ganz generell."

„Ich bin Fan von Tennis, Fußball und Golf. Und früher hab ich viel Computer gespielt."

„Golf hätte ich mir denken können. Du hast dieses Polohemd-Gesicht, obwohl du es hinter billigen Urlaubsklamotten versteckst." Er lachte über Julius' gerunzelte Stirn. „Und keine Brettspiele? Würfel? Karten?"

„Doch, auch."

„Ich hab ein Kartendeck dabei. Ich liebe das Spiel. Und ich hasse es, zu verlieren." Er zwinkerte und zog einen fein säuberlichen Stapel aus seiner Hosentasche. Altmodische Karten mit reich geschmückten Köpfen und prunkvollen Zahlen. Und dennoch gepflegt, ohne einen einzigen Knick.

„Ich entwickle gern eigene Spiele", meinte Yan. „Mein Lieblingsspiel ist das Bier-Spiel. Genial, weil es so simpel ist. Ideal zu zweit. Ich denke mir Aufgaben aus, die mein Gegner lösen muss, und umgekehrt. Wenn mein Gegner scheitert, muss er ein Bier exen. Wenn er die Aufgabe schafft, muss ich ein Bier exen." Wieder lachte er. Es war ein merkwürdiges, heftiges Lachen, das seinen Mund unerwartet groß werden ließ. „Oder das Undercover-Spiel. Man denkt sich eine Nation, einen Beruf und einen Reisegrund für den anderen aus. Mit dieser Identität muss derjenige dann versuchen, Handynummern von Mädels zu kriegen. Wer mehr Nummern bekommt, hat gewonnen und kriegt von den restlichen Mitspielern je ein Getränk ausgegeben. Den größten Erfolg hatte ich als englischer Geschäftsreisender aus niederem Adel." Er zückte die oberste Karte des Decks und begann, die Regeln eines Spiels zu erklären, von dem Julius noch nie etwas gehört hatte. „Wer verliert, muss Aufgaben erfüllen. In Ordnung?"

Julius nickte. „Bin dabei."

Sie tranken und zogen Karten, während es um sie herum immer lauter und voller wurde. Yan war ein guter Spieler. Nichts schien seinen Augen zu entgehen, jedes Zucken in Julius' Gesicht deutete er richtig. Julius musste als Verlierer Mädchen ansprechen, Liegestützen auf dem schmutzigen Boden vollführen und Gläser exen.

Yan beobachtete all das mit einem Schmunzeln. „Du schlägst dich sehr tapfer", sagte er irgendwann. „Das schafft nicht jeder. Würdest du mir folgen?"

Julius' Gedankenwelt war bereits vom Alkohol vernebelt. Seine Aufmerksamkeit richtete sich mehr und mehr auf die Frauen um ihn herum. Überall wackelnde Hintern und Bauchnabel. Schöne, straffe Schenkel in kurzen Jeans. Es war schwer, sich zu konzentrieren.

„Julius?"

„Wie meinst du das?"

„Ich meine es genau so: Wenn mir etwas zustoßen würde, könnte ich mich auf dich verlassen? Immerhin wollen wir zusammen in den Norden fahren, du und ich. Ich muss wissen, mit wem ich es zu tun habe." Yans silbergraue Augen sahen ihn ernst an. Ein Anführer, der wusste, wo es langging.

„Klar", entgegnete Julius, den der Alkohol euphorisch stimmte. „Du kannst dich auf mich verlassen."

„Das ist gut." Yan warf einen Blick auf sein Kartendeck und schmunzelte. „Ich hab gewonnen. Ich glaube, wir setzen eine Runde aus. Du brauchst 'ne Verschnaufpause."

***

Julius entschied, den nächsten Tag noch ein wenig aufzuschieben, indem er einfach im Bett liegen blieb. Es war elf Uhr und er war der letzte im Zimmer, erschlagen und unfähig, es jemals wieder zu verlassen. Ein Gefangener in einem kaputten, müden Körper. Er mochte sich nicht vorstellen, wie es hier roch: abgestandene, stickige Luft, verbraucht von fünf atmenden Lungen. Eine Mischung aus längst getrunkenem Alkohol, süßlich, säuerlich, bitter – die ganze Palette und in jedem Fall ausgesprochen widerwärtig –, Nachtschweiß und über allem ein dumpfer Film von Zigarettenrauch. Erbrechenswürdig.

Eine Welle der Übelkeit überkam ihn, doch er überstand sie, ohne sich übergeben zu müssen. So lag Julius da, in seinem eigenen Dunstkreis, mit tanzenden Schatten an der Decke, schwindelerregend. Er fixierte einen unbewegten Gegenstand, die Tür, und versuchte sich an die letzte Nacht zu erinnern.

Bruchstücke tauchten in seinem Gedächtnis auf. Er hatte Runde um Runde gegen Yan verloren und abwechselnd Bier und Whiskey getrunken. Ein einziges Mal war es ihm gelungen, Yan zu schlagen. Er hatte sich eine Zigarette gewünscht, und Yan hatte ihm einen Joint gebracht. Sie hatten ihn gemeinsam geraucht, und Julius hatte das Spiel aufgegeben. Er war zu betrunken gewesen, um Erfolg bei den Frauen zu haben, also war er irgendwann zurück auf sein Fünfbettzimmer geschwankt.

Es klopfte kurz an die Tür, geradezu ohrenbetäubend, dann trat Yan ein. Er grinste. Es war erstaunlich, wie hellwach und fit er wirkte. Er schien ein Stehaufmännchen zu sein, ein Angehöriger jener Backpacker-Rasse, die von verwanzten Bodenmatten bis zu Barfuß-Rollerfahren alles überstand. Ein beneidenswertes, glückliches Wunder.

„Du schaust mich an, als wäre ich von den Toten auferstanden", sagte er. „Als hätte ich Superkräfte. Das gefällt mir. Aber jetzt bist du mit Aufstehen dran, beeil dich."

Julius fand die Idee alles andere als gut. Kopfschmerzen, Schwindel, hochempfindlicher Magen. Genug Gründe, die dagegen sprachen.

„Wir haben heute viel vor. Wir müssen ein Auto mieten, du erinnerst dich? Der Norden, unser Roadtrip. Morgen ist Sonntag, da wollte ich losfahren. Du bist schon seit drei Tagen hier in Bangkok, oder? Dann hast du fürs Erste genug gesehen. Mir reicht's hier langsam, ich vermisse die Natur. Lass uns heute alles planen und dann am Abend eine kleine Abschiedsparty veranstalten. Nur mit Mädels, was meinst du? Vielleicht finden wir welche, die mit uns mitfahren wollen. Zieh nicht so ein Gesicht, bis heute Abend bist du wieder fit. Und jetzt steh endlich auf, wir müssen unser Hostel wechseln."

„Was?"

„Wir müssen los. Raus aus dem Hostel."

„Wieso das denn?"

„Wegen der Sache mit dem Gummibaum."

„Was ist damit?"

Im selben Moment überkam Julius eine dunkle Ahnung.

„Letzte Nacht warst du ganz schön besoffen. Zu viel Whiskey. Der hat dir auf die Blase gedrückt. Und der Gummibaum an der Rezeption kam dir ziemlich vertrocknet vor. Also hast du deine Hosen runtergelassen und ‚den Baum gegossen', wie du es nanntest. Und der Typ von der Rezeption hat zugeschaut."

Julius erinnerte sich wieder. Er glaubte sogar, dass Yan ihn zu der Aktion ermuntert hatte.

Dieser lachte sein eigenartiges, breites Yan-Lachen. „Ich mag es, wenn Leute für Überraschungen gut sind. Ich nenne so was Eskalationspotenzial. Wenn jemand bereit ist, über die Stränge zu schlagen, um alles aus einem Abend rauszuholen. Das machen nicht viele. Je älter man wird, desto mehr Leute geben einfach auf. Ich finde, man sollte immer alles versuchen. Hat der Typ von der Rezeption leider anders gesehen. Als ich eben was essen gehen wollte, hat er mich angehalten und gesagt, wir müssten ein Bußgeld zahlen." Er schüttelte den Kopf. „Wir verschwinden durch die Balkontür. Warum sollten wir eine Strafe zahlen? Dem Gummibaum hat das bestimmt gutgetan, er sah wirklich vertrocknet aus. Wir ziehen in das Hostel am Ende der Straße. Ich kenn ein paar lustige Leute, die dort wohnen."

Lustig war in jedem Fall Geschmackssache, aber Julius vertraute seinem neuen Weggefährten.

***

Zweieinhalb Meter trennten sie vom Boden, auch wenn sie im ersten Stock wohnten.

„Wenn uns eine Birkenfeige das Ganze eingebrockt hat, dann soll uns jetzt eine andere wieder da raushelfen", entschied Yan nach fachmännischem Blick über den Balkon. Er zeigte auf einen hohen Baum mit breitem, geflochtenem Stamm und zahlreichen Ästen, die sich in den Himmel wanden. Er sah hart und rau aus, und das warme Holz mit seinen dunkelgrünen Blättern verströmte einen aromatischen, saftigen Duft. Yan testete vorsichtig die Haltbarkeit eines Astes, der sich wie eine fette Dschungelschlange direkt unter ihnen erstreckte. Den Bruchteil einer Sekunde stieß er sich daran ab, dann umgriff er mit beiden Armen den Stamm und rutschte einen kurzen Abschnitt herunter. Ein hässliches schleifendes Geräusch ertönte, das an Kratzer und Schürfwunden denken ließ. Ein Geräusch aus der Kindheit.

Julius beobachtete all das mit stechenden, trüben Augen, zu empfindlich, um an einem solch heißen Tag schon der Sonne ausgesetzt zu sein. Er beugte sich über das Gitter des Balkons und sah, dass Yan ihm zuwinkte. Er wollte, dass er sich beeilte.

„Du hast gesagt, dass du mir folgen würdest!", rief er ihm zu. „Beweise es!"

Julius ahnte, dass es ein ziemlich anstrengender Tag werden würde. Und das, obwohl es eigentlich vieles gab, worüber er endlich einmal ernsthaft nachdenken musste. Er hatte eine Entscheidung zu treffen. Die erste große oder vielleicht auch die einzige, die er je hatte treffen müssen.

„Gibt es irgendwas, das du nicht weißt?"

Eine der wenigen Fragen, die Julius seinem neuen Freund gestellt hatte. Er hatte nur einen einzigen Abend gebraucht, um davon überzeugt zu sein, dass Yan der einfallsreichste und vielleicht auch gerissenste Typ war, den er je getroffen hatte.

„Ich kenne einen, der mehr weiß als wir beide zusammen", hatte Yan geantwortet. *„Und ich kann nur jedem empfehlen, ihn persönlich kennenzulernen – aber ich glaube, ich bin derjenige, der mehr Spaß hat."*

Zumindest schien er jemand zu sein, der aus jeder Lebenslage noch etwas herauszuholen wusste, ein Mensch, dem man intuitiv auf Bäume folgte – auch wenn Julius diese Idee im Augenblick weder als besonders klug noch spaßig empfand. Dennoch stieß er sich ab und griff nach dem Stamm.

„Wenn ich dir sage, dass sich dieser clevere Typ etwas ausgedacht hat, eine Art Spiel, bei dem ich mitmachen möchte. Würdest du dich anschließen?"

Julius' Gedanken wurden gestört, denn im selben Moment spürte er, wie das Holz unter ihm wegbrach und er den Halt verlor.

„Es ist ein gefährliches Spiel, aber das beste, von dem ich je gehört habe."

Zweieinhalb Meter trennten Julius vom Boden. Zweieinhalb Meter und ein Nebel aus Kopfschmerzen, der schlagartig zunahm, als er auf den Boden prallte.

„Keine Sorge", war alles, was er Yan aus weiter Ferne sagen hörte. „So high wie du letzte Nacht warst, ist es kein Wunder, dass du heute tief fällst."

Julius konnte sich vorstellen, wie sein neuer Reisegefährte bei diesen Worten grinste.

Verstecken

Annika

Annika war noch nie der Gedanke gekommen, dass sie Flugangst haben könnte. Vor etwa einem halben Jahr hatte sie in einer Zeitschrift gelesen, dass beim Start die meisten Dinge schiefgehen konnten. Und nun, im denkbar unpassendsten Moment, fiel es ihr wieder ein. Wort für Wort.

Annika konnte von ihrem Fenster aus den wolkenverhangenen Himmel erkennen und begann, sich ausgesprochen unwohl zu fühlen. Normalerweise neigte sie nicht zum Schwitzen, selbst dann nicht, wenn sie Sport trieb, aber jetzt waren ihre Hände klitschnass. Sie warf ihrem Sitznachbarn einen kurzen Blick zu. Er war ein dicker, unförmig aussehender Mann, der tief und fest zu schlafen schien, seit er sich in seinen Sitz geklemmt hatte. Definitiv keiner der Menschen, die man als Letztes in seinem Leben gesehen haben wollte. Zumal er einen Absturz vermutlich noch beschleunigen würde. Als hätte sie ihre Gedanken gehört, baute sich die Stewardess vor ihnen auf und zeigte, wie man sich in einer Notfallsituation die Sauerstoffmaske aufsetzte. Besonders ihr Dauerlächeln schien dabei notfallerprobt zu sein. Annika sah schnell weg.

Als sie starteten, klammerte Annika sich mit ganzer Kraft an den Armlehnen fest. Ihre Hände waren noch feuchter, ihr Sitznachbar schlief noch fester und das Bild der Sauerstoffmaske schwebte ihr so deutlich vor Augen, als drückte die lächelnde Stewardess sie ihr mitten ins Gesicht. Es waren furchtbare Sekunden, besonders der Augenblick, in dem sie immer näher an das Ende des Rollfeldes gelangten und sich langsam die Frage aufdrängte, wann der Pilot das Flugzeug endlich in die Luft befördern wollte.

Als dieser Moment überstanden war, begann Annika, sich ein klein wenig zu entspannen. Immerhin wurde ihre Atmung langsamer und sie konnte ihre Hände von den Armlehnen nehmen. Eine Weile ließ sie den Blick über die immer kleiner werdenden Autos und Straßen unter sich gleiten, eine Puppenwelt, wie die, die sie als Kind aus Playmobil und Lego gebaut hatte. Es war ein beruhigender Anblick. Jedes Haus, jeder Fluss und jedes Feld schien von oben betrachtet seine Ordnung zu haben. Sie schloss die Augen und versuchte zu vergessen, dass sie sich in einem Flugzeug befand. Es gelang ihr sogar so gut, dass sich ihre Gedanken schließlich wieder ihrer anderen, viel größeren Sorge zuwenden konnten. Der Frage, die ihr schon die ganzen letzten Tage durch den Kopf gegeistert war.

Wo war Andi?

Seit fast zwei Wochen hatte er sich nun schon nicht mehr bei ihr gemeldet, auf keine ihrer Nachrichten oder Anrufe hatte er reagiert. Natürlich, auch davor war er nie besonders mitteilungsbedürftig gewesen und hatte nur schleppend von sich hören lassen. Aber nie waren mehr als drei Tage vergangen. Annikas Nachbar ließ ein Schnauben von sich hören.

Seinem zufriedenen Gesichtsausdruck nach zu urteilen, schien er in angenehmeren Höhen zu schweben als der Rest der Passagiere.

Je länger sie unterwegs waren, desto mehr begann Annika, das Flugzeug um sich herum zu vergessen. Es löste sich nach und nach auf, wurde zu der Luft, durch die sie schwebten, und nahm alles andere mit. Gedankenverloren kaute sie an ihren Nägeln und verzog das Gesicht, als sie einen bitteren Geschmack registrierte. Um sich das Kauen abzutrainieren, hatte sie sich am Vortag zum ersten Mal eine Tinktur auf die Nägel aufgetragen. Andi hatte diese Angewohnheit von ihr nie leiden können und sie zu ihrem Ärger gerne als Nagetier bezeichnet.

Andi.

Warum antwortete er nicht? Er konnte ihre Nachrichten noch nicht einmal gelesen haben, denn seit mittlerweile zwölf Tagen schien er weder bei WhatsApp noch auf Facebook oder Instagram online gewesen zu sein. Durch Annikas Kopf zogen fürchterliche Bilder, wenn sie an all das dachte, was ihren Freund davon abhalten könnte, sich bei ihr zu melden. Gerade erst vor wenigen Tagen hatte sie mit Entsetzen gehört, dass zwei junge Mädchen – beide Backpackerinnen in Thailand – als vermisst gemeldet worden waren. Und noch immer war unklar, was ihnen zugestoßen war.

Andis letzter Aufenthaltsort war Bangkok gewesen.

Annika versuchte, nicht schon wieder daran zu denken. Ganz abgesehen davon, dass es auch noch ausgesprochen ungünstig war, gerade jetzt nicht zu wissen, wo sich ihr Freund befand. Immerhin saß sie im Flugzeug, weil sie ihn mit ihrem Besuch hatte überraschen wollen.

„Ich bin ja so neidisch auf dich!", hatte ihre kleine Schwester ihr morgens am Frankfurter Flughafen zum Abschied gesagt. „Thailand muss der Wahnsinn sein! Und ich schreib nächste Woche 'ne Französischklausur ..."

Annika konnte nicht verstehen, wie man sie um ihre Lage beneidete. Sie musste Andi suchen und dazu einen fremden Kontinent betreten, von dem sie befürchtete, dass er das reinste Chaos war. Dabei war sie weder gut in Englisch noch mochte sie Dreck oder hektische Großstädte. Ein einziges Mal war sie in Rom gewesen und stellte sich Bangkok um einiges schlimmer vor. Die Umweltverschmutzung musste alarmierend sein und wenn es überall so zuging, wie im Asia-Imbiss ihres Heimatortes, dann wimmelte es an jeder Ecke nur so von frittiertem fettigen Tierfleisch – es war ja bekannt, dass man in China ohne schlechtes Gewissen Hunde und Delfine verspeiste. Wie sollte sie sich dort nur zurechtfinden?

„Ist sicher total einfach", hatte ihre kleine Schwester gemeint, die seit Neuestem auf jede Frage eine Antwort wusste. Anderthalb Jahre jünger war Alina und mittlerweile sogar einen Zentimeter größer als Annika. Damit war sie nun offiziell die Kleinste in der Familie, denn auch ihr fünf Jahre jüngerer Bruder hatte sie schon überholt.

„Was darf es für Sie zu trinken sein?"

Es war die Stewardess mit der Sauerstoffmaske. Nur dass sie diesmal statt einer Maske einen Getränkewagen präsentierte. Annika entschied sich für eine Cola

Light. Die Stewardess machte Anstalten, den Wagen weiterzurollen, doch Annikas Nachbar – eben noch in unerschütterlichem Tiefschlaf – hatte den Servierwagen scheinbar aus seinem Traum heraus gewittert und war nun hellwach. Er bestellte ein Bier.

Annika warf ihm einen abschätzigen Blick zu. Für sie gab es nur eine einzige logische Erklärung, warum ein Mann mittleren bis fortgeschrittenen Alters (und obendrein auch noch dick) alleine nach Thailand reiste. Er musste ein Lüstling sein. Einer, der Frauen begrapschte und irgendwelche perversen Shows besuchte. Annika rückte unweigerlich ein paar Zentimeter weiter nach links in Richtung Fenster. Es wunderte sie nicht, dass der Lüstling sich für die Menüvariante Eins entschied, ein Schweinesteak mit pampigem Kartoffelpüree. Gierig machte er sich über das Fleisch her und gab eklige Schmatzgeräusche von sich. Annika rümpfte die Nase. Auch wenn sie keine überzeugte Vegetarierin gewesen wäre, hätte sie sich nur aus Trotz heraus für die Menüvariante Zwei entschieden, ein lockerluftiges Gemüseomelette. Es schmeckte scheußlich.

Man kann wohl durchaus von Pech sprechen, wenn man während eines Fluges in ein Unwetter gerät, und ganz besonders, wenn die Stewardessen gerade Getränke nachschenken. Es war daher auch nicht überraschend, dass das zweite Bier ihres Nachbarn nicht in dessen breiter, kurzfingriger Hand, sondern auf Annikas Pulli landete. Annika bemerkte es nicht einmal. Das Flugzeug bebte. Über den allgemeinen Lärmpegel erhob sich die Stimme des Piloten. In einer Nüchternheit, die vielleicht beruhigend, vielleicht aber auch erschreckend wirkte. Man sollte bitte auf seinen Plätzen sitzen bleiben und sich wieder anschnallen, verkündete er fast schon gelangweilt, denn sie wären in ein Unwetter geraten und es könnte eventuell turbulent werden. Annika schaute aus dem Fenster und sah, wie düster es um sie herum geworden war. Ihre Sorgen um Andi wurden schlagartig von der grauschwarzen Wolkenwand verdeckt. Wenn sie nur heil ankommen würde, dachte sie, würde sich sicher alles regeln. Ihre Hände wurden wieder feucht, und mit aller Kraft klammerte sie sich an ihren Armlehnen fest.

TAG 2

Kartenspiele

Emily

Es war mein zweiter Tag in Bangkok und eigentlich mein erster richtiger, wenn man bedachte, dass der missglückte Ausflug im Silbervan einen ganzen Tag verbraucht hatte. Die Zeitumstellung brachte noch immer meinen Rhythmus durcheinander und so stand ich auch an diesem Morgen erst auf, als mein Zimmer schon leer war. Selbst die Wölbung im Nebenbett war verschwunden.

Es war elf Uhr Ortszeit und die Stadt mit ihren 8,3 Millionen Einwohnern bereits zu vollem Leben erwacht. Wo nachts noch künstliches Licht und echte Dunkelheit für ein einheitliches, sauberes Bild gesorgt hatten, zeigten sich die Straßen und Häuser nun völlig nackt und unverfälscht. Auf meinem Weg vom Flughafen in die Innenstadt hatte ich die Skyline sehen können, die sich in weiten Abständen über die 1.600 Quadratkilometer messende Stadt erhebt. Zu ihren Füßen drängen sich tiefe, dicht besetzte Straßenzüge wie Zuschauer auf den billigsten Plätzen. Jeder Zentimeter Bangkoks scheint ausgefüllt.

Abseits der imposanten Einkaufs- und Touristengegenden traf ich auf baufällige, bröckelnde Fassaden, die sich mit hölzernen Verschlägen und überfüllten Innenhöfen abwechselten, in denen sich Planen, Reifenstapel, Werkzeuge und andere Ausschussware türmte. Bereit zur Wiederverwendung. Dazwischen zwängten sich unzählige Autos, Motorräder und Tuk-Tuks mit heulenden und ratternden Motoren. Ihre Abgase trieben in den grauen Großstadthimmel und in meine Nase. Nur an manchen Stellen wurde der Geruch von einem plötzlichen Luftzug aus der Kanalisation überboten.

Dennoch fand ich hier und dort auch einladende, verführerische Düfte, denn überall lockt Bangkoks reiches Straßenessen. Zuckersüße Berge von Früchten in allen Farben, Batterien glänzend lackierter Spieße, brodelnde Töpfe und Schalen, deren würziger Dunstkreis schon von Weitem fühlbar ist. Und hinter all dem die flinke und klappernde Geschäftigkeit der Köche, die ihren würfelförmigen Freiluftküchen jeweils ganz eigene Gerichte entlocken. Nussiges Pad Thai mit Hähnchen neben grünem Kokosmilch-Curry, buttrig gebratene Bananenpancakes zwischen leuchtend bunten Obstsäften und feurig roter Tom-Yam-Suppe. Jeder präsentierte andere Schätze in seinen fahrenden, duftenden Schmuckkästen. Ein Jahrmarkt der Sinne.

Ich entschied mich für Pancakes und eine geschnittene Mango und setzte mich zum Essen auf den Bordstein neben einem Obststand. Ich hatte vor, die berühmten Tempelanlagen des Wat Phra Kaeo und des Wat Pho zu besichtigen und studierte eine Stadtkarte. Dank jahrelanger Nutzung von *Google Maps* war ich so schlecht darin, dass ich mit dem Gedanken spielte, mir ein Internetpaket zu kaufen.

„Miss, where do you want to go?"

„Tuk-Tuk, Miss!"

Ich verfluchte die Karte in meinen Händen, die mich so hilflos aussehen ließ.

„Search for temple?“, fragte mich schließlich ein dritter Thai, der freundlich in meine Richtung lächelte.

Ich überlegte, ob ich wegschauen und so tun sollte, als hätte ich ihn nicht bemerkt, oder ob mir der junge Mann tatsächlich den Weg zeigen konnte.

„Not open today!“, fuhr er fort. „Other temple open. I will bring you there. Better temple!“ Er zeigte auf sein Tuk-Tuk.

Ich winkte ab und lief los. Je näher ich dem Wat Phra Kaeo, dem Tempel im alten Königspalast, kam, desto dichter wurde die Spur aus Touristen, der ich folgen konnte. Sie schienen eine ölige, schweißige Fährte zu hinterlassen, wie glänzende Schnecken, die geradezu magisch von einem großen Salatkohl angelockt wurden.

Als ich die Anlage endlich erreichte, fühlte auch ich mich trotz der morgendlichen Dusche mit der Ameisen-Brause verschwitzt. Es war, als ob die Wärme so vieler menschlicher Körper und auf Hochtouren arbeitender Kameras die Mittagshitze noch verstärkte. Üppiges Gold, leuchtende Edelsteine, Stau vor den Attraktionen. In der zweiten Tempelanlage gab ich frühzeitig auf und entschied, stattdessen in die klimatisierte Massageschule des Wat Pho und direkt in einen Stuhl für Fußmassagen zu flüchten.

Zurück auf der Straße hielt ich vergebens nach einem Café oder einem anderen Ort Ausschau, der Ruhe und Erholung versprach. Also machte ich mich auf den Weg in die Khaosan, die tagsüber erstaunlich friedlich wirkte, und ging auf mein Zimmer. Im Nacken spürte ich den mitleidigen Blick des Rezeptionisten. Ich hatte ein Notizbuch dabei und wollte die ersten Eindrücke meiner Reise unter dem Surren des Deckenventilators aufschreiben.

Ich war überrascht, in meinem Schlafsaal auf zwei Mädchen zu treffen. Ihrem Aussehen nach zu urteilen, schätzte ich sie auf achtzehn.

„Hey, you live in our room?", fragte die Kräftigere von beiden.

„Yes."

„Cool. I'm Laura. That's Betty."

„Hey, I'm Emily. Nice to meet you."

„You're new in Bangkok?"

„Yes."

„First time in a hostel?"

„Yes."

„'Cause you have that sleeping bag in your bed. Looks like silk? There are also people who use tents. Against insects. Have you seen that?" Laura und Betty lachten.

„Äh, no. Crazy." Etwas gezwungen stimmte ich in ihr Lachen ein, als hätte ich keines dieser Insektenzelte in meinem Rucksack und als sei mir noch gar nicht aufgefallen, dass mein überteuerter Schlafsack aus Seide war.

„Stupid." Laura verzog das Gesicht, als hätte sie noch nie etwas Absurderes gehört. „You go to that room party tonight?"

Nein, von einer Privatparty auf einem der Zimmer im Hostel hatte ich noch nichts gehört. Von wem auch? „Where?", fragte ich deshalb.

„Second floor. 6-Bed-Male-Dorm. Sounds like fun!"

Die beiden Mädchen liefen zur Tür und winkten. „See you there, Emma!"

„Emily", korrigierte ich, doch die Mädchen hatten bereits den Raum verlassen.

Domino

Emily

Einer Nacht in Bangkok wird bekanntlich allerhand nachgesagt. So heißt es zum Beispiel, man solle vorsichtig sein, wen man als Begleitung auswählt. Vielleicht hätte ich das Lied vorher noch einmal hören sollen, andererseits hätte mich kein Lied der Welt auf die Realität vorbereiten können, auf das, was jener Nacht folgen sollte.

Der 6-Bed-Male-Dorm beherbergte dieselben sechs Betten wie mein eigenes Zimmer, allerdings war er insgesamt um einiges größer. So fanden neben den sechs Bewohnern auch noch neun Gäste darin Platz – neun Mädchen, um genau zu sein.

Aus zwei Rucksäcken und einer Art Yogamatte war eine Bar entstanden, auf der sich allerhand alkoholische und nicht alkoholische Getränke reihten – von letzteren allerdings bedeutend weniger. Es war ein Zimmer, das auf den ersten Blick recht ordentlich aussah, aber von dem man ahnte, dass das Chaos nur Millimeter unter der Oberfläche lauerte, geschickt versteckt, aber trotzdem anwesend. Ein kleiner Stoffzipfel, der unter einem der Betten hervorschaute, war nur eines der Indizien, die dafür sprachen, dass erst vor wenigen Minuten sämtliche unerwünschten Objekte achtlos unter irgendwelche Möbel oder in dunkle Ecken verstaut worden waren. Es war eine typische

Party, die von Jungs ausgerichtet wurde und für Mädchen gedacht war.

Einer dieser Jungs, ein Schwede, verwickelte mich schon an der Zimmertür in eine Unterhaltung. Es war eines dieser typischen Reisegespräche, bei dem der Gesprächspartner beliebig austauschbar war.

Who are you? Where do you come from? Where are you going to?

„Hallo, ich bin Emily, dreiundzwanzig, aus Berlin. Ich will als Nächstes nach Ko Samui, um von dort aus ...“

„Um mit der Fähre nach Ko Phangan zu fahren, nehme ich an? Es gibt verschiedene Fähren, ich kann nachschauen, wie meine hieß. Oh, die Inseln sind super. Miete dir ’nen Roller für vier Dollar am Tag und mach eine Bootstour. Aber achte auf den Anbieter, an jeder Ecke will dir jemand was andrehen. Nächste Woche ist die nächste Fullmoon-Party, gehst du hin? Ich fand’s genial. Im Winter kommen da bis zu dreißigtausend Menschen zusammen. Alle total besoffen, echt irre. Und dann?“

„Ko Tao.“

„Zum Tauchen, klar. Geh auf jeden Fall zu meiner Tauchschule, Moment, der Name fällt mir gerade nicht ein ... Aber bloß nicht diese eine, das war irgendwas mit einem Seestern ... Die nehmen pro Tauchkurs fünf bis zehn Dollar mehr, das sind totale Abzocker. Und dann noch nach Chiang Mai?“

„Ja, vielleicht will ich eine –“

„Trekkingtour machen? Ich kann dir ein paar empfehlen. Hab das auch schon ausprobiert. Total authentisch mit einem Localguide, der hat das extra für uns gemacht. Kenne auch ein paar Leute, die dieselbe Tour gemacht haben. Echt total authentisch, ein Geheimtipp. Gibt 'ne Internetseite dazu. Und danach?"

Es ist ein immer wiederkehrendes Muster, wie ein Gebet. Verehrt wird darin der Weg, der gleichzeitig das Ziel ist. Die aktuellste Reiseführerausgabe von *Lonely Planet* ist die neue Bibel, die Hostels sind die Tempel, in denen man sich gedanklich austauschen und zusammenkommen kann. Lobpreisungen finden virtuell statt, auf Instagram und Facebook. Den digitalen Altären, wo Fotos wie Opfergaben arrangiert werden. Und das Abendmahl ist ein hervorragendes Mittel, um neue Mitglieder dieser Gesellschaft kennenzulernen. Wein – oder auch andere Getränke – lassen sich im Thailand der Touristen in ganzen Eimern herumreichen, die man hierzulande schlicht und einfach als Buckets bezeichnet. Ein so simpler Name, dass man ihn sich auch dann noch merken kann, wenn man den Eimer bereits geleert hat.

Während dem Schweden immer neue Tipps einfielen, ließ ich meinen Blick durch den Raum schweifen. Vor einem der Stockbetten stand ein Junge, der mir auf Anhieb gefiel. Ein blondes Mädchen hing an seinen Lippen, während ihre eigenen an einem Plastikbecher nippten. Hin und wieder unterbrach sie diese Beschäftigung, um in lautes Gelächter auszubrechen. Auch auf die Entfernung konnte ich ziemlich sicher sagen, dass sie scharf auf ihr Gegenüber war. Dem Gespräch mit dem Schweden schloss sich nahtlos ein zweites, ausgesprochen ähnliches an. Aus dem Augenwinkel beobachtete ich, wie das blonde Mädchen noch immer mit dem Jungen flirtete, der mir gefiel.

Als sich jemand zum Rauchen nach draußen zurückzog, schlossen er und das Mädchen sich an und verschwanden aus meinem Blickfeld. Ich leerte meinen ersten Drink und überlegte, ebenfalls nach draußen zu gehen, doch ein zweiter, bis an den Rand gefüllter Plastikbecher, den mir einer der Zimmerbewohner entgegenstreckte, hinderte mich daran.

„Das Leben ist eine Party, auf der du den Gastgeber nicht kennst: die reinste Ekstase oder der beste Grund zum Kotzen. Und der Tod ist der Tag danach: vollkommen überflüssig und umso heftiger, je wilder du es treibst. Zurückhalten sollte man sich deshalb aber nicht. Die Kunst besteht darin, sich mitten in den Trubel zu begeben und trotzdem Ausdauer zu bewahren."

Das waren die Sätze, durch die ich Yan kennenlernte.

„Na, dann bin ich ja froh, dass ich mir für morgen noch nichts vorgenommen hab", erwiderte ich und nahm den Becher entgegen.

Yan, dessen Namen ich erst wenige Sekunden später erfahren sollte, schmunzelte.

Ob er mich sympathisch fand? Ich weiß es nicht. Ich kann mir kaum vorstellen, dass jener kurze Abend ausreichte, um in ihm den Wunsch zu wecken, mich einzuweihen. Aus irgendeinem Grund sollte er es dennoch tun. So weit waren wir aber noch nicht. Ich hatte ja noch nicht einmal einen Schluck von meinem zweiten Drink genommen.

„Du scheinst ein Experte auf dem Gebiet zu sein", sagte ich, als mein Blick auf den ebenfalls randvollen Becher in seiner linken Hand fiel.

„Ich gebe mir zumindest Mühe." Er machte eine kurze Pause, in der er mich mit seinen seltsamen, stechend hellgrauen Augen betrachtete. „Ich bin Yan, freut mich."

„Emily."

Ich mochte ihn von Anfang an.

Es war spürbar, dass die Stimmung auf der Party langsam, aber sicher kippte. Eine Murmel, die an einer Kante ruhte und im nächsten Moment entweder hinunterrollte oder oben blieb. Es war der gefährliche Punkt, an den jede Party gerät: Wenn die anfängliche Euphorie, ausgelöst durch die ersten, durstig geleerten Gläser, verflogen ist und man sich entscheiden muss, ob man geht oder weitermacht.

„Magst du Spiele, Emily?"

Yan deutete auf einen Jungen mit Stirnwülsten, der ein Kartendeck und einen Würfel vor sich legte. Die Anwesenden setzten sich in einen Kreis, die Murmel blieb liegen. Yan dagegen hatte sich in Bewegung gesetzt und schenkte jedem Alkohol nach.

„Lasst uns die Jugend in Lust, Wein und Karten ertränken. Das Alter lässt nicht lange auf sich warten."

Ich sah ihn fragend an.

„Das ist aus *Pique Dame* von Tschaikowsky."

Der Würfel machte die Runde. *Four to the whore.* Die Mädchen tranken. *Six to the dicks.* Die Jungs tranken. Das Spiel war nicht gerade kompliziert, irgendeiner trank immer und daher erfüllte es hervorragend seinen Zweck. Es wurden Regeln dazu erfunden. Wer trinkt, muss vorher einen Trinkspruch aufsagen! Wer ihn vergisst, muss zweimal trinken! Und was, wenn man nun beim Strafschluck den Spruch erneut vergaß? Dreimal trinken! Ein Junge mit schulterlangen Haaren, der schon eine halbe Wodkaflasche geleert hatte, blühte förmlich auf. Soweit, dass seine nächste Regel lautete, man müsse vor jedem Schluck dem Nebenmann einen Kuss geben.

„Auf die Wange", sagte er in ironischem Tonfall, während seine eigenen bereits rot und heiß glühten. Er würfelte mit neuem Elan, doch leider eine Zahl, die nicht ihn, sondern nur seine Nachbarin trinken ließ. Diese erinnerte sich trotz einiger Plastikbecher noch sehr gut an die neu geschaffene Regel und gab ihrem anderen Nebenmann schnell einen Kuss.

Der Würfel wanderte weiter. Ein Mädchen, das ich zuvor noch gar nicht bemerkt hatte, war an der Reihe. Der Junge mit den Stirnwülsten hielt ihr seine stoppelige Wange hin und grinste. So unauffällig das Mädchen zuvor gewirkt haben mochte, so auffällig war ihr Verhalten nun, da ihr auf einmal Tränen über das Gesicht liefen und sie aufstand, um den Raum zu verlassen. Der Junge zuckte nur mit den Schultern. Es wurde weitergetrunken.

Es dauerte nicht lange, bis das Chaos anfing, sich das Zimmer zurückzuerobern. Zertretene Becher, ein klebriger Boden, Zigarettenstummel und leere Flaschen. Der Zipfel Stoff, der unter einem der Betten herausragte, fiel gar nicht mehr auf.

„Ich werde bald auch bei etwas mitmachen, das man als Spiel bezeichnen kann", kam es plötzlich von Yan, gerade laut genug, dass ich es hören konnte und trotzdem nicht sicher war, ob er wirklich etwas gesagt hatte. „Doch, ich glaube, so kann man es nennen. Das wohl schwierigste, aber auch beste Spiel, das ich kenne. Was meinst du, würde dich so was auch interessieren?"

Ich wusste nicht, ob ich ihn ernst nehmen konnte. Ich hatte ihn schließlich gerade erst kennengelernt. „Wie meinst du das?"

„Ich meine es genau so, wie ich es sage. Viel mehr kann ich leider nicht sagen, sonst würde ich alles verderben." Er grinste irgendwie verschlagen, sein Blick war durchdringend. Glücklicherweise schien er keine Antwort abzuwarten, denn im nächsten Moment wandte er sich wieder den Karten und dem Würfel zu.

Runde folgte auf Runde, doch trotzdem schlug die Stimmung allmählich um. Wir hatten den Zenit überschritten, an dem wir hätten weiterziehen können, und waren in dem kleinen Zimmer versackt. Es war ein Abend geworden wie viele zuvor und viele danach – nett, lustig, unbedeutend. In der Hoffnung, uns Mädchen bei Laune zu halten, waren zu schnell zu viele Flaschen geleert worden. Die Murmel war doch noch ins Rollen gekommen und jeder schien es zu ahnen. Die ernüchternde, erwachsene Gewissheit, dass ein Abend, den man noch Stunden zuvor in unendlicher Länge und mit etlichen Möglichkeiten vor sich gesehen hatte, zu Ende war. Man konnte es an dem fahlen Gesicht erkennen, das der langhaarige Junge mit der halben Wodkaflasche im Bauch machte, an einem müden Gähnen des Schweden und daran, dass eines der Mädchen plötzlich aufstand und in unserer aller Mitte erbrach. Das war der Moment, in dem die Murmel auf dem Boden aufkam und sämtliche Anwesende aufsprangen, um sich nicht schmutzig zu machen.

„Der Abend ist noch nicht vorbei." Yan schien nicht aufgeben zu wollen.

Im allgemeinen Trubel bemerkte niemand, wie er daraufhin das Zimmer verließ. Ich folgte ihm. Im Flur stießen wir auf den attraktiven Jungen und sein blondes Anhängsel. Das geflohene Mädchen stand bei ihnen, auf ihrem Gesicht klebten Spuren vertrockneter Tränen. Sie redeten Deutsch und stellten sich vor: Julius, Nina Sophie, genannt Nina (das Anhängsel), und Annika (die mit den Tränen).

„Kennst du einen Andi?", fragte mich Annika ohne Umschweife. „Er ist auch in Bangkok. Andreas Berger." Ohne meine Antwort abzuwarten, präsentierte sie mir daraufhin mehrere Fotos von einem Typen, der etwa in meinem Alter sein musste. „Da waren wir zusammen in Griechenland", meinte sie mit belegter Stimme.

„Ein schönes Foto", kommentierte Yan, „und eine schöne Frau! Annika, heute ist ein besonderer Tag, denn du hast gerade jede Menge neuer Freunde gefunden. Lass uns darauf anstoßen und dich ein wenig auf andere Gedanken bringen, was hältst du davon?" Er sah uns vier der Reihe nach an. „Die Nacht ist noch jung. Wer mitkommt, wird bestimmt nicht enttäuscht. Wie oft werden wir noch zu fünft durch Bangkoks Clubs streifen? Man muss die Feste feiern, wie sie fallen. Und ich mag Feste."

„Bin dabei", meinte Nina Sophie. Sie grinste und warf Yan Blicke zu, als hätte Julius allen Grund, eifersüchtig zu werden. Dann griff sie zielsicher nach Julius' Hand und zog ihn in Richtung Ausgang. Yan nahm

Annika und mich bei der Schulter und schob uns ebenfalls zur Tür.

„One Night in Bangkok“, sagte er, als wir auf die warme Straße hinaustraten. „Dann wollen wir mal sehen.“

Die Khaosan Road pulsierte, so wie die Lieder in meinen Ohren, geradezu schmerzhaft laut, und nur Nina Sophies Lachen schien sie übertreffen zu können. Damals nannte ich sie noch bewusst bei ihrem Doppelnamen mit der Betonung auf dem *ie*. Sie klebte an ihrem Opfer wie eine Spinne und schien sich nicht daran zu stören, es so offensichtlich zu tun. Ich fragte mich, wie es gewesen sein mochte, als man von Mädchen nichts anderes erwartete, als sich erobern zu lassen und demjenigen, der sie auserwählt hatte – wenn sie gnädig gestimmt waren – ihr gepudertes Händchen zu reichen. In diesem Moment drehte sich Nina Sophie um und lächelte in meine Richtung.

„Was machst du eigentlich hier – Emily, nicht wahr?“

Ich musste zugeben: Ihr Lachen war nicht ganz uncharmant. Sie hatte weiße, gepflegte Zähne und ein Grübchen auf der linken Wange. Ansonsten waren ihre Gesichtszüge eher gewöhnlich. Ihre Haut war blass und klar, bis auf das Kinn, wo ich mehrere kleine Pickel entdeckte. Nina Sophie schien versucht zu haben, sie mit einem Abdeckstift zu kaschieren. Ihre Augen, von einem wässrigen Blaugrün, waren von schwarzem Kajal umrandet und die dunkelblonden Haare von helleren Strähnen durchzogen, vermutlich gefärbt.

„Ich setze mein Studium ein Jahr aus.“

„Oh, wirst du so lange reisen?"

„Nein, nur vier Monate."

„Und die restliche Zeit?"

„Ich ... mal sehen. Ich schreibe sehr gerne und hab da 'n Projekt. Ist aber alles total unsicher."

„Du schreibst? Das hört sich super an!" Sie lächelte charmant. Fast schon so, als würde sie mit mir flirten. Und als schien sie ganz genau zu wissen, dass sie über einen Blick verfügte, mit dem sie andere Menschen für sich gewinnen konnte.

„Und du?", fragte ich zurück.

„Jura. Bin schon fertig mit dem Studium. Jetzt will ich erst mal ein bisschen was von der Welt sehen. Ich mach einen Yogakurs in Bangkok, morgen geht's los." Während sie das sagte, steckte sie sich eine Zigarette an, als wollte sie damit beweisen, dass sie trotz Yogakurs keine dieser Öko-Fanatikerinnen war. „Will noch jemand?", fragte sie uns, doch alle außer Julius lehnten ab. Nina reichte ihm die Packung und das Feuerzeug. Ihre eigene Zigarette wippte lässig zwischen ihren rot geschminkten Lippen. Sie hakte sich bei Julius ein und flüsterte ihm etwas ins Ohr. Mir entging nicht, dass die Schritte der beiden schneller wurden, als wollten sie uns abschütteln.

Annika, die neben ihnen lief, schien in ihre eigene Gedankenwelt versunken zu sein. Sie sagte kein Wort und sah weder nach links noch nach rechts. Das bunte Treiben der Straße schien sie nicht zu interessieren.

„Ist Nina nicht umwerfend?", raunte Yan so leise, dass nur ich ihn hörte.

„Findest du?"

„Auf jeden Fall. Schau sie dir an: dieser Augenaufschlag. Dieses bezaubernde Lächeln. Und ihr Körper sieht trainiert aus, als wäre sie in Wahrheit knallhart. Das ist heiß." Er grinste über meinen Gesichtsausdruck. „Du verlierst nicht gerne, hab ich recht?"

„Ich finde, sie wirkt komplett aufgesetzt und künstlich."

„Das ist das Totschlagargument jeder eifersüchtigen Frau." Wieder grinste er. „War ein Witz, Emily. Ich weiß, dass ich mir das bei dir erlauben kann. Willst du hören, warum? Ich schätze dich als eine Person ein, die nicht gerne beleidigt ist. Höchstens ein paar Sekunden. Das gefällt mir."

„Fordere mich nicht heraus."

„Du siehst echt nicht stark aus."

„Hey!"

Er schlang einen Arm um mich. „Wir zwei suchen uns jetzt eine Bar", entschied er. „Wie wär's mit der hier?" Er deutete nach rechts. Annika, Julius und Nina Sophie waren bereits daran vorbeigelaufen. „Die kommen schon noch", meinte er. „Die hier ist besser als die anderen Bars."

Da ich keinerlei Lust hatte, Nina Sophie und Julius beim Flirten zuzuschauen, war ich mit Yans Vorschlag einverstanden.

Es war so voll, dass wir Mühe hatten, uns bis zur Theke durchzuquetschen.

„Nächste Runde", sagte Yan, während er die Getränkeliste inspizierte, strategisch wie ein Offizier die Landkarte.

„Hast du ein Ziel, Emily?", fragte er mich, als er mir ein Shotglas reichte.

Trotz seiner rätselhaften Bemerkung während des Trinkspiels hatte er eine eigenartig direkte Art, Fragen zu stellen. Seine Offenheit war ansteckend. Ich spürte sofort, dass er ein richtiges Gespräch führen wollte. Ich überlegte.

„Ich will ein Buch schreiben“, antwortete ich wahrheitsgemäß und das erste Mal, ohne mir dabei dumm oder albern vorzukommen. „Das wollte ich schon immer.“

Yan nickte zufrieden, als hätte er mit einer solchen Aussage gerechnet. „Dann lass uns darauf anstoßen.“

Es brannte in meiner Kehle, weswegen wir beschlossen, direkt noch einen Cocktail zu bestellen. Irgendwo in einer einigermaßen ruhigen Ecke blieben wir stehen.

„Ein furchtbarer Laden“, sagte Yan. Er breitete seine Arme aus, irgendwie feierlich. Ich sehe ihn noch vor mir, wenn auch ein wenig unscharf. Er sagte etwas wie: „Aber hörst du das Lied? Das schafft nur die richtige Musik: unseren ganzen Körper einzunehmen und summen zu lassen. Als würden sich die akustischen Schwingungen auf uns übertragen und den Spin unserer Atome ausrichten. Und als wären wir je nach Musikgeschmack für andere Frequenzbereiche empfänglich. Was meinst du: Wenn jeder Mensch denselben Musikgeschmack hätte, müsste dann nicht ein einziges Lied ausreichen, um schlagartig Frieden auszulösen? Würden wir dann nicht alle harmonisch im Gleichtakt schwingen, jeder mit demselben Spin?“ Yan lachte.

„Der Einzige, der hier spinnt, bist du.“

Als hätte er auf ein Stichwort gewartet, hielt er mir plötzlich einen Joint vor die Nase.

„Was soll ich damit?"

„Die beste Story der Welt entwickeln", entgegnete er. „Du musst deinen Horizont erweitern."

„Mein Horizont reicht hoffentlich weiter als bis zur nächsten Kloschüssel."

Yan grinste und steckte den Joint zurück in seine Hosentasche. „Das ist wahr, es gibt wesentlich bessere Methoden."

Aus irgendeinem Grund hatte ich das Gefühl, dass er damit etwas Bestimmtes meinte. Ich nahm einen Schluck von meinem Cocktail.

Ich weiß nicht mehr, wie lange wir so standen und worüber wir uns unterhielten, aber hauptsächlich schien es um Bücher gegangen zu sein, denn ich erinnere mich noch daran, dass ich irgendwann sagte: „Jeder in meiner Familie liest. Meine Eltern arbeiten in der Buchbranche. Das färbt ab."

„Ich lese auch viel", meinte Yan. „Gerade bin ich bei den Russen angekommen. Dostojewski, Tolstoi. Ich weiß, ich wirke nicht so, aber das ist ein Vorteil. Wenn man anders ist, als man scheint, dann kann man entweder täuschen oder überraschen – und beides macht mir Spaß."

Er hatte wirklich irritierend helle Augen. Ich musste meine ein wenig zusammenkneifen, um sie scharf sehen zu können. Ir-ri-tie-rend (komisches Wort). Silbergrau. Wie Eiskristalle, erstarrt, durchsichtig. Er erzählte weiter, doch ich fand es wesentlich spannender, ihn zu beobachten. Obwohl der Alkohol meine

Umgebung verschwimmen ließ, verlieh er mir auch eine eigenartige Klarsicht.

„Neun Katzenleben sind gar nichts, jeder Leser hat wesentlich mehr", sagte er. „Lesen ist wie Reisen für Ungeduldige: kein Kofferpacken, kein Stau und jederzeit die Möglichkeit, zwischen Raum und Zeile zu springen. Und dabei bleibt ein Buch ein sicherer Zufluchtsort. Wenn es mir in Thailand zu heiß wird, kann ich einfach ins kalte Russland entfliehen – nur um hinterher froh zu sein, mich im Hochsommer wiederzufinden."

Es fiel mir immer schwerer, ihm zu folgen. „Ja, ich mag auch Tiere", stimmte ich zu, in Gedanken bei den Katzen. „Nur keine Spinnen." Wie Nina Soph*ieee* eine war. Julius und sie waren noch immer verschwunden, doch das war mir egal. Ich redete drauflos, belangloses Geplapper, erst auf Englisch, dann auf Französisch. Spätestens in diesem Moment hätte ich mit dem Trinken aufhören sollen. Je mehr man anfängt, in der Muttersprache zu lallen, desto stärker verspürt man eine plötzlich aufkeimende, nie dagewesene Eloquenz in sämtlichen jemals erlernten Fremdsprachen in sich erwachen, seien diese auch noch so rudimentär. Als würde man auf eine Seitensprache ausweichen, weil die Zunge in der Hauptsprache steckengeblieben ist.

Es ist nicht verwunderlich, dass sich dieser Szene eine ganze Reihe von Erinnerungslücken anschließt. Das nächste klare Bild: Yan und ich auf der Tanzfläche – Lied unwichtig – und der Versuch eines Backpackers, mich zu küssen. Ich wies ihn zurück. Rückblickend die Frage, ob er am Schluss doch noch an sein Ziel gekommen war. Fetzen von Musik, von zuckendem Licht und schwitzenden Körpern, die sich tanzend auf und ab bewegten. Danach: Yan und ich auf einer Bank.

„Was du brauchst, sind Erfahrungen." Er schrieb etwas auf ein Taschentuch (woher hatte er den Stift?) und überreichte es mir. Ich weiß nicht, ob ich überhaupt einen Blick darauf geworfen habe.

Irgendwie gerieten wir anschließend in ein langwieriges Gespräch mit unseren Banknachbarn, doch ich hörte kaum zu. Ich lebte in meiner eigenen Welt, einem Strudel aus Musik und bunten Bildern, einem summenden, langgezogenen *Blabla.* Stattdessen die Frage, ob Yan einen blauen Leberfleck am Hals hatte. Weitere Drinks folgten, irgendwann verließen uns unsere Nachbarn und Yan wandte sich wieder voll und ganz mir zu.

Hubkeatiswingam.

„Was?"

Hubkeatiswingam.

Ja, er hatte tatsächlich einen blauen Fleck am Hals!

„Das Ziel des Ganzen ...", meinte er, während ich noch immer seinen Hals betrachtete, „... wenn du es bis zum Ende schaffen willst."

„Was für ein Ende?"

„Das Spiel. Ich rede von dem Spiel."

„Ich mag Spiele", erwiderte ich.

„Es ist wichtig. Du musst es dir merken."

Ich wusste nicht, worauf er hinauswollte. Trotzdem hörte ich mich „In Ordnung" sagen, alles andere wäre zu kompliziert gewesen.

„Morgen, okay?"

Ich ahnte, dass mir etwas Wesentliches entgangen war.

„Was ist morgen?"

„Ihr werdet es nicht bereuen."

Aus irgendeinem Grund lächelte Yan. Oder hatte ich es nur geträumt? Yan, der mich mit seinen durchdringend silbergrauen Augen ansah und lächelte. Ein Strudel aus Musik und bunten Bildern. Ich wurde müde. Hatte das Gespräch jemals so stattgefunden?

„Mir ist schlecht", sagte ich, ohne zu wissen, ob mich jemand hörte.

„Yan ist rauchen."

Es war Annika.

Ich glaube, ich habe ihn später noch ein letztes Mal gesehen – oder nicht?

Wie auch immer, am Ende reichte mein Horizont doch nicht weiter als bis zur nächsten Toilettenkabine. Ich hatte wohl einfach ein klein wenig zu viel getrunken.

TAG 3

Am Spielfeldrand

Der Raum war klein und wurde nur von einer einzigen Lampe erhellt. Sie warf ein schummriges, düsteres Licht auf den Holztisch vor dem Fenster, ihr Schatten wie ein Spinnennetz. Die schmucklosen, kahlen Steinwände blieben dunkel, genau wie der knarrende Holzboden. Es war ganz sicher ein schäbigerer Ort als das Hotel, in dem er hätte schlafen können. Sein Budget war immerhin groß, auch nach all den wahrlich fetten Jahren. Es bestand kein Grund, zu sparen, auch jetzt nicht oder besser gesagt: gerade jetzt nicht. Und doch zog er dieses Zimmer und seine Dunkelheit einem Fünf-Sterne-Apartment vor. Denn einen Vorteil hatte es: Er konnte in Ruhe arbeiten. Er war ganz für sich, trotz der hellhörigen, engen Wände, die ihn umgaben. Das war ihm wichtig. Er brauchte seine Ruhe, brauchte ein Versteck, ein Schlupfloch, das nur ihm gehörte. In dem ihn weder eine unterwürfig lächelnde Reinigungskraft störte noch vorgegebene Küchenöffnungszeiten. Und immerhin hauste er im selben Gebäude wie zwei seiner treuen Helfer. Wenn er wollte, dann gaben sie ihm genug Reis und Suppe. Und meistens sorgte Mali dafür, dass er auch ein Stück Fleisch bekam.

„Du brauchst deine Kräfte", sagte sie.

Sie war lieb, aber sehr naiv. Auch nach allem, was sie über ihn wusste, glaubte sie noch, dass sie die Zukunft beeinflussen konnte. Seine Zukunft.

In diesen Tagen dachte er oft über seine Zukunft nach, genau wie seine Vergangenheit. Es war, als würde sich in diesem Zimmer beides zu ein- und derselben Zeit verbinden. Als spiele es keine Rolle mehr, was zuerst war, solange es überhaupt stattfand.

Er sah einen Jungen vor sich, mittelgroß und schmal, denn er hatte nie zu denen gehört, die schnell Muskelmasse aufbauen. Und trotzdem hatte er stets gewusst, wie man es anstellte, sich nie unterordnen zu müssen – sondern in anderen den Wunsch zu wecken, sich ihm anzuschließen. Er war immer ein Anführer gewesen. Ein wenig vorlaut manchmal, das mochte sein. Stolz, ja, auch das. Er hatte schnell begriffen, dass er klug war und andere austricksen konnte. Dass er erahnen konnte, was sein Gegenüber dachte. Er hatte es oft genutzt, womöglich auch ausgenutzt. Die Macht, einen Menschen und seine Gefühle zu beeinflussen, sie zu lenken, hatte ihm gefallen. Eigentlich war das, was er nun tat, nur die logische Konsequenz.

Er sah auf seinen Schreibtisch, auf das vollgeschriebene Blatt Papier, das dort lag. Er hatte alles geplant. Er war klug und gerissen. Das war er schon immer gewesen.

Ene, mene, meck

Annika und Julius

Sie wachte mit einem guten Gefühl auf. Auch wenn sie nur wenige Zentimeter für sich allein gehabt hatte, auf ihrer unbequemen, drahtigen Matratze, hatte Annika außerordentlich erholsam geschlafen. Was man von ihrem unmittelbaren Nachbarn vermutlich nicht sagen konnte: Julius schien zur Hälfte über dem Bettrand zu schweben und sah aus, als hätte er sich in eine ausweglose Lage verrenkt. Aber immerhin hatte er dank ihr überhaupt einen Schlafplatz gehabt. Annika setzte sich auf und überlegte, wie sie über Julius' leblosen Körper klettern konnte, ohne ihn aufzuwecken. Es war ein langer Abend geworden, doch trotz ihrer Tränen hatte er eine unerwartete Wendung genommen.

Yan hatte etwas gesagt, das sie nicht mehr losließ.

Es war in der überfüllten Bar geschehen, als sie ihn und Emily auf einer Bank wiedergefunden hatte.

„Das ist dein Freund?", hatte Yan gefragt. „Andi?"

Annika hatte ihm Handyfotos gezeigt, die sie speziell für ihre Suche ausgewählt hatte: Bilder, auf denen man Andi aus verschiedenen Blickwinkeln gut erkennen konnte. Sie tat es schon vollkommen routiniert, als würde es zu ihrem Steckbrief gehören. *Hallo, ich heiße Annika. Und das hier ist mein verschwundener Freund beim Tischtennis spielen und hier sieht man ihn auf einem Liegestuhl im Garten.*

Yans Worte durchbrachen jede Routine.

„Ich hab ihn schon mal gesehen. Ein Kumpel von mir hat Fotos ins Netz gestellt, auf denen war dein Freund drauf. Da bin ich mir sicher. Ich kann meinen Kumpel fragen, ob er weiß, wo Andi steckt."

Das hatte er gesagt. Und nun konnte Annika an nichts anderes mehr denken.

Langsam hob sie ein Bein über Julius, bis sie den Boden unter ihrem Fuß spürte, dann folgte ihr zweites. Sie warf sich eine Strickjacke über, nahm ihr Handy und verließ leise das Zimmer. Der Aufenthaltsraum war leer, so wie meistens. Erst abends, vor den Partys, kamen hier all jene zusammen, die auf der Suche nach einer freien Steckdose für ihre Smartphones und Laptops waren. Annika ließ sich auf einen der Sitzsäcke fallen und gab das WLAN-Passwort in ihr veraltetes Smartphone-Modell ein. Yans Worte hallten in ihren Ohren nach und machten sie nervös. Gedankenverloren begann sie, an ihren Nägeln zu kauen, und stoppte, als sie die bittere Tinktur schmeckte. Ungeduldig wartete sie darauf, dass die Verbindung hergestellt wurde. Danach tat sie das, was schon zu einer Art Ritual geworden war: Sie sah nach, wann Andi zuletzt online gewesen war (vor zwei Wochen) und öffnete gleich darauf den Internetbrowser, um nach Unfällen und Vermisstenmeldungen in Thailand zu suchen. Doch es war das erste Mal seit zwei Wochen, dass sie neue Hoffnung schöpfte.

***

Julius wachte mit einem schlechten Gefühl auf, was ausnahmsweise nicht an einem Kater liegen konnte. Nach mehreren eindrucksvollen Abstürzen hatte er letzte Nacht entschieden, rechtzeitig die Bremse zu ziehen. Er war fast nüchtern geblieben, obwohl Yan ihm immer wieder neue Becher und Bierflaschen gereicht hatte. Nina Sophie war an seiner Abstinenz nicht ganz unschuldig gewesen: Das viele Flirten und Grinsen hatte seine Lippen erfolgreich von den meisten Bechern ferngehalten. Er hatte Nina nachmittags im Aufenthaltsraum kennengelernt, als er und Yan nach passenden Gästen für ihre Party gesucht hatten. Und Nina hatte von Anfang an sehr passend gewirkt. Es war ihr erster Abend in Bangkok gewesen und sie hatte den Eindruck vermittelt, als wollte sie diesen in vollen Zügen genießen.

Julius' Schulter schmerzte unter der harten Bettkante. Er rückte ein paar Zentimeter zur Seite und bemerkte, dass er die Matratze ganz für sich allein hatte. Er wusste, dass er sich in einem fremden Zimmer befand, und auch, wem er es zu verdanken hatte.

Aus irgendeinem Grund hatte Yan die Bar vorzeitig verlassen und ihn mitnehmen wollen. Dabei war sich Julius ziemlich sicher gewesen, dass Nina die gleiche Idee gehabt hatte. Sie wohnte zwar in einem Achtbettschlafsaal, aber das wäre kein Problem gewesen. Das Problem hatte eher Yan gesehen.

„Wir wollen morgen früh losfahren", hatte er gemeint. „Wir müssen fit sein."

Nach ihrer Flucht aus dem Hostel mit dem Gummibaum hatten sie einen Kleinbus gemietet, der groß genug war, um darin auch die eine oder andere Nacht zu überbrücken. Sie hatten ihn auf dem Gelände ihres neuen Hostels abgestellt, das praktischerweise über einen Parkplatz verfügte.

Julius hatte sich in einer Zwickmühle befunden, sowohl Nina als auch Yan hatten ihn unter Druck gesetzt. Schließlich hatte Nina beleidigt gewirkt und entschieden, Emily und Annika aufzusuchen. Also war Julius Yan in ihr eigenes Sechsbettzimmer gefolgt, nur um dort festzustellen, dass fünf der sechs Betten bereits belegt waren – darunter sein eigenes. Der langhaarige Wodkatrinker hatte es sich einverleibt, bevor er in einen komatösen Tiefschlaf gefallen war. Als Grund dafür hatte Julius das Mädchen wiedererkannt, das sich zuvor in ihrem Zimmer übergeben hatte. Sie hatte eingerollt im Bett des Langhaarigen gelegen und ähnlich weggetreten gewirkt wie dieser.

Julius hatte daraufhin entschieden, im Sessel des Aufenthaltsraumes zu schlafen. Auf seinem Weg nach unten war er der Mädchengruppe begegnet: Annika und Nina, in ihrer Mitte eine wankende Emily. Nina hatte ihn ignoriert und sich um Emily gekümmert, doch Annika schien guter Laune und hatte ihm angeboten, ihr Bett mit ihm zu teilen. Im Nachhinein glaubte Julius, dass der Sessel bequemer gewesen wäre.

Er brauchte einen Moment, bis er sich so weit gedehnt hatte, dass er sich dazu in der Lage fühlte, aufzustehen und in sein eigenes Zimmer zurückzukehren.

Das Sechserzimmer sah so chaotisch aus, wie er es zurückgelassen hatte. Die Bewohner waren auf ihre Betten verteilt und schienen fest zu schlafen. Sie lagen gleichgültig, fast schon erhaben, über einem Boden voller Flecken, leerer Flaschen und Chipskrümel. Gerade wegen des krassen Gegensatzes stach es Julius sofort ins Auge: Nur ein Ort im Raum war so sauber und ordentlich, dass fast eine Art Leuchtkraft von ihm auszugehen schien. Vermutlich waren es die weißen Laken, die unschuldig übereinanderlagen, als hätten sie noch nie einen langhaarigen Wodkatrinker bedecken müssen. Julius blinzelte, doch das Bild blieb dasselbe. Es war Yans Bett. Und es war leer.

In Julius machte sich eine dunkle Ahnung breit. Er verließ das Hostel und ging zum Parkplatz hinter dem Gebäude, wo Yan und er den blauen Mietvan abgestellt hatten. Dort fand er nichts außer einer Kokosnuss, die auf dem Boden lag. Julius' Befürchtung bestätigte sich. Der Parkplatz war genauso leer wie Yans Bett.

„Weißt du, wo Yan ist?"

Annika sah von ihrem Handy auf. „Hi", antwortete sie. „Nein, ich hab ihn heute noch nicht gesehen. Wieso, ist was passiert?"

Julius zögerte einen Moment. Er konnte weder sagen, was, noch ob überhaupt etwas vorgefallen war. Er wusste nur, dass alles so aussah, als hätte Yan das Hostel verlassen. „Das Auto ist weg. Unser Auto. Wir hatten heute damit zusammen in den Norden fahren wollen." Es war eine ziemliche Sauerei.

„Du meinst, er ist abgehauen?"

Erst jetzt schien Annika wirklich zuzuhören. Julius fiel auf, dass sie schockiert wirkte, und fragte sich, warum. Er zuckte mit den Schultern. „Ich kann ihn jedenfalls nicht erreichen. Ich hab es schon ein paar Mal auf seinem Handy versucht."

„Und er hat gestern nichts mehr zu dir gesagt? Dass er noch irgendwohin muss? Keine Andeutung?"

Julius schüttelte nur mit dem Kopf. Annika sah ihn mit großen Augen an, als wollte sie ihm nicht glauben.

„Lass uns noch mal in eurem Zimmer nachschauen", beschloss sie.

Chaos bis auf ein einziges, leuchtend weißes Bett. Annika lief direkt darauf zu. „Der Bezug ist noch drauf", stellte sie fest. „Vielleicht musste Yan schnell gehen. Oder er hat vor, im Laufe des Tages wiederzukommen."

Julius entschied, die Rezeption im Eingangsbereich aufzusuchen und dort nach Yan zu fragen.

„No, he didn't check out", sagte ihnen der junge Mitarbeiter.

„Wenn er nicht ausgecheckt hat, dann kommt er vielleicht wieder zurück", meinte Annika.

„Nothing happened?", hakte Julius nach.

„A man called", erwiderte der Rezeptionist und warf einen Blick in Richtung des Schnurtelefons, das sich auf seinem Schreibtisch befand. „He was searching for someone, too, but I don't remember the name. Maybe he was saying Yan, I'm not sure."

Julius ließ sich die Telefonnummer der Person geben, die im Hostel angerufen hatte, und hoffte, dass es die von Yan war. Es war jedoch eine andere, eine mit einer thailändischen Vorwahl. Zurück im Gemeinschaftsraum wählte Julius die Nummer zweimal, doch niemand meldete sich. Er lehnte sich auf einem der Sitzsäcke zurück und versank in eigene Gedanken.

„Wir sollten unsere Wertsachen lieber im Auto verstauen.“ Das hatte Yan am Vorabend gesagt, und Julius hatte genickt und seinen Laptop und seine Kamera hervorgeholt. *„Nicht dass sie auf der Party kaputtgehen oder geklaut werden.“* Immerhin gab es keine Schließfächer. Und dann war da noch die Bewerbungsmappe, die Julius im Handschuhfach untergebracht hatte. Er mochte nicht daran denken, welche Unterlagen verloren gehen würden, wenn Yan und das Auto nicht zurückkamen. Es sah ganz so aus, als hätte man ihm seine Entscheidung abnehmen wollen ...

„Oh, hey, geht's dir besser?“

Julius blickte auf. Annika hatte Emily entdeckt. Ihr Gesicht zierten tiefe Augenringe und ein blasser Teint, aber immerhin schien sie wieder normal laufen zu können. Obwohl sie mittelgroß war und durchschnittlich schlank, machte sie einen zarten Eindruck und löste eine Art Beschützerinstinkt in Julius aus. Eigentlich mochte er selbstbewusste Frauen, aber Emily gefiel ihm. Auch jetzt sahen ihn ihre großen dunklen Augen verträumt an.

„Yan ist verschwunden“, erklärte Annika sofort. „Weißt du, wo er stecken könnte?“

Emily wirkte überrascht. Sie schwieg und fuhr sich dabei mit einer Hand über die rechte Schläfe, als hätte sie Kopfschmerzen. „Ich hab leider keine Ahnung“, sagte sie nach einer Weile. Wieder rieb sie sich über die Schläfe und schloss die Augen.

„Kater?“, fragte Julius.

„Ach", erwiderte Emily, „es geht."

„Siehst ehrlich gesagt ziemlich ... angeschlagen aus." Er hatte zwei Schwestern und wusste, wie wichtig die richtige Wortwahl war.

„Alles gut, so betrunken war ich ja gar nicht." Niemand antwortete darauf. Emily öffnete die Augen. „Was ist?"

„Du warst komplett besoffen", korrigierte Annika sie. „Ein Wunder, dass du überhaupt noch laufen kannst."

„Ist das dein Ernst? Hab ich ... hab ich was Schlimmes gemacht?"

Annika zuckte mit den Schultern. „Nicht direkt. Du hast erst deinem Sitznachbarn vor die Füße gekotzt, der glaube ich davon ausgegangen ist, dass du ihn küssen wolltest. War ein ziemlicher Schock für ihn. Ich hab ihm zwanzig Baht in die Hand gedrückt und gesagt, er soll abhauen, als er anfing, dich anzupöbeln. Du hast übrigens zurückgepöbelt. Hast gesagt, er hätte Mundgeruch und wär eh nicht dein Typ. Du warst ganz schön selbstbewusst für deinen Zustand. Danach hab ich dich zur Toilette gebracht und auf dem Weg dahin hast du dich über mein Kleid gebeugt und na ja ... Macht nichts, mein Kleid ist schon in der Wäsche. Jedenfalls wurden wir aus der Bar rausgeschmissen und du hast ab sofort Hausverbot. Sie haben sogar ein Foto von dir geschossen und wollten es an irgendeine Wand pinnen und –"

„Okay, das reicht", unterbrach Emily sie. „Das ... das tut mir furchtbar leid, Annika, das ist ... Ich fühl mich erbärmlich."

Sie ließ sich auf einen der Sitzsäcke fallen und musste zu abgelenkt sein, um rechtzeitig zu bemerken, dass es sich um das kaputte, durchgehangene Exemplar handelte.

„Alles in Ordnung?", rief Annika, als Emily mit einem dumpfen Geräusch zwischen dem Stoff verschwand, zusammengeklappt wie ein Taschenmesser.

„Schon okay. Tiefer als letzte Nacht kann ich eh nicht mehr sinken."

„Ach, das war echt kein Ding. Andi trinkt auch oft zu viel, ich weiß nicht, wie oft er schon gekotzt hat ..." Annika verstummte.

„Hat jemand von euch eigentlich Nina gesehen?", fragte Julius.

„Müsstest du das nicht am besten wissen?", fragte Emily zurück, zwischen den Falten des Sitzsackes hindurch.

„Wieso meinst du?"

„Hast du nicht bei ihr geschlafen?"

„Ich hab bei Annika geschlafen."

„Bei Annika?" Emily rappelte sich ein paar Zentimeter nach oben, nur um im selben Moment wieder hoffnungslos zu versinken.

„Julius hatte keinen Schlafplatz, irgendjemand Fremdes hat sich in sein Bett gelegt", meinte Annika. „Es war furchtbar eng. Aber das war nicht so schlimm, ich hätte auch so nicht gut schlafen können. Ich musste die ganze Nacht an das denken, was Yan zu mir gesagt hat. Dass er vielleicht rausfinden kann, wo Andi steckt. Und jetzt ist Yan weg. Mit dem Auto."

„Er kommt bestimmt wieder." Emily war noch immer mit ihrer Sitzposition beschäftigt, als sie plötzlich in der Bewegung innehielt. „Moment“, sagte sie, stemmte sich mit einiger Mühe nach oben, schwankte kurz und verließ das Zimmer. Als sie zurückkam, hielt sie eine Serviette in der Hand. „Meine Kreditkarte ist weg ...“ Ihre Wangen waren mit feinen, roten Flecken besprenkelt. „Jemand muss sie mir gestohlen haben. Ist euch irgendwas aufgefallen? Nein?“

„Was hast du da in der Hand?“, fragte Annika.

„Oh ja, genau.“ Emily wedelte mit der Serviette. „Die hat mir Yan gestern gegeben. Aber jetzt, wo ich sie wiedergefunden hab, bezweifle ich sehr, dass sie uns weiterhelfen wird.“

Zu dritt starrten sie auf das Stück Stoff.

„Also, ich weiß nicht, wie es euch geht, aber alles, was ich erkennen kann, ist eine grüne Essiggurke“, meinte Julius schließlich.

Annika nickte. „Mit einem Hut.“

„Und einem Bommel?“ Emily hatte den Kopf schief gelegt, als würde sie das Bild auf diese Weise in etwas Hilfreicheres als ein Mütze tragendes Gemüse verwandeln können. „Ich glaube, Yan war betrunkener, als ich gedacht hab. Es ist –“

Ein langgezogener Ton unterbrach sie. Die drei wechselten kurze Blicke, danach fuhr Julius mit einer Hand in die Tasche seiner Shorts. „Mein Handy“, sagte er. „Eine SMS.“

„Von Yan?“

„Nein.“ Julius runzelte die Stirn. „Das ist die Nummer, die uns der Typ von der Rezeption gegeben hat.“

Annika und Emily traten neben ihn, sodass sie die drei Wörter auf dem Display lesen konnten.

Who are you?

„Dasselbe solltest du ihn fragen", fand Annika und Julius begann sofort, eine Nachricht auf Englisch zu verfassen.

Hallo, ich bin Julius, ein Freund von Yan.
Ich suche ihn und kann ihn nirgendwo erreichen.
Kannst du mir vielleicht weiterhelfen?

Fast im selben Moment, als er die Nachricht abgeschickt hatte, erhielt Julius bereits eine Antwort.

Ich kenne Yan. Er ist verschwunden, sagst du? Mit meinem Auto?

Er scheint heute Morgen mit einem Auto weggefahren zu sein, das er und ich gestern gemietet haben.

Das Auto gehört mir, ich habe es vermietet. Dann weiß ich ja jetzt, an wen ich mich wenden kann, wenn es nicht wieder auftaucht.

„Du kennst ihn?", fragte Emily.
Julius schüttelte den Kopf. „Nein. Yan hat sich um das Auto gekümmert, und ich hab uns in der Zeit was zu essen besorgt. Danach haben wir uns wiedergetroffen."
Das Handy vibrierte ein zweites Mal.

Ich kann mir vorstellen, warum Yan wegmusste. Er und ich spielen eine Art Spiel zusammen. Hat er dir davon erzählt?

Julius erinnerte sich an Yans Worte. Und auch an seinen Vorschlag, mitzumachen. Deswegen sollte er verschwunden sein?

Er hat es erwähnt. Wie genau funktioniert es?

Es ist eigentlich ganz einfach. Wir denken uns gegeseitig Aufgaben aus, die wir erfüllen müssen. Herausforderungen, die wir in unserem Leben bewältigen wollen, wichtige Erlebnisse, für die wir bisher keine Zeit hatten – und die uns zu den Menschen machen können, die wir sein möchten.
Man könnte fast sagen, dass es sich um eine Art Bucket-List handelt.Auf jeden Fall ist es die beste Möglichkeit, sein Glück zu finden – oder an den Rand der Verzweiflung getrieben zu werden.

„Er hat mir auch davon erzählt", kam es von Emily. Sie schien wieder nachzudenken, denn erneut griff sie sich an die Schläfe. „Ich weiß nur nicht mehr genau, was er gesagt hat."
Julius tippte weiter.

Ich kenne viele Leute mit einer Bucket-List. Was soll das Besondere daran sein?

Ich habe nie behauptet, dass es etwas Besonderes ist. Aber ich habe meinen Teil der Aufgabe bereits erfüllt.

Jetzt ist Yan dran. Er muss mir Videos von den Aufgaben schicken, Beweise, dass er sie wirklich geschafft hat.

Geht es dabei auch um bestimmte Orte?
Kannst du dir vorstellen, wo Yan hingefahren ist?

Alle drei betrachteten den Bildschirm. Eine Minute, vier Minuten. Irgendwann wurde er schwarz. Julius ließ das Handy zurück in seine Hosentasche gleiten. Er seufzte.

„Ich glaube, es bleibt uns nichts anderes übrig, als abzuwarten."

Stille Post

Emily

Wer bin ich?

Emily, dreiundzwanzig, Medizinstudentin aus Berlin. Und sonst? Ich reise gerade durch Thailand. Ich mag Bücher. Ich habe lange Jahre Klavier gespielt und als Kind habe ich mal Ballett gemacht. Medizinstudentin, Thailand, Bücher – das ist also mein Steckbrief. Er könnte aber auch Architektur, Ecuador, Volleyball lauten. Zum Beispiel. Immerhin hatte ich vor dem Abi ernsthaft überlegt, Architektin zu werden und Ecuador wäre ein gutes Ziel für mein Spanisch gewesen. Und wer weiß, vielleicht hätte sich Volleyball als genau meine Sportart entpuppt, wenn ich sie nur mal ausprobiert hätte. Emily, dreiundzwanzig – und so viele verschiedene Kombinationsmöglichkeiten. Nur, woher weiß ich, welche die richtige ist?

Anstatt mir zu überlegen, wer ich bin, sollte ich mich vielleicht vielmehr fragen: Wer will ich sein? Und welchen Weg muss ich gehen, um diese Person zu werden?

Es waren Gedanken, die schon lange in meinem Kopf umherwanderten und die nun wieder durch die Worte des anonymen SMS-Schreibers nach ganz vorne in mein Bewusstsein katapultiert worden waren: *Wir denken uns gegenseitig Aufgaben aus, die wir erfüllen müssen. Herausforderungen, die wir in unserem Leben bewältigen wollen, wichtige Erlebnisse, für die wir bisher keine Zeit hatten – und die uns zu den Menschen machen können, die wir sein möchten.*

„Angenommen, Yan hätte dir angeboten, bei seinem Spiel mitzumachen: Was hättest du dir ausgedacht?"

Es war Julius, an den ich diese Worte richtete, als wir am selben Nachmittag zusammen durch die Stadt liefen. Ich hatte gehofft, meinen Kater durch frische Luft zu verjagen (so frisch, wie man sie mitten in Bangkok eben finden kann), und Julius hatte angeboten, mich zu begleiten. Annika dagegen hatte im Hostel bleiben wollen, um auf Yan zu warten.

„Irgendwelche Mutproben, um Grenzen zu überwinden", antwortete Julius. „Oder auch soziale Herausforderungen ... Im Grunde ginge es ja darum, ein besserer Mensch zu werden, oder? Mutiger, klüger, irgendwie erfahrener als vorher. Ich hab da mal ein YouTube-Video gesehen, in dem ein Typ lauter persönliche Hürden überwindet. Ein Kanadier, der sich ein Jahr Zeit genommen hat, um all das zu machen, was er immer tun wollte und wovor er trotzdem immer Angst hatte." Er begann, das Video genauestens zu beschreiben, bis ich irgendwann den Faden verlor.

„Interessant", meinte ich. Die hämmernden Straßengeräusche und die drückende Hitze verstärkten meine Kopfschmerzen.

„Du hast mir eben nicht zugehört, oder?"

„Ich hab's versucht. Du kannst echt schnell reden."

„Nehm ich dir nicht übel, dein Kater muss ziemlich heftig sein." Er grinste.

„Wieder was zum Abhaken auf meiner persönlichen Bucket-List."

„Aus einer Bar in Bangkok rausgeschmissen werden: check. Das schafft bestimmt nicht jeder, vor allem nicht auf der Khaosan Road."

„Du vergisst, dass ich Medizinstudentin bin. Wir gelten als ehrgeizig. Da macht man keine halben Sachen."

„Dann wirst du wenigstens anständige Kopfschmerztabletten dabei haben."

„Schön wär's. Du weißt nicht zufälligerweise, wo ich in diesem Moloch eine Apotheke finde?"

Zu meinem Bedauern schüttelte Julius den Kopf.

„Wie lange bleibst du eigentlich hier?", fragte ich weiter. „Also wie lange willst du reisen, meine ich?"

„Ich hab die ganzen Semesterferien Zeit. Mein Rückflug geht in drei Monaten."

„Nicht schlecht. Und was studierst du? Offensichtlich nicht Medizin."

„BWL."

„Gefällt's dir?"

„Geht so. Am besten hat's mir in Perth gefallen. Hab dort ein Auslandssemester gemacht. Zumindest drei von fünf Tagen die Woche. Die restliche Zeit konnte ich machen, wozu ich Lust hatte. Es war ... wie eine Art Paralleluniversum. Ich hab das neue Semester bis jetzt ganz gut verdrängen können. Ist das da vorne Nina? Hey!"

Sie war es tatsächlich. Ungeschminkt sah sie noch blasser aus als am Vorabend und die Pickel an ihrem Kinn waren deutlicher zu erkennen. Sie kam näher und lächelte ihr gewinnendes Lachen.

„Ich war gerade bei meinem Yogakurs und bin auf dem Rückweg an einem Straßenfest vorbeigekommen", erklärte sie. „Das war richtig schön, da müsst ihr unbedingt hin! Ist gleich dort vorne. Das Essen sah super aus und es wurde einheimische Musik gespielt. Bin leider nur kurz dort gewesen, ich will nur noch unter die Dusche. Der Kurs ist anstrengender, als ich dachte. Na ja, wir sehen uns später im Hostel!" Wieder lächelte sie. „Viel Spaß auf dem Fest!" Sie drehte sich um und lief weiter.

Wir folgten Ninas Wegangabe, doch ein Fest war nirgendwo zu entdecken. Die Gegend ringsum wirkte schäbig, mit düsteren Häuserfassaden, hängenden Fensterläden und engen Eingängen. Mehrere dunkle, schmale Höhlen taten sich zwischen den Gebäuden auf, Gassen, die aussahen, als würden sie ins Nichts führen.

„Geht's nur mir so oder findest du diesen Ort hier auch unheimlich?", fragte ich Julius.

„Na ja, hab schon schönere gesehen. Nina hat sicher eine andere Stelle gemeint."

Ein Mann humpelte vor uns auf dem schrägen Bordstein, auf der anderen Straßenseite stand eine Frau in schmutzigen Kleidern und bot Obstsäfte an. Mit lautem Geknatter fuhr ein Motorroller an uns vorbei. Ansonsten wirkte der Ort gegen das restliche Bangkok wie ausgestorben. Und doch fühlte ich mich beobachtet. Als würden mich mehrere Augenpaare durch die schiefen Fensterläden mustern.

Wir bogen um die Ecke und tauchten ein in die gewohnte Geschäftsmäßigkeit der Stadt. Zwar war auch dort nirgendwo ein Fest zu entdecken, aber immerhin gab es Marktstände mit Schmuck, bonbonfarbenen Lampions und bedruckten Shirts. Männer, Frauen und Kinder saßen auf bunten, verschrammten Plastikstühlen und unterhielten sich, vor ihnen dampfende Schalen mit Reis und verschiedensten Eintöpfen. Köche jonglierten auf ihren fahrenden Herdplatten mit Tellern und Pfannen. Es war, als hätte die Straße zuvor nicht existiert. Instinktiv entspannte ich mich.

„Meinst du, über so was freuen sich kleine Schwestern?", fragte mich Julius und deutete auf ein goldenes Armband mit kleinen rosa Steinchen. „Meine Schwester ist siebzehn und mag Rosa."

Ich wollte etwas antworten, doch ich kam nicht dazu. Es war einer jener Schlüsselmomente, deren Bedeutung man nur erahnen kann und deren volles Ausmaß sich erst im Nachhinein zeigt. Julius griff sich an seine Shorts und drehte sich panisch um. Automatisch folgte ich seiner Bewegung und sah nur noch einen schwarzen Hinterkopf, der bereits wenige Augenblicke später im Getümmel verschwunden war.

„Verdammt, der hat mein Portemonnaie geklaut!"

„War viel drin?"

Julius schien kurz nachzudenken. „Ich hab noch was in meinem Kopfkissen versteckt. Aber ich weiß nicht mehr, ob ich meine Kreditkarte dort gelassen hab oder ob sie im Portemonnaie war. Ich glaub, ich sollte lieber nachschauen gehen ... Verdammt! Willst du mitkommen oder bleibst du noch ein bisschen hier?"

Ich entschied, mir etwas zu Essen zu kaufen (die erste Mahlzeit für meinen geschädigten Magen) und mich unter die Einheimischen zu mischen. Mir gefiel der belebte Platz. Ich war von der Vorstellung angetan, durch die Städte und Länder Asiens zu streifen und mich an den schönsten, den interessantesten Orten niederzulassen, um meine Eindrücke in meinem Notizbuch festzuhalten. Wie eine große Schriftstellerin eben, eine Abenteurerin, die viel zu erzählen hat.

Der Tisch, an den ich mich mit einer dampfenden Schale Curry setzte, war mit klebrigen Essensresten bespritzt. Er gefährdete den kunstvollen Einband meines Notizbuches, das ich seit drei Tagen immer in meiner Tasche trug und das ich nun zum ersten Mal hervorholte. Ich wischte den Platz vor mir mit einem Taschentuch sauber, dann schlug ich die leeren Seiten auf. Ich dachte nach. Langsam und zähflüssig wie das dicke Curry vor mir. Ich beobachtete die Menschen und die Szene um mich herum mit pochender Schläfe. So sehr ich es auch versuchte: Mir fiel kein einziger schlauer Kommentar ein. Mein Gehirn war wie leer gepustet, ohne jeden Witz, ohne jeden Scharfsinn. Ich fühlte mich deprimiert. In drei Tagen hatte ich noch nicht einen vernünftigen Satz zustande gebracht. Die lauten Stimmen um mich herum lenkten mich ab. Ich ließ mich gerne ablenken und beruhigte mein Gewissen mit der Begründung, in solch einem Umfeld unmöglich arbeiten zu können. Morgen, so war ich mir sicher, würden mir die Sätze klug und leicht von der Hand gehen. Dann würde ich nüchtern, ausgeruht und voll aufnahmefähig sein.

Ich packte mein Notizbuch ein und widmete mich mit weit größerem Interesse der Schale mit dampfendem Essen. Nach wenigen Bissen des scharfen Currys wurde mir wieder übel. Unverrichteter Dinge und mit dem Gefühl, nicht vorwärtszukommen, stand ich auf. Ich lief an den Marktständen entlang und warf einen Blick auf die Auslagen. Dabei achtete ich darauf, möglichst dauerhaft in Bewegung zu bleiben, damit keiner der Ladenbesitzer ein Gespräch mit mir anfangen konnte.

„Can you help me?", fragte eine Stimme hinter mir.

Sie gehörte einer jungen Thai, die in meine Richtung lächelte, zwischen uns eine große braune Kiste. Sie sah schwer aus und vermutlich war das auch der Grund, warum mich die Frau angesprochen hatte. Unsicher nickte ich und lächelte anstandshalber zurück. Ich hoffte, dass neben mir ein starker, breit gebauter Mann auftauchen und mir zu Hilfe eilen würde, doch die Frau sah leider unmissverständlich nur mich an. Also nahm ich gezwungenermaßen einen der Henkel und hob ihn an.

Die Kiste war sogar noch schwerer, als ich gedacht hatte. Nur mühsam schafften wir es, sie gemeinsam zu tragen. Mit leichtem Unbehagen stellte ich fest, dass die Frau geradewegs die ausgestorbene, düstere Nebenstraße ansteuerte. Wir liefen auf einen der engen Hauseingänge zu, hinter dem sich eine wacklige Treppe auftat. Der Geruch im Treppenhaus war faulig und es brannte kein Licht. Nur durch Ritzen in den Wänden stahlen sich vereinzelte Sonnenstrahlen nach drinnen. Der Ort wirkte beklemmend und die Stufen unter mir waren so abgewetzt, als würden sie jeden Moment einstürzen. Ich nahm mir fest vor, nie wieder einer fremden Person in ein fremdes Haus zu folgen.

Der Raum, in dem ich mich schließlich wiederfand, konnte als logische Konsequenz der modrigen Holztreppe angesehen werden: dunkel und renovierungsbedürftig. Auch hier hatte ich das Gefühl, den Boden zu verlieren.

„Thank you very much“, sagte die Frau, nachdem wir die Kiste abgestellt hatten. Wieder lächelte sie und hielt ihre aneinandergelegten Handflächen vor das Gesicht, das Zeichen der Verabschiedung. Ich hätte es ihr nachgemacht, hätte ich in diesem Moment nicht ein langgezogenes Röcheln gehört, auf das ein heftiger Husten folgte. Ich drehte mich um. In der Ecke stand ein klappriges Holzbett, doch der alte (oder vielleicht auch nur mittelalte) Mann darin sah nach seiner Hustenattacke noch wesentlich klappriger aus. Laut atmend lag er in dem dämmrigen Halbdunkel.

„What's the problem?“, fragte ich die Frau.

„You doctor?“

Automatisch machte ich eine abwehrende Handbewegung. Ich selbst wusste wohl am besten, dass ich alles andere als ein Arzt war. „Äh, no, just a medical student.“

„Oh, good!“ Das Lächeln der Frau wurde noch herzlicher. Es schlug in einen bedauerlichen Gesichtsausdruck um, als sie sich eine Hand auf ihre Herzgegend legte. „Not good.“ Danach hob sie ihren linken Arm und ihr linkes Bein und ließ sie schlaff zur Seite hängen. Sie schüttelte den Kopf und machte eine Kinnbewegung in Richtung des Bettes. Ich tippte darauf, dass sie vielleicht eine halbseitige Lähmung meinte und der Mann einen Schlaganfall gehabt haben könnte.

„Since when?“, fragte ich.

„Four months.“ Also immerhin kein akuter Notfall. „He my father. You want to see him?“

Die Frau sah mich erwartungsvoll aus runden, fast schwarzen Kinderaugen an. Mein Blick glitt von ihr zu dem Bett und wieder zurück. Ich wusste nicht, was ich tun sollte, doch ich befürchtete, dass die Frau irgendeine kluge Handlung von mir erwartete. Ich kam mir wie eine Betrügerin vor und doch hätte ich mich noch schlechter gefühlt, wenn ich einfach so wieder gegangen wäre. Also lief ich auf den Mann zu, sicherer, als mir zumute war. Die Frau folgte mir und redete auf ihren Vater ein. Unter dem dünnen Laken trug dieser nur ein luftiges Nachthemd, was in der Hitze des düsteren Raumes verständlich war. Die Frau machte sich sofort daran, ihrem Vater das Hemd bis zum Hals hochzuziehen.

Ich hatte gelernt, dass jede Untersuchung eines Patienten mit der Inspektion beginnt, das heißt dem genauen Betrachten aller wichtigen Körperregionen. Gibt es zum Beispiel irgendwelche Besonderheiten an der Haut, wie Narben, die auf eine Operation hinweisen könnten? Gibt es gestaute Halsvenen, das Zeichen einer Rechtsherzschwäche? Sind die Atembewegungen des Brustkorbes regelmäßig?

Es ist ein eigenartiger Gegensatz aus lehrbuchhafter Routine und größter Intimität, wenn man bedenkt, dass man einen halbnackten Menschen – den man obendrein noch nie zuvor gesehen hat – aufs Gründlichste mustert. Es sind maschinelle Schemata, die im Notfall Leben retten können und es ist das Gefühl, wie eine leblose Maschine behandelt zu werden, was Patienten Angst macht.

Während ich mein Schema im Kopf durchging, fragte ich mich, ob es dem Mann unangenehm war, von einer dreiundzwanzigjährigen Touristin begutachtet zu werden. Mein Blick glitt über den dünnen, gebrechlich wirkenden Körper, das Werkzeug eines ganzen Lebens, abgenutzt und nach Jahren der Anstrengung offensichtlich nicht mehr gewillt, gute Arbeit zu leisten.

„He sixty", sagte die Frau, die meinen Blicken folgte. „Pain. Lot of pain. Lot of years now, that he can't do nothing. Can't breath. Only in bed. He was a strong man."

Ich stellte ihr viele Fragen: über seine Beschwerden (welche, seit wann, wie oft, unter welchen Umständen?), frühere Erkrankungen, Zigaretten- und Alkoholkonsum, Medikamentengebrauch und seinen Beruf. Ich wusste, wie wichtig eine gute Anamnese ist, also das Patientengespräch mit allen notwendigen Informationen, um den gesamten Patienten so gut wie möglich zu erfassen. Allerdings merkte ich schnell, dass die Frau mich nicht richtig verstand. Stattdessen schien sie voll und ganz auf meine Fähigkeiten als Untersucher zu vertrauen. Ich fühlte mich immer schlechter und sah mich im Raum um: Wo sollte ich ein Stethoskop für Herz und Lungen hernehmen?

„Sorry, but I have no instruments."

Erneut schien die Frau nicht zu wissen, wovon ich sprach. Ihre erwartungsvollen Augen machten mich immer nervöser. Schließlich entdeckte ich neben dem Spülbecken einen rostigen Metalltrichter. Es war das mieseste Instrument, das ich hätte finden können, und noch bevor ich es an die Brust des Mannes und mein Ohr hielt, wusste ich bereits, dass ich nichts hören würde. Das Schlimmste am Ganzen war allerdings, dass die Frau sehr beeindruckt von meiner Methode zu sein schien und abermals lächelte. Das Gefühl von betrügerischer Hilflosigkeit verstärkte sich immens und mischte sich mit dem Mitleid, das ich für die junge, hoffnungsvolle Frau und ihren armen, hoffnungslosen Vater empfand.

„You want some juice?", fragte mich die Thai plötzlich. „Orange juice?"

Bevor ich etwas sagen konnte, hatte sie sich umgedreht und war zum Esstisch gelaufen. Ich sah zu ihrem Vater, der mir ein schwaches Lächeln schenkte. Es ließ sein graues, fahles Gesicht kurz und überraschend aufleuchten. Irritiert lächelte ich zurück.

„I want to die."

Die schockierenden, geflüsterten Worte trafen mich vollkommen unerwartet. Der Thai lag ruhig da, mit unschuldigem Gesichtsausdruck. Ich war mir nicht sicher, ob ich ihn richtig verstanden hatte.

Die Tochter kam zurück und reichte mir ein Glas mit gelber Flüssigkeit.

„Good for you", meinte sie.

„Thank you." Ich trank den warmen, süßen Saft in wenigen Zügen. Ich war froh über die Unterbrechung.

„You like?" Die Thai schien sich zu freuen.

„Very good", antwortete ich. „Your dad ...", sagte ich dann. „He should go see a doctor." Die einzig vernünftigen Wörter, die ich nur deshalb so lange hinausgezögert hatte, weil ich der Frau ihren Wunsch nach einer Untersuchung nicht hatte abschlagen wollen. „You have a doctor?"

„No hospital", erklärte die Frau mit erstaunlicher Entschiedenheit.

Ich hatte nicht die geringste Ahnung vom thailändischen Gesundheitssystem und überlegte, ob es der Familie vielleicht zu teuer war.

„Family doctor? General practitioner?"

„No, no, thank you." Ihre Entschlossenheit wich einem freundlichen Lächeln. „Thank you."

Sie schien einzusehen, dass ich nicht weiterwusste, und trotzdem wirkte sie dankbar. In mir rumorte der Drang, etwas zu tun, das ihr und ihrem Vater wirklich helfen konnte. Ich griff nach meiner Tasche und zog mehrere Geldscheine heraus. Unsicher hielt ich sie der Frau entgegen. Ich fragte mich, ob meine Geste beleidigend wirkte, und kam mir vor wie eine naive, behütete Dreiundzwanzigjährige, deren größte Stärke das Geld ihrer Eltern war.

„Oh no, it's good!"

Höfliches Lächeln, erneute Unsicherheit meinerseits. Schließlich legte ich das Geld einfach auf den Tisch. „All the best", sagte ich zum Abschied und meinte es genau so. „And sorry. I'm really sorry."

Ich ließ den Raum und die modrige Treppe hinter mir und floh geradezu nach draußen, auf die offene Straße. Als sei ich diejenige mit den Atembeschwerden, holte ich automatisch tief Luft. Ich lief weiter, lief zurück zu dem kleinen Markt und war dankbar für den Trubel aus Menschen, Stimmen und Verkaufsständen, ein Zeichen von kräftigem Leben in all seinem bunten Durcheinander.

In meiner Tasche vibrierte mein Handy.

„Emy? Bist du's?" Es war die Stimme meiner Mutter.

„Mama?"

„Ach, Schatz, wie schön, deine Stimme zu hören! Wir vermissen dich ja so sehr! Wie geht's dir?"

Ich hatte einen Kater, weil ich mich in der Nacht hatte volllaufen lassen. Ich hatte mich mitten in einer Bar übergeben und man hatte mich rausgeschmissen. Nur einen Tag später hatte ich mitbekommen, wie ein anderer Backpaper vor meinen Augen bestohlen worden war, ich war alleine einer Wildfremden in ein heruntergekommenes Haus in Bangkok gefolgt und ich hatte als Medizinstudentin versagt.

„Gut", antwortete ich fröhlich. „Bin wohl noch in der Eingewöhnungsphase."

„Na, das geht ja jedem so. Hast du denn schon nette Leute kennengelernt?"

„Ja, ein paar. Gestern Abend. Mama, ich glaube, jemand hat mir meine Kreditkarte geklaut."

„Was, du wurdest überfallen?"

„Nein, nur meine Kreditkarte fehlt."

„Wie ist denn das passiert?"

„Ich hab echt keine Ahnung." Aus taktischen Gründen vermied ich es, zu erzählen, dass laut Annika meine Tasche in der Bar auf den Boden gefallen sein musste, als ich hoffnungslos besoffen auf meiner Sitzbank eingenickt war.

„Schatz, was sind das für Leute, die du gestern kennengelernt hast? Muss ich mir Sorgen machen?"

„Nein, nein, Mama, wirklich nicht."

„Pass immer gut auf, ja? Vor allem mit Männern. Ich bin mir sicher, die sind alle hinter dir her! Du darfst nicht so naiv sein und denken, dass alle immer nur nett sind, ja? Du bist ja so alleine unterwegs, mein Häschen ... Ich darf gar nicht daran denken! Trink nur keinen Alkohol, ich hab gelesen, dass der in Asien gerne mal gepanscht wird. Und geh mit niemandem mit, den du nicht kennst, auch wenn er noch so nett wirkt, versprichst du mir das? Weißt du denn mittlerweile, wie es weitergeht?"

„Ähm, nein, noch nicht. Ich bin ja auch erst den dritten Tag hier."

„Also hast du dir noch keinen Plan gemacht?"

„Ich hab mich noch nicht entschieden."

„Na, du kannst dir ja Zeit lassen. Du musst ja nichts überstürzen."

Mein Handy vibrierte ein zweites Mal.

„Mama, ich muss auflegen, ich bin gerade in der Stadt unterwegs. Ich ruf dich vom Hostel aus zurück, okay?"

„Nimm dir lieber ein Taxi! Nicht, dass du alleine irgendwo rumlaufen musst und dich verirrst!"

„Ich bin nicht alleine. In Bangkok ist man nie alleine", sagte ich, dann legte ich auf.

Ich sah, dass Julius mir eine SMS geschickt hatte. Es war ein einziger Satz:

Ich glaube, mein Geldproblem hat sich gelöst.

Es folgte ein Foto, das einen Stapel fein säuberlich sortierter thailändischer Geldscheine zeigte. Auch ohne sie durchzuzählen, erkannte ich, dass es eine ganze Menge sein musste.

Ohne Moos nix los!

Julius

Es waren zweiundzwanzig Bündel, wobei jeweils hundert Scheine von einer Banderole zusammengehalten wurden. Zwanzig Bündel aus Tausend-Baht-Noten und zwei aus Zehntausendern. Das ergab genau vierzigtausend Baht und somit rund tausend Euro, die Julius an der Rezeption ihres Hostels in einem abgewetzten Turnbeutel nichtsahnend entgegengenommen hatte.

Wer zur Hölle hatte ihm so viel Geld geschickt?

Er glaubte nicht, dass es ein gutes Zeichen war, vierzigtausend Baht in einem abgewetzten Turnbeutel überliefert zu bekommen. Auch wenn der Betrag im europäischen Vergleich nicht besonders hoch war und er von einer Verwechslung ausging, beschlich Julius das Gefühl, er könnte in ernsthafte Schwierigkeiten geraten – zumindest, wenn er an all die Mafiafilme dachte, die er immer mit dem größten Interesse geschaut hatte. Er war froh, dass er das Geld alleine in seinem Sechsbettzimmer ausgepackt hatte, sodass niemand davon wusste. Außer Emily natürlich, der er ein Foto geschickt hatte. Aber mit irgendjemandem musste er schließlich darüber reden.

Seine Gedanken wurden abgelenkt, als sein Handy klingelte. Der Name seiner Mutter erschien.

„Julius“, sagte sie. „Wir haben deine Nachricht bekommen. Nur die Karte und etwas Bargeld fehlen, meintest du? Das ist sehr ärgerlich, aber das lässt sich ersetzen. Wir werden das regeln.“

„Danke.“

„Und sonst, alles gut?“

„Ja, alles super.“

„Ich war ja auch immer Fan von Bangkok. Tolle Stadt. Sag mal, hast du dich schon für das neue Semester eingeschrieben?“ Julius hatte befürchtet, dass seine Mutter dieses Thema irgendwann wieder zur Sprache bringen würde. „Das müsste doch jetzt langsam fällig sein. Nicht, dass du es vergisst, wenn du nur noch Reisen im Kopf hast.“

„Ich wollte es eigentlich schon längst machen.“ Das war immerhin nicht ganz gelogen, dachte Julius.

„Warum hast du es noch nicht gemacht?“

„Das Internet ist hier nicht so gut.“ Auch das entsprach der Wahrheit.

„Dann geh eben in ein Internetcafé!“

„Ich hab noch nirgendwo eins gesehen.“ Wieder wahr, überlegte er.

„Das ist ja wohl eine faule Ausrede!“ Das war leider ebenfalls wahr.

„Ich werde mich drum kümmern.“ Halbwahr. Immerhin.

Julius wusste, wie hartnäckig seine Mutter sein konnte. Daher redete er sich mit einer schlechten Handyverbindung heraus (erneute Halbwahrheit), verabschiedete sich und ließ sich auf sein Bett sinken.

Das BWL-Studium war nicht direkt seine Idee gewesen, beziehungsweise hatte Julius nach seinem Abitur sowieso keinerlei Ideen gehabt. „Erst mal genießen", hatte sein Hauptvorschlag gelautet und so war er mit einem Jahr Zivildienst zufrieden gewesen. Seine Eltern hatten jedoch andere Vorschläge erwartet, und weil Julius keine machte, hatten sie diese Aufgabe kurzerhand für ihn übernommen. Ein Jurastudium zum Beispiel, so wie sein Vater, der in einer großen Bank arbeitete. Julius hatte Gesetze schon immer ziemlich langweilig gefunden, also hatte er mit dem Kopf geschüttelt. Dann vielleicht BWL? Damit konnte man eine Menge machen, zum Beispiel in einer Bank arbeiten, hatte sein Vater gemeint. Und immerhin war Julius gut in Mathe gewesen. In München gab es eine Privatuni, die seinem Vater empfohlen worden war, und damit war die Sache schließlich erledigt gewesen. Und weil Mathe Julius leichtfiel und er auch sonst nicht besonders viele Pflichtveranstaltungen gehabt hatte, hatte sich das Studium, dem er so misstrauisch begegnet war, als relativ angenehm herausgestellt. So angenehm, dass er es ab und an sogar vergaß und er schließlich vor lauter Vergesslichkeit ein Semester hatte wiederholen müssen. Danach war glücklicherweise Perth in Sicht gekommen und jetzt blieb noch ein weiteres Semester bis zum Bachelor. Und dann?

Für seine Eltern mochte es vielleicht ein wenig erstaunlich klingen, aber im Grunde hatte er keine Ahnung, was er mit BWL anfangen sollte. Ja, man *konnte* viel damit machen. Zum Beispiel in einer Bank arbeiten. Aber das wollte er nicht. Eigentlich hatte er den Beruf seines Vaters nie besonders gemocht. Sein Leben hatte er stets im Büro verbracht, in strengen Anzügen und mit strengen Mienen. Und die Gesprächsthemen, mit denen er nach Hause gekommen war! Kapitalanlagen, Zinsanleihen, Darlehen ... Julius hatte nie verstanden, wie man sein ganzes Leben solchen Begriffen opfern konnte. Das war nicht seine Welt. Aber was war sie dann?

In letzter Zeit hatte er sich oft die Frage gestellt, ob er so leben wollte wie seine Eltern: absorbiert von einem Job, ohne Zeit für Familie, Freunde, Privatleben. Er und seine Schwestern waren auch ohne den Vater in der Bank und die Mutter im Forschungsinstitut groß geworden. Es hatte stets irgendwelche netten und manchmal auch weniger netten Nannys aus der ganzen Welt gegeben, die das Gästezimmer im Keller bezogen hatten, und ob nett oder nicht, sie alle hatten den goldigen kleinen Julius ziemlich gerngehabt.

Es war nicht so, dass er selbst nicht arbeiten wollte. Oder dass er grundsätzlich ein „stinkfauler Sack ohne Verantwortungsbewusstsein" war, wie seine Mutter es ihm bei Gelegenheit vorwarf. Es hatte ihn insgeheim auch geärgert, dass Yan ihn ein Polohemd-Gesicht genannt hatte, auch wenn er zugeben musste, dass die meisten Shirts in seinem Schrank tatsächlich einen Kragen hatten. Julius war einfach ein Mensch, der viele Interessen hatte, viele Freunde und somit viele angenehme Möglichkeiten kannte, um sich den Tag zu vertreiben. Wenn er arbeitete, dann wollte er ganz einfach etwas Sinnvolles tun. Etwas, das ihm Spaß machte.

Eine kleine eigene Redaktion zum Beispiel. Oder ein Job als freischaffender Journalist. In letzter Zeit hatte er ernsthaft darüber nachgedacht. Er würde sich mit Politik beschäftigen können, mit Wissenschaft und

Wirtschaft. Und das, ganz ohne jemals in einem Wirtschaftsbetrieb arbeiten zu müssen. Der Gedanke, Menschen ihre Umwelt besser zu erklären, sie über wichtige Themen aufzuklären und zu unterrichten, gefiel Julius. Vielleicht ließ sich das sogar mit flexiblen Arbeitszeiten vereinbaren, die ihm genügend Freiraum ermöglichen würden. Für eine nette Familie, für seine Freunde und einen Sportplatz um die Ecke.

Praktischerweise, und das war kein unerheblicher Grundpfeiler seines Plans, verfügte Julius schon jetzt über ein angenehm pralles Bankkonto. Es war also nicht schlimm, wenn er mit seiner Arbeit nicht viel verdienen würde. Und abgesehen davon glaubte Julius sowieso, dass er Luxus gar nicht unbedingt brauchte. Er kam auch gut mit Backpacks und Hostels zurecht, zumindest hin und wieder.

Es war ein verlockender Gedanke, dem BWL-Studium und den Banken dieser Welt den Rücken zuzukehren ...

Das Einzige, was dieses fröhliche Bild trübte, war die Erinnerung an das verschwundene Auto, in dem sich die Bewerbungsmappe befand, die Julius eigentlich noch diese Woche hatte abschicken wollen. Genau wie sein Laptop, auf dem er die Exposés für seine Bewerbung abgespeichert hatte. Es wäre ein erster, großer Schritt in die richtige Richtung gewesen: Ein vorerst unbefristetes Volontariat bei einer jungen, aufstrebenden Zeitung. Sogar mit Ambitionen, sich auf YouTube zu etablieren, und mit einem feinen Sinn für Satire. Was seine Eltern wohl für Mienen gemacht hätten, wenn er die Stelle als unbezahlter Volontär wirklich bekommen hätte?

Deine Ausbildung hat uns ein Vermögen gekostet! Privatuni! Perth! Ein zusätzliches Semester, wiederholt vor lauter Vergesslichkeit ... Und was ist mit der Bank?

Julius begann, das Geld zurück in den Turnbeutel zu befördern, als sich die Tür öffnete. Es war Nina Sophie, hinter ihr eine verweinte Annika.

„Was machst du da?"

Julius zögerte. Er traute Nina zu, eine jener neugierigen Tratschtanten zu sein, denen er lieber nicht zu viel erzählte. Immerhin wirkte sie nicht mehr beleidigt, auch wenn sie ihre kokette Art verloren hatte. Ungeschminkt erinnerte sie ihn eher an eine brave kleine Schwester.

„Ist das dein Geld?", fragte sie mit Blick auf das Bündel in Julius' Händen.

Sie sah so überzeugend harmlos aus, dass Julius beschloss, sie doch einzuweihen.

„Krass! Und was machst du jetzt damit? Tausend Euro sind in Thailand 'ne Menge Geld."

„Ich werd noch mal zur Rezeption gehen, um zu fragen, ob sie mich verwechselt haben."

„Warum?"

„Weil es sicher nicht mein Geld ist."

„Und wenn doch, dann lädst du uns heute Abend hoffentlich auf einen Drink ein! Übrigens sind wir vorbeigekommen, weil Annika wissen wollte, ob du was von Yan gehört hast. Er könnte vielleicht rausfinden, wo sich ihr Freund als Letztes aufgehalten hat, deswegen ist es ihr sehr wichtig."

Bei dem Stichwort „Freund" rollten schlagartig dicke Tränen aus Annikas Augen, ein ganzer Sturzbach innerhalb weniger Sekunden. Julius wusste nicht, wie er reagieren sollte. Weinende Frauen hatten ihn schon immer überfordert, auch wenn Annika ihm wirklich leidtat.

„Du hast sicher von den beiden Mädchen gehört, die als vermisst gelten?“, fuhr Nina fort, während sie Annika tröstend über den Arm strich. „Jetzt ist scheinbar noch ein weiterer Backpacker verschwunden. Zuletzt wurde er in Bangkok gesehen. Seit vier Tagen fehlt jede Spur von ihm.“

„Ein alleinreisender junger Typ!“, rief Annika mit plötzlich sehr deutlicher Stimme. „So wie *er*!“

„Ist was passiert?“

Emily hatte das Zimmer betreten. Im Gegensatz zu Julius schien sie sofort zu wissen, was Annika brauchte, und nahm sie in den Arm. Erneut schilderte Nina die Geschichte vom verschwundenen Backpacker.

„Sie haben es in den Nachrichten gebracht.“

„Was ist, wenn ein Kidnapper dahintersteckt? Oder ein ...“, Annikas Tonlage wurde höher, „oder ein Serienkiller?“

Kurzes Schweigen machte sich breit, bevor im nächsten Moment jeder von ihnen versuchte, es durch beschwichtigende Floskeln wieder zu vertreiben. Sie klangen hohl, da niemand von ihnen wusste, was passiert war. Annika wurde trotzdem ein klein wenig ruhiger.

„Ein seltsamer Tag“, meinte Julius, mehr zu sich selbst.

Emilys Blick fiel auf den Turnbeutel. „Ist da das Geld drin?“

„Vierzigtausend Baht. Und ich hab keine Ahnung, wo die herkommen.“ Er erzählte, wie ihm der Rezeptionist den Beutel überreicht und einen schönen Tag gewünscht hatte. „Ich wüsste nicht, wer mir so viel Geld schicken sollte. Und warum auch?"

„Dann versteck es mal lieber vor deinen Zimmernachbarn, bis du weißt, was los ist. Die würden das Geld sicher spätestens Ende der Woche auf der Full-Moon-Party versaufen."

„Diese Woche ist die Full-Moon-Party?" Annikas Tonlage hatte sich wieder normalisiert.

„Ja, in vier Tagen."

Der Tränenstrom stoppte so plötzlich, als wäre er auf Annikas überhitzten, sommersprossigen Wangen verdampft. „Ist das diese Party auf der Insel?"

„Auf Ko Phangan, ja."

Sie wurde nachdenklich, ihr Blick verschwamm und sie putzte sich die Nase. Dann, völlig unerwartet, huschte ein feines Lächeln über ihr Gesicht. „Andi hat mir mal davon erzählt. Er hat gesagt, dass er da hingehen will." Sie sah jeden von ihnen einzeln an, als wollte sie sichergehen, dass sie ihr folgen konnten. In all ihrer Aufregung schien sie vergessen zu haben, wenige Sekunden zuvor noch der festen Überzeugung gewesen zu sein, Andi sei einem Psychopathen zum Opfer gefallen. Ihr Lächeln verstärkte sich. „Ja, vielleicht – vielleicht ist ja wirklich nur sein Handy kaputtgegangen, so wie ihr gesagt habt. Aber dort, auf dieser Party, könnte ich ihn finden ..."

Julius glaubte, es sei der falsche Moment, um zu erwähnen, dass auf diesen Partys bis zu dreißigtausend Menschen zusammenkommen. Annika hatte bereits ihr Handy hervorgeholt.

„Ende der Woche, sagst du?"

„Am Donnerstag."

„Heute ist Sonntag. Es gibt bestimmt noch Flüge ..." Annika setzte sich auf Julius' Matratze und fuhr fieberhaft mit ihren beiden Daumen über ihr Display. „Vierundneunzig Euro hin und zurück, wenn wir Mittwoch hinfliegen und Mittwoch in einer Woche wieder zurückkommen."

„Du willst echt auf die Schnelle nach Ko Phangan fliegen?"

„Ko Samui. Dort ist der Flughafen. Und dann mit der Fähre nach Ko Phangan. Das ist nicht weit und wir würden mittwochs schon früh auf Samui landen. Das heißt, wir könnten am selben Tag noch weiter nach Ko Phangan. Donnerstags dann tagsüber die Insel erkunden und abends auf die Full-Moon-Party. Hier gibt's noch ein paar freie Betten in einem gemischten Zwölfer-Schlafsaal ..."

„Gemischter Zwölfer-Schlafsaal während der Full-Moon-Party?", kam es von Nina. „Na, viel Spaß."

„Wahrscheinlich schläft man ja eh nicht viel, oder?", entgegnete Annika. „Na ja und danach könnte man weiterschauen. Theoretisch könnte man auch noch nach Ko Tao, das ist nicht weit mit der Fähre. Das ist das Taucherparadies Thailands. Ich kann euch auch Geld leihen, also wegen eurer Kreditkarten mein ich. Ich geh ja davon aus, dass wir noch länger zusammenbleiben werden, oder?"

„Hört sich eigentlich nicht schlecht an", meinte Emily. „Was sagt ihr dazu?"

Julius zuckte mit den Schultern. „Ich hab immer noch nichts von Yan gehört. Bisher hat er sich noch nicht gemeldet und ich hab nur seine Mailbox erreicht."

„Bis Mittwoch weißt du bestimmt Bescheid", erwiderte Emily. „Wenn Yan einfach so abhaut, dann braucht er sich nicht zu wundern, wenn du ohne ihn weiterplanst."

„Also ich finde das Schwachsinn", sagte Nina. „Das ist doch total kurzfristig und dann nur für eine Woche ... Wenn man schon mal dorthin fliegt, sollte man ja auch ein bisschen Zeit haben."

„Aber die Full-Moon-Party ist nun mal diesen Donnerstag!", rief Annika. „Und danach erst wieder in einem Monat. Kommt schon, das wird bestimmt super! Julius, du feierst doch so gerne, dachte ich?"

„Wieso fliegst du nicht alleine?", fragte Nina.

„Weil ... Ich hab Angst. Am Ende geht was schief und ich finde Andi doch nicht, oder ... Und ich hasse fliegen. Ach, kann nicht wenigstens einer von euch mitkommen? Die Inseln sollen super sein, das steht in jedem Reiseführer."

„Ich komme mit", sagte Emily.

„Na gut, überredet", meinte Julius. „Ich komm auch mit."

Annika strahlte. „Und du, Nina?"

Diese runzelte die Stirn, als sei sie nicht zufrieden mit der Situation. „Ihr wollt das wirklich machen?"

Ihre Augen waren auf Julius gerichtet, als sie die Frage stellte.

„Aber ihr kommt sicher wieder hierher zurück?" Sie schaute sich der Reihe nach um. „Gut, also dann denke ich, dass ich lieber noch eine Weile in Bangkok bleibe. Mir gefällt's hier. Und ich hab noch meinen Yogakurs.

Aber ich kann mich ja bei euch melden, falls Yan zurückkommt."

Julius zeigte auf den Turnbeutel: „Und was machen wir damit? Aufteilen? Ich glaube, es könnte an der Sicherheitskontrolle etwas komisch rüberkommen, wenn ich mit einem Turnbeutel voller Bargeld einchecken will", meinte er.

„Du wolltest doch noch mal an der Rezeption nachfragen, ob es sich nicht doch um eine Verwechslung handelt, oder?", fragte Emily.

„Ja, ich geh gleich mal runter. Ich bin mir sicher, dass es eine Verwechslung ist."

Doch er irrte sich.

***

„No, it's not a mistake. Someone gave me this bag and told me, to give it to Mr. ..." Der Rezeptionist runzelte die bronzefarbene, pickelige Stirn. Wie jeden Tag trug er ein faltenfreies Hemd mit Kragen und langen Ärmeln, die ihn vermutlich nur deshalb nicht störten, weil er direkt unter dem Deckenventilator stand. Er hatte einige Mühe mit Julius' Namen und brauchte mehrere tapfere Anläufe, bis er „Julius Hohenstädt" wie „Jules Own-Steak" aussprach. Er lächelte zufrieden.

Nina kicherte, was den Thai zu verunsichern schien. Sein Lächeln verschwand.

„And who gave you the bag?", fragte Julius. Er hielt den Turnbeutel in die Höhe, ohne zu verraten, welch kostbarer Inhalt sich darin befand.

Der Thai, nun mit ernster Miene, gab sich alle Mühe, den nächsten Namen in einem Rutsch aufzusagen: „Mr. Bustum."

„Bustum?", hakte Julius nach.

„Not easy, your names. Not a Thai name." Die Miene des Rezeptionisten verfinsterte sich weiter.

„No worries", sagte Julius betont höflich, aber ohne seine Ungeduld verstecken zu können. „But are you sure that it was a Mr. Bustum?"

„No, don't know." Der Thai schien nicht gewillt, sich weiterhin von fremden Ausländern vorführen zu lassen.

„Please, it is very important to us!", meinte Emily.

Der Thai ignorierte sie.

Julius drehte sich zu Emily, die links neben ihm stand, und warf ihr einen fragenden Blick zu. Als sie lediglich mit den Schultern zuckte, wandte er sich dem Turnbeutel zu. Er öffnete ihn so, dass der Rezeptionist den Inhalt nicht sehen konnte.

„Was machst du da?", fragte Emily.

Julius antwortete nicht, sondern zog eine 50-Baht-Note hervor.

„Willst du ihn bestechen?", kam es von Nina.

„Das macht man doch so, oder nicht?"

„Aus welchem Film hast du diese Weisheit?"

„So was weiß man einfach."

„Aber vielleicht gibt es da eine spezielle Technik", wandte Emily ein. „Ich finde, so wirkt es eher ... beleidigend."

Julius zögerte, den Schein in der Hand. Der Thai hatte seine Aufmerksamkeit auf den Bildschirm eines altmodischen Computers gerichtet, der vor ihm auf dem Tisch stand. Julius streckte seine Hand aus und legte das Geld auf den Tresen. Der Thai schien es nicht zu bemerken, sondern klickte ein paar Mal mit seiner Maustaste. Langsam schob Julius ihm die Note entgegen.

„Damit symbolisiere ich, dass ich bereit bin, zu zahlen, ohne direkt aussprechen zu müssen, dass ich ihn besteche. Eine Sache zwischen zwei Gentlemen. You're a wise man", meinte er daraufhin zum Rezeptionisten gewandt. „I know tha–" Ein Windstoß des Ventilators ergriff die Geldnote und blies sie unsanft zu Boden. Der Thai sah auf.

Julius bückte sich schnell und stieß sich beim Aufstehen den Kopf an der Theke des Tresens an. Mit einer Hand rieb er sich über den Scheitel, während seine andere die fünfzig Baht umklammerte.

„Beeindruckende Performance, Julius", kommentierte Nina. „Die im Film machen das bestimmt genauso."

„Was stellt ihr euch denn so an?", rief Annika, die bisher im Hintergrund gestanden hatte. Sie lief die wenigen Schritte bis zum Tresen, riss Julius mit einem schnellen Griff den Fünfziger aus der Hand und legte ihn mit einer Vehemenz auf die Theke, die Julius ihr gar nicht zugetraut hätte.

„We need the name", sagte sie, wobei sie das *th* wie ein deutsches *s* aussprach. „So wie du das machst, denkt er ja noch, du würdest mit ihm flirten", raunte sie Julius zu.

Der Thai schwieg einen Moment lang. Dann sah er jeden von ihnen einzeln an und sagte: „You think I'm funny? You think you can make jokes? I tell you a joke: You have a funny name!"

Weder Julius noch die drei Mädchen wussten eine Antwort darauf. Der Thai nutzte die Pause, die entstand, um das Geld in aller Ruhe und mit würdevollem Gesichtsausdruck an sich zu nehmen und in seine Jackentasche zu stopfen.

„Bustum. That's what he said. Bustum. Funny name!"

„We didn't pay you for that!" Annika schien nicht aufgeben zu wollen. Sie versuchte, ihre Stimme hart klingen zu lassen, einschüchternd, doch sie hörte sich eher wieder weinerlich an.

Julius legte eine Hand auf ihren Arm. „Lassen wir das." Er schulterte den Turnbeutel. „Khop khun khrap", bedankte er sich beim Rezeptionisten und wandte sich den Mädchen zu: „Ich hab echt 'nen Bärenhunger. Vielleicht bringt uns ein bisschen Pad Thai auf andere Gedanken. Und dann buchen wir unsere Flüge. Ko Phangan soll schön sein, hab ich gehört.

Am Spielfeldrand

Es war ein anstrengender Tag gewesen und er war müde. Es fängt an, *dachte er,* ich spüre es kommen. *Einen Moment lang überfiel ihn eine Art Frösteln, ein Gefühl von Schock. Dann hatte er sich wieder im Griff. Es war in Ordnung, sagte er sich, er konnte es sowieso nicht mehr ändern – und außerdem war er vorbereitet. Drei Wochen würde es vielleicht noch dauern, dann hätte er alles erledigt. Sein Plan war bisher erstaunlich glatt verlaufen. Eine kleine Verzögerung konnte er sich erlauben. Er war sich sicher, dass er sich nicht getäuscht hatte. Seine Menschenkenntnis hatte sich meistens als sehr treffsicher herausgestellt. Und nun war er gespannt, was passieren würde.*

Es gab nur eine Sache, die ihm wirklich Kopfzerbrechen bereitete: Er konnte nicht ausschließen, dass sich einer seiner Auserwählten etwas angetan hatte. Seit mehreren Wochen hielt er nun schon nach einem Lebenszeichen von ihm Ausschau. Vergeblich. War es möglich, dass ihn die Erlebnisse zu einer Übersprunghandlung getrieben hatten? Den Mord an einem Menschen verkraftete schließlich nicht jeder.

Sein Blick fiel aus dem Fenster, auf das pulsierende Leben direkt unter ihm. Er war heute ein paar anderen Mitspielern sehr nahegekommen. Er hatte sie beobachtet, ohne dass sie es gemerkt hatten. Sie hatten gelacht und jung und unbeschwert ausgesehen, als wäre nichts passiert. Sie ahnten nicht das Geringste.

Erschöpft ließ er sich auf einen Stuhl fallen. Er öffnete seine Wasserflasche und griff nach einer Tablettenschachtel. Bald würde er sie nicht mehr brauchen.

TAG 7

Schiffe versenken

Emily

Von Ko Phangan sollten mir drei Dinge im Gedächtnis bleiben: Extreme Natur, extreme Straßen und extreme Partys.

Um die malerische Landschaft genießen zu können, ohne auf die Fahrkünste der Einheimischen vertrauen zu müssen, hatten wir uns am Tag nach unserer Ankunft für den Wasserweg entschieden. Und weil wir auf Ko Phangan waren, musste man noch nicht einmal auf dem Boot auf eine Party verzichten. Wir drei waren vermutlich die Einzigen, die den Hinweis „Free Buckets“ auf dem Flyer des Touristenbüros übersehen hatten. So schipperten wir also mit vierundzwanzig mehr oder weniger betrunkenen Neunzehn- und immerhin zwei Einundzwanzigjährigen (ebenfalls betrunken) an der wilden Küste entlang, in unseren Ohren laute Discomusik.

Unser erster Stopp war eine stechend türkisfarbene Bucht zum Schnorcheln. „Best snorkeling spot ever“, versicherte uns der dunkelhäutige Bootsanimateur mit Irokesenschnitt. „Now everyone jump!“ Lautes Toben, wir sprangen alle gleichzeitig, ein Meer wie eine Badewanne und überall rudernde Hände und Füße. Die einzigen Lebewesen, die ich unter Wasser ausmachen konnte, waren mehrere tauchende Neunzehnjährige. Ich konnte es den Fischen nicht übelnehmen, dass sie Reißaus genommen hatten; möglicherweise versteckten sie sich aber auch einfach nur hinter den Kratzern meiner ramponierten, miefenden Taucherbrille.

Aufgrund des Alkoholpegels schwammen einige meiner Mitfahrer zu nahe an Korallen heran und zogen sich Schürfwunden zu. Zurück an Bord wurde ich um Rat gefragt und erntete bei meiner Antwort („auswaschen und desinfizieren") einen geradezu spöttischen Blick eines Neunzehnjährigen mit blutender Schulterwunde, bevor sich dieser erneut ins Wasser stürzte.

Bis zum zweiten Programmpunkt, dem Kajakfahren, war die Verletzungsgefahr dank unerschöpflicher Bucketvorräte zwar gestiegen, doch glücklicherweise musste ich keine weiteren fragwürdigen Hilfeversuche mehr leisten. Es befanden sich nämlich nur drei Kajaks für neunundzwanzig Leute an Bord und somit blieben die meisten einfach an Deck. „Oh, yes, we have one more kayak", sagte der Bootsanimateur freundlich zu Julius, nachdem die drei anderen grölend beschlagnahmt worden waren, „but no paddles." Also legten auch wir uns zurück auf unsere Handtücher, zwischen leere Eimer und klebrige Flüssigkeitslachen.

„Entweder wir werden alt oder die Leute hier sind komplett bescheuert", meinte Julius.

„Ich befürchte, wir sind alt", sagte Annika.

„Du bist gerade mal neunzehn", stellte er fest. „In deinem Alter hätte ich schon längst den ersten Bucket getrunken."

„Das wundert mich nicht. Ich hätte eher gedacht, dass du das heute auch noch so machst."

„Geh du mal lieber mit Gleichaltrigen spielen. Emily und ich sind alt genug, um hier faul rumliegen und nörgeln zu dürfen. Stimmt's, Emily?"

„Gibt's denn nirgendwo 'ne hübsche Achtzehnjährige, die du beeindrucken kannst?" Ich grinste.

„Heute schon jemandem vor die Füße gekotzt?", fragte er grinsend zurück.

Annika lachte.

„Heute ausnahmsweise mal nicht. Eure reife, vernünftige Gesellschaft hat scheinbar 'nen positiven Einfluss auf mich."

„Das freut mich zu hören", erwiderte Julius. „Dann lasst uns mal ganz gediegen hier liegen bleiben, wie es sich für eine erfahrene Gesellschaft gehört."

Von oben konnten wir dabei zusehen, wie eine Horde junger Kerle im Wasser um die drei Kajaks kämpfte.

„Halt, ich hab meine Meinung geändert", korrigierte sich Annika. „Wir sind zu alt *und* die anderen sind komplett bescheuert. Wenn es hier genug Boote gäbe, würde sich sicher keiner dafür interessieren."

„Man will eben das, was man nicht haben kann." Julius zuckte mit den Schultern. „Das ist die Evolution. Die Stärksten setzen sich durch und tragen die Beute davon."

„Also von denen würde sicher keiner in der freien Wildbahn überleben."

„Unterschätze nicht unsere menschlichen Instinkte. Ich hab 'ne Menge YouTube-Videos dazu angeschaut. Falls ihr euch für so Sachen interessiert, dann kann ich euch ein paar Links schicken. Evolution, Biologie, Philosophie."

„Ich weiß echt nicht, ob Andi und du euch so gut verstehen würdet."

„Wieso?"

„Andi würde dich für 'nen Dummschwätzer halten."

Julius lachte. „Dabei hab ich euch bisher mit der Quantenphysik verschont, das ist eines meiner Lieblingsthemen. Aber die Evolution ist wirklich interessant."

Hinter den getönten Gläsern meiner Fake-Ray-Ban (50 Baht) konnte ich ihn heimlich mustern. Sein Oberkörper war nicht sehr muskulös, aber man sah, dass er trainierte. Er hatte keine Haare auf der Brust, und ich fragte mich, ob er sie rasierte oder ob sie einfach zu hell waren, um aufzufallen.

„Stellt euch mal vor, der Mensch hätte nie das Bedürfnis gehabt, sich etwas zu erkämpfen, seinen Zustand irgendwie zu verbessern, zu verändern. Dann gäbe es jetzt keine Flüge nach Thailand, keine Bootstouren und keinen selbstgepanschten Alkohol. Denkt mal drüber nach. Mit der Evolution kann man fast alles erklären. Mit der Frage nach einem Überlebensvorteil. Das heißt nicht, dass ich diesen Gedanken gut finde. Aber irgendwie find ich's beruhigend, wenn man versucht, für alles eine logische Erklärung zu finden."

„Ja. Jetzt bin ich mir sicher. Andi würde dich für einen Dummschwätzer halten."

Wieder lachte Julius. „Keine Sorge, ich geb Ruhe. Ich bin reif für ein Mittagsschläfchen, hier oben passiert ja eh nichts ... Und ich will den kleinen Jungs da unten im Wasser nicht die Show stehlen. Aber wenn ihr eine hübsche Achtzehnjährige seht, dann sagt mir Bescheid." Wieder grinste er und rollte sich auf den Bauch.

Auch Annika machte die Augen zu, die Sonne mitten auf dem sommersprossigen Gesicht. Ich hatte ihr am Morgen meine Fünfziger-Sonnencreme ausgeliehen, nachdem ich sie erfolgreich von den Gefahren der thailändischen UV-Strahlung überzeugt hatte, die besonders für Annikas hellen Hauttyp galten. Sie hatte zwar die Augen verdreht, aber brav meine Creme aufgetragen.

Ich selbst war zu wach, um zu schlafen. Im Schatten meiner Fake-Ray-Ban ließ ich meinen Blick schweifen. Einer der Neunzehnjährigen machte einen Rückwärtssalto. Seine Freundin stand vor ihm und hatte ihre Handykamera gezückt. Als der Junge stolz zurückkam, stellte er sich neben sie und fuhr mit den Fingern über das Display.

„Nein, das sieht dämlich aus", hörte ich ihn auf Englisch sagen. „Guck mal mein Gesicht an. Als hätte ich mit 'ner Verstopfung zu kämpfen."

„Und das hier?"

„Da macht mein Bauch eine komische Falte. Als ob ich nicht einen einzigen Muskel hätte. Ich versuch noch mal, höher zu springen. Kannst du das Handy so halten, dass mich das Licht von hinten anstrahlt?"

„So?"

„Nein, so werd ich ja überblendet. Dann sieht man mein Gesicht gar nicht richtig. Und auch nicht meinen Bauch. Noch mal, okay?"

Ich streckte mich und drehte mich zur Seite. Aus weiter Ferne vernahm ich Rufe und Lachen. Meine Gedanken begannen abzuschweifen. Ich wusste nicht warum, aber auf einmal sah ich den alten, kranken Thai vor mir, in seinem Bett in der engen, verstaubten Stadtwohnung. Wie es ihm und seiner Tochter wohl ging? Während meines Studiums hatte ich viele kranke Menschen gesehen – traurige, erschreckende Schicksale. Danach entschied ich jedes Mal, dankbarer zu sein, und schämte mich gleichzeitig, weil ich diesen Vorsatz über banalen, kleinen Alltagshindernissen wieder vergaß. Ein Jahr Auszeit hatte ich genommen, um zu reisen und zu schreiben. Ich war höchstwahrscheinlich das, was man als überprivilegiert bezeichnen konnte.

„Where do you come from?"

Ich wandte mich um. Ein dunkelhaariger Junge mit unscheinbarem Allerweltsgesicht hatte sich neben mir niedergelassen und mich angesprochen. Er war einer der Einundzwanzigjährigen, also einer der Erfahreneren an Bord.

Das Reisegespräch begann.

„Und warum bist du hierhergekommen?"

Die typische Frage. Ich überlegte länger als sonst. Ja, was war eigentlich der ausschlaggebende Gedanke gewesen, der mich hierhergeführt hatte? Die Angst, etwas zu verpassen, wenn ich von der Schule nahtlos an die Uni und von der Uni nahtlos in den Beruf übergehen würde? Vielleicht. Und die Hoffnung, meinen Traum vom eigenen Buch mit ein bisschen mehr Erfahrung noch vor der zeitraubenden, berüchtigten Assistenzarztzeit verwirklichen zu können. Seit ich zurückdenken kann, liebe ich das Schreiben, das Geschichtenerzählen, das Kreieren einer eigenen kleinen Welt. Bevor ich schreiben lernte, habe ich lauter kleine Bilder gemalt und meiner Mutter Sätze diktiert, die sie an meiner Stelle daruntersetzen musste.

„Sehnsucht, Abenteuerlust, ein erstes graues Haar, gefilterte Instagram-Fotos in diesen unechten Farben, die alles so furchtbar perfekt aussehen lassen", antwortete ich. „Das Übliche also."

Der Einundzwanzigjährige nickte. „Sobald ich 'ne Weile länger zu Hause bin, spüre ich diese innere Unruhe, wieder raus zu müssen. Als würden die Wände meines kleinen WG-Zimmers näherkommen, als würden sie einen Teil meiner Zeit verdrängen. Und jetzt, wo ich schon seit Monaten unterwegs bin, kommt mir der Alltag eigentlich ziemlich verlockend vor: Du hast deinen Platz und die Menschen um dich herum, die dich wirklich kennen und denen du was bedeutest. Ein ewiger Kreislauf. Gefällt dir Ko Phangan?"

„Die Insel schon, die Straßen weniger."

„Irgendwann gewöhnt man sich dran. Falls du mal Pizzaessen gehen willst: Ich kenn hier ein Lokal, da schmeckt es besser als in Italien." Er schloss seine Augen. Ich war mir nicht sicher, ob er eingeschlafen war oder nur döste.

Während ich die Sonne heiß auf meinem Rücken spürte, geriet ich immer weiter ins Grübeln. Ich blendete das Boot aus, die süßlichen, nach Alkohol riechenden Flüssigkeitslachen und das Lärmen der Betrunkenen. Julius' Gedankengang zur Evolution ließ mich nicht mehr los. Ich versuchte automatisch, ihn weiterzuverfolgen.

Meine Ausgangsfrage war: Liegt es vielleicht in der Natur des Menschen, immer von dem zu träumen, das er nicht hat?

Locken statt gerader Langeweile, ordentliche Glätte statt Zottelmähne. Singleabenteuer statt Beziehungsalltag, kuschelige Zusammengehörigkeit statt Einsamkeit. Endlich älter sein, niemals altern.

Vielleicht hatte Julius recht. Hätte sich der Mensch von Beginn der Zeit an mit allem zufriedengegeben und nie den Wunsch gehabt, etwas zu ändern, dann würden wir heute vermutlich noch wie unsere Vorfahren leben. Ohne festem Dach über dem Kopf, ohne Technik, ohne Medikamente; und die durchschnittliche Lebenserwartung läge bei circa dreißig Jahren.

Menschen, die dazu neigten, die Probleme zu sehen, und sich vorstellen konnten, wie es besser ginge, hatten vielleicht ganz einfach einen Überlebensvorteil: Sie erschlossen jagdreichere Gebiete, konstruierten sicherere Behausungen und stellten hilfreichere Werkzeuge her. Kritisches Hinterfragen und Fantasie als Quelle jeden menschlichen Fortschritts – aber auch zahlreicher Identitätskrisen: Warum bin ich hier? Was ist das für eine Welt? Und was kommt danach?

Fragen zum Überleben und über das Leben beantworten schließlich die verschiedensten Religionen: Du bist hier aus einem bestimmten Grund, die Welt existiert aus einem bestimmten Grund und kein Tod geschieht grundlos. Der Grund als Grundlage. Wer darauf aufbaut, kann ganze Lebenskataloge finden, einen vorgegebenen Weg, und in dunkelsten Stunden die Gewissheit, dass doch noch alles gut werden kann – allerspätestens im Jenseits.

Was aber passiert nun, wenn genau diese Hoffnung, diese Gewissheit und mit ihr die vorgezeichneten Wege verloren gehen? Mit fortschreitender Wissenschaft werden die Fragen präziser und die Antworten vager. Mit der Folge, dass die Kirchenaustritte in Deutschland jährlich neue Rekordwerte erreichen. Die Generation Y, oder auch „generation why", die sich jeglichen Grundsatzfragen stellt?

„Das ist schon der elfte Salto. Ich hab mitgezählt. Der Junge hat Ausdauer." Es war der Einundzwanzigjährige. Seine dunklen Augen waren geöffnet.

„Willst du kein Foto?", entgegnete ich.

Er schüttelte den Kopf. „Schon gut, ich denke, ich bleibe noch 'ne Weile hier. Ich liebe das thailändische Essen, die Natur, die endlosen Sonnenstunden, die unbeschwerte Atmosphäre ... Und man macht das, was man möchte – Punkt. Das hier ist mein persönliches Paradies. Und wenn ich was Neues möchte, dann ziehe ich weiter. Was will man mehr?"

Er ließ den Kopf wieder sinken. Ich dachte weiter. Dachte über das nach, was der Junge zu meiner Rechten gesagt hatte. Daran, dass sich uns die abwechslungsreichste Diesseits-Gestaltung aller Zeiten bietet. Und sich die Möglichkeiten ständig erhöhen: die Welt als Wohnort, die Technik als Ausführungsorgan unserer Fantasie, und eine höhere Lebenserwartung dank verbesserter Medizin. Unsere an Zerstreuung und Berieselung gewöhnten Gehirne müssen sich noch nicht einmal mehr fünf Minuten langweilen, denn jedes Smartphone trägt mit allerhand Apps zur Dauerunterhaltung bei.

Warum also sollte man von einer unsicheren Zukunft träumen, wenn man sich das Hier und Jetzt paradiesisch gestalten konnte?

Das eigene Leben rückte wieder in den Vordergrund und mit ihm Sätze wie: „Man lebt nur einmal." Der Wunsch nach einer Optimierung wächst damit genauso wie die Angst vor Fehlentscheidungen. Denn wer ein einziges Mal lebt, hat nur eine Chance, alles richtigzumachen – und dieses eine kostbare Leben zu genießen.

Nach Genuss sahen die Saltos des Neunzehnjährigen in der Zwischenzeit schon lange nicht mehr aus. Auch wenn er mit seinen Fotos offenbar das genaue Gegenteil beweisen wollte: Schaut her, ich bin in Thailand und habe den Spaß meines Lebens – und ganz nebenbei kann ich auch noch Rückwärtssaltos. Was natürlich das Ergebnis einer zufälligen Momentaufnahme war: Die Kunst besteht darin, Fotos so zu inszenieren, als wären sie es nicht. Und seine Instagram-Follower würden es vielleicht sogar glauben, wenn sie die traumhafte Kulisse und das Lächeln sähen, das der Junge aufsetzte, kaum dass er sich an der Reling positioniert hatte. Das zunehmende Schnaufen, wenn er sich nach seinen Sprüngen die Leiter hinaufschleppte, konnten sie ja nicht hören. Das ist die Social-Media-Bias: dieses Gefühl, sobald man seine Timeline runterscrollt. Die einzige Person, die nicht das ganze Jahr über im Urlaub oder auf Partys oder auf Urlaubspartys zu sein scheint, ist man selbst. Und die Angst, etwas zu verpassen, wächst.

In diesem Moment beobachtete ich, wie der Neunzehnjährige zum ungezählten Mal zurück an Deck kletterte und sich heftig atmend auf sein Handtuch fallen ließ.

„Just one second“, sagte er zu seiner Freundin. Ja. Das Leben konnte echt anstrengend sein.

Halli Galli

Emily

Da ich das Glück hatte, am Abend selbst an einer Urlaubsparty teilzunehmen – einer der größten weltweit noch dazu –, konnte mir die Bias momentan nichts anhaben. Im Gegenteil: Vermutlich trug ich selbst dazu bei, hatte doch ein Mädchen aus unserem Hostel ein Handyfoto von den Partyvorbereitungen gepostet und mich darauf verlinkt. Der Beweis, dass auch ich ein aufregendes Leben führte.

Bevor ich nach Ko Phangan gekommen war, hatte ich geglaubt, die Full-Moon-Party sei ein absolutes Ausnahmeereignis, auf das man im Austragungsort Haad Rin den ganzen Monat lang warten musste. Schon nach wenigen Tagen hatte ich allerdings festgestellt, dass das kleine Städtchen wusste, wie man Wartezeiten angenehm verkürzte: Neben allabendlichen Strandpartys auf dem wundervoll weißen Plakatwerbungssand und der einen oder anderen Dschungelfeier hielt auch der Mondkalender noch weitere Highlights bereit. Dank Half- und Black-Moon musste keine Woche auf eine größere Veranstaltung verzichtet werden.

Auf der nächsten Full-Moon-Party kamen etwa achttausend Menschen zusammen, die sich in Neontönen bemalt hatten und in genauso farbenreiche wie ausgefallene Klamotten geschlüpft waren. Die pinke Blumenkette in meinen Haaren und mein gehäkeltes bauchfreies Top, das ich zu einer zerrissenen Jeans trug, hatte ich schon nach einer halben Stunde an zwei weiteren Mädchen wiedererkannt.

Für jemanden, der alleine und noch dazu nüchtern unterwegs war, brachte die Full-Moon-Party einige Schwierigkeiten mit sich: Regelmäßig galt es, Betrunkenen und ihren alkoholgefüllten Plastikeimern auszuweichen, die tanzten oder andere Dinge im Sinn hatten.

Wir hatten uns aufgeteilt, sodass jeder einen anderen Strandabschnitt nach Andi absuchen konnte. Eine Stunde später wollten wir uns wiedertreffen, am Eingang einer Strandbar. Schon bald hatte ich echte Bedenken, ob ich in all dem Gedränge den Weg zurückfinden würde. Zumindest Andi konnte ich nirgendwo entdecken. Annika hatte mir mehr als genug Fotos von ihm gezeigt – beim Tischtennisspielen, im Garten, beim Schlafen und bei quasi *allem*, wofür man nicht nackt sein musste –, sodass ich ziemlich sicher war, ihn auch live wiederzukennen (selbst dann, wenn er irgendwo auf dem Sand gelegen und geschlafen hätte, den Urlaubsbildern aus Griechenland sei Dank). Annika hatte sogar Fotos auf Flyer drucken lassen, zusammen mit ihrer Handynummer, die wir verteilten und den aufgeputschten Feiernden in die Hände drückten.

Eine Stunde verging, aber als ich tatsächlich die vereinbarte Strandbar erreichte – ehrlich stolz darüber, nicht verloren gegangen zu sein –, war ich alleine. Obwohl das eigentlich nicht stimmte: Ich war umzingelt von feierlustigen Ausländern. Im Internet hatte ich gelesen, dass diese Bar der einzig zuverlässige Ort am ganzen Strand war, um selbstgebranntem Alkohol zu entgehen. Immerhin.

„A cocktail for you, Miss", rief mir der Barkeeper entgegen. „First drink is free." Er zwinkerte mir zu und drehte sich zu einer Gruppe Engländer, die den Tresen belagerte. Vom Freigetränk schienen sie schon weit entfernt zu sein.

Ich war müde und wusste nicht, wie lange es dauern würde, bis Annika und Julius kamen. Ich fand, dass ich mir einen Cocktail durchaus verdient hatte. Immerhin war man nicht alle Tage auf der weltberühmten Full-Moon-Party.

Nur eine Viertelstunde später spürte ich, wie der Alkohol durch meine Adern floss. Ob selbstgebrannt oder nicht, die Strandbar wusste, was gut war. Ich merkte, wie ich anfing zu vergessen: Warum ich hier war, was ich tun sollte. Es war das betörende, hochprozentige Gefühl, unbesiegbar zu sein. Die angenehm leichte Gewissheit, dass sich alles irgendwie regeln würde. Und wenn doch nicht, würde man kichern und das nächste Glas zum Gruß anheben. Vielleicht wäre ich in der Bar geblieben und hätte endgültig vergessen, hätte sich nicht plötzlich ein Betrunkener bis auf seine Badeshorts entkleidet und hinter mich gestellt, um mich anzutanzen. Ich riss mich von ihm los, verließ die Strandbar und erinnerte mich daran, weiter nach Andi zu suchen.

Es war, als gehörte der Strand mir und als gehörte ich zu diesem Ort, genau wie all die anderen Menschen, die sich hier versammelt hatten. Alkohol macht mich sentimental. Ich musste an Yan denken. Achttausend tanzende Körper, die sich im Gleichtakt bewegten, jeder mit demselben Spin. Electrobeats für den Weltfrieden, unterstützt durch jede Menge bunter Plastikeimer und einen langen Sandstrand. Ich wollte mich darin verlieren, in der Harmonie all dieser Töne. Es klang verlockend: Nie mehr Entscheidungen treffen müssen. Nichts tun, außer dem Takt zu folgen. Keine Zweifel mehr, kein Kopfzerbrechen. Ein gefährlicher Gedanke. Ich nahm mir vor, Yan von diesem Moment zu erzählen, falls ich ihn jemals wiedersehen würde.

Das Handy in meinem Brustbeutel vibrierte. Es war neben einer Hundert-Baht-Note das Einzige, was ich mitgenommen hatte.

„Häschen?"

„Mama? Alles in Ordnung?"

„Wie schön, deine Stimme zu hören! Wieso fragst du mich, ob alles in Ordnung ist?"

„Weil du mich um diese Uhrzeit anrufst!"

„Wie viel Uhr habt ihr denn?"

„Mitternacht."

„Oh, das tut mir leid, da hab ich mich verrechnet! Dein Papa und ich haben uns Sorgen gemacht, weil du auf meine letzte Nachricht nicht mehr geantwortet hast."

„Ich bin unterwegs, Mama, ich hab kein Internet."

„Was sagst du? Emy, ich versteh dich so schlecht! Du redest irgendwie so verwaschen!"

„Die Musik ist so laut! Ich red nicht verwaschen, das ist nur die Verbindung! Tut mir leid, Mama. Ich ruf euch zurück, ja? Ich hab euch sehr lieb!"

„Emy, geht's dir wirklich gut? Als unsere Nachbarin so geredet hat wie du, da hatte sie einen Schlaganfall!"

„Mama, ich studier Medizin, ich hab keinen Schlaganfall!"

„Bleib nur immer schön bei deinen neuen Freunden, ja? Und trink keinen Alkohol, der könnte gepanscht sein!"

„Super geht's mir!"

„Dann sind wir froh! Und wohin geht's als Nächstes?"

„Mal sehen. Ich weiß es nicht, Mama! Ich lass mich überraschen! Gib Papa einen Kuss von mir. Und macht euch nicht immer solche Sorgen!"

Ja, es ging mir gut. Ich war an einem Strand in Thailand. Wie sollte es mir nicht gut gehen?

Ein weiterer Betrunkener hielt mich auf und versuchte, mich in das typische Backpacker-Gespräch zu verwickeln. Er roch nach Erbrochenem, was nicht gerade half, die Unterhaltung in Gang zu bringen. Als ich mich wegdrehte, entdeckte ich in einiger Entfernung einen Jungen, der mir gefiel. Überrascht stellte ich fest, dass es Julius war. Ich musste also seinen Strandabschnitt erreicht haben. Er stand in silbernem Mondlicht, in Shorts und buntem Top, auf seinem rechten Oberarm leuchteten die Neon-Ornamente, die ich zusammen mit Annika gemalt hatte. Was er wohl über mich dachte? Ich wusste es nicht. Ich hatte bisher keine Zeit gehabt, ihn unter vier Augen kennenzulernen. Wir schliefen in einem gemischten Schlafsaal mit neun anderen und hatten keinen einzigen Moment zu zweit verbracht. Auf einmal wollte ich, dass auch er mich bemerkte, inmitten dieser Anonymität aus Tausenden von tanzenden Menschen, in der angeheizten Stimmung, so fern von der Heimat. Ich wollte, dass er mich heimlich beobachtete, wenn ich es nicht ahnte, in einem Moment, in dem ich lachte und die Haare zurückwarf – ein perfektes, inszeniertes Instagram-Bild. Ich wollte, dass er mich ansah und dachte: „Wow, wer ist das?" Dass wir uns gegenseitig ansahen und aus irgendeinem Grund erkannten, in dieser unbeständigen, aufwühlenden, faszinierenden Welt einen Gleichgesinnten gefunden zu haben. Kein weiteres „Vielleicht" oder „Mal schauen" oder „Solange es niemand Besseren gibt", sondern ein schlichtes: „Ich mag dich, wollen wir uns in dieser unbeständigen, aufwühlenden, faszinierenden Welt zusammentun?"

Ich spürte, wie meine Bewegungen bewusster wurden, wie ich in Gedanken mein Lächeln probte, doch Julius blickte nicht auf. Er war zu sehr in ein Gespräch mit zwei bauchfreien Mädchen vertieft, die sich einen orangefarbenen Plastikeimer teilten. Also lief ich wieder los, lief über den weißen, dicht bevölkerten Plakatwerbungssand und setzte meine Suche fort. Ich hatte kein konkretes Ziel vor Augen.

Während der Alkohol noch immer in meinen Ohren rauschte und sich mit den Electrobeats der unzähligen Musikanlagen vermischte, begann sich der Gedanke vom Morgen unterbewusst weiterzuspinnen. Zwei Tage später sollte ich Folgendes notieren: *Wenn wir jeden Tag aus unzähligen Möglichkeiten auswählen können, dann ist ein Ja an wesentlich mehr Neins geknüpft. Jeder positive Entscheid schließt automatisch die Alternativen aus. Sobald man eine Tür betritt, gehen zahlreiche andere zu. Aber woher sollen wir wissen, ob wir durch die richtige gelaufen sind? Wer sich nun entscheidet, keine Entscheidung zu treffen, sondern lieber abzuwarten und in jede Tür hineinzuspähen, hat zumindest die Chance auf ein ewiges „Vielleicht": Die Sicherheit, zu können, wenn man nur will.*

Das mochte die Wahl der Studiengänge genauso betreffen wie die des Partners oder der Wochenendgestaltung. Musste man sich früher mit einer Handvoll Männern oder Frauen aus dem eigenen Dorf zufriedengeben, kam heutzutage die ganze Welt als potenzieller Dating-Schauplatz infrage – inklusive kleiner Inseln im Golf von Thailand.

Trotzdem steht wohl fest, dass nur ein Mensch, der die Wahl hat, wirklich frei ist. Und mit freier Sicht vor Augen muss man sich zunächst einmal orientieren – das braucht seine Zeit.

Auch ich hatte mit Orientierungsschwierigkeiten zu kämpfen, während ich weiter über das Festivalgelände streifte, den Kopf voller ungeformter Ideen. Rückblickend betrachtet sollte es einer der letzten, fröhlichen Abende werden, die Julius, Annika und ich zusammen erlebten. Die Hoffnung, Andi trotz der Menschenmassen tatsächlich zu finden, und die lockere Partyatmosphäre vermittelten den Eindruck völliger Unbeschwertheit.

Sehr bald sollte ich mich nach diesem Gefühl zurücksehnen.

Mensch ärgere Dich nicht

Annika

Schon lange bevor sie ein Paar wurden, hatten sich Annika und Andi gekannt. Sie waren im selben Ort aufgewachsen, hatten dieselbe Grundschule besucht – nur zwei Klassenstufen auseinander –, und viele Jahre hatte Annika heimlich für Andi geschwärmt. Endlich, mit vierzehneinhalb und sechzehndreiviertel, waren sie sich an Fasching im Gemeindesaal nähergekommen. Er hatte ein Cowboy-Kostüm getragen und sie war als Indianerin erschienen – ein Wink des Schicksals, wie sie noch heute fand. Ein verrauchter, lärmender, stickiger und klebriger Gemeindesaal war zwar alles andere als romantisch, aber dennoch hatte er dazu beigetragen, dass sie nur drei Wochen später – drei Wochen intensiven SMS-Kontaktes – ein Pärchen geworden waren. Annika konnte sich noch gut daran erinnern, wie stolz es sie gemacht hatte, einen älteren (ganze zwei Jahre) Freund zu haben. Einen Freund, der Roller fuhr (wenn auch nur frisierte 50 km/h) und der einen Kopf größer war als die anderen Jungs in ihrer Klasse.

Und nun, fünf Jahre später, befand sie sich an einem Strand in Thailand, umzingelt von betrunkenen Mädchen in Miniröcken, Urlaubs-Hippies mit geflochtenen Zöpfen und Federn in den Haaren. Ein lärmender, verrauchter und dank verschüttetem Alkohol auch noch überaus klebriger Ort.

Aber wo war der Junge mit dem unechten Lederhut und dem Pistolengurt aus billigem Plastik?

Sie wollte nicht glauben, dass ihm etwas zugestoßen war. Er war doch ihr zwei Jahre älterer Freund, der ganz ohne Cowboytricks alles geschafft hatte, auch wenn ihn schon lange wesentlich jüngere Typen um einige Zentimeter überragten.

Wenn es ihm gut ging, würde er ganz sicher auf diese Party kommen, das hatte sie Julius und Emily noch vor wenigen Stunden gesagt. Aber wenn sie ehrlich war, dann hatte sie es schon den ganzen Abend gespürt: Er war nicht hier.

Viel Glück und viel Spaß! Grüß Andi von mir!
XXX

Das hatte Alina ihr vor einer Stunde geschrieben. Sie war davon überzeugt gewesen, dass Annika ihn heute wiederfinden würde. Der Optimismus, dieses Selbstvertrauen ihrer kleinen Schwester, war beneidenswert. Und gleichzeitig nervte es Annika. Dachte denn jeder, dass alles so einfach war? Dass es Spaß machte, voller Angst durch ganz Thailand zu irren, an einem Strand voller Besoffener?

Wenn sie ehrlich war, dann ging sie sowieso nicht gerne auf große Partys. Früher war es etwas anderes gewesen: Da hatte sie noch einen Nervenkitzel bei dem Gedanken gespürt, ob der Türsteher sie hineinlassen würde. Und ja, vielleicht wäre es auch etwas anderes gewesen, wenn sie Single und auf der Suche nach einem Partner wäre. Aber weder mochte Annika aufgebrezelte Mädels in High Heels noch trank sie gerne Schnäpse oder tanzte zu Electro – wobei es ihr generell ein Rätsel war, wie man zu so etwas überhaupt tanzen sollte. Ihrer Meinung nach sahen die Zuckungen der Musikfans alles andere als rhythmisch aus. Und ein Kater konnte den gesamten nächsten Tag verhunzen – eine Vergeudung also. Am meisten freute sich Annika bei Club-Besuchen auf den After-Hour-Snack. Selten aß sie so befreit und ohne schlechtes Gewissen wie in betrunkenem, übernächtigtem Zustand. Denn dann hatte sie die absolute Legitimation: Fettiges Essen war schließlich ein notwendiges Heilmittel im Kampf gegen einen Kater. Pasta mit zerlaufener Butter war Annikas nächtliches Lieblingsgericht. Dummerweise war aber nicht nur sie selbst seit ihrem achtzehnten Lebensjahr träger geworden. Auch Annikas Stoffwechsel schien mehr und mehr einzuschlafen. Während des Abistresses hatte sie überdurchschnittlich häufig zu Pasta mit zerlaufener Butter gegriffen, sodass Annika das Abiballkleid zu ihrem Entsetzen eine Nummer größer als erwartet hatte kaufen müssen. Vor zwei Wochen hatte sie sich daher auf Gemüse-und-Obst-Diät gesetzt. Sie hatte sich fest vorgenommen, Andi als die alte Annika zu begegnen und nicht als deren pummeliger Zwilling.

Falls sie Andi überhaupt so schnell wiedersehen würde ...

Als Annika den vereinbarten Treffpunkt erreichte, mit für sie ungewöhnlicher Verspätung, da sie auf ihrer Suche überaus gründlich vorgegangen war, kam ihr Emily entgegen. Auch wenn Annika sie noch nicht sehr lange kannte, hatte sie instinktiv das Gefühl, dass Emily Alkohol getrunken hatte.

„Ich bin mir ganz sicher, dass wir ihn finden werden", meinte sie und klang dabei wie Alina. „Wenn nicht hier, dann irgendwo anders." Sie legte eine Hand auf Annikas Schulter. Annika ärgerte sich über den benebelten Gesichtsausdruck, den Emily dabei zur Schau trug.

Julius erschien, ebenfalls ohne Neuigkeiten. Annika hörte ihm kaum zu. Sie bemerkte seinen glasigen Blick, seine übertriebene Gestik und ahnte, dass auch er getrunken hatte. Sie war enttäuscht von dem gesamten Abend und wollte weinen, aber stattdessen machte ihre Verzweiflung sie wütend. Wütend auf die Besoffenen um sie herum, wütend auf Julius, Emily und Alina. Und wütend auf Andi, der sich so wenig Mühe gab, gefunden zu werden, der so egoistisch war, dass er sie durch das gesamte Land irren ließ. Sie versuchte, ihren Frust nicht zu zeigen. „Ich will heim", war alles, was sie sagte.

Die kleinen Straßen und Gassen waren brechend voll: überall angeheiterte Jugendliche und junge Erwachsene – in Neonshirts oder oberkörperfrei –, prall bepackte Essensstände und deren Verkäufer. Überall lallende Stimmen, Gegröle und Gelächter, vermischt mit den Electrobeats, die vom Strand herüberwehten.

„Wir kaufen dir jetzt einen Döner", schlug Julius zu allem Übel auf dem Weg zu ihrem Hostel vor. Als hätte er Annikas diätgeplagten Magen jammern hören. „Der ist total lecker, ich hatte schon einen, kann aber noch einen gebrauchen. Der muntert dich auf, Annika!"

Wie konnte er jetzt, in so einer Lage, von einem Döner reden? Und noch dazu in dieser betrunkenen, gutgelaunten Leichtigkeit.

„Ich bin Vegetarierin", entgegnete sie knapp. Sie würde standhaft bleiben, dachte Annika, und sich nicht von Julius zu fettigem Essen verführen lassen. Der Abend war auch so schon deprimierend genug verlaufen.

„Echt? Na ja, ich bezweifel, dass die in den Döner wirklich Fleisch reingetan haben, hat mehr wie so'n Ersatzzeug geschmeckt", fuhr Julius gutgelaunt fort, „aber super lecker! Ich hab mich erst vor kurzem mal näher mit dem Thema befasst, also mit Ernährung und der Lebensmittelindustrie, ist wirklich interessant, und –"

„Verschon mich jetzt bloß mit irgendwelchem Gelaber, ja? Ich mag Tiere, und Andi ist immer noch verschwunden." Es kamen einfach keine Tränen, obwohl Annika es wollte. Sie wollte sich abreagieren. Julius sah sie an, aus seinen glasigen, alkoholumhüllten Augen. „Habt ihr euch wenigstens gut amüsiert?", fragte sie.

„Wie meinst du das?", sagte Emily.

„Wir haben Andi gesucht", kam es von Julius.

„Also du", erwiderte Emily zu Julius gewandt, „hast hauptsächlich bauchfreie Mädels angequatscht." Es war schwer zu erkennen, ob Emily es lustig meinte oder ernst. Ihr benebelter Gesichtsausdruck ließ sich nicht richtig deuten.

„Na und? Die waren sehr aufgeschlossen und haben sich ehrlich für das Thema interessiert."

„So sahen sie auch aus."

„Hast du nach Andi gefragt oder hast du nur geflirtet?“ Annikas Wut suchte nach einem Ventil.

„Geflirtet hat er auf jeden Fall“, antwortete Emily. „Das andere kann ich nicht beurteilen.“

„Was ist so schlimm daran?“

„Gar nichts“, meinte Emily.

„Du solltest nach Andi suchen!“, rief Annika.

„Das hab ich doch. Aber deswegen konnte ich ja trotzdem einen Bucket trinken, oder? Du hast heute Morgen selbst gesagt, dass mir so was ähnlichsieht.“ Er zuckte mit den Schultern, dann grinste er. „Überall hübsche Achtzehnjährige.“

Annika konnte nicht glauben, dass man so wenig Anstand besaß. „Das ist dermaßen geschmacklos!“, fuhr sie Julius an. „Dass du jetzt von Dönern und Frauen anfängst!“

„Annika, ist schon gut, tut mir leid ... Wir suchen auf Ko Tao weiter. Entspannt euch alle mal ein bisschen, das wird schon wieder.“

„Also ich bin komplett entspannt“, meinte Emily ein klein wenig zu vehement. „Ich hab heute Abend auch viel geflirtet.“

„Du auch?“ Nun traten Annika doch noch Tränen in die Augen.

„Nein, also versteh mich nicht falsch“, erwiderte Emily hastig. „Ich hab nach Andi gesucht –“

„Ihr denkt doch alle nur an euch!“ Annika schüttelte Emilys Hand ab und lief mit schnellen Schritten weiter, in Richtung Hostel. Sie ignorierte Emily und Julius, die ihr hinterherriefen, sie solle stehenbleiben, und tauchte ein in den Tumult aus Touristen und Marktständen. Niemand schien ihr Beachtung zu schenken.

Alles Egoisten, dachte sie. Am nächsten Kebab-Stand blieb sie stehen und kaufte sich einen extragroßen Döner ohne Fleisch und mit viel Soße.

TAG 9

Tabu

Emily

Zwei Nächte auf Ko Tao vergingen, der weltbekannten Taucherinsel. Einer Mischung aus Aussteigern und solchen, die einfach gerne einen Moment sitzen blieben: in Hängematten oder auf den Kissen der zahlreichen Strandbars. Ein Innehalten vor paradiesischer Kulisse. Ein Ort, an dem man vor einem improvisierten Secondhandladen genauso wie vor trendigen Szenerestaurants seine Schuhe ausziehen musste, um sie in eine Reihe mit all den anderen Flip-Flops zu stellen und einen Hauch leiser zu treten. Ein winzig kleiner Flecken Erde, auf dem man barfuß läuft oder besser gar nicht – die meisten Bewohner schienen ihre Zeit unter Wasser zu verbringen.

„Das da unten ist 'ne ganz eigene Welt. Ein bisschen wie unter 'ner Riesenglocke. Plötzlich ist man ganz klein und kann fliegen."

Es war Guess, unser österreichischer Tauchlehrer, von dem niemand wusste, ob er wirklich Guess hieß oder ob er uns Tauchschüler in der Vorstellungsrunde lediglich dazu aufgefordert hatte, seinen Namen zu erraten. Er saß die ganze Fahrt über im Schneidersitz vor uns, der Einzige, der sich trotz des hin- und herschaukelnden Bootes offensichtlich wohlfühlte. Seine verfilzten Haare und sein behaarter, nackter Oberkörper waren nass, seitdem eine Welle über Deck gespült worden war.

„Ist hier immer so hoher Wellengang?" Annika sah an jenem Tag deutlich blasser aus als sonst. Ihre Sommersprossen waren mit ihrem hellen Teint verschwommen und fielen überhaupt nicht mehr auf. Julius und ich hatten gehofft, sie durch einen Tauchgang aufzumuntern, da sich ihre schlechte Laune seit der Full-Moon-Party zum Dauerzustand entwickelt hatte. Von Andi fehlte nach wie vor jede Spur.

„Auf den Philippinen stürmt's und das hier sind die Nachwehen", entgegnete Guess mit weichem Wiener Akzent. „Wer ein bisschen Spaß haben will, geht ganz nach vorn, zum Bug. Kann aber sein, dass es euch den Magen rumdreht." Er zeigte zur Seite, wo sich im selben Moment einer der Tauchschüler über die Reling erbrach. Julius, Annika und ich blieben sitzen.

„Ich hätte nicht gedacht, dass reisen und Urlaub machen zwei komplett verschiedene Dinge sind", sagte Annika mit schwacher Stimme. „Urlaub machen ist entspannend."

„Und zum Entspannen habt's ihr Studenten das ganze Semester Zeit. Was sind eure Travel-Level?"

„Unsere was?"

„Die Level, die ihr auf eurer Reise erreichen wollt. Welche Dinge wollt's ihr sehen und erleben? Level eins: die Komfortzone verlassen. Level zwei: einen Tauchkurs mit mir buchen. Das habt ihr schon geschafft."

„Und was ist Level drei?", fragte Annika.

„Individuell."

„Und Level eins und zwei sind das nicht?"

„Ah, was bist denn so negativ! Du bist wie ein kleiner *Labrichthyini.* Ein Putzerlippfisch. Die zwicken an jedem Taucher herum, bis er blitzblank sauber ist und jeder gleich fad ausschaut." Er grinste. „Ich glaub, ich hätt gestern Abend nicht kiffen sollen. Verträgt sich nicht mit wenig Sauerstoff. Wurscht, wenn ich absaufe, dann holt's ihr mich da unten raus, okay?" Er lachte über Annikas düsteren Gesichtsausdruck. „Du bist echt a Putzerlippfisch. Nur nicht so bunt. Bist a bissl blass ums Naserl, ist dir schlecht?"

Annikas schwache Stimme schlug ins Weinerliche um. „Wer weiß", meinte sie. „Vielleicht bin ich auch einfach keine Abenteurerin? Vielleicht bin ich einfach zufrieden damit, langweilig und normal zu sein. Oder ist man nur noch cool, wenn man Extremsportarten liebt und irgendwelche überteuerten Outdoorklamotten? Wenn man einen Tauchschein hat und auf den Kilimandscharo klettert? Und klar, dafür muss man am besten noch spindeldürr sein und darf niemals nachts Kebab essen." Sie schien einen Augenblick den Faden zu verlieren, doch dann fuhr sie fort, heftiger als zuvor: „Jahrhundertelang haben Menschen versucht, sich vor der Natur zu schützen. Und jetzt rennen sie plötzlich rum mit Bart und Jutesack und tun so, als hätten sie den Dreh raus. Als hätte die Natur nicht schon immer versucht, uns auf tausend verschiedene Arten umzubringen."

Das Boot machte einen Ruck und unterbrach vehement Annikas Monolog. Sie sah noch blasser aus und hatte ihre Lippen fest zusammengepresst.

„Wow, dir scheint's grad wirklich net gutzugehen. Aber passt schon, in spätestens einer Stunde müssten wir die Bucht erreicht haben. Außer der Wellengang wird noch stärker. Dann dauert's natürlich länger." Guess' Blick schweifte in die Ferne ab. „Ich sag's euch, am Bug geht's ab, das ist richtig witzig."

Schließlich hatten weder ein Blick auf die echten *Labrichthyini* noch die bunten Schmetterlings- und Papageienfische dazu beitragen können, Annikas Laune zu verbessern oder sie gar auf andere Gedanken zu bringen. Noch nicht einmal das surreale Gefühl, unter Wasser zu fliegen.

„Meinst du, sie wird wieder?", fragte ich Julius, nachdem ich hinter ihm auf die Ladefläche eines Jeeps geklettert war. Er war mit zwei Brettern zum Sitzen ausgerüstet, auf die sich die nassen Tauchschüler niederließen. Der Jeep würde uns zurück ins Dorf bringen. Annika war bereits von einem ersten Auto mitgenommen worden.

„Wahrscheinlich nicht, solange Andi verschwunden ist", antwortete Julius. „Die letzten Tage hat sie nicht so gewirkt, als hätte sie Spaß."

Ich klammerte mich mit beiden Händen an unserer Sitzbank fest, als der Jeep viel zu schnell um eine enge Kurve holperte. Der Fahrer pfiff fröhlich zu einem Lied aus dem Radio, das ich nicht kannte. Julius hatte recht: Seitdem wir vor zwei Tagen auf Ko Tao angekommen waren, hatten wir versucht, Annika von der Insel zu begeistern. Wir hatten in zwei verschiedenen Schlafsälen gewohnt (Female und Male Dorms) und eine Gruppe Australier kennengelernt, mit denen wir am Vortag die Insel erkundet hatten und anschließend in ein Restaurant und in eine Strandbar gegangen waren. Nie hatte Annika sich an den Gesprächen beteiligt, nie hatte sie gelacht.

„Ich mach mir ein wenig Sorgen“, sagte ich. Wieder griff ich nach unserer Sitzbank. Der Weg zu unserer Tauchschule kam mir außergewöhnlich kurvig vor.

Julius wirkte entspannt und schloss die Augen, als würde er dösen. Ich konnte nicht anders, als ihn dabei zu beobachten. Er hatte einen feinen Sonnenbrand am Hals und an den Oberarmen und seine dunkelblonden Haare waren durch die Sonne aufgehellt. Drei Tage lag die Full-Moon-Party zurück. Ich erinnerte mich noch sehr gut daran, dass ich ihn vor Annika verpetzt hatte. Ich konnte nur hoffen, dass Julius an dem Abend betrunken genug gewesen war, um im Gegensatz zu mir nicht mehr alle Details im Kopf zu haben. Ich würde ihn jedenfalls nicht darauf ansprechen. Ich wusste nicht einmal, warum ich mich so albern aufgeführt hatte. Man hätte meinen können, ich sei eifersüchtig gewesen ...

Ich hätte einfach nichts trinken sollen, das hatte mich emotional werden lassen. Klar, Julius gefiel mir. Er war sehr intelligent, brachte mich zum Lachen und war irgendwie ein kleines bisschen anders. Aber er war ein Freund, ein Kumpel. Und das war besser so. Ich war mir sicher, dass Julius nicht auf der Suche nach was Ernstem war. Er war im Ausland, um Spaß zu haben. Und eigentlich hätte mir das sehr recht sein sollen. Immerhin wollte ich mich im Augenblick genauso wenig binden. Wer wusste schon, wo ich in ein paar Wochen sein würde? In ein paar Monaten? In einem Jahr? Vielleicht, so überlegte ich, sollte auch ich mich auf etwas Lockeres einlassen. Auf eine Art Affäre, etwas Unkompliziertes ... Vielleicht würde mir das guttun. Vielleicht gehörte es einfach dazu, so etwas zu erleben, zum Abhaken auf meiner persönlichen Bucket List. Allerdings war ich mir noch nicht mal sicher, ob ich wusste, wie man richtig flirtet. Augenkontakt aufbauen? Zuzwinkern? Irgendwelche zufälligen Berührungen inszenieren? Oder wollten Jungs lieber immer selbst den ersten Schritt machen und ich sollte auf ein Zeichen von Julius warten? Vielleicht hatte er mir aber auch schon längst ein Zeichen gesendet und ich hatte es einfach fehlgedeutet ...

Mein Blick schweifte über seinen Oberkörper, über den feinen, aber sichtbaren Sonnenbrand und die kleinen Sommersprossen, die seit wenigen Tagen auf seiner Nase und seinen Wangen saßen.

Alles viel zu kompliziert, entschied ich dann. Am Ende würde ich mich nur noch mehr verknallen. (Ich korrigiere: Ich war *nicht* verknallt. Julius war einfach ein humorvoller und charismatischer Kumpel mit einem netten, sympathischen Lächeln.) Ich sah schnell nach draußen. Julius sollte nicht merken, dass ich ihn gemustert hatte.

Am Ende der Straße tauchte die nächste Kurve auf. Der Fahrer pfiff munter und drehte das Radio lauter.

TAG 13

Am Spielfeldrand

Er sah es an diesem Tag genau vor sich, sein früheres Ich: Sobald er in den Spiegel schaute, war es, als ob der schmächtige, schwache Junge zurückblicken würde, der er vor vielen Jahren einmal gewesen war. Er schien ihn geradewegs zu mustern, abfällig, als sei er enttäuscht von dem, was aus ihm geworden war. Als hätte er mehr erwartet.

„Du kannst alles werden, was du willst", hatte seine Mutter ihm früher vor dem Schlafengehen gerne ins Ohr geflüstert. „Du bist der klügste und beste Junge, den es gibt, glaub mir."

Astronaut hatte er werden wollen. Herzchirurg. Staranwalt. Filmregisseur. Er hatte immer wieder neue Ideen gehabt.

Von den Eltern verhätschelt und gleichzeitig von ihnen im Stich gelassen. Die Mutter labil mit Hang zu Beruhigungstabletten, der Vater streng und karrierefixiert.

„Zum Leben braucht man Mut und Disziplin", hatte er stets gesagt. Nun, zum Sterben auch. Seine Eltern lebten beide nicht mehr.

Er selbst war ein geborenes Alphatier, schon immer gewesen. Er hatte nur ein wenig Pech gehabt: Er hätte groß und stark werden sollen. Es war eine riesige Schmach gewesen, als ihn wesentlich dümmere Klassenkameraden überholt hatten und sie sich wegen ihrer Größe und Breite ihm gegenüber plötzlich überlegen gefühlt hatten.

Dennoch hatte er sich stets durchsetzen können, dank seiner Intelligenz. Er hatte andere mitreißen können, hatte sie zum Lachen gebracht, zum Staunen – oder manchmal auch zum Fürchten. Je nachdem, was er hatte bezwecken wollen. Und als er schließlich gewachsen war, als er größer und breiter geworden war, hatte er dieses Talent noch verfeinert.

Er hatte niemals die Absicht gehabt, grausam oder ungerecht zu sein. Ganz und gar nicht. Er war sehr wohl dazu in der Lage, andere Menschen als sich selbst zu lieben. Was vielleicht auch nicht schwer war. Das, was er für sich selbst empfand, konnte wohl eher als Hassliebe oder manchmal auch als schlichte Gleichgültigkeit bezeichnet werden.

Er verschenkte seine Liebe ganz einfach nicht so wahllos wie dümmere Menschen es vielleicht taten. Es gab nur sehr wenige Personen, die er je bewundert hatte. Die seine Bewunderung verdienten. Ja, vermutlich war das eines seiner Probleme: Er war grundsätzlich enttäuscht von den Menschen. Von den allermeisten zumindest. Er war enttäuscht, nein, er war wütend, dass seine Intelligenz, sein Ehrgeiz, sein angeborenes Potenzial nicht gereicht hatten, um ihm ein besseres Leben zu bescheren. Wütend, dass überall auf diesem Planeten primitive, unoriginelle Gestalten munter und dämlich durch die Gegend purzelten und immer auf ihren plumpen Füßen landeten. Dass spießige, ideenlose Langweiler an ihm vorbeizogen und Anerkennung ernteten, nur weil sie Glück gehabt hatten.

Wenn man schon ein so mieses Los zog wie er, dann sollte man wenigstens mit ausreichend Dummheit und Oberflächlichkeit gesegnet sein, um dieses Los einigermaßen ertragen zu können.

„Du machst mir Angst", hatte sie gestern zu ihm gesagt.

„Wieso?", hatte er zurückgefragt. Gereizt. Vielleicht weil er ahnte, dass sie nicht ganz unrecht hatte.

„Du bist so unendlich negativ. Du siehst nur noch dich, und der Rest der Welt ist dein Feind."

„Ich bin realistisch."

„Es gab eine Zeit, da warst du anders. Du hattest Träume, Ideale …"

„Die hab ich immer noch."

Nur dass sie sich eben verändert hatten. Wie sollte sie ihn auch verstehen? Sie hatte gut reden, so wie alle anderen. Sah sie denn nicht das Leben, das er eigentlich führen sollte? Sah sie es nicht so deutlich vor sich, wie er selbst? Er war als Sommerkind geboren. Er verdiente verdammt noch mal etwas Besseres.

„Du bist gefährlich, das spüre ich", hatte sie gemeint. Ihre Augen hatten seinen Blick gesucht, doch er war ihr ausgewichen. „Du hast was an dir … als wärst du zu allem fähig. Hast du mir wirklich alles erzählt? Weiß ich über alles Bescheid?"

Nein, das wusste sie nicht. Er hatte ihr nicht alles erzählt. Sie durfte es nicht wissen.

„Das hab ich", hatte er trotzdem geantwortet.

Der Junge im Spiegel begutachtete ihn. Ob er es schaffen würde, diesen einen Plan bis zum Ende durchzuführen? Er musste es sich beweisen. Dem Jungen im Spiegel und allen, die je an ihm gezweifelt hatten. Er wollte der ganzen Sache wenigstens diesen einen höheren Sinn verleihen. Auch wenn das womöglich auf Kosten anderer gehen würde. Damit würde er immerhin nicht mehr der Einzige sein, der sich von Todesangst verfolgt fühlte.

Es war so weit: Heute würde sich etwas ändern. Seine Auserwählten saßen bereits im Sack, ohne es zu wissen. Nun musste er ihn nur noch langsam zuziehen.

Foul

Julius

Julius hatte sich zweimal in seinem Leben auf eine Beziehung eingelassen.

Das erste Mal mit fünfzehn mit einer Klassenkameradin, die er eigentlich nicht besonders interessant gefunden hatte. Aber sie hatte – laut Meinung sämtlicher pubertierender Schüler seines Gymnasiums – die beste Oberweite des Jahrgangs gehabt und war herrlich offen mit ihrem Körper umgegangen.

Das zweite Mal mit achtzehn mit einem Mädchen aus seinem Tennisclub. Auch sie war nicht ganz sein Typ Frau gewesen, aber sie hatte sehr überzeugend sein können. Zum Beispiel hatte sie irgendwann damit angefangen, Julius überall als ihren Freund vorzustellen, bis dieser schließlich nicht mehr gewusst hatte, wie er ohne Drama aus der ganzen Sache wieder herauskommen sollte. Drei Jahre hatte es gedauert, bis sie zum Studium weggezogen war und schließlich beide die Beziehung aufgegeben hatten.

Seitdem hatte sich Julius hier und da mal mit einer anderen getroffen, nichts Ernstes, zumindest nicht aus seiner Sicht. Er kannte viele nette Mädchen, mit denen er befreundet war, und er hatte zwei Schwestern – eine ältere und eine jüngere. Und trotzdem hatte Julius oft genug das Gefühl, dass er Mädchen nicht verstand.

Annika machte den Eindruck, als sei es für sie essenziell wichtig, einen Partner zu haben, auf den sie sich fixieren und über den sie sich definieren konnte. Als wäre sie gar keine eigenständige Persönlichkeit. Auf der anderen Seite schien sie ihre Beziehung mit Andi nach ihren eigenen Vorstellungen durchgeplant zu haben und sich nun darüber ärgern, dass Andi diese Pläne durcheinanderbrachte.

Emily dagegen kam ihm schwankend vor, emotional unentschlossen. Mal wirkte sie abweisend und fürchterlich schüchtern, dann wiederum tat sie übertrieben locker und ungezwungen, und in seltenen Momenten warf sie Julius plötzlich ohne Vorwarnung Blicke zu, die er definitiv als Flirten interpretierte. Sie schien sich einfach nicht entscheiden zu können, welche Linie sie verfolgen wollte. Julius verstand ihr Zögern nicht, denn er selbst fand sie attraktiv und klug. Hätte er sie unter anderen Umständen kennengelernt – und nicht in dieser Gruppe, mit Annika als Sorgenkind –, dann hätte er sie sicher nach einem Date gefragt. Aber nun witterte er bereits, dass alles aus heiterem Himmel kompliziert werden könnte, und komplizierte Situationen vermied er in der Regel lieber.

Mit Nina war es dasselbe Rätsel. Am ersten Abend war sie fast schon notgeil rübergekommen, dann war sie plötzlich beleidigt gewesen, und nur einen Tag später hatte sie ihn freundlich, aber relativ desinteressiert behandelt. Und doch war ihr Benehmen irgendwie anders als Emilys unentschiedene Art. Nina wirkte eher wie eine Frau, die sich gerne auf Motorräder setzte, sich mit einem Fallschirm aus einem Flugzeug stürzte oder mit einer Frau rumknutschte, um einen

Mann scharfzumachen. Sie hatte Julius erzählt, dass sie früher viel gefochten hatte, sogar auf Bundesebene. Er konnte sie sich gut dabei vorstellen. Vermutlich hatten die Gegner sie aufgrund ihres Körperbaus oft unterschätzt. Und dann hatte Nina ihnen den Degen mitten in die Magengrube gebohrt. Es schien zu ihr zu passen: Sie war zwar zierlich, aber auch zäh und wendig. Julius traute ihr einiges zu, auch wenn sie sich hinter ihrem koketten Lächeln versteckte.

Auch jetzt, als sie Nina bei ihrer Ankunft in Bangkok wiedertrafen, begrüßte sie Julius lächelnd, aber distanziert. Sie kam zur Tür herein, als er, Emily und Annika an der Rezeption ihres alten Hostels standen, um einzuchecken. Sie trug Sportklamotten, unter ihrem Arm klemmte eine Yogamatte.

„Ihr seid zurück!", rief sie, scheinbar erfreut. Julius fand es schwer einzuschätzen, ob ihr Lächeln echt war oder einfach extrem gut gespielt. „Wie waren die Inseln?", fragte sie. „Und wo habt ihr Andi gelassen? Habt ihr ihn gefunden?"

Das betretene Schweigen, das sich ausbreitete, war eindeutig.

„Mr. Own-Steak, you're back", sagte der Rezeptionist mit unüberhörbarem Missfallen in der Stimme. Er kniff die Lippen leicht zusammen und richtete seinen Blick stur auf den Bildschirm des antiken Computermodells auf seinem Schreibtisch. Das blaue Kragenhemd hatte er an diesem Tag ungewöhnlich weit aufgeknöpft, was ihn jünger aussehen ließ.

„Yes, we're back."

„Also, ich freu mich", meinte Nina. „Mein Yogakurs ist rum, ich hab jetzt ganz viel Zeit für andere Sachen."

Julius spürte, wie das Handy in seiner Tasche vibrierte. Es hatte sich automatisch mit dem alten WLAN-Account des Hostels verbunden. Er warf einen Blick darauf und stutzte.

„Eine Nachricht von Yan."

Sorry, aber ich konnte nicht früher schreiben.
Ich erkläre dir alles später. Bin jetzt in Bangkok.
Treffen wir uns hier?

In einer zweiten Nachricht hatte er seinen Standort geschickt.

„Das ist in der Nähe von diesen Marktständen", stellte Emily fest. „Wo dir dein Portemonnaie geklaut wurde. Das muss diese düstere Nebenstraße sein."

„Klingt nicht sehr einladend", sagte Nina. „Aber vielleicht solltet ihr trotzdem hingehen. Und einer bleibt am besten hier. Vielleicht kommt Yan ja auf die Idee, im Hostel nach euch zu suchen, oder? Er kommt mir ziemlich unzuverlässig vor. Ihr könnt eure Sachen bei mir lassen. Wartet einer mit mir?"

Nur Tage zuvor hätte sich Annika vermutlich begeistert auf die Suche nach Yan begeben, doch heute zuckte sie lediglich mit den Schultern. „Ich bleibe", meinte sie und ließ ihren Rucksack zu Boden gleiten. Julius wusste, dass sie ihre Meinung nicht mehr ändern würde und lief los.

***

„Hey!“

Julius hatte die Stimme schon einmal gehört. Sie gehörte Tim, einem Österreicher und Bekannten von Yan. Tim war damals in der Hostelbar aufgetaucht, als Julius bereits einige Male beim Kartenspiel gegen Yan verloren hatte. Er musste bestimmt zwei Runden für Julius eingesprungen sein und hatte ihn somit vor der sicheren Alkoholintoxikation bewahrt. Es wunderte Julius, dass er sich überhaupt noch an Tim erinnern konnte – wenn auch zugegebenermaßen nur sehr unscharf und mit doppelten Konturen.

„Ich hab nie wieder was von ihm gehört“, meinte Tim nun, als Julius ihm von Yans Verschwinden erzählte. „Aber richte ihm einen Gruß aus, ja?“

Julius fiel auf, dass Emily eines der schäbigen Häuser anstarrte, ihr Blick war leicht zusammengekniffen.

„Was ist los, Emily?“, fragte Julius.

„Das sieht irgendwie komisch aus“, erwiderte sie. „Da steht eine junge Frau am Fenster, die ich hier beim letzten Mal kennengelernt hab, ich sollte ihr beim Tragen helfen ... Ich glaub, sie hat mich erkannt und winkt in meine Richtung. Ich geh nur mal schnell vorbeischauen, ob alles in Ordnung ist, okay? Bleibst du hier?“

Julius nickte und unterhielt sich weiter mit Tim.

„Ehrlich gesagt, hab ich mich verirrt“, sagte dieser. „Ist ’ne komische Straße, oder? Krass, dass wir uns ausgerechnet hier über den Weg laufen. Am Arsch von Bangkok.“

An diesem Tag war die Straße belebter: Motorräder fuhren darüber, Essensstände fanden sich an ihren Seiten und mehrere Leute liefen über die Bordsteine. Hinter Julius und Tim hatte sich eine Gruppe von Mädchen und Jungs in Schuluniformen zusammengefunden.

Auf einmal drehte Tim sich um und rief: „Scheiße!"

Drei wichtige Ereignisse sollten sich an jenem Tag zutragen und eines davon hatte soeben mit einem Schimpfwort begonnen.

„Der Typ hat mir mein Portemonnaie aus der Tasche gerissen! Da war 'ne ganze Menge Geld drin." Tims Gesichtsausdruck verfinsterte sich. „Für den Urlaub hab ich hart gearbeitet. Beim Kistenschleppen hab ich mir fast den Rücken kaputtgemacht." Und mehr zu sich selbst gewandt fügte er hinzu: „Um ein halbes Jahr lang auf Bodenmatten zu schlafen und ihn mir dadurch komplett zu ruinieren."

„Der hat meins neulich auch gestohlen." Julius glaubte, sich an das bunte Shirt des Diebes erinnern zu können. Das gleiche Modell hatte er sich erst vor kurzem in etwas besserem Zustand an einem der unzähligen Marktstände gekauft.

„Das hol ich mir zurück!", sagte Tim und lief los.

Zwischen zwei Häusern quetschte sich eine dunkle Gasse hindurch. So eng, dass Julius sie übersehen hätte, wäre nicht der noch dunklere Haarschopf des Portemonnaie-Diebes zielsicher darauf zugesteuert. Er war langsamer geworden, als rechnete er nicht mit Verfolgern. Julius und Tim passten ihre Schritte an, um nicht aufzufallen. Die Gasse schien die Umgebungsgeräusche zu schlucken, um sie von den hohen Wänden widerhallen zu lassen. Es waren nur wenige Meter, bis sich der Gang in einer Art Hinterhof verlor. Mehrere Wohnhäuser gruppierten sich darum, so hoch, schmuddelig und baufällig, dass man sie kaum als solche erkennen konnte. Sie waren schief übereinandergestapelt, mit fehlenden Fenstern und ramponierten Türen, und doch strotzten sie vor Leben. Wie Ruinen, in denen sich Besucher drängten und lautstark durcheinanderredeten. Es war der wohl hässlichste Ort, den Julius je gesehen hatte.

Der Dieb befand sich nun unmittelbar vor ihm, sodass er seine Hand nach dem Portemonnaie ausstrecken konnte. Es war einfach, es ihm wegzuziehen, da der Mann es nur locker umklammert hielt. Er drehte sich um, überrascht, dann schien er Julius zu erkennen. Auch Julius war überrascht, war das Gesicht vor ihm doch alles andere als furchteinflößend: Es sah kindlich aus, mit Sicherheit jünger als sein eigenes vierundzwanzigjähriges Ich. Eher wie achtzehn oder vielleicht auch sechzehn. Die Zähne darin waren schief und ein wenig verfärbt, so wie das Hemd, das Julius besaß und das nur deshalb ähnlich schmutzig war, weil er es auf der Full-Moon-Party getragen hatte. Ein kurzer Moment verging, in dem sie sich in die Augen sahen. Vielleicht lag es an dem Shirt, vielleicht aber auch an etwas anderem oder an allem auf einmal: dem jungen Gesicht mit den alten Zähnen, dem aussichtslosen Hinterhof, einem schreienden Kleinkind, das auf dem dreckigen Boden saß und die Aufmerksamkeit der Frau wecken zu wollen schien, deren musternder Blick in diesem Moment jedoch Julius galt. Dreckige Häuser, dreckige Gesichter, dreckiger Boden.

Für den Urlaub hab ich hart gearbeitet.

Er sollte weglaufen, jetzt, wo er das Portemonnaie in den Händen hielt. Die dunkle Gasse war kurz. Tim und er würden schnell zurück auf der belebten Hauptstraße sein und unauffällig verschwinden können.

„Lass uns abhauen." Es war Tim. „Worauf wartest du?"

Abseits

Emily

Die junge Frau machte eine Kopfbewegung zur Seite. Ihr Vater saß am Bettrand. Heftig atmend, aber immerhin aufrecht. Anscheinend war es das, was sie mir hatte zeigen wollen. Ich lächelte, und plötzlich begannen wir trotz der Sprachbarriere eine Unterhaltung. Ich erzählte von Ko Tao und Ko Phangan und brach mitten im Satz ab. Nicht weil mir die Vokabeln, sondern die Worte fehlten. Ich hatte ein Ächzen gehört, danach war der Mann vor meinen Augen zurück auf das Bett gesunken. Die Tochter lief auf ihn zu und redete schnelles, aufgebrachtes Thai, doch ihr Vater zeigte keinerlei Reaktion. Sie wandte sich an mich.

„You must help, he die!"

Diesmal schien es ein echter Notfall zu sein. Keine Zeit für improvisierte Küchenstethoskope.

Ich schluckte. „We need to call the ambulance!", sagte ich.

„No hospital."

Ich blieb stur. „Please, it is very important. If not, he will die." Ich suchte meine Tasche nach meinem Handy ab, vergeblich. Anscheinend hatte ich es am Ladekabel im Hostel vergessen.

„No phone", stellte die Frau fest. „I will go and call for help."

Das bedeutete, dass sie mich mit dem Patienten alleine ließ. Ich begann zu schwitzen. Ein Deckenventilator über mir gab rhythmische, nagende Geräusche von sich, hinter mir registrierte ich ein Tropfen, vermutlich von einem Wasserhahn.

Ich versuchte mich zu konzentrieren. Während ich an das Bett trat, begann ich im Geiste, die Schritte einer Notfallsituation durchzugehen. ABCDE. Eigentlich hätte es ganz einfach sein müssen, immerhin konnte das schon jedes Kind aufsagen, oder? In meinen Ohren summte die Melodie des Alphabet-Liedes, das ich im Kindergarten gelernt hatte. A wie Atemwege: Waren sie frei? B wie Breathing, also Atmung: vorhanden? C wie ...

I want to die.

Die Worte trafen mich heftig, obwohl ich sie nur in meinem Kopf hörte. Mein ganzer Körper war von dem Drang erfüllt, aktiv zu werden, einzuschreiten – und dennoch fühlte ich mich auf einmal wie paralysiert. Das Echo der Worte mischte sich unaufgefordert mit der Erinnerung an einen anderen Patienten.

„Kopfverletzung“, hatte man mir bei dem Notfalleinsatz mitgeteilt, und ich, die Studentin, hatte mit ins Zimmer gehen dürfen. Fünf Monate lag das Ganze mittlerweile zurück. Damals hatte ich gerade ein Krankenhauspraktikum in der Chirurgie absolviert. Es war meine erste Woche und der erste Notfall gewesen, den ich live mitansehen durfte. Ein Mann hatte sich in den Schädel geschossen. Und zwar so ungünstig, dass er blutend und bewusstseinsgetrübt von einem Nachbarn gefunden und in das nächste Krankenhaus eingeliefert worden war. Der Selbstmord war fehlgeschlagen. Und ich, die Studentin, hatte das bewusstseinsgetrübte, blutende Resultat auf der Liege im Schockraum begutachten können.

Neben seinem Körper hatte man eine Patientenverfügung gefunden: Im Falle eines Gehirnschadens seien keine lebensrettenden Maßnahmen erwünscht. Und weiter: Der Patient wolle nicht im Krankenhaus sterben. Warum er dann trotzdem dort gelegen hatte, angeschlossen an ein Sauerstoffgerät und ein EKG, in seiner Vene eine Infusion? Ein Überleben war unwahrscheinlich gewesen, eines jenseits von Koma oder einer starken Behinderung geradezu unmöglich. Das Problem, so hatte man mir erklärt, war ein juristisches: Eine solche Verfügung gelte nur dann, wenn sie bei voller geistiger Zurechnungsfähigkeit verfasst wurde – was auf einen suizidalen Patienten nicht zutrifft. Zumindest rein rechtlich gesehen.

Eine Diskussion war entbrannt. „Jeder Patient verdient es, vor dem Tod gerettet zu werden!", hatten die einen gesagt. „Anscheinend will er genau das nicht", hatten die anderen gemutmaßt. Schließlich hatte man sich für ein CT entschieden, um den Gehirnschaden bildtechnisch beweisen zu können. Er wurde bewiesen, in seiner vollen, imposanten Größe – doch die Patientenverfügung hatte noch immer nicht gegolten.

Also hatte man sich auf eine juristisch vertretbare Zwischenlösung geeinigt: Durch supportive Maßnahmen hatte man den sicheren, raschen Tod verhindert; bei einer Zustandsverschlechterung hatte man nicht aktiv eingreifen wollen. Es war der zweite Selbstmordversuch des Patienten innerhalb von drei Monaten gewesen und schon beim ersten hatte es der Achtzigjährige ins Krankenhaus geschafft, um lebend wieder hinauszukommen. Diesmal war es ihm gelungen, noch am selben Abend zu versterben. Nicht zu Hause, wie er es gewünscht hatte, sondern im Krankenhaus.

Ich hoffe, dass er sich den Teil des Gehirns, der für die Umweltwahrnehmung zuständig ist, bereits weggeschossen hatte. Und ich frage mich, ob es jemandem außer mir aufgefallen war, dass er einen Anzug und ein sauberes, weißes Hemd getragen hatte. Vielleicht nicht, denn man hatte die Kleidung direkt nach der Ankunft auf der Liege mit einer groben Schere durchtrennt, um ein EKG anfertigen zu können. Als der Mann gestorben war, hatte er eines dieser universalen Krankenhaushemden getragen, zweckmäßig, steril und vollkommen anonym.

Das Bett vor mir war Gegenwart, genau wie der Thai darin. *Pain. Lot of pain. Lot of years now, that he can't do nothing. Can't breath. Only in bed. He was a strong man.* Und plötzlich gab es die Möglichkeit, diesem Leid zu entkommen – so, wie es aussah, sogar schnell und ganz natürlich.

Ich zögerte.

Rote Karte

Julius

„Was machst du da?"

Wieder war es Tim.

Julius realisierte, dass er erneut seine Hand ausgestreckt hatte. Und zwar, um das Portemonnaie dem Jungen mit dem verschlissenen Hemd zurückzugeben. Der Junge wirkte zunächst überrascht, dann misstrauisch.

„Hey, was soll das? Das ist mein Geld!"

Julius nahm Tim nicht mehr wahr. Die Augen des Jungen wanderten von ihm zu dem Portemonnaie und wieder zurück. Ein paar wenige Sekunden lang geschah nichts, dann spürte Julius etwas Feuchtes an seiner Wange. Der Junge hatte ihn angespuckt.

„Ihr spinnt doch." Tim war zwischen sie getreten und riss Julius den Geldbeutel aus der Hand. „Ich zeig den Typen an!", rief er. „Zweimaliger Diebstahl, ja?"

Weiter kam er nicht. Eine Faust verschlug ihm die Sprache. Sie gehörte dem Jungen und schon im nächsten Moment hob er sie erneut in die Höhe.

„Julius, mach was!"

Doch Julius tat nichts. Er war geschockt. Ein Schiedsrichter, der nicht wusste, welche Seite im Leben schon mehr Fouls hatte einstecken müssen. „Lass das Portemonnaie fallen", sagte er bloß, in der Hoffnung, auf diese Weise vorzeitig abpfeifen zu können.

„Was ist mit dir los?“

Ein zweiter Schlag. Julius zuckte zusammen, obwohl es wieder Tim war, der getroffen wurde. Sie sollten fliehen, schoss es Julius durch den Kopf. Tim vor dem Jungen und der Junge vor der Polizei, die Tim ihm auf den Hals hetzen würde. Stattdessen sackte Tim einfach so auf dem Boden zusammen. Für eine Schwalbe viel zu unspektakulär, trotz des Stöhnens und der vielen Blutspritzer. Julius wollte sich bücken, wollte Tim, der auf einmal verstummt war, auf die Beine und aus diesem Hinterhof heraushelfen, doch der Junge stellte sich ihm in den Weg. Er hatte ein Messer gezogen, mit spitzer, blitzender Klinge. Julius trat einen Schritt zurück und fuhr herum, da er in jemanden hineingelaufen war. Es war die junge Frau. Sie packte Julius am Arm. Auf ihrem eigenen saß das schmutzige Kind.

„No police!“ Sie wirkte aufgeregt. War es die Schwester? Oder die Ehefrau?

Julius drehte sich von ihr weg, seine Gedanken kreisten noch immer um Tim. Dieser hatte nichts als einen kreisförmigen Blutfleck auf dem Beton hinterlassen. Hatte er sich versteckt? Julius sah sich um, sah die Frau, das Kleinkind und den Jungen, dessen Faust so ganz und gar nicht zum Gesicht gepasst hatte. Ein weiterer kurzer Moment verging, in dem sie sich in die Augen blickten, dann riss sich Julius los und rief Tims Namen. Sein Herz begann, immer heftiger zu schlagen, während er die blutige Fährte am Boden verfolgte. Tropfen für Tropfen, die ganze kurze Gasse entlang. Die Spur endete so abrupt, als sei sie ausradiert worden. Als sei Tim ausradiert worden.

Tim hatte recht gehabt: Was war in diesem verdammten Hinterhof nur mit ihm los gewesen?

Verlängerung

Emily

„What are you doing?“

Ein Mann, mittelalt, in weißem Hemd und Hose, war im Raum erschienen. Er hätte lieber fragen sollen, warum ich *nichts* tat. Ich erwachte aus meiner Starre, plötzlich wieder sicher, was meine Aufgabe war. Ich wollte loslegen, ABCDE, das Alphabet des Lebens, doch nun hatte ich den Mann, den ich für einen Arzt oder Sanitäter hielt, an meiner rechten Seite, während er mich auf die linke schob. Eine Frau trat neben ihn, ebenfalls ganz in Weiß.

„Cardiac arrest“, hörte ich sie sagen, mechanisch wie ein untalentierter Statist aus einer Vorabendserie. Ohne zu zögern, begannen die beiden mit der Herzdruckmassage. Zumindest nahm ich es an – die Rücken der beiden versperrten mir jegliche Sicht, als wollten sie mir auf diese Weise signalisieren, dass man mich abgelöst hatte. Ein paar Minuten oder vielleicht auch nur zehn Sekunden vergingen, bevor der Mann sagte: „He’s dead.“

Ich vernahm einen Schrei, es war die Tochter.

„You!“, rief sie und fügte noch einige Wörter mehr hinzu, die ich nicht verstand. Alles, was ich hörte, war: „You“.

Ich wusste, dass sie mit mir redete.

Abpfiff

Julius

Er sah sich um, zuerst nach links, dann nach rechts, immer in der Erwartung, jemanden wiederzuerkennen: Tim, mit blutenden Wunden und hinkendem Gang. Oder den Jungen, mit erhobener Messerklinge und zerschlissenem Shirt. Sie würden ihn verfolgen, denn beide hatten einen Grund, wütend auf ihn zu sein. Ob es Tim gut ging? Ein Blick nach links, dann wieder nach rechts – doch nirgendwo in dieser düsteren Straße konnte er ein bekanntes Gesicht ausmachen. Schließlich entdeckte er doch noch eins, auch wenn es durch Tränen gerötet und ein klein wenig aufgequollen wirkte. Es war Emily.

„Was ist passiert?", fragte er, in dem sicheren Gefühl, plötzlich nicht mehr der Einzige zu sein, der etwas vergessen wollte. Emily schüttelte den Kopf. Sie schien nicht reden zu wollen. Es war ihm nur recht, denn so würde sie ihm auch keine Fragen stellen.

„Wir sollten weitergehen", meinte er. „Yan hat mir wieder geschrieben."

Wo bleibt ihr?

Die SMS hatte er vor einer Viertelstunde empfangen, allerdings war er zu diesem Zeitpunkt gerade einer

Blutspur am Boden gefolgt und hatte das Vibrieren in seiner Hosentasche nicht bemerkt.

Schweigend setzten sie ihren Weg fort. Eine kurze Strecke von wenigen Minuten, dann hatten sie Yans Standort erreicht. Es war eine schmalere, belebte Straße voller Menschen und Motorräder – nur Yan fehlte.

„Wo ist er?" Emilys Stimme klang belegt.

Julius zuckte mit den Schultern und wählte stattdessen Yans Nummer. Niemand meldete sich. Zehn Minuten lang standen sie unschlüssig auf der schmalen Straße, ohne sich zu unterhalten. Jeder von ihnen schien genug eigene Gedanken zu haben, denen er nachhing.

Ein Vibrieren unterbrach sie.

Tut mir leid, ich musste weiter. Ich melde mich wieder. Es ist wirklich wichtig. Yan

***

„Und, was hat er gesagt?"

Ihre Stimme und die aufrechte Haltung verrieten Neugierde. Ninas Augen wanderten abwechselnd von Julius zu Emily. Annika, die neben ihr saß, wirkte noch immer vollkommen teilnahmslos. „Was habt ihr?", fragte sie weiter, als niemand antwortete.

„Wir haben Yan verpasst", erklärte Julius, obwohl ihm nicht nach Reden zumute war. „Er war schon weg, als wir dort ankamen."

Nina zog die Augenbrauen in die Höhe. „Ihr wart aber ganz schön lange weg." Da keiner etwas erwiderte, ergriff sie schließlich erneut das Wort. „Ich bin auch noch mal weg gewesen." Sie wirkte aufgeregt, als hätte sie schon darauf gewartet, ihnen davon zu erzählen. „Annika ist hiergeblieben, für den Fall, dass Yan auftaucht. Ich hab nämlich vorhin eure Backpacks auf eure Zimmer getragen und dabei ist mir der Turnbeutel in die Hände gefallen. Ja, in die Hände gefallen, ich hab ihn nicht aktiv irgendwo rausgezerrt oder so ... Was zeigt, wie unglaublich verantwortungslos du mit diesem Batzen Geld umgegangen bist, Julius! Du hast ihn einfach so in deinem Backpack rumgetragen! Was meinst du, was passiert wäre, wenn das jemand mitbekommen hätte? Wenn dich jemand mit so viel Geld gesehen hätte? Du wärst ausgeraubt worden, ganz klar. So was ist doch 'ne tickende Zeitbombe. Damit ist man super gefährdet. Also bin ich mit dem Beutel zur Bank. Ich hab es jetzt so gemacht: Ich hab jedem von uns umgerechnet hundert Euro in bar übriggelassen. Die hab ich in Julius' Zimmer versteckt – aber wirklich versteckt, nicht einfach so in den Backpack gestopft. Und die restlichen sechshundert Euro hab ich auf mein Konto überwiesen. Aber keine Sorge, da sind sie schon nicht mehr." Sie grinste. „Passt auf, ich hab uns die perfekte Woche organisiert! Morgen Abend feiern wir unseren Abschied in Bangkok, und zwar in einem super angesagten Restaurant in der Innenstadt. Ich hab uns einen Tisch reserviert. In drei Tagen geht's nämlich schon weiter, und zwar nach Chiang Mai. Ich hab vier Flüge gebucht. Und dann kommt das Beste. Ein Fünf-Sterne-Hotel in Chiang Mai. Vier Nächte in einer Suite. Könnt ihr das glauben? Ich hab ein Schnäppchen im Internet gefunden.

Von dort aus können wir dann alles machen: Wellness, Ausflüge in die Umgebung ... Das wird der absolute Wahnsinn, ich sag's euch! Das war heute 'ne ganz schöne Sucherei, viel Organisation ... Aber dafür haben wir jetzt auch die beste Woche vor uns, glaubt mir! Ich hab da richtig was zusammengestellt." Sie sah stolz aus und lächelte. Erwartungsvoll schaute sie erst zu Julius, dann zu Emily und Annika.

„Du hast was gemacht?", kam es von Julius.

„Hab ich doch gerade eben gesagt."

„Du hast sechshundert Euro aus dem Turnbeutel ausgegeben? Und uns Flugtickets gebucht?"

„Das Restaurant hab ich noch nicht bezahlt, dafür hab ich noch was auf die Seite gelegt. Die Suite ist ein Traum! Für ganze vier Nächte. Das ist total billig!"

„Das ist total bescheuert, Nina! Das Geld gehört uns doch gar nicht!"

„Das Geld gehört niemandem. Du wolltest es nicht für dich haben. Du hättest es da oben in deinem Zimmer vergammeln lassen, bis es noch jemand geklaut hätte!"

„Aber was sollen wir denn jetzt auf einmal in Chiang Mai? Yan muss hier irgendwo sein und wollte uns treffen! Das ist wichtig, Nina."

„Ja, so wichtig, dass Yan euch einfach versetzt hat. Sorry, aber dieser Typ hat sie doch nicht mehr alle. Verschwindet einfach so ohne ein Sterbenswörtchen mit einem Auto, das du mitbezahlt hast. Meldet sich tagelang nicht, dann will er euch plötzlich aus dem Nichts heraus mitten in der Stadt treffen, und anstatt euch endlich mal zu erklären, was Sache ist, haut er wieder ab. Was ist das denn bitte für ein Benehmen!

Und dann hat er noch diesen seltsamen Bekannten. Ich an deiner Stelle würde nichts mehr mit Yan zu tun haben wollen. Der hat sich's komplett versaut bei mir, obwohl ich ihn nur einmal im Leben gesehen habe. Und jetzt schaut mich an: Ich wollte uns allen echt was Gutes tun. Tut mir leid, das so zu sagen, aber ihr seht wirklich fertig aus, alle miteinander! Ich weiß ja nicht, was du und Emily heute gemacht habt, aber ihr wirkt, als hättet ihr 'ne Erholung nötig. Und Annika wollte ich sowieso endlich mal auf andere Gedanken bringen. Diese Riesenstadt bekommt uns nicht. Wird Zeit für einen Tapetenwechsel." Wieder antwortete niemand. Nina stand auf. Ihre Stimme klang verärgert, als sie meinte: „So, und jetzt geh ich eine rauchen. Das Geld ist eh schon überwiesen. Ich kann's nicht mehr rückgängig machen."

Das war das dritte Ereignis. Und jedes einzelne sollte ein Nachspiel haben.

TAG 14

Schach

Anonym

Der Weg war steinig und die Sonne brannte ihm heiß im Nacken. Sechsunddreißig Grad. Ein enormer Unterschied zu der Kühle der Steinmauern, hinter denen er zuletzt gewohnt hatte. Dennoch fühlte es sich gut an. Es war nur eine Frage der Zeit, bis sie auch auf ihn kommen würden. Er war sich sicher, dass es einen Zusammenhang gab. Spätestens seit gestern, als er den Neuankömmling gesehen hatte. Zwar nur von Weitem, aber er glaubte, ihn erkannt zu haben.

Und nun wollte er herausfinden, was all das zu bedeuten hatte. Was hieß, dass er endlich aktiv werden musste. Schnell warf er einen Blick über seine Schulter. Noch immer fühlte er sich verfolgt. Er sehnte sich nach Rache, nach irgendeiner Form von Revanche. Der nächste Spielzug gehörte ihm. Und er war im Vorteil: Sein Gegner konnte unmöglich wissen, dass er wieder das Feld betreten hatte.

Ein Stein, der nach oben ragte, stach ihm in den Fuß. Einen Augenblick lang geriet er ins Rutschen, doch er verlor nicht das Gleichgewicht. Das war wichtig. Einen Unfall konnte er sich nicht erlauben. Er hatte schließlich gerade erst wieder neuen Mut gefasst ...

Blinde Kuh

Julius

„Es gibt drei Arten von Backpackern. Da wären einmal die Partypauschalisten, die sich keine Feier und keine Pauschaltour entgehen lassen. Die jeden Spaß mitmachen, der ihnen unterwegs begegnet, und die ein Land nach seinem Vergnügungswert beurteilen: Tubing, Trekking, Riverrafting, Climbing, Rollerfahren, Ziplining, Elefantenreiten. Das Reisen als Kette von Events. Und amüsieren kann man sich praktisch überall, auch mit einem Kater. Ihre Gegner sind die Lifestyle-Hippies. Die sich niemals auf einen Elefanten setzen würden, sondern stattdessen in bunten Yogahosen mit Elefantenaufdruck durch die Wälder sinnieren, spirituell und individuell bis in die veganen Birkenstocks. Bliebe noch die letzte Gruppe: die ewigen Nomaden. Die nicht reisen, um zu erleben, sondern die leben, indem sie reisen. Deren ursprüngliche Identität irgendwo unterwegs hängen geblieben ist und die nun als Staatenlose von Land zu Land ziehen wie gestrandetes Treibholz ohne Wurzeln. Das sind die, die nirgendwo dauerhaft ankommen, weil es sie früher oder später weiterspült." Yan hatte seinen Monolog unterbrochen, als würde er über ihn nachdenken müssen. „Bei dir bin ich mir noch nicht sicher", war er schließlich fortgefahren, „du könntest von jedem etwas in dir tragen oder einfach die Ausnahme sein, die meine

Regel bestätigt. Bist du mehr am Suchen oder am Finden interessiert?“

Julius hatte sich schon nach einem einzigen Abend an Yans seltsame, direkten Fragen gewöhnt. „Wie meinst du das?“

„Findest du den Spaß der Partypauschalisten, die spirituelle Bereicherung der Lifestyle-Hippies oder bleibst du ein Suchender, so wie die ewigen Nomaden?“

„Ich denke, von jedem ein bisschen. Und du?“

Yan hatte gegrinst. „Ich würde mich nicht als Backpacker bezeichnen.“

Direkte Fragen und indirekte Antworten. Julius hatte sich nicht damit zufriedengeben wollen. „Was machst du eigentlich?“

„Was ich mache? Ich suche die innere Ruhe durch ständige Aktivität.“

„Beruflich meine ich. Oder studierst du noch?“

Am Vorabend, als sie sich kennengelernt hatten, hatte Yan gesagt, dass er achtundzwanzig sei.

Yans kristallgraue Augen hatten Julius angesehen und er hatte seinen Mund leicht geöffnet, als ob er etwas sagen wollte. Allerdings hatte er ihn im selben Moment wieder geschlossen, da die Tür weit und geräuschvoll aufgerissen worden war.

Ihre Zimmergenossen waren zurückgekehrt, um mit den Vorbereitungen für die Party am Abend zu beginnen. Sie hatten einiges aufräumen müssen, immerhin hatten sie nur Mädchen eingeladen.

Am darauffolgenden Tag war Yan verschwunden.

Jetzt, zwei Wochen später, frage sich Julius, ob Yan jemals vorgehabt hatte, ihm zu antworten. Hatte er etwas übersehen? Sein Blick fiel aus dem Auto auf die blinkenden Lichter der Stadt. Es wurde Abend in Bangkok.

„You can drop us off here!", wies Nina den Fahrer an. „Das Restaurant ist auf der anderen Straßenseite."

Es befand sich in einem sauberen Gebäude mit weißgetünchter, steinerner Fassade. Im Innern sah es nicht weniger gepflegt aus: weiße Wände, dunkler Fliesenboden und schlichte schwarze Tische, um die sich ebenso schwarze rechteckige Stühle gruppierten. Das Einzige, das an ein asiatisches Restaurant erinnerte, waren Lampions an der Decke und ein großes Aquarium an der Wand.

Zwei Kellner erschienen in typisch schwarzweißer Kellnermontur und rückten ihre Stühle zurecht.

„Ist es nicht richtig schick hier?", fragte Nina. „Wartet erst das Hotel ab, das wird der Wahnsinn."

„Doch, sehr schön", antwortete Julius. Seine Gedanken kreisten noch immer um Yan. Wieso war er gestern einfach so wieder verschwunden, obwohl er sie hatte treffen wollen? Es sei wirklich wichtig, hatte er in seiner letzten SMS geschrieben. Und nun konnte Julius wieder nur seine Mailbox erreichen.

„Seid ihr echt immer noch so schlecht drauf?"

Julius tauchte aus seinen Erinnerungen auf. Emily und Annika sagten beide nichts.

„Meine Güte, ich dachte, ich mach euch eine Freude!" Nina sah ein wenig beleidigt aus. Das künstliche Licht des Raumes ließ ihre Haut unvorteilhaft glänzen und enttarnte die feinen Linien, die ihre Stirn und ihre Augenwinkel zierten. „Lasst uns heute Abend mal gut drauf sein, ja?"

Einer der beiden Kellner kam zurück und reichte jedem von ihnen eine Menükarte.

Julius hatte den Eindruck, dass Nina angespannt war. Als würde sie sich geradezu zwingen müssen, gut drauf zu sein. Nun lächelte sie dem Kellner entgegen, sodass sich die Linien um ihre Augen vertieften. Der Kellner lächelte zurück, eingenommen von Ninas rätselhaftem Charme.

„Die Peking-Ente soll hier ausgezeichnet sein", sagte sie. „Teilt sie jemand mit mir? Ich hab nicht so viel Hunger."

„Ich bin Vegetarierin", meinte Annika. Sie drehte sich dem Kellner zu: „Do you have Wi-Fi?"

„Wir müssen unbedingt unseren Aufenthalt in Chiang Mai planen", fuhr Nina fort, nachdem sie für sich und Emily eine halbe Ente mit Reis bestellt hatte. „Ich hab mich genauestens über die Stadt und die Umgebung informiert. Es gibt viele verschiedene Ausflugsmöglichkeiten und Kurse und – Annika, kannst du nicht mal einen Moment warten? Das ist total ungemütlich."

Annika blickte von ihrem Handy auf. „Mein Bruder steckt in 'ner Beziehungskrise", erwiderte sie mit einer Selbstverständlichkeit, als sei sie damit den restlichen Abend entschuldigt. „Er ist erst vierzehn und braucht meine Hilfe."

„In eurer Familie scheint's die ganze Zeit um Beziehungen zu gehen." Ninas Tonfall klang spitz, irgendwie spöttisch.

„Was soll daran so schlimm sein?"

„Na ja, manchmal hat man eben auch einfach Pech, und dann muss man alleine durchs Leben gehen."

Ninas Unterton war leicht aggressiv. Sie zuckte mit den Schultern und klang wieder lockerer, als sie hinzufügte: „Ist besser, wenn man das schon als junger Mensch lernt. Auf eigenen Beinen zu stehen, mein ich. Würde dir übrigens auch mal guttun."

„Ach ja, bist du hier die Expertin oder wie?", entgegnete Annika, offensichtlich beleidigt durch Ninas Worte.

„Na ja, also ich würde es jedenfalls anders machen als du."

„Wenigstens verstell ich mich nicht die ganze Zeit und tu so, als wär ich super stark und cool."

Nina verzog den Mund zu einem süffisanten Lächeln. Ihr sonst so charmanter Gesichtsausdruck war verschwunden. „Willst du mir etwa damit sagen, dass ich das tue?"

Annika schwieg.

„Annika, ich hab dich was gefragt!"

„Lass gut sein, Nina", meinte Julius. „Annika geht's nicht so gut."

„Das ist ja mal was ganz Neues!", rief Nina. „Annika geht es *nie* gut, als sei sie verdammt noch mal der einzige Mensch auf dieser Welt, der Probleme hat!"

„Das ist nicht wahr!", erwiderte diese laut. „Das tu ich nicht! Und ich bin hier sicher nicht die Einzige mit Problemen."

„Ach nein?"

„Nein."

„Na, dann bin ich aber gespannt."

Annika legte ihr Handy auf den Tisch und sah Nina in die Augen. „Weißt du was, Nina? Wenn du's unbedingt hören willst, dann bitte schön. Es ist mir ehrlich gesagt schon die ganze Zeit aufgefallen. Dir geht's nicht gut, auch wenn du's vielleicht nicht wahrhaben willst." Sie zögerte einen kurzen Moment, als würde sie überlegen, ob sie wirklich weiterreden sollte, dann meinte sie: „Mal bist du super gut drauf und im nächsten Moment wieder total nervös und gereizt, so wie jetzt. Du lächelst zwar viel, aber du hast ziemlich oft gerötete Augen, als hättest du geweint. Du isst wie ein Spatz. Du hast angeblich nie Hunger, treibst in jeder freien Minute Sport und wenn das nicht geht, dann rauchst du. Ich glaub nicht, dass das gesund ist."

„Annika, hör auf", kam es von Julius.

„Ich soll aufhören?"

Nina stand auf, der Blick hart und kühl. Sie sah aus, als würde sie Annika am liebsten mit aller Kraft eine runterhauen wollen. „Ich geh jetzt nach draußen", sagte sie mit leiser, fester Stimme. „Und weißt du, was ich machen werde? Eine rauchen. Oder wer weiß, vielleicht rauch ich ja zur Feier des Tages auch gleich zwei. Damit ich bloß keinen Hunger hab, wenn die Ente kommt, weil ich ja ganz offensichtlich essgestört bin. Ist es das, was du mir sagen willst?"

Annika schwieg und betrachtete ihren leeren Teller. Nina drehte sich um und lief in Richtung Ausgang.

„Musste das jetzt sein, Annika?"

Annika sah zu Julius. „Wieso schaut ihr mich so an? Nina hat angefangen, sie war richtig fies. Als ob es ihr egal wäre, dass es mir die letzten Tage so schlecht gegangen ist."

„Mann, Annika, niemandem von uns ist das egal. Aber in dem Punkt muss ich Nina recht geben: Du bist vielleicht nicht immer die Einzige, der es schlecht geht."

„Ja, tut mir leid." Sie holte tief Luft, dann sagte sie: „Ich bin nicht blind. Ich hab gemerkt, dass was mit euch los ist, auch wenn ihr nicht drüber reden wollt. Ich war lange Gruppenleiterin in meinem Ort, ich hab im Orchester mitgespielt und ich war Mannschaftskapitänin meiner Handballmannschaft. Ich merke, wenn die Stimmung nicht gut ist. Und deshalb merk ich auch, dass was mit Nina nicht stimmt. Irgendwas hat sie, was sie nervös macht. Sie –" Annika hielt inne. „Moment. Mein Bruder hat mir was geschickt." Mit dem Daumen scrollte sie über den Bildschirm.

„Das muss aber 'ne lange Nachricht sein", meinte Julius. „Der ist doch erst vierzehn, oder? Er soll sich nicht so verrückt machen."

„Er hat mir einen Zeitungsartikel geschickt. Einen Onlineartikel über vermisste Backpacker."

Sie sind jung, auf der Suche nach Erfahrungen und Backpacker in Thailand. Doch das ist nicht das Einzige, was Sarah (20), Antonia (22), Javier (27) und Evan (19) miteinander verbindet. Seit drei Wochen gelten die beiden Amerikanerinnen aus Minnesota als vermisst, der spanische Ingenieursstudent ist vor zwölf Tagen das letzte Mal gesehen worden. Nun scheint noch ein weiterer Reisender verschwunden zu sein: Evan, High-School-Absolvent aus Neuseeland, habe vor zwei Wochen jeglichen Kontakt zu seiner Familie und seinen Freunden abgebrochen.

„Ich habe plötzlich nichts mehr von ihm gehört und ihn auch nicht auf seinem Handy erreichen können", so seine Mutter, die sich nun dazu veranlasst sah, die Öffentlich-

keit einzuschalten. Vor vier Tagen hat sie die Facebook-Seite „Finding Evan" gegründet, auf der sie Bilder ihres Sohnes teilt und Reisende dazu auffordert, sich an der Suche nach ihm zu beteiligen.

„Ein Kopf voller Ideen", postete vor wenigen Stunden eine ehemalige Schulkollegin unter ein Foto von Evan, das ihn als eines der drei Musketiere während einer Theatervorstellung zeigt. „Ein Mensch, der immer etwas Besonderes aus seinem Leben machen wollte." Er sei auf eine Weltreise aufgebrochen, um sich nach seinem Schulabschluss Inspirationen für seinen Lebensweg zu holen. Ein Wunsch, den er mit Sarah und Antonia teilt: Die beiden Frauen hatten vor ihrem Flug nach Bangkok ihre Jobs gekündigt und sich in Thailand neu orientieren wollen.

„Eine solche Neugierde macht natürlich experimentierfreudiger", weiß Diplom-Psychologin Anne Morton. „Gerade junge Menschen testen auf Reisen gerne ihre Grenzen aus."

Die Polizei sucht derzeit verschiedene Orte nach den Vermissten ab. Ob eine Verbindung zwischen den Fällen besteht, konnte bislang nicht nachgewiesen werden.

Im Anschluss an den Artikel ließ sich eine Bildergalerie öffnen, die die vier Backpacker in verschiedenen Situationen zeigte: Beim High-School-Abschluss, auf einer Party, am Flughafen. Sie sahen sympathisch aus, vier junge Menschen, die offen und nichtsahnend in die Kameras lächelten. Es war schwer vorstellbar, dass ihnen etwas zugestoßen sein sollte.

Annika las den Text nur bis zur Hälfte vor, dann rollten ihr Tränen über die Wangen.

„Das hat bestimmt nichts mit Andi zu tun, ganz bestimmt nicht.“ Emily setzte sich neben sie und strich ihr immer wieder über den Rücken. Sie sah an diesem Abend selbst niedergeschlagen aus, bedrückt. Unter ihren hellbraunen Augen zeichneten sich dunkle, violette Schatten ab, die auch das Make-up nicht verdecken konnte.

Ein Brummen ertönte und Emilys Augen wanderten zu einem Stoffbeutel, der über ihrem Stuhl hing.

„Mein Handy klingelt“, erklärte sie. „Bestimmt meine Mama ... Hallo?“ Eine kurze Pause, dann: „Was sagst du da? Ein Brief? Was? Ich versteh dich so schlecht!“ Ein Wortwechsel begann. Nach einer Weile ließ Emily das Handy sinken. Rote Flecken zierten ihren Hals und ihr Dekolleté. „Das war meine Mitbewohnerin“, rief sie hektisch. „Ich hab einen Brief von der Uni bekommen ... Sie haben mich exmatrikuliert. Da steht eine Adresse, an die ich mich bei Fragen wenden kann. Ich ... ich glaube, ich muss mal telefonieren.“

Sie stand auf und verließ mit schnellen Schritten den Raum.

Sackhüpfen

Emily

„Es tut uns leid“, sagte eine kratzige Stimme am Handy zu mir. Der Nummer nach zu urteilen, musste sie dem Chef meiner Studienplanung gehören. „Aber der Antrag auf zwei Urlaubssemester braucht eine gute Begründung, eine persönliche Weiterbildung zum Beispiel. Das können wir bei ihnen nicht erkennen.“

„Aber meinem Antrag wurde doch stattgegeben. Sonst wäre ich schließlich nicht hierhergefahren. Ich kann im Nachhinein doch nicht einfach so exmatrikuliert werden?“

„Doch, das ist möglich. Uns ist etwas zu Ohren gekommen, das wir nicht tolerieren können. Ich denke, Sie wissen, wovon ich spreche.“

Ich wusste es nicht.

„Ich weiß es nicht“, sagte ich wahrheitsgemäß.

„Es tut uns leid“, wiederholte die kratzige Stimme einfach. Er schien gar nicht richtig zugehört zu haben.

„Aber –“

„Ich muss Sie nun leider verabschieden, ich habe einen wichtigen Termin. Sie können mir bei Fragen gerne eine E-Mail schreiben.“

Es ging alles so schnell, dass mir keine Antwort einfiel. Ich stand unter Schock.

Zu Hause wäre mir eine solche Ungerechtigkeit sicher nicht widerfahren. Aber nun bin ich dreiundzwanzig und schlafe in Hostels mitten in Bangkok.

„Ich bin mir sicher, dass sich alles irgendwie regelt", meinte Nina, als ich zurück an unseren Tisch kam.

„Das bin ich mir auch", pflichtete ihr Annika bei. „Das ist bestimmt ein dummer Irrtum."

Sie und Nina saßen wieder nebeneinander und doch befand sich eine sichtbare Lücke zwischen ihren Stühlen, als wäre Nina mehrere Zentimeter zur Seite gerückt. Beide waren über ihre Handys gebeugt.

In meiner Schockstarre hörte ich ihnen kaum zu. Ich beschloss, meine Eltern anzurufen, sobald sie von der Arbeit zurückkommen würden. Zu Hause kannte man für alles eine Lösung. Und wenn sie auch nur aus denselben aufbauenden Worten bestehen würde, mit denen es die beiden Mädchen bereits versucht hatten. Schweigend ließ ich mich auf meinen Stuhl fallen. Der Kellner brachte unser Essen, auf steril weißen Tellern.

„Wo ist Julius?", fragte ich. Sein Platz war leer.

„Keine Ahnung", antwortete Nina. „Ich dachte, er ist vielleicht auf Toilette gegangen." Noch immer wirkte sie angespannt, nervös. Ihr Blick war stur auf ihr Handydisplay gerichtet, als wollte sie nicht mehr mit uns reden.

Keiner von uns rührte das Essen an. Jeder schien auf Julius oder auf eine bessere Stimmung zu warten. Ich nehme an, dass Annika so etwas wie einen Versöhnungsversuch startete, indem sie Nina plötzlich ansprach. Ich hing zu sehr meinen Gedanken nach, um ihrer Unterhaltung zu folgen. Ich glaube, sie fragte etwas wie: „Was liest du da?“ Woraufhin Nina knapp erklärte: „Die Nachrichten.“

„Ist das auch ein Artikel über die vermissten Backpacker? Zeig mal –“ Sie lehnte sich zu Nina hinüber, doch diese schob ihren Stuhl noch ein paar Zentimeter weiter zur Seite.

„Du liest thailändische Nachrichten?“, fragte Annika und klang erstaunt.

„Was bist du plötzlich so neugierig?“

„Du kannst Thailändisch?“ Vielleicht die Bemühung, Nina durch ein Kompliment zu schmeicheln.

„Ich hab im Nebenfach Sprachwissenschaften studiert“, erwiderte diese. „Ich mag Sprachen. Wenn ich schon in Thailand bin, dann will ich auch ein bisschen was von der Sprache lernen.“

„Und was ist da passiert, ein Einbruch?“ Annika schien sich Nina gegenüber besonders interessiert zeigen zu wollen. „Soll das ein Foto von dem Dieb sein?“

Eine SMS ließ mich Ninas Antwort verpassen.

Es ist immer wieder ein merkwürdiges Gefühl, sich selbst auf Video zu sehen, die eigenen Bewegungen und Gesichtsausdrücke als Außenstehender zu beobachten und zu hoffen, dass man sich in Wahrheit besser anhört als auf der Tonaufnahme. Noch merkwürdiger ist es aber, sich rein zufällig auf einem Video zu entdecken, von dessen Existenz man nicht das Geringste geahnt hat. Und ganz besonders, wenn es sich dabei um Momente handelt, die man am liebsten aus seinem Gedächtnis verbannt hätte.

Eine enge, staubige Wohnung, ein kleines Bett aus Holz, ein Mann in einem Pyjama, und eine junge Frau, die einfach nur im Raum stand und nichts unternahm. Alles war verewigt worden, sogar die missglückte Reanimation.

Meine eingefrorenen Bewegungen, meine unsichere Körperhaltung, meine viel zu hohe Stimme, als ich endlich etwas sagte. Irgendwie musste es irgendjemandem gelungen sein, all das in einem Film festzuhalten – und mich die Angst, die Starre und die Überforderung erneut fühlen zu lassen.

Der Absender der Nachricht war unbekannt.

Wegen dir ist ein Mensch gestorben, stand unter dem Video. *Ich bin enttäuscht. Du möchtest sicher nicht, dass jemand diesen kleinen Film sieht. Deshalb gebe ich euch noch eine Chance. Aber lasst eure Familien und Freunde aus dem Spiel. Ich will, dass ihr es ganz alleine schafft. Sonst wird es kein gutes Ende nehmen.*

Es folgten zwei Fotos: Eines zeigte meine Eltern im Sommerurlaub auf Lanzarote, auf einem zweiten war ein verwunschenes, von Efeuranken bedecktes Haus zu sehen, mein Elternhaus und Zufluchtsort.

„Was ist los mit dir, Emily?"

„Emily? Ist dir schlecht?"

Ich realisierte nicht, dass jemand mit mir sprach. Erst, als sich die Tür öffnete, sah ich auf. Es war Julius. Wir brauchten uns nur einmal kurz in die Augen zu schauen und ich wusste, dass auch er eine Videobotschaft erhalten hatte. Obwohl er mir nicht erzählt hatte, was gestern passiert war, glaubte ich zu spüren, dass man auch ihn soeben an etwas erinnert hatte, das er am liebsten wieder vergessen hätte.

„Wir müssen Yan finden", sagte er mit entschiedener Stimme. „Sofort."

„Wieso?“, kam es von Nina.

„Sein Kumpel hat mir was geschickt. Er hat mich bedroht.“

„Das ist die Nummer von Yans Kumpel?“, fragte ich. Der Typ mit den Aufgaben. Ich drückte den Anrufbutton, doch niemand meldete sich.

„Lass es lieber.“ Julius sah ungewöhnlich ernst aus. „Du hast auch eine Nachricht von ihm bekommen?“

Ich nickte.

„Ich weiß nicht, woher er ein Foto von meiner kleinen Schwester hat“, fuhr Julius fort, „aber er hat mir das hier geschrieben: ‚Deine Eltern wären sicher besorgt, wenn deine Schwester nicht pünktlich vom Cello-Unterricht nach Hause kommt‘. Ich hab keine Ahnung, wieso, aber aus irgendeinem Grund will er mir offensichtlich Angst einjagen.“

„Wieso sollte er so was tun?“

„Was weiß ich, vielleicht ist er verrückt? Das ist auch noch nicht alles. Hört euch das an: ‚Ihr habt mein Geld genommen und es nur zu eurem Vergnügen ausgegeben. Ich weiß, wo ihr heute Abend seid, und ich weiß, wo ihr hinfahren werdet. Ein Edelrestaurant und ein Luxushotel? Ich hätte wirklich mehr von euch erwartet. Ich bin enttäuscht von euch‘.“ Julius sah auf. „Heißt das, der Turnbeutel war von ihm?“

Keiner von uns wusste eine Antwort darauf.

Ich musste an die Bilder meiner Eltern und meines Zuhauses denken. *Lasst eure Familien und Freunde aus dem Spiel. Ich will, dass ihr es ganz alleine schafft.* Aber was war es, das wir schaffen sollten?

Julius setzte sich neben mich. „Erst macht er dubiose Andeutungen über irgendein Spiel und jetzt diese

Drohung. Ich weiß nicht, was das soll, aber es gibt wohl nur zwei Möglichkeiten: Entweder der Typ ist ein harmloser Spinner oder er ist verdammt gefährlich."

„Und du glaubst, Yan kann diese Frage beantworten?"

„Er ist hier irgendwo ganz in der Nähe eingebrochen. Also Yan, meine ich."

Wir alle drehten uns zu Annika um. Ich war diejenige, die als Erstes „Was?" fragte. Und dann: „Wie kommst du auf so was?"

„Das Bild auf Ninas Handy, das aus den Lokalnachrichten. Das zeigt Yan. Auf einer Überwachungskamera. Er trägt zwar 'ne Brille und 'ne Kappe, aber ich denke, er ist es."

Julius stand auf und trat neben Nina. Ich folgte ihm.

„Er ist es", bestätigte Julius, ohne zu zögern. „Ich erkenne die Kappe wieder. Wann soll das gewesen sein?"

„Gestern, am frühen Morgen, in einem Geschäft in Bangkok."

„Das heißt, er ist irgendwo eingebrochen und hat sich danach mit uns in der Stadt treffen wollen?", fasste ich zusammen.

„Und musste plötzlich wieder weg", sagte Julius.

„Wo könnte er jetzt sein?", kam es von Annika.

„Wir müssen ihn finden." Julius' Stimme klang entschieden. „Vielleicht hält er sich hier ganz in der Nähe versteckt."

Nina wirkte alles andere als zufrieden. „Heißt das, du willst in Bangkok bleiben, bis du weißt, wo er ist?

Aber das könnte Tage dauern. Bis dahin sind wir schon längst in Chiang Mai."

Julius zuckte mit den Schultern. „Meinen Flug kann ich sicher noch stornieren. Das sollten wir am besten alle tun. Dieser Kumpel von Yan scheint von Chiang Mai zu wissen und sogar von unserem Hotel, woher auch immer er diese Information hat. Ich finde nicht, dass wir unter diesen Umständen da hinfliegen sollten."

„Ist das dein Ernst?", entgegnete Nina. „Du willst alles canceln, nur wegen diesem Spinner? Wenn du mich fragst, dann ist er nichts als ein dämlicher Wichtigtuer, der sich mit irgendwelchem Gelaber aufspielt. Der blufft doch bestimmt und du fällst drauf rein."

Julius und ich tauschten Blicke aus.

„Ich bleibe", sagte er.

Am Spielfeldrand

Die Straße zu seinen Füßen schien vor lauter Menschen zu beben. Sie liefen und fuhren darüber, nichtsahnend, einer unbestimmten Zukunft entgegen. Schon seit zehn Minuten stand er an seinem Fenster und beobachtete das geschäftige Treiben. Es zerstreute seine Gedanken, die in den letzten Tagen immer düsterer geworden waren. Obwohl er vorbereitet war und alles nach Plan verlief, konnte er sich nicht immer davor schützen. Nicht vierundzwanzig Stunden am Stück. Als er es nicht mehr länger aushielt, griff er nach der Medikamentenschachtel auf seinem Tisch und schluckte zwei Tabletten auf einmal hinunter. Die düsteren Gedanken drohten, ihn einzuholen, doch er unterdrückte sie, indem er sich auf eine interessante Neuigkeit konzentrierte. Heute Morgen hatte er eine bekannte Stimme auf seinem Laptop hören können: Einer seiner Mitspieler war zurückgekehrt. Er hatte die letzten Wochen hinter Steinmauern verbracht, doch jetzt war er im wahrsten Sinne des Wortes wieder auf der Bildfläche aufgetaucht. Das war spannend.

Die Wirkung der Tabletten trat ein, und er begann sich zu beruhigen. Er war schon längst abhängig von ihnen. Aber er brauchte sie, das wusste er. Er ließ sich auf sein Bett sinken und schaltete seinen Laptop an. Vielleicht gab es noch weitere Neuigkeiten, die ihn ablenken konnten.

TAG 15

Cluedo

Emily

Ein dunkler Raum, zitternde Lichter, Schatten von rhythmisch auf- und abwiegenden Körpern, gedämpfter Bass. Alles verschmolz zu einem unscharfen, sich ständig ändernden Bild.

„Es ist wichtig, du musst es dir merken", sagte ein bekanntes Gesicht vor dem verschwommenen Hintergrund. Silbergraue, durchdringende Augen, die mich ansahen, während ich mich plötzlich in einem Hostelzimmer wiederfand.

„Was meinst du?"

Ein Taschentuch, ein Name.

Hubkeatiswingam.

„Das Ziel des Ganzen. Wenn du es bis zum Ende schaffen willst."

„Was für ein Ende?"

„Das Spiel. Ich rede von dem Spiel."

Meine Umgebung begann, sich zu drehen.

„Was machst du da?", fragte ich den Jungen mit den silbergrauen Augen. Ich sah etwas Kleines, Schwarzes. Einen Käfer. Ich wollte nach ihm greifen, doch eine Hand zog ihn weg. Sie zog weiter, zog etwas mit sich, das ich nicht wollte, doch als ich wenige Momente später aus meinem Traum erwachte, wusste ich bereits nicht mehr, was es gewesen war.

Es war sechs Uhr morgens. Genauer gesagt fünf Uhr vierundfünfzig. Seufzend sank ich zurück auf das dünne, steife Kissen, in der Hoffnung, mich noch ein klein wenig länger vor der Realität drücken zu können. Doch vergeblich. Ich hatte dafür schon viel zu viele Gedanken im Kopf.

Am Abend zuvor hatte ich nicht mehr mit meinen Eltern telefoniert, sondern ihnen lediglich geschrieben, dass alles in Ordnung sei. Das Urlaubsfoto aus Lanzarote hatte mich davon abgehalten, irgendetwas anderes, Wahreres zu schreiben.

Uns ist etwas zu Ohren gekommen, das wir nicht tolerieren können.

Mein Gehirn, eben noch im Dämmerzustand, stürzte sich in eine lästige Grübelei. Was hatte das Video zu bedeuten? Und hatte es tatsächlich etwas mit meiner Exmatrikulation zu tun? Wenn ja, dann war ich nicht die Einzige, die es sich angeschaut hatte. Bei der Vorstellung, es könnte irgendwo in den Weiten des Internets zirkulieren, setzte ich mich gerade in meinem Bett auf. Als würde ich den Gedanken dadurch abschütteln können. Warum war man mir gefolgt und hatte mich gefilmt?

Das Video war so zusammengeschnitten worden, dass man weder meinen entsetzten Gesichtsausdruck noch das Zucken meiner Hände sehen konnte. Meinen verzögerten Wunsch, einzuschreiten. Der Film wirkte so, als hätte ich einen Menschen auf dem Gewissen.

Verängstigt und unsicher, was ich tun sollte, entschied ich, mir erst einmal ein besonders üppiges Frühstück zu gönnen und darauf zu warten, dass meine drei Reisefreunde aufwachten. Mehr denn je war ich froh, dass wir von ganz alleine zu einer kleinen Gruppe verschmolzen waren. Schon nach wenigen Tagen in der Fremde hatte ich gemerkt, dass ich nicht gerne lange alleine war.

Von irgendwoher nahm ich die Hoffnung, dass Julius über Nacht eine Idee gekommen war, wie wir mit den Videos und den Drohungen umgehen konnten. Am Vorabend waren wir alle früh auf unsere Zimmer gegangen und hatten uns in unsere Betten verkrochen, jeder mit seinen eigenen Sorgen.

Ich lief zum Stand mit den Bananenpancakes, der sich praktischerweise direkt um die Ecke unseres Hostels befand, und gleich darauf zu den Ananas- und Mangoauslagen. Von einem plötzlichen Bewegungsdrang erfüllt, ging ich planlos weiter, ging durch Bangkoks Straßen, auf der Suche nach Ablenkung.

Als ich in die Khaosan zurückkehrte, war es bereits Mittagszeit. Am Eingang unseres Hostels fing mich ein Backpacker ab. Er war dunkelbraun gebrannt – fast ledrig – und trug einen Bart, die standardmäßige Weltenbummler-Aufmachung. Nur seine hässlich geschwollene Unterlippe stach hervor. Sie wurde von einer rötlich schimmernden, frischen Narbe durchzogen und begann nun, mehrere Wörter zu formen.

„Wohnt hier eine Annika?"

„Bist du ein Freund von ihr?"

„Kann man so sagen, ja. Ich heiße Andreas, aber du kannst mich Andi nennen."

***

Ich führte Andreas, also Andi, auf Annikas Zimmer und fühlte mich plötzlich trotz des miesen Tages gut.

Er schien normalerweise ein klein wenig anders auszusehen, denn Annika brauchte mehrere Schrecksekunden, bis sie einen Schrei des Wiedererkennens von sich gab und auf Andi zulief.

„Deine Lippe?", war alles, was sie hervorbrachte.

„Ein unglücklicher Sturz", erwiderte er.

Umarmung, Tränen, ein Kuss auf die geschwollene Lippe, Tränen. Ich fühlte mich ausgesprochen fehl am Platz.

Dann, nach einer Ewigkeit, stellte Annika die alles entscheidende Frage: „Wo warst du?"

Es ist nicht so einfach, einen Gesichtsausdruck hinter einem Bart zu erkennen. Trotzdem glaubte ich, Andi anzumerken, dass er sich nicht wohlfühlte. Er lachte einmal kurz auf, was unnatürlich rüberkam.

„Ach, das ist leider alles etwas dumm gelaufen. Ich war auf einer Dschungeltour, ziemlich abgeschnitten, und hab danach noch bei Trekkingtouren ausgeholfen, um mir ein bisschen Geld zu verdienen. Ich schätze, ich hab wohl ein wenig die Zeit vergessen." Er machte eine Pause, offenbar unsicher, was er noch sagen sollte. Er sah Annika und mich kurz an, vielleicht in der Hoffnung, dass wir bereits verstanden hatten, aber das hatten wir nicht, und so fuhr er fort, noch immer in diesem aufgesetzten Plauderton. „Ja und mein Handy ist dummerweise direkt am Anfang kaputtgegangen. Ist im Dschungel auf 'nen Stein gefallen." Wieder lachte er, zunehmend nervöser. „Da draußen im Gebüsch hätt ich's sicher eh nicht gebrauchen können, ich hätte gar keinen Empfang gehabt. Ich bin heute zurückgekommen und hab mir ein neues Handy gekauft. Ich wollte dich anrufen, aber du bist nicht rangegangen. Ich hab kurz mit meiner Mutter gesprochen und die hat mir gesagt, dass du hierhergeflogen bist und konnte mir deine Adresse geben."

Eine ziemlich simple Erklärung, ganz ohne Drama und Action. Das schien auch Andi zu finden, deshalb hatte er auch nichts hinzuzufügen. Es war komisch, ja geradezu enttäuschend, als hätte man nach all den Wochen eine fantastischere Aufklärung erwartet. Wie in einem Krimi etwa, wenn am Ende der Aha-Moment kommt. Es kam keiner.

„Ist ja wirklich eine Riesenüberraschung, dass du hier bist!", meinte er nun sehr fröhlich zu Annika und nahm ihre Hände. Sein Finale war irgendwie in die Hose gegangen, deswegen musste er nun improvisieren. „Was für ein Zufall, dass du noch in Bangkok bist! Du bist schon seit zwei Wochen in Thailand, oder?"

Von irgendwoher war ein lautes, schrilles Hupen zu hören.

„Du warst auf einer Dschungeltour?", fragte Annika mit unüberhörbar skeptischem Unterton.

Wieder dieser unsichere Blick, das Unbehagen hinter dem Bart. „Ja."

„Ohne Internet? Ohne Handy?"

„Ja."

„Ohne irgendetwas?"

„Ja, also wie schon gesagt, es ist *wirklich* dumm gelaufen. Es war eine spontane Entscheidung, sonst hätt ich's dir natürlich auch gesagt. Ich war dort den ganzen Tag beschäftigt und die Zeit ging sehr schnell rum ... Ich hab ja nicht damit gerechnet, dass du hierherfliegst!"

„Und dass ich mir auch daheim Sorgen machen könnte, wenn ich wochenlang nichts von dir höre, das hast du dir nicht überlegt?"

Ich spürte, dass nicht nur das Finale gescheitert war, sondern dass der Improvisation dasselbe Schicksal drohte. Ich konnte es an Annikas zitternder, lauter werdender Stimme erkennen, an ihrem drängenden Tonfall und ihren schmalen Augen. Andi schien die Zeichen allerdings zu übersehen.

„Na ja, das tut mir auch leid, aber wie gesagt, mein Handy ist kaputtgegangen." Ein Hilfe suchender Blick in meine Richtung. „Und so ein Leben ohne Internet ist auch mal ganz empfehlenswert. Es war sogar eine richtige Erholung!" Der klägliche Versuch, die Situation durch Humor zu entschärfen, entpuppte sich leider als ein Fehler.

„Ja, ziemlich erholsam!" Annika zog ihre Hände weg, das Zittern in ihrer Stimme war nun unüberhörbar, sie schrie nahezu. „Vor allem, in jedem scheiß Hostel nach deinem Namen zu fragen, das war wirklich *sehr* erholsam!"

Ich fühlte mich immer deplatzierter. Ich überlegte, ob ich die beiden alleine lassen sollte, doch Annika nahm mir die Entscheidung im selben Moment ab, indem sie mich fest am Arm packte. „Wir gehen!"

Das Hostel bot nicht besonders viele Fluchtwege oder gar Verstecke, und so war es unvermeidbar, dass Andi uns bis zum Eingangsbereich begleitete, wo sich zwei Türen befanden: links die zum Gemeinschaftsraum und rechts die nach draußen. Als Annika die linke vor ihm zuzog, schien er einzusehen, dass er unerwünscht war, und verließ das Hostel durch die andere Tür.

***

„Darf ich dir eine Frage stellen, Annika?", meinte Nina, die auf der Couch im Gemeinschaftsraum saß. Sie wartete Annikas Antwort nicht ab. „Was hätte dir gefehlt, wenn Andi nicht mehr aufgetaucht wäre?"

„Was –? Wie kommst du auf so was?"

„Wär's dir lieber, er wäre entführt worden?"

Annika sah aus, als wäre sie kurz davor, zu weinen, tat es aber nicht. Vielleicht, weil Ninas Fragen sie überrascht hatten.

„Ich hab auch jemanden verloren", erklärte Nina daraufhin mit lauter, gepresster Stimme. „Jemanden, der mir in einer sehr schweren Zeit im Leben geholfen hat. Meiner Mutter, meiner Schwester und vor allem mir. Jemanden, den ich sehr viele Jahre gekannt habe. Den ich sehr geliebt habe. Aber jetzt muss ich ohne ihn klarkommen. Du hattest recht, Annika, mir geht's nicht gut. Genaugenommen bin ich hier, um das Ganze zu verarbeiten."

„Das tut mir leid." Annika sah ehrlich schockiert aus.

„Ich will nicht darüber reden." Nina zog die Beine an und richtete ihren Blick auf ihr iPad. Als wollte sie uns dadurch signalisieren, dass wir sie in Ruhe lassen sollten. Ihr helles Gesicht wurde an diesem Tag von einem zerzausten Dutt umrahmt, der ihre blonden Haare mit den noch blonderen Strähnchen behelfsmäßig zusammenhielt. „Themenwechsel", sagte sie dann und drehte uns ihr iPad entgegen. „Ich hab nämlich zwei wichtige Neuigkeiten."

Ich sollte vielleicht noch erwähnen, dass sich auch Julius in dem Raum befand. Er saß auf einem der ausgelatschten Säcke und sah vollkommen abwesend aus. Sein trüber Gesichtsausdruck verriet, dass ihm über Nacht leider doch keine Lösung gekommen war.

„Erstens: Noch ein Backpacker gilt als vermisst", begann Nina.

„Was?"

„Das hab ich vorhin von einem Mädel erfahren, die mit mir im Yogakurs war. Irgendein Österreicher, Tom oder Till oder so. Siebenundzwanzig. Scheinbar hat ihn seit zwei Tagen niemand gesehen, und ein Kumpel hat jetzt die Polizei informiert."

„Ein Tim aus Österreich?" Julius' Stimme klang alles andere als abwesend. „Bist du dir sicher?"

„Ja, stimmt, er heißt Tim. Wieso weißt du davon, hast du es auch schon gehört?"

„Ja, ich ..." Er zögerte, plötzlich wach und aufmerksam. „Weißt du noch mehr darüber?"

„Nein, im Internet steht bisher noch nichts. Dafür hab ich das hier gefunden."

„Was ist das?", fragte ich.

„Ein interessanter Artikel. Ich habe sämtliche Autovermietungen in der unmittelbaren Umgebung gegoogelt und entdeckt, dass eine davon einem Engländer gehört namens", sie drehte das Display wieder so, dass sie etwas lesen konnte, „Joe Bustum. Und er wird in einem Internetartikel erwähnt. Er handelt von vermögenden Engländern mit potenziell kriminellem

Hintergrund, die sich ins Ausland abgesetzt haben. Keinem von ihnen konnte bisher irgendetwas nachgewiesen werden. ‚Als Bustums größter Coup gilt ein großangelegter Kunstraub in London'", zitierte sie, „,für den jedoch nicht Bustum selbst, sondern zwei seiner ehemaligen Geschäftspartner vor Gericht kamen. Während einer der beiden Männer wegen erdrückender Beweislast verhaftet wurde, war der andere noch vor Prozessbeginn tot in seiner Wohnung aufgefunden worden. Von Bustum ist mittlerweile bekannt, dass er seinen Wohnsitz nach Thailand verlegt hat. Er soll dort sowohl in der Auto- als auch in der Glücksspielbranche aktiv sein.' Leider haben sie kein Foto von ihm abgebildet."

„Mehr steht da nicht?"

„Nein."

„In der Auto- und Glücksspielbranche", wiederholte ich. „Aber was sollte er von uns wollen? Wir haben ja nur wegen Yan Kontakt zu ihm aufgenommen. Welchen Grund sollte er haben, uns in irgendwelche kriminellen Machenschaften zu verwickeln?"

„Was denkt ihr eigentlich, hat Yan überhaupt mit diesem Joe zu tun?", fragte Julius. „Vielleicht geht es ja gar nicht um ein ‚Spiel'. Vielleicht ist das ein Codewort für was ganz anderes. Wer weiß, vielleicht ist Yan vor diesem Typen geflohen."

„Du warst der, der mit Yan hier aufgekreuzt ist." Ninas Blick fixierte Julius. „Du müsstest ihn besser kennen als wir anderen. Ist dir denn gar nichts aufgefallen? Ich meine, erst verschwindet er spurlos, dann taucht er plötzlich in Zusammenhang mit einem Einbruch auf. Und wegen ihm haben wir jetzt diesen Joe an der Backe. Was ist Yan für ein Mensch?"

„Ich ... was soll ich da sagen? Er ist ... ja, vielleicht wirkte er ein wenig speziell, aber nicht wie ein Verbrecher."

„Und weiter?"

Es war offensichtlich, dass Julius nachdenken musste. „Er mag Whiskey und Bananen. Viel Whiskey und noch mehr Bananen. Er meinte, dass er mindestens zwei Bananen pro Tag isst –"

„Aha, das ist ja höchst interessant", bemerkte Nina in sarkastischem Tonfall. „Dann sollten wir vielleicht einfach ein paar Bananen vor das Hostel legen und warten, bis Yan anbeißt." Sie holte Luft, als versuchte sie, ruhig zu bleiben. „Und was macht er sonst so, außer Bananen zu essen, abzuhauen und irgendwo einzubrechen? Er kommt aus Holland, oder? Und arbeitet er dort oder studiert er? Reist er schon länger?"

„Er reist schon länger."

„Wie lange denn?"

Julius zuckte mit den Schultern. „Ich weiß es nicht genau."

„Über was habt ihr euch denn die ganze Zeit unterhalten? Du scheinst nichts über ihn zu wissen und trotzdem wolltest du mit ihm durch die Gegend reisen?"

„Ich hab ihn gerade mal einen Tag lang gekannt. Freitagabend hab ich ihn in meinem Hostel getroffen und Samstagnacht ist er schon abgehauen."

„Na ganz toll, du hast blind einem Fremden vertraut und ein Auto mit ihm gemietet, wie naiv war das denn? Am Ende hast du uns alle damit in Gefahr gebracht."

„Das tut mir leid, das wollte ich sicher nicht, aber von einem Einbruch und einer Verbindung zu diesem Joe konnte ich wirklich nichts ahnen."

„Jemand, der nichts aus seinem Leben erzählt, kommt dir nicht komisch vor?"

„Wer erzählt denn innerhalb von einem einzigen Tag alles aus seinem Leben? Das würde mir ja viel komischer vorkommen!"

„Ich glaub nicht, dass es uns hilft, wenn wir anfangen zu streiten", griff ich ein.

„Du nimmst ihn in Schutz, obwohl du auch eine Nachricht von Joe bekommen hast?", fuhr mich Nina an.

„Was soll Julius dafür können? Außerdem hat er dir ja nicht geschrieben, also musst du dir wahrscheinlich gar keine Sorgen machen."

„*Noch* nicht."

„Emily", wandte sich nun Julius an mich. „Ich glaub, wir sollten unsere Handys ausschalten und unsere SIM-Karten rausnehmen. Wir kaufen uns irgendwelche billigen Prepaidhandys."

„Wieso?"

„Weil dieser Joe unsere Fotos von unseren Handys haben muss. Ich nehm an, dass man sich in so was reinhacken kann."

„Wird ja immer besser." Das sagte nicht ich, sondern Nina.

„Dann behalten wir die Nummern erstmal für uns", sagte ich. „Ich will auf jeden Fall verhindern, dass unsere Familien oder Freunde da mit reingezogen werden."

„Sehe ich genauso", meinte Julius. „Wir könnten behaupten, dass wir an einer mehrwöchigen Dschungeltour teilnehmen und deshalb nicht mehr schreiben können."

„Das ist nicht lustig!" Diesmal kam der Kommentar von Annika.

„Nein, das ist es auch nicht", gab er ihr recht. „Ich meine es ernst."

„Mehrwöchig?"

„Ich hoffe nicht, dass wir so viel Zeit brauchen, um das Ganze zu klären. Aber dann machen sie sich zumindest keine Sorgen, falls es ein paar Tage länger dauert."

Ich wollte etwas erwidern, doch Annika unterbrach mich. „Er hat mir geschrieben ...", sagte sie und wirkte gedankenverloren.

„Joe? Oder Yan?"

„Andi ... Er will mich sprechen, er ist in seinem Hostel ..." Sie stand auf und wischte sich über die Augen. Ihre mit Sommersprossen besprenkelten Wangen waren gerötet. „Nach den ganzen letzten Wochen kann mir dieser Joe auch nichts mehr anhaben."

Am Spielfeldrand

Er lief über die Straße, die versuchte, ihn mit allen Sinnen zu verführen. Alkohol, Essen, Frauen, Spaß. Es war verlockend, sich ein paar Stunden länger weiszumachen, das Leben sei leicht. Inmitten dieser geballten Reizüberflutung erkannte er sie plötzlich: Sie waren zu dritt. Annika ganz vorne, aber sie interessierte ihn nicht weiter. Hinter ihr liefen Julius und Emily. Er blieb stehen, im Schatten eines Marktstandes voll billiger Jeanshosen, und beobachtete sie. In seiner Jackentasche spürte er den harten, spitzen Gegenstand, den er für sie mitgebracht hatte.

Memory

Annika

Herr und Frau Weber hatten stets zufrieden miteinander gewirkt, ein eingespieltes Team, über lange gemeinsame Jahre aneinandergeschweißt. Herr Weber ruhig und gemütlich, ein Fahrradfahrer, Hobbygärtner und hauptberuflich Sport- und Geschichtslehrer. Frau Weber schwatzhaft, Angestellte in einer Apotheke, mit Tränen in den Augen, wenn sie zu laut lachte, und mit sehr gutem Appetit. Mit neunzehn hatten sie sich kennengelernt, mit einundzwanzig waren sie zusammengezogen. Erst in eine kleine Wohnung, dann in eine größere und schließlich – als Annika auf der Welt, ihre Schwester im Bauch und ihr Bruder in Planung gewesen waren – in ein Haus. Ein geregeltes, ordentliches Leben.

Annika hatte ihre Eltern immer als Vorbild gesehen, ein unerschütterlicher Fels im für Brandungen beliebten Ehehafen, ein leuchtendes Mahnmal in Zeiten wachsender Scheidungsstatistiken, ein wohlgerundeter Topf und ein nicht ganz so runder Deckel. Annika selbst hatte schon als kleines Kind von einer Märchenhochzeit geträumt und sich in ihrem zwölften Lebensjahr auf die Suche nach dem entsprechenden Prinzen begeben. Sie war das gewesen, was manch einer als frühreif bezeichnet, eine kleine Lolita oder, wie ihre Klassenkameraden es etwas weniger poetisch ausgedrückt hatten, ein „A und T", die Abkürzung für „Arsch- und Tittenwunder". Dieser Titel hatte ihr auch zu ihrer ersten waschechten Beziehung verholfen, die leider nur dreieinhalb Wochen gehalten hatte, Titel hin oder her. Vier Wochen hatte Annika ihrem ersten Freund nachgetrauert, ein Junge aus der Parallelklasse, der einen halben Kopf kleiner gewesen war als sie. Dennoch hatte sie nicht aufgegeben, das Bild von der Märchenhochzeit fest vor Augen.

Ein wenig reifer hatte sie mit dreizehn Jahren immerhin eine zweieinhalbmonatige Beziehung verbuchen können, danach war eine Flaute gefolgt, gleich darauf vier Monate mit einem ein Jahr älteren Fußballer, und dann war sie auch schon als Indianerin verkleidet in den Gemeindesaal geschritten. Seit jenem Abend gab es Andi in ihrem Leben. Andi, das klang fast wie Anni, ihr Spitzname aus Kindertagen. Andi und Anni. A & A. Annika Berger. Es machte sich nicht schlecht. Es hätte sogar alles perfekt sein können, ja, das war es zeitweise auch gewesen, wäre Andi nicht plötzlich auf die Idee gekommen, seine Ausbildung in einem Autobetrieb abzubrechen, um noch studieren zu gehen und – weil er bis Semesteranfang so viel Zeit hatte – nach Asien zu reisen. Annika selbst hatte ihr Ziel schon lange im Kopf: Sie wollte ab Oktober Musik und Biologie auf Lehramt studieren, ein Beruf, den sie seit der achten Klasse favorisierte. Dann könnte sie genau wie Herr Weber die Beamtenlaufbahn einschlagen, und außerdem würde sich alles wunderbar mit ihren Familienplänen vereinbaren lassen.

Aber nun, als sie Andi, ihrem Andi, mit Bart und vernarbter Lippe erneut gegenüberstand, wusste sie nicht, ob sie ihn wiedererkannte.

Das Hostel war klein, aber überraschend sauber, und verfügte über ein einladendes Wohnzimmer. Mehrere Tische und Stühle in verschiedenen Farben befanden sich darin, und vor den Wänden standen Palmen in großen Kübeln. Annika fragte sich automatisch, warum Julius, Emily, Nina und sie nicht auch hier wohnten.

Andi und sie waren die einzigen Personen, die an einem der Holztische Platz nahmen. Andis fröhliche Fassade war einem nachdenklichen Zögern gewichen.

„Du wolltest mit mir reden", eröffnete Annika das Gespräch, „aber jetzt sagst du gar nichts. Was ist los?"

„Gar nichts. Die letzte Zeit war einfach ein bisschen viel für mich, das ist alles. Und du warst vorhin so sauer ... Ich versteh das ja. Ich hätte mich besser ankündigen sollen."

„Ich hatte eine Scheißangst um dich. Die ganzen letzten zwei Wochen. Ich hab mir die schrecklichsten Dinge ausgemalt ... Ich konnte mir einfach nicht vorstellen, dass du mir nicht schreibst, wenn's dir gut gehen würde."

„Aber glaubst du mir jetzt?"

„Wie meinst du das?"

„Glaubst du mir, dass ich im Dschungel war und kein Handy hatte?"

„Ich ... ehrlich gesagt, weiß ich nicht recht ..."

„Was soll deiner Meinung nach denn sonst passiert sein?"

„Du wirkst irgendwie aggressiv."

Er atmete ein und aus, als hätte er Mühe, seine Stimme ruhig zu halten. Betont langsam sagte er: „Das bin ich nicht. Aber was meinst du: Was ist deine Theorie?“

„Ich hab keine Ahnung.“

„Na, dann sollte es dir ja nicht so schwerfallen, mir zu glauben.“

„Was wird das hier, ein Duell?“

Eine Gruppe junger Asiaten betrat den Raum, laut schwatzend und mit Essenstüten in den Händen.

Andi verstummte einen Moment, dann meinte er: „Lass uns auch was essen gehen.“

Er stand auf. Annika ärgerte sich über die abrupte Unterbrechung ihres Gesprächs, aber sie wollte nichts sagen.

„Ist doch die Hauptsache, dass wir uns wiederhaben, oder?“, meinte Andi in veränderter Tonlage, als sie die Straße betraten. Er klang wieder leichter, lockerer. „Wieso bist du eigentlich hergekommen?“

„Wieso?“

„Du wolltest damals doch nicht nach Asien. Du warst für Australien, aber auf Thailand hattest du keine Lust.“

„Ich hab's mir anders überlegt. Ich hatte plötzlich so viel Zeit nach dem Abi und du warst nicht da ... Ich hab nach Flügen geschaut und dir geschrieben, aber du hast mir nie geantwortet. Bis heute nicht, übrigens. Ich hab mir schreckliche Sorgen gemacht. Das hat mich davon überzeugt, dass ich auf jeden Fall zu dir muss. Ich hab ein gutes Last-Minute-Angebot gefunden.“

„Du wolltest mich suchen?“

„Ja."

Er sagte nichts dazu. „Und wie lange bleibst du?"

„Du denkst, ich flieg jetzt direkt wieder zurück, weil ich dich gefunden hab?"

„Ich weiß nicht."

Die Art, wie er mit ihr sprach, verletzte sie.

„Ich hab eine Weile Zeit", meinte sie vage. „Das Semester fängt erst im Oktober an." In Annikas Kopf schossen Fragen hoch: Wollte Andi etwa nicht, dass sie in ihren Ferien bei ihm blieb? Wollte er, dass sie wieder zurückflog und ihn alleine ließ? Sie wollte es wissen, wollte Andi darauf ansprechen, aber irgendetwas ließ sie zögern.

„Du hast dich schon beworben?"

„Musik und Bio auf Lehramt", erwiderte sie fast mechanisch, abgelenkt. „In Gießen."

„Das hätt ich mir eigentlich denken können. Du bist mal wieder top organisiert." Er lächelte. Ironisch? Zynisch? Unter anderen Umständen hätte Annika seine kleine Stichelei als Kompliment aufgefasst, als Lob an ihr Ordnungsbewusstsein und ihre erwachsene Eigenständigkeit.

„Wie lange willst du denn noch hier bleiben?", fragte sie vorsichtig.

„Weiß noch nicht. Ich war bisher so beschäftigt, dass ich mir keine Gedanken gemacht hab."

„Du hast keine Ahnung, was du machen willst?" *Immer noch nicht?*, wollte sie hinzufügen. Dabei war das doch einer der Gründe gewesen, warum er überhaupt hatte aufbrechen wollen. Um in Ruhe nachdenken und herausfinden zu können, was er nach seiner abgebrochenen Ausbildung machen möchte.

„Nein. Sagen wir es so: Es ist einiges dazwischengekommen. Aber jetzt lass uns lieber über was anderes reden. Lass uns einfach mal genießen, dass wir hier sind. Wie schmecken dir das Obst und das Gemüse in Thailand? Da vorne ist ein Stand mit leckerem Curry. Zumindest gab's den noch vor ein paar Wochen. Ich kann mir vorstellen, du magst das Essen hier, oder? Es gibt viel für Vegetarier." Er schien bewusst ablenken zu wollen. Annika antwortete nicht. „Ich wette, dir gefällt's hier gar nicht so schlecht. Immer nur Oberheßbach, das wär gar nichts für dich. Du schaust so kritisch, meinst du etwa nicht? Oder bist du sauer, weil ich recht hab?"

Annika wusste nicht, ob er einen Spaß machte oder es ernst meinte. „Lass uns einfach Curry essen gehen, okay?", antwortete sie. Sie konnte nicht sagen, warum, aber sie hatte das Gefühl, einen Teil von Andi noch immer vergeblich in diesem riesigen, stinkenden Moloch von Stadt zu suchen.

Der Stand war noch da und sie waren die einzigen Kunden, sodass ihr Essen schnell zubereitet war. Sie ließen sich auf dem Bordstein nieder, jeder mit einem Plastiklöffel ausgestattet. Obwohl Annika keinerlei Hunger hatte, aß sie. „Das schmeckt echt ganz lecker", meinte sie. Sie versuchte zu lächeln und ließ es sein, weil Andi sie überhaupt nicht ansah. Sein Blick ging nach links und rechts, als suchte auch er etwas. Annika fragte sich, was es war, aber sie schwieg. Sie spürte, dass Andi ihr sowieso nicht die Wahrheit erzählen würde.

Jungs fangen Mädchen

Julius

„Meine Gedanken drehen sich langsam im Kreis. Die letzten Tage waren einfach ... na ja, ich denke, *scheiße* trifft es ganz gut. Ich muss dauernd über dieselben Sachen nachdenken. Und ich glaub, dir geht's genauso."

Julius sagte diese Worte zu Emily, als sie am Tresen einer Bar standen. Sie lag direkt neben dem Hostel, in dem Andi wohnte. In dem Gefühl, einen Drink gebrauchen zu können, hatten sie Annika bis dorthin begleitet. Nur Nina war zurückgeblieben.

„Oh ja", antwortete Emily. „Fällt dir nicht mal ein anderes Thema ein? Irgendein YouTube-Video, von dem du mir noch nichts erzählt hast?"

Julius' Blick glitt von seinem Mojito-Glas zurück zu Emily. Sie war das einzige Mädchen im gesamten Raum. Es befanden sich nicht viele Gäste darin, denn es war erst früher Abend. Sie hatten sich verteilt über in die Jahre gekommene Sitzmöbel und einen klebrigen Tresen. Die demolierte Einrichtung und der abwesende Gesichtsausdruck des Barkeepers ließen Julius einen Moment daran zweifeln, ob es eine gute Idee gewesen war, sich an einem solchen Ort zwei Cocktails mischen zu lassen.

Ein Typ in Shorts und weißem Hemd lief an ihnen vorbei und zwinkerte in Emilys Richtung. Als er sich ein paar Schritte entfernt hatte, verdrehte Emily die Augen.

„Okay, ich habe ein Thema", meinte Julius. „Wie ist das, wenn man als Frau ständig angesprochen wird? Fühlt man sich da sehr unwohl oder ist es eher ein Kompliment?"

„Darüber willst du reden?"

„Als Mann kann ich mir das gar nicht vorstellen, weil ich praktisch nie angesprochen werde."

„Du meinst allen Ernstes, ich hätte diese Blicke von dem Typen eben als Kompliment aufgefasst?"

„Nein, das vermutlich nicht."

„Ich glaube, gegen echte Komplimente hat fast niemand was, aber wenn mich jemand anglotzt oder anspricht, dann ist es meistens ein Betrunkener in einem Club. Und diese Typen verlieren echt schnell das Interesse, wenn ich nicht so wirke, als würd ich mit ihnen rummachen wollen oder mich von ihnen befummeln lassen."

„Hast du schon mal was von Pick-up-Artists gehört? Das sind Jungs, die zum Beispiel in großen Einkaufsgeschäften oder an Bahnhöfen versuchen, in Kontakt mit Mädchen zu kommen und ihre Handynummern zu kriegen. Eine Möglichkeit, soziale Fähigkeiten zu verbessern. Gibt 'ne Menge YouTube-Videos dazu."

„Hört sich so an, als ginge es da mehr um den Sport und das eigene Ich. Krieg ich sie rum? Wenn ja, dann bin ich wohl ein toller Typ. Dabei wünscht sich jeder doch genau das Gegenteil: Mein Gegenüber ist toll und das ist der einzige Grund, warum ich mir Mühe gebe."

„Warum sollen es eigentlich immer die Jungs sein, die sich um euch bemühen? Es könnte ja auch umgekehrt laufen."

„Vielleicht, weil Jungs sowieso immer Ja sagen und dann die ganze Spannung wegfallen würde?" Emily grinste.

„Guter Punkt."

„Vielleicht ist das Ganze einfach ein gesellschaftliches Problem."

„Wie meinst du das?"

„Na ja, diese typischen Rollenklischees werden uns doch schon als Kind beigebracht. Jungs sollen aktiv sein, Mädchen passiv. Auch wenn es ums Ansprechen geht." Emily seufzte gespielt theatralisch. „Das ist die große Lüge der Frauenromane und Fernsehschnulzen, mit denen wir Mädchen groß werden: Verhalte dich wie eine Prinzessin, dann bekommst du einen Prinzen, der auf völlig irrationale Art und Weise nur dich wunderschön und faszinierend findet. Der dich für immer beschützen will und der jede Falte und Stimmungsschwankung an dir lieben wird. Der jedes Wort, das er in einer SMS schreibt, auf die Goldwaage legt und mit einer zweiten Bedeutung versieht. Und der bei all dem natürlich durch und durch männlich bleibt: mutig, stark, unbeugsam. Ein Held eben, eine harte Schale mit einem weichen Kern. Am besten, du bist auch noch diejenige, die diesen Kern in ihm hervorholt. Deswegen hat auch Christian Grey als Sadomaso-Draufgänger so viel Erfolg. Er ist der coole, lässige Bad Boy, der dich aus einem brennenden Haus retten und gleich darauf in bester Manier flachlegen würde. Und dem für seine weiche Seite einfach nur die passende Frau fehlt, die ihm zeigt, wie man wirklich liebt. Und weil du das für ihn tust, wird seine Liebe für dich endlos sein. Wenn ich mich so reden höre, dann sollte ich es vielleicht mit einem Liebesroman versuchen."

„Und das ist die Lüge, mit der wir Jungs groß werden: Wenn man nur ein schickes Auto fährt, ein Fitness-Abo löst und eine Sonnenbrille aufsetzt, dann kommen die Mädels von ganz alleine angelaufen." Er fuhr fort: „Evolutionstechnisch gesehen –"

„Schon wieder die Evolution?"

Er musste lachen. „Ich sag's ja: Das ist eins meiner Lieblingsmodelle. Man kann es praktisch immer anwenden, auch in diesem Fall."

„Na, dann erzähl mal."

„Also, evolutionstechnisch gesehen ist es für Männer die erfolgreichste Taktik, möglichst viele Kinder zu zeugen. Eins davon wird schon bis zum geschlechtsfähigen Alter überleben und die Gene weitergeben. Da wir keine Schwangerschaft abwarten müssen, könnte Mann theoretisch bis zum Ende der Spermienproduktion ohne Pause so weitermachen. Die Männer mit der stärksten Libido hatten dabei vermutlich die meisten Nachkommen und haben uns so ihre Libido großzügigerweise weitervererbt."

„*Das* ist dein Lieblingsmodell? Eine wandelnde Spermabombe zu sein, nur weil irgendein triebgestörter Vorfahre genügend Nachkommen gezeugt hat, um dir diese Fähigkeit weiterzuvererben?"

„Na ja, es ist zumindest eine mögliche Erklärung für so manche Verhaltensweisen."

„Für *deine* Verhaltensweisen vielleicht. Bist du echt so triebgesteuert? Muss ich Angst vor dir haben?“

„Mach dich nur lustig, Emily.“

„Okay, dann verrate mir aber auch, was du zu uns Frauen meinst.“

„Ihr seid im Gegensatz zu uns mindestens neun Monate lang lahmgelegt. In der Schwangerschaft, mein ich.“

„Scharf beobachtet.“

„Eine Schwangerschaft war in der Steinzeit sicher nicht grad ungefährlich. Um euren Nachwuchs und eure Gene durchzubringen, war es bestimmt besser, wenn ihr in dieser Zeit nicht alleine wart, sondern einen zuverlässigen Partner an eurer Seite hattet.“

„Am besten den starken, gewissenhaften und sensiblen Helden aus den Telenovelas?“

„Genau. Die Lust wird an Gefühle und Romantik gekettet.“

„Du meinst sozusagen als Sicherheitsschloss für die ganzen Casanovas, die sich schon am nächsten Morgen wieder davonstehlen würden.“

„Eine einzige Nacht, ein kleiner dummer Ausrutscher, konnte früher für Frauen viel schwerwiegendere Folgen haben als für Männer. Es macht Sinn, dass die meisten Mädels viel wählerischer sind als Jungs.“

„Dann sagt dein Modell im Grunde aus, dass weder du noch ich was für unser Verhalten können?“

„Sieht so aus. Zum Beispiel, wenn Männer einer anderen Frau nachschauen. Das ist ein dummer, primitiver Reflex.“ Er unterbrach sich, als er Emilys kritischen Gesichtsausdruck bemerkte. „Ihr macht es mit Babys doch genauso: Eine Mutter sieht jedem Neugeborenen hinterher und würde es am liebsten in den Arm nehmen. Und trotzdem heißt das nicht, dass sie ihre eigenen Kinder deswegen weniger liebt – oder sie am Ende austauschen würde." Er ahnte, dass seine Erklärungen nicht so rüberkamen, wie er sie eigentlich meinte.

„Jetzt machst du's dir aber echt zu einfach."

„Versteh mich nicht falsch, ich will hier niemanden in Schutz nehmen."

„Tust du aber. Und du schaffst zwei Gruppen, und alle darin sind gleich. Was ist mit Erziehung, mit der Gesellschaft, mit Erfahrungen? Das Ganze ist doch viel komplexer und vielschichtiger."

„Klar, da hast du auch recht, das alles spielt natürlich eine große Rolle. Der Punkt ist einfach, dass unser Verhalten auf Trieben und Instinkten aufbaut. Die Instinkte waren schon vor der Kunst und Philosophie da. Wir sind Tiere und halten uns trotzdem für was Besseres."

„Aber das sollte keine Ausrede sein. Bequemlichkeit sollte einen nicht daran hindern, was zu verändern, wenn man davon überzeugt ist. Eine menschliche Fähigkeit ist es ja immerhin, aus Fehlern zu lernen und es beim nächsten Mal besser zu machen." Emily hielt kurz inne und runzelte die Stirn. „Ist das eigentlich normaler Samstagabend-Smalltalk für dich? Ich glaube, ich hab noch nie mit einem Jungen über so Sachen geredet. Aber ich kenn auch niemanden, der so viel über die Evolution nachdenkt."

„Bringt dich das jetzt auf andere Gedanken oder nicht? Also mich auf jeden Fall. Man kriegt als Mann auch nicht so oft die Chance, mit einem Mädel in einer

Bar über solche Sachen zu reden. Einblicke in die Sicht der Frauen, quasi echtes Insiderwissen."

„Du siehst aus wie einer, der öfter mit irgendwelchen Mädels in irgendwelchen Bars rumsteht."

„Soll das ein Kompliment sein?"

Emily antwortete nicht, sondern nahm noch einen Schluck von ihrem Cocktail.

Julius merkte ihr an, dass der Alkohol sie redseliger machte, offener. Manchmal kam es ihm so vor, als hätte sie zwei Seiten – ihr jüngeres und ein erwachsenes Ich – und als würde sie noch zwischen diesen beiden Emily-Versionen hin- und herschwanken. Julius gefiel es, wenn sie selbstbewusster auftrat, so wie jetzt, in diesem Moment.

Die leuchtend rote Flüssigkeit in seinem Cocktailglas schmeckte bitter. Julius warf dem Barkeeper mit dem abwesenden Gesichtsausdruck einen Blick zu. Dank der wenigen Gäste hatte er nichts zu tun und saß in einer Ecke der Bar, wo er auf sein modernes Smartphone eintippte.

„Darf ich dir noch eine Frage stellen?", meinte er zu Emily.

„Klar."

„Wieso hast du keinen Freund?" Er wusste nicht, ob er es sich nur einbildete oder ob Emily tatsächlich ein kleines bisschen rot wurde.

„Na ja, das ist eigentlich ganz einfach. Im Grunde bin ich genau wie alle anderen: Ich hab eine Familie, Freunde, ein Studium, Hobbys, geh am Wochenende gerne weg und verreise in meinen Ferien. Ich bin eigentlich echt ausgelastet. Ein Mittelding klingt da ziemlich verlockend: jemand, mit dem ich mich gut verstehe, aber der nichts fordert." Sie schien kurz zu zögern, bevor sie hinzufügte: „Allerdings frag ich mich langsam, ob durch dieses ganze Offenhalten an Optionen auf Dauer nicht vielleicht das Schönste verloren geht."

„Und das wäre?"

„Intimität. Nicht nur körperliche, sondern auch geistige Nähe. Weil man sich auf jemand anderen einlässt."

„Wo wir wieder beim Thema Beziehungen wären. Und du meinst, das ist heutzutage noch ein Modell mit Zukunft?"

„Meinst du nicht?"

„Sag du es mir. Was denkst du: Gibt es eine Formel, die auf Dauer funktionieren kann, auch heutzutage noch? In Zeiten von *Tinder* und Co., wo man scheinbar auf nichts und niemanden mehr angewiesen ist?"

„Willst du, dass ich eine Theorie über menschliche Beziehungen aufstelle?"

„Wenn dir eine einfällt."

„Das ist echt ... Deine Art zu reden, ist *wirklich* unromantisch. Wie aus einem Biologielehrbuch für Verhaltensforscher."

„Ich find's irgendwie beruhigend, wenn man versucht, für alles eine Erklärung zu finden."

Er hatte das Gefühl, dass sie mit seiner Antwort nicht zufrieden war. Schweigend kaute Emily auf ihrem Strohhalm. Dann sagte sie: „THIS."

„THIS?"

„Talk, Humour, Indepence, Sex."

„Klingt schon mal nicht schlecht."

Sie zuckte mit den Schultern. „Vielleicht."

„Na, dann fang mal an, ich bin gespannt."

„Okay. Also, als Erstes: Gespräche. Bei manchen Paaren hab ich das Gefühl, dass sie sich gar nicht richtig kennen. Dabei ist es doch genau das, wovon man am meisten profitiert: einen Vertrauten an seiner Seite zu haben. Ich denke, diese Verbundenheit ist das Wichtigste. Der Grund, warum du einen bestimmten Menschen ausgewählt hast und ihn nicht einfach wieder austauschen kannst. Und diesen Menschen sollte man zufriedenstellen wollen, natürlich auch sexuell. Wobei wir beim nächsten Thema wären: Eine Beziehung sollte auch Spaß machen."

„Klingt wirklich nicht schlecht. Und weiter?"

„Du bist ein Mensch, mit all seinen Schwächen und in all seiner Hässlichkeit. Vergleich uns mal mit anderen Tieren: Tiger, Wölfe, Pfaue ... Alle schöner als wir. Wir sind so schmucklos wie Nacktmulche und bekommen eine schlappe, runzelige Haut. Wir bestehen aus zehnmal so vielen Bakterien wie aus Körperzellen, wir schwitzen, wir verdauen. Wir verstecken unsere Exkremente in pingelig sauberen Toilettenschüsseln, und die wenigsten schaffen es, sich auf zwei Beinen einigermaßen anmutig zu bewegen. Am besten, man versucht, darüber zu lachen. Noch besser gemeinsam, wie beste Freunde eben."

Julius grinste. „In Ordnung", meinte er. „Vielleicht ist das der Moment, in dem ich dir sagen sollte, dass du ein grünes Pfefferminzblatt von deinem Mojito zwischen den Vorderzähnen stecken hast. Schon die ganze Zeit."

Als er Emilys irritierten Gesichtsausdruck sah, wurde sein Grinsen breiter.

„Das Blatt war Teil meines Plans", erwiderte sie. „Um meinen Worten mehr Bedeutung zu verleihen."

„Red dich nur raus, ich hab genau gesehen, dass du rot geworden bist. So viel zum Thema: Man muss darüber lachen können."

„Immerhin scheint's bei dir ja geklappt zu haben."

„Bei so einem guten Anschauungsunterricht ... Aber ich hab dich unterbrochen. Es fehlt noch der letzte Punkt."

„Du hast recht: Freiheit. Wir alle sind heutzutage an Abwechslung gewöhnt. Und meistens sehnt man sich doch eh nach dem, was man nicht hat."

„Du befürwortest Fremdgehen?"

„Nein, natürlich nicht."

„Polyamorie?"

„Ja, klar, das schon. Nein! Natürlich *nicht*. Ich meine nur, dass man sich gewisse Freiheiten lassen sollte. Die meisten von uns haben diese ständige Angst, was zu verpassen. Aber wenn man jemanden gernhat, sollte es selbstverständlich sein, dass man das Beste für den anderen will, dass man ihm seine Freiheiten lässt. Sei es jetzt ein Auslandssemester oder Partyabende mit Freunden."

„Oder Polyamorie." Julius schmunzelte. „Interessant."

„Werden wir sehen. Denn ja, du hast recht: Vielleicht ist es einfach kein Modell der Zukunft. Hier sind die meisten sowieso nur auf Spaß aus, schätze ich. Ich ... ich hab so was noch nie gemacht, mit jemandem nach Hause gehen und so Zeug ..." Sie redete schnell weiter, als hätte sie zu viel gesagt und als versuchte sie, ihre letzten Worte durch noch mehr Worte wieder zu verdünnen. „Versteh mich nicht falsch, ich bin nicht spießig oder so, aber muss man das wirklich mal gemacht haben? Gehört das vielleicht auch auf die Bucket-List?"

Julius hatte in den letzten Jahren ein gutes Gespür dafür entwickelt, wann Frauen für ihn zugänglich wurden. Das war mehr als nur flirten: Es war eine echte Chance. Dass er nach und nach die Grenzen austesten konnte, ohne zurückgewiesen zu werden. Auch wenn sich Emily selbst dessen vielleicht gar nicht bewusst war.

Julius überlegte, wie er sich verhalten sollte. Emily war seiner Meinung nach ein interessantes, anziehendes und auf einmal auch sehr zugängliches Mädchen. Aber er glaubte, sie war auch eine von denen, die man verletzen konnte.

Julius' Gedanken wurden unterbrochen. Annika war aufgetaucht und kam auf sie zugelaufen.

„Ich hab ihm gesagt, dass es besser ist, wenn ich bei uns schlafe und nicht bei ihm im Hostel", sagte sie. „Das fand er auch, ich ... Ich frag mich, ob Andi mich überhaupt bei sich haben wollte ... Warum ist das alles so kompliziert?"

„Zwischen Männern und Frauen, meinst du?" Julius sah zu Emily.

„Das wird wohl niemand je beantworten können", überlegte Annika. „Wollen wir gehen?"

Schere, Stein, Papier

Julius

„Was machst du da?“

Sie hatten den Eingangsraum ihres Hostels betreten, als ihnen Nina mit Julius’ Backpack entgegenkam. Ihr eigener Rucksack lehnte bereits neben Emilys und Annikas an der Wand. „Ich bringe unsere Sachen nach unten“, entgegnete sie auf Julius’ Frage. „Wir wollen morgen schließlich mit der ersten Maschine fliegen.“

„Was? Wir haben doch gesagt, dass wir hierbleiben! Du wolltest die Flüge stornieren!“

„Das hast erstens nur du gesagt und zweitens war das bloßes Dahergerede. Weil du dich aufgeregt hast. Ich wollte die Flüge ganz sicher nicht stornieren.“

„Spinnst du? Nina, ich werde morgen nicht mit nach Chiang Mai fliegen. Erstens wegen Joe Bustums Nachricht. Und zweitens, weil ich Yan finden muss.“

„Also dieser Yan geht mir langsam ziemlich auf die Nerven. Ich hab die Flüge nicht stornieren können, wenn du’s genau wissen willst. Und außerdem hatte ich schon Touren im Norden gebucht. Ich seh nicht ein, warum wir darauf verzichten sollten. Ich hab keine Lust mehr auf Bangkok, diese Riesenstadt tut uns allen nicht gut, das –“

Weiter kam Nina nicht. Sie verstummte, als Julius’ Backpack mit einem lauten Donnern zu Boden fiel und sich ein Teil des Inhalts über den schmutzigen Hostelboden entleerte.

„Oh, tut mir leid", meinte sie und setzte sich, um Julius' Besitztümer einzusammeln.

„Was ist das?"

Die Stimme gehörte einem Jungen, der neu im Hostel sein musste. Ein kleiner Blonder mit gerötetem Gesicht, als sei ihm die Sonne Bangkoks bereits an seinem ersten Tag nicht bekommen. Wieder ein Deutscher, dachte Julius, bevor dieser einen Blick auf das graue Etwas warf, das ihm direkt vor die Füße gerollt war. Der Neue hielt es in die Höhe und drehte es hin und her. Jedes Augenpaar in dem engen, stickigen Eingangsraum folgte schweigend seiner Bewegung. Ein Stein, stellten sie fest, oder besser gesagt: das Stück eines Steins. Er sah aus, als wäre er auseinandergebrochen. Julius konnte sich nicht daran erinnern, ihn schon einmal gesehen zu haben. Eine Seite hatte eine runde Form, die anderen waren gerade.

Nina nahm dem Neuen den Stein aus der Hand. „Die runde Seite ist komisch", sagte sie. „Wenn man mehrere solcher Steine aneinandersetzen würde, würden sie vielleicht ein Loch bilden." Sie hielt sich das Stück ans Auge, wie die Überreste eines zerbrochenen Brillengestells.

Der Neue war der Erste, der aussprach, was vermutlich allen durch den Kopf ging. „Das ist ein Stück vom Traveller's Eye!", rief er. „Woher habt ihr das?"

Die Blicke wurden auf Julius gebündelt.

„Das ist eine sehr gute Frage, ich hab nämlich keine Ahnung ..." Er dachte nach, fieberhaft. Wie konnte ein Teil des Steins in seinem Rucksack gelandet sein? Er war noch nicht einmal dort gewesen, an dem berühmten Wasserfall. Julius hatte sich die Tour erspart: In ihrem Hostel und im Internet hatte man sich schnell rumerzählt, dass der Selfie-Ort des Jahres demoliert worden war. Noch immer sahen ihn die anderen an. „Warum guckt ihr so?", meinte er. „Ich hab ihn ganz sicher nicht kaputtgemacht."

„Und woher sollst du ihn sonst haben?" Der Blick des Neuen wanderte weiter zu Julius' Backpack. „Ist da noch mehr drin?" Er griff nach dem Rucksack, doch Annika riss ihn fest an sich.

„Fass ihn nicht an!"

„Also steckt ihr da alle mit drin?" Der Neue kniff die Augen zusammen. In Kombination mit seiner Gesichtsfarbe verlieh es ihm für einen kurzen Moment den Ausdruck eines Hausschweins, das in die Sonne schaut und geblendet wird. „Ihr habt den Stein geklaut und jetzt wollt ihr ihn teuer verkaufen?"

„Was soll der Schwachsinn? Keiner von uns weiß, woher der Stein kommt."

„Das glaub ich euch nicht! Ich hab gesehen, wie ihr den ganzen Tag zusammen im Aufenthaltsraum rumgelungert und getuschelt habt. Wer sitzt schon den ganzen Tag nur faul rum, wenn er in Bangkok ist? Ihr habt irgendwas ausgefressen. Und wisst ihr was? Ich ruf jetzt die Polizei. Leute wie euch kann ich nicht ausstehen: Ihr kommt in ein Land und hinterlasst nur Dreck. Ihr seid keine richtigen Backpacker."

„Das meinst du doch nicht im Ernst. Du willst doch nicht wirklich die Polizei rufen?"

„Doch. Ich melde es an der Rezeption." Er wandte sich um, drehte ihnen seinen blonden, borstigen Scheitel entgegen.

Nina machte eine Kopfbewegung in Richtung Tür. Ihre Lippen formten das Wort: „Raus."

Als der Junge mehrere Schritte den Flur hinaufgegangen war, griff sie leise nach ihrem Backpack und gab den anderen ein Zeichen, dass sie es ihr nachmachen sollten. Julius warf dem Hinterkopf einen kurzen Blick zu, dann nahm auch er seinen Rucksack. Ein Kribbeln durchströmte ihn, wie damals beim Fangenspielen. Wenn man den Gegner aus seinem Versteck heraus beobachtete und wusste, dass man nicht ewig unsichtbar sein würde.

„Los!", zischte Nina. Sie wartete, bis auch Emily und Annika ihrer Aufforderung folgten. Dann riss sie die Tür auf und lief.

„Was sollen wir machen?", rief Julius, als sie ins vertraute Gedränge der Khaosan Road untertauchten. Junge Traveller, dicht an dicht, Musikboxen, schreiende Händler, Klamottenstapel, Essensstände, Berge von Pad Thai, Obst und glasierten Insekten – die Touristen-Mutprobe. *Picture 10 Baht.*

Ein Stimmengewirr, das man nur schwer übertönen konnte. Und dennoch glaubte Julius, gehört zu haben, wie ihnen jemand etwas auf Deutsch nachgerufen hatte. Er drehte sich nicht um. Zum ersten Mal war ihm das Menschengedränge willkommen. Zwischen all den Köpfen tauchte ein einzelnes Gesicht auf, das in seine Richtung schaute. Für einen kurzen Moment schien es Julius direkt in die Augen zu sehen. Obwohl das schwierig zu sagen war, denn es versteckte sich hinter einer Sonnenbrille, im Schatten eines Marktstandes. Julius spürte ein seltsames Gefühl, eine Regung tief in seinem Inneren. Ein winziges Puzzleteil, das an die richtige Stelle rücken wollte. Doch bevor es Julius gelang, war das Gesicht bereits wieder verschwunden.

„Wir könnten zu Andi gehen“, schlug Annika vor. Sie hob ihren Arm empor, hinaus aus der Masse. „Er wohnt direkt da vorne!“

***

„Ihr fliegt nach Chiang Mai?“ Sie fanden Andi an einem der Holztische mit den bunten Stühlen. „Davon hast du mir gar nichts erzählt.“

„Wir wollten auch eigentlich nicht fliegen“, erklärte Annika mit leiser Stimme. Sie waren nicht die Einzigen in dem Raum. Eine Gruppe junger Backpacker saß direkt neben ihnen und unterhielt sich auf Englisch. „Wir dachten, Nina hätte die Flüge schon längst wieder gecancelt.“

„Seid froh, dass ich das nicht getan hab“, entgegnete diese.

„Das Hotel sollten wir trotzdem versuchen zu stornieren“, warf Julius ein.

„Ich finde diese ganze Angst wegen diesem Joe so was von übertrieben ...“, meinte Nina. „Der wird schon nicht dort oben auftauchen und sich neben uns in den Liegestuhl legen.“

„Nicht so laut, Nina!“

„Vor wem habt ihr Angst?“, fragte Andi.

„Ach, da ist so ein komischer Typ“, meinte Annika und sah erneut zu der Gruppe neben ihnen. „Das ist kompliziert. Keiner von uns kennt ihn.“

„Joe Bustum“, sagte Nina genauso laut wie zuvor. „Wir haben ihn noch nie persönlich getroffen, aber er scheint ein Bekannter von Yan zu sein. Wir haben nur seine Handynummer. Er wusste, dass wir nach Chiang Mai fliegen und in welches Hotel wir wollen. Deswegen wollte Julius, dass ich die Flüge storniere, aber das fand ich übertrieben. Wäre doch schade, sich von so ’nem Typen alles verderben zu lassen. Und jetzt ist es gut, dass wir die Flüge haben. Ein Stück vom Traveller’s Eye hat nämlich in Julius Rucksack gesteckt. Keiner von uns weiß, wie es dort gelandet ist. Ein Kerl aus dem Hostel hat es gesehen und hält Julius jetzt für einen Dieb. Er wollte den Rezeptionisten informieren und die Polizei rufen. Na ja, deswegen sind wir hier. Ist übrigens echt ein schönes Hostel, in dem du da wohnst. Sieht viel schöner aus als unseres.“

„Das hört sich ... kompliziert an“, fasste Andi zusammen. Er runzelte die Stirn, seine Stimme klang ernst. „Also wollt ihr jetzt hierbleiben, bis euer Flug geht?“

„Unsere Maschine geht um sechs Uhr morgens. Das heißt, wir brechen hier irgendwann nachts mit dem Taxi auf. Wir wollten nur ein paar Stunden irgendwo unterkriechen, wo uns niemand kennt.“

„Kannst du endlich mal leiser sprechen?“, zischte Annika.

„Kann ich mitkommen?“, fragte Andi.

„Klar“, meinte Nina.

„Du willst mitkommen?", erwiderte Annika und vergaß zu flüstern.

„Wieso nicht?"

„Weil alles, was Nina dir eben erzählt hat, nicht gerade ... nach Spaß klingt."

„Na und? Ich wollte eh nach Chiang Mai. Oder willst du mich nicht dabei haben?"

„Was?"

„Gut, dann komm ich mit."

„Super", fand Nina. „Es gibt bestimmt noch einen Flug."

„Und ein abgeschiedenes Hostel, von dem Joe Bustum noch nichts weiß", ergänzte Julius.

Nina verdrehte die Augen. „Schon verstanden, ich schau nach, ob ich unsere Suite noch stornieren kann. Obwohl es echt richtig ärgerlich ist, die wäre der absolute Wahnsinn gewes–"

„Stornier sie, Nina!"

„Dann will ich aber auch mal ein Dankeschön hören. Dass wir dank mir nämlich überhaupt nach Chiang Mai fliehen können. Guck nicht so komisch, Annika, hier sprechen alle nur Englisch mit Amerikanischem Akzent, keiner versteht mich! Tja, sieht wohl so aus, als hätte ich euch alle gerade aus einem Riesenschlamassel herausgeholfen."

Ein Handy vibrierte.

Julius fuhr mit seiner Hand in die Hosentasche. „Das ist Yan!", rief er. „Er hat mir eine SMS geschickt!"

„Was schreibt er?"

Julius kniff die Augenbrauen zusammen. „Es sind nur drei Sätze."

„Lies vor!"

„‚Haltet euch von Joe Bustum fern. Ich hab ihn völlig falsch eingeschätzt. Er ist keiner von den Guten.'„ Julius ließ das Handy sinken. „Danke, Nina, dass wir dank dir nach Chiang Mai fliehen können. Aber in dem Schlamassel stecken wir immer noch verdammt tief drin."

Am Spielfeldrand

Er hatte ihn gesehen, hatte ihm sogar in die Augen geschaut. Und doch hatte er nicht erkannt, wen er vor sich hatte. Genauso wenig wie Emily. Er hatte sie einen ganzen Moment lang beobachtet, ohne ihr Wissen. Ein ahnungsloses, kleines Schäfchen.

Emily war süß, keine Frage. Aber sie war verwöhnt. Es ließ ihren Charakter weich werden, indifferent. Sie war vollkommen unfähig, sich für irgendetwas zu entscheiden. So wie Julius. Ob die beiden jemals etwas Schlimmes erlebt hatten? Er bezweifelte es. Er tippte darauf, dass Emilys größte Niederlage im Leben eine schlechte Schulnote gewesen war. Und die von Julius ein Date mit einem Mädchen, das ihn nicht rangelassen hatte.

Es klopfte an die Tür. Ein zierlicher, kleiner Mann trat ein.

„Mr. Bustum?", fragte er.

Der Angesprochene nickte. Joe Bustum war höflich mit Untergebenen, das hatte er gelernt. „Sei streng, aber immer respektvoll", hatte ihm sein Vater beigebracht. Er lobte den zierlichen Mann und gab ihm das Geld, das er ihm versprochen hatte. Der Auftrag, den der Mann vor wenigen Tagen für Joe Bustum ausgeführt hatte, war reibungslos vonstattengegangen.

„Khop khun khrap, Mr. Bustum", sagte der Mann mit einer Hochachtung in der Stimme, die Joe Bustum geradezu rührte. Endlich ein Mann, der ihn für sein Geschick bewunderte und nicht verachtete. Joe Bustum zog noch

eine Hundert-Baht-Note hervor, als Zeichen seiner Wertschätzung. Der kleine Mann legte die Handflächen aneinander und verließ den Raum.

TAG 16

Räuber und Gendarm

Emily

Ich nenne es den Dumbledore-Effekt.

Die Erkenntnis, dass niemand frei von Fehlern ist, auch ein Albus Dumbledore nicht. Bis zum letzten Harry-Potter-Band erweckte er den unerschütterlichen Eindruck, von strahlender Weisheit gesegnet und über sämtliche irdische Unfehlbarkeiten erhaben zu sein. Und dann das Geständnis: Auch er hatte sich in seiner Jugend von Machtgier leiten lassen und war auf ein von Eifersucht getriebenes Kräftemessen mit Grindelwald eingegangen. Irgendwie enttäuschend, oder?

Ist es im Grunde genommen das, wodurch wir unsere Unschuld schon lange vor dem ersten Mal verlieren? Die Erkenntnis, dass es Dinge gibt, die stärker sind als die Liebe, die wir als Kinder so selbstverständlich von unseren Mitmenschen erwarten. Dieser Idealismus, dass Eltern für immer zusammenbleiben, dass die bösesten Menschen auf der Erde dilettantische Taschendiebe oder Einbrecher sind, die sich von der ordentlichen Polizei in ihre Schranken verweisen lassen, und dass es da draußen jemanden gibt, der auf jeden von uns aufpasst und der alles gut werden lässt.

Nur ein Beispiel: Als mir meine ältere Cousine von ihrem ersten Jahr auf dem Gymnasium erzählte, war ich zutiefst beeindruckt. Besonders der Englischunterricht schien ihr Spaß zu machen. Ich stellte mir vor, wie sie dort in der Klasse saßen: vor einem Lehrer, der wie ein wandelndes Oxford Dictionary jedes englische Wort kannte und dessen größter Wunsch es war, alles über die englische Sprache zu lernen und zu lehren. Ich hatte große Achtung vor diesem weisen Menschen in meinem Kopf. Und dann war ich selbst in der Schule und sah ihn vor mir: einen geradezu enttäuschend gelangweilten und vergesslichen Mann fortgeschrittenen Alters, der schreibmaschinengetippte Klausuren aus staubigen Schubladen zog und die meisten unserer Namen mit der Begründung verwechselte, er hätte gerade zweihundert Schüler parallel zu betreuen. Nun, vielleicht war der arme Mann einfach nur Lehrer geworden, weil er nicht gewusst hatte, was er sonst hätte werden sollen. Weil ihn die Ferien gelockt hatten oder weil er für das Fach Englisch einen Studienplatz bekommen hatte. Die idealistische Allmächtigkeit der Liebe meiner Kindheit bekam Konkurrenz: von Faulheit und Bequemlichkeit, von Eitelkeit, Geld, Sexualität oder bloßer Sturheit, um nur ein paar Beispiele zu nennen.

Das klare Schwarz und Weiß begann zu verschwimmen und tut es auch heute noch. Und zwar zu wesentlich mehr als nur fünfzig verschiedenen Grauschattierungen.

Haltet euch von Joe Bustum fern. Ich hab ihn völlig falsch eingeschätzt. Er ist keiner von den Guten.

Es waren unheimliche Worte und wahrscheinlich wusste niemand von uns, wie wir sie auffassen sollten. Hatten wir einen Bösewicht verärgert, der uns nun wie in einem Horrorfilm nachgehen würde? Und was sollte ich mir unter einem solchen Schurken vorstellen? Einen Lord Voldemort im langen schwarzen Umhang, seelenlos wie ein Dementor?

In meinem Flugzeugsitz geriet ich ins Grübeln. Zunächst über Voldemort, Dumbledores Gegenspieler. Das verstoßene Waisenkind. War er vielleicht nur ein Opfer seiner Erziehung gewesen? Oder seiner Gene? Weder das eine noch das andere billigten sein Verhalten, sondern machten ihn genauso gefährlich wie überwachungsbedürftig. Und dennoch fragte ich mich: Wer suchte sich schon vor seinem Leben aus, wie er sein möchte? Gab es da irgendeine himmlische Abstimmung, bei der man anmelden konnte, ob man lieber die Rolle des allseits geliebten Gutmenschen oder die des kaltblütigen, verhassten Bösewichts spielen wollte?

Und wer ist definitionsgemäß überhaupt „gut"? Jemand, der sich hilfsbereit verhält und Geld spendet, jemand, der nicht betrügt und keinerlei Hintergedanken hegt? Vielleicht hilft jemand nur, weil er weiß, dass es gut ankommt, betrügt nicht, weil er Angst hat, dabei erwischt zu werden, und hat keine Hintergedanken, weil er zu naiv ist, um sich welche vorstellen zu können. Im Grunde wäre doch nur wirklich durch und durch gut, wer die gesamte Situation durchschaut, die Menschen und die Umstände, mit denen er es zu tun hat (inklusive sich selbst), und wer sich einzig und allein aus einer inneren Moral heraus entscheidet, vorsätzlich gut zu handeln. Ich erhalte Dank oder keinen Dank, ich werde erwischt oder nicht erwischt – ich tue trotzdem das, was ich als das Richtige empfinde.

„Ich wünschte, die Welt wäre Schwarz und Weiß", meinte ich an jenem Morgen zu den anderen.

„Emily", erwiderte Nina mit gerunzelter Stirn. „Manchmal sagst du wirklich seltsame Sachen. Aber das ist in Ordnung, ich mag Menschen wie dich."

„Na, dann bin ich ja beruhigt."

„Beruhigt solltest du nicht sein. Ich bin mir nämlich ziemlich sicher, dass uns dieser Typ, dieser Joe, was anhängen will." Ihre wässrig hellblauen Augen sahen mich ernst an. „Ich hab mir das eben beim Start überlegt. Yans SMS geht mir nicht mehr aus dem Kopf."

Sie saß zwischen mir und Julius und drehte sich nun herum, damit auch Annika und Andi in der Reihe hinter uns ihre Worte hören konnten. Mittlerweile befanden wir uns weit oberhalb der thailändischen Wolkendecke.

„Annika, geht's dir nicht gut?", meinte Nina mit Blick auf die hinteren Flugsitze. „Fliegst du nicht gerne? Na ja, bald haben wir's geschafft. Zumindest fürs Erste. Denn ich hab eine neue Theorie." Ihre Stimme wurde leiser, als sie fortfuhr: „Joe Bustum hat was verbrochen und jetzt sucht er Unschuldige, denen er es in die Schuhe schieben kann. Und wegen Yan ist er auf uns gekommen. Ihr habt seine Nachricht gelesen: Joe ist ein böser Mensch." Auf Ninas Worte folgte eine unangenehme Stille.

Es konnte sein, dass es stimmte. Was wusste ich schon über Yan und seine Freunde? Was wusste ich schon von dem Spiel zwischen ihm und Joe, dem er so sehr entgegengefiebert hatte? Fakt ist: Julius waren tausend Euro in einem Turnbeutel überreicht worden (wovon Nina mehr als die Hälfte ausgegeben hatte), danach hatte ein Teil des gestohlenen Traveller's Eye in seinem Backpack gelegen. Und damit nicht genug: Er und ich waren gefilmt worden, wahrscheinlich von Joe höchstpersönlich. Und der wiederum drohte uns nun. Aber warum?

„Warum?", fragte ich.

„Stellt euch mal vor", sagte Nina, „Bustum steckt hinter dem Geld im Turnbeutel und dem Diebstahl des Traveller's Eye. Er hat die Sachen Julius untergejubelt, um sie an einem neutralen Ort zu verstecken. Um von sich abzulenken und sie sich irgendwann zurückzuholen. Deshalb wollte er wahrscheinlich auch, dass wir in Bangkok bleiben und nicht nach Chiang Mai fliegen. Und jetzt, wo die Polizei involviert wurde, will er es so aussehen lassen, als seien wir die Schuldigen, und damit jeglichen Verdacht von sich fernhalten. Vielleicht hat er schon geahnt, dass es so kommen könnte, und ist dir deswegen hinterher, Emily. Um dich in einer ungünstigen Situation zu filmen. Du wirkst auf dem Video nicht gerade sympathisch."

Da musste ich ihr recht geben.

„Von dir gibt's auch ein Video?", kam es von Julius.

„Ja", antwortete Nina an meiner Stelle. „Emily hat es mir gezeigt. Wieso sagst du *auch*? Wurdest du etwa auch gefilmt?"

Julius sah aus, als würde er nachdenken. Er antwortete nicht.

„Was für ein Video?", fragte Annika hinter uns. Ihre Stimme klang ähnlich schwach wie auf dem Boot bei unserem Tauchausflug.

„Ich kann's euch später zeigen, okay?" Auch wenn ich selbst wegschauen würde, überlegte ich. Ich wollte das Dilemma nicht noch einmal mit ansehen müssen.

„Auf alle Fälle gut, dass wir jetzt im Flugzeug sitzen", erwiderte Nina. „Ich hab viel über den Norden Thailands gelesen. Er soll ärmer sein als der Rest des Landes, aber mit wunderschöner Natur. Berge, Dschungel ... Hört sich doch ganz vielversprechend an, oder?"

„Hätten wir nicht mit der Bahn fahren können?" Annikas schwache Stimme ging fast unter in dem Rauschen der Flugzeugdüsen.

Ich schaute nach draußen. Wir waren zwar nicht mit dem Besen unterwegs, aber wir flogen. Der Himmel war blau und klar. Ich kuschelte mich in meinen Sitz und machte die Augen zu. Obwohl ich wusste, dass ich nicht würde einschlafen können.

Monopoly

Emily

Die Rose des Nordens ist der blumige Name, den die Stadt Chiang Mai ihrer landschaftlichen Lage zu verdanken hat. So ist sie nicht nur die größte Stadt ihrer Region, sondern bildet auch deren wirtschaftliches und kulturelles Zentrum. Und doch ist sie mit knapp 136.000 Einwohnern im Vergleich zur Millionenmetropole Bangkok geradezu beschaulich. Die Straßen wirken ruhiger, der Wohnraum weniger gedrängt und die ausländischen Fußgänger weniger verängstigt. Es scheint, als verfüge der Ort trotz seiner kleineren Fläche über mehr Platz. Neben zahlreichen Tempeln sind es vor allem die vielen Cafés, die zum Ausruhen einladen und zum entspannten Klima beitragen.

Dennoch war es eine triste Stadtbesichtigung für uns fünf. Obwohl es niemand aussprach, spürte ich, dass jeder dasselbe dachte: Wir fühlten uns wie auf der Flucht.

Auf der Flucht vor den Videos, den Drohungen und dem Deutschen in unserem Hostel in Bangkok. Wir hatten das Feld räumen müssen und wussten nicht, ob Chiang Mai ein sicherer Ort war. Es schien, als wäre irgendjemandem daran gelegen, uns nach und nach alles zu nehmen. Kurz gesagt: Wir befanden uns in einer ziemlich miesen Lage.

Statt Ninas Fünf-Sterne-Suite waren wir in ein kleines, unscheinbares Hostel am Rande der Stadt gezogen. Es war schon morgens, als wir dort eincheckten, voller junger Leute, sodass wir hoffentlich nicht auffielen. Wir hatten die letzten Plätze in verschiedenen Mehrbettzimmern ergattert, in denen es abschließbare Spinde für unsere Backpacks gab. Nicht dass noch einmal jemand auf die Idee kam, irgendwelche gestohlenen Gegenstände in einem unserer Rucksäcke zu deponieren.

Immerhin hatten wir unsere Backpacks dank Nina überhaupt mitnehmen können. Das Einzige, was ich in Bangkok liegengelassen hatte, war mein Waschbeutel. Ohne ihn lief ich zum ersten Mal seit meiner Ankunft in Thailand vollkommen schutzlos und ungeschminkt durch die Straßen. Ich sah aus wie eine von vielen.

Auch in Chiang Mai wimmelte es nur so von Hippie-Mädchen ohne BH und Make-up, die den Eindruck erweckten, sich niemals Sorgen zu machen. Ihr einziger Schmuck setzte sich aus den bunt zusammengewürfelten Stoffteilen zusammen, die man für umgerechnet zwei Euro an den unzähligen Marktständen erwerben konnte – bauchfreie Häkelhemdchen, luftige Baumwollhöschen und wie immer viele Elefanten. Und dazwischen und darunter die schlecht versteckte Urlaubsbräune, die offenbar immun war gegen Angst vor Hautkrebs oder Hautalterung.

Ich hätte mich gerne unter sie gemischt und wäre im allgemeinen Getümmel der Unbeschwertheit verschwunden. Wenn man genau hinsah, dann zierten viele dieser Gesichter zwar schon feine Fältchen, aber nur um die Augen, beim Lachen. Dafür keine Spur von Augenringen, auch nicht nach langen Nächten, kein Bedarf an Abdeckstiften, kein Grund, sich zu verstecken. Diese Mädchen schienen sich weder mit Kosmetika noch mit Sonnencreme oder Mückenspray zu belasten – was mein tägliches Ritual darstellte und mich schon morgens in ein klebriges, stinkendes Touristenopfer verwandelte. Die Hippie-Mädchen wirkten so, als wären sie niemals bedroht von den exotischen Gespenstern namens Dengue, Malaria, Japanische Enzephalitis, Ganzkörpersonnenbrand. In ihrer natürlichen Nachlässigkeit strahlten sie eine ganz eigene Schönheit aus: die Schönheit von Unbekümmertheit und jugendlichem, geradezu fahrlässigem Augenblicksgenuss. Ich wäre wirklich gerne eine von ihnen gewesen. Aber dafür vermisste ich meinen Waschbeutel und mein extraabweisendes Mückenspray schon jetzt viel zu sehr.

Vor einem ältlich wirkenden, kleinen Handy-Shop hielt Julius an. Er sah aus wie ein Antiquariat unserer Jugend, mit Nokia-Geräten aus den Neunzigern inklusive passender Prepaidkarten im Schaufenster. Damit ging von ihm automatisch etwas Zwielichtiges aus – als würde man nur hierherkommen, wenn man etwas vor der modernen, transparenten Welt zu verbergen hatte.

„Wird Zeit, unsere Handys auszutauschen", sagte er. „Joe Bustum soll unser neues Versteck nicht finden können. Wie wär's mit einem Nokia 3310? Dann müssten wir uns wenigstens wegen des Akkus keine Sorgen mehr machen."

„Mist, ich hab ganz vergessen, meinen Eltern Bescheid zu geben", meinte ich. „Wie spät ist es jetzt in Deutschland?"

„Zwei Uhr nachts."

Haltet euch von euren Familien und Freunden fern, ging es mir durch den Kopf.

„Ich muss es versuchen", entschied ich.

Es klingelte. Zwei Hippie-Mädchen liefen an mir vorbei, sorglos, lachend, braun gebrannt. Auf der Straße Motorenlärm, genau wie in Bangkok. Und auch hier der Duft von frisch gebackenen Pancakes, geschälten Mangos und gebratenen Hähnchenspießen.

„Ihr wollt was?", dröhnte mir die Stimme meiner Mutter durch das Handy entgegen. Dafür, dass sie bis eben vermutlich fest geschlafen hatte, hatte sie erstaunlich schnell abgenommen.

„Eine Dschungeltour machen, Mama."

„Eine Dschungeltour? Eine *Tour* in einem *Dschungel*? Ist das irgendwas in einem Freizeitpark?"

„Kaum zu glauben, aber eine Dschungeltour findet in einem echten Dschungel statt."

„Häschen, das klingt fürchterlich! Wieso machst du so was?"

„Das ... das macht man hier so. Ist total angesagt in Thailand."

„Das ist ja schrecklich! Drei Wochen, hast du gesagt? So lange wirst du keinen Handyempfang haben? Ist das dein Ernst?"

„Tut mir leid, Mama. Wirklich, es ... Ich weiß, dass das für euch nicht leicht sein wird." Für mich übrigens auch nicht, dachte ich.

„Das wird der absolute Horror, Schatz! Muss das sein? Gibt's nichts Schöneres zu tun in Thailand? Fahr doch ans Meer! Dieses Ko Pippi oder wie auch immer, da hat doch auch der Film mit Leonardo DiCaprio gespielt. Das wär doch was! Was willst du denn drei Wochen im Dschungel?"

„Das macht man hier eben so, das machen alle so. Macht euch keine Sorgen, ich bin nicht alleine, sondern mit Leuten aus dem Hostel unterwegs –"

„Machst du das etwa wegen eines Typen? Schatz, hast du Liebeskummer? War ein Junge aus deinem Hostel böse zu dir? Diese Backpacker musst du dir aus dem Kopf schlagen. Die wollen nur ihren Spaß und dann setzen sie sich in ihre VW-Busse und fahren weiter."

„Mama, niemand fährt hier in einem VW-Bus."

„Jaja, ich weiß schon. Bitte, Schatz, flieh wegen so einem ungewaschenen Streuner nicht in den Urwald! Keiner von denen erkennt, was für ein wunderbares Goldstück du bist! Denen wird irgendwann noch das Lachen vergehen mit ihren Drogen und Geschlechtskrankheiten. Jetzt meinen sie noch, sie wären ewig jung und stark und potent. Aber irgendwann kommen sie dann als Patient zu dir wegen ihrer Kniegelenksarthrose und ihrem Bluthochdruck, und impotent werden sie auch noch mit den ganzen Blutdrucksenkern."

„Jetzt übertreibst du aber."

„Das Alter kommt früher, als man denkt." Ich hörte ein lautes Gähnen. „Und das Alter ist teuer. Es lohnt sich, was Anständiges zu lernen. Was sagst du, Thomas? Dein Papa meint, er fliegt zu dir, wenn dich irgendein Kerl schlecht behandelt. In den Dschungel will sie, ja genau ... Was meinst du, Thomas? Dass es dort riesige Spinnen mit haarigen Beinen gibt? Jawohl, Emy. Hast du deinen Papa gehört? *Haarig* hat er gesagt."

Eine Viertelstunde später gelang es mir, aufzulegen. Ich schaltete das Handy aus und holte die SIM-Karte heraus. „Wenn ich mich in spätestens einer Woche nicht bei meinen Eltern gemeldet hab, werden sie die Botschaft alarmieren, das sag ich euch."

„Eine Woche könnte knapp werden, aber wir werden's versuchen", meinte Julius, der während meines Telefonats zwei Handys besorgt hatte. Er reichte mir ein neues altes Nokia. „Für einen Oldtimer war's ziemlich billig. Eigentlich müsste es Sammlerwert haben. Und es ist sogar *Snake* drauf! Dann wird uns immerhin nicht langweilig."

***

Der Weg führte uns weiter, vorbei an Tempeln, Hippies und jeder Menge hipper Cafés. Weil wir nicht wussten, was wir sonst tun sollten, betraten wir schließlich eines von ihnen. Langsam waren sowohl Julius' als auch meine Bargeldvorräte aufgebraucht. Da wir noch immer keine funktionierenden Kreditkarten besaßen, lud uns Annika auf Tee, Kaffee und Nachtisch ein.

„Ich hab mal ein YouTube-Video über Chiang Mai angeschaut", fing Julius an. „Das war echt interessant. Generell gilt der Norden Thailands ja als sehr arm. In dem Video haben sie gezeigt ..."

Er redete weiter, von Wirtschaft und Politik – nach Evolution und Quantenphysik offensichtlich seine Lieblingsthemen –, und niemand von uns unterbrach ihn. Jeder schien froh über ein wenig Ablenkung zu sein.

Mein Blick schweifte ab, durch den kleinen, westlich inspirierten Raum. Er war in babyhaften Pastelltönen gehalten und strotzte nur so vor Kuchen, Cupcakes und Macarons mit pastellfarbenen Zuckerguss- und Sahneüberzügen. Ich hatte stattdessen Mango mit Sticky Rice bestellt, mein Lieblingsdessert in Thailand.

Die meisten Gäste schienen genau dieselbe Herkunft wie die angebotenen Esswaren zu besitzen: moderne Backpacker fanden sich neben klassischen Allerwelts-Urlaubern und touristischen Zwittern, die sich keiner klaren Reisegattung zuordnen ließen. Ein junger Mann, den ich in die Kategorie „moderner Backpacker“ einsortierte, zog meine Aufmerksamkeit auf sich. Ich konnte nicht sagen warum, aber irgendetwas an seiner Erscheinung ließ mich einen Moment länger hinsehen. Er trug eine Kappe und saß gebeugt über einem Teller, auf dem ein großes Stück Erdbeerkuchen thronte. Meine Augen gingen weiter und blieben bei Andi hängen. Auch er beobachtete den jungen Backpacker mit seinem Erdbeerkuchen. Was hatte er nur an sich? Ich bemerkte, wie sich ihre Blicke für wenige Sekunden kreuzten.

„Lass uns gehen, Annika.“

„Was?“

„Ich bin müde.“

Annika wirkte über Andis plötzliche Aufbruchsstimmung genauso überrascht wie ich. Ich konnte mir kaum vorstellen, dass der junge Backpacker etwas damit zu tun hatte – und dennoch kam mir Andis Verhalten merkwürdig vor.

„Wir sind doch gerade erst angekommen", meinte Annika.

„Eben. Ich hab im Flugzeug nicht gut schlafen können."

„Ihr könnt jetzt noch nicht gehen!", sagte Nina.

„Doch, wir können gehen. Ich kann gehen. Und das werde ich jetzt auch. Unser Hostel ist ja nicht weit von hier. Kommst du mit, Annika?" Er stand auf.

Im Nachhinein muss ich mich korrigieren: Andis Verhalten kam mir schon *die ganze Zeit* über merkwürdig vor. Seit seiner Begrüßung vor unserem Hostel. Er trug Offenheit und gute Laune zur Schau, obwohl er gleichzeitig fahrig und gedankenversunken seine Umgebung musterte. Er war schreckhaft, was er zu kaschieren versuchte, indem er nach jedem Zusammenzucken in lautes Gelächter ausbrach. Es war, als hätte er etwas zu verheimlichen.

Annika zögerte, aber nur kurz, dann erhob auch sie sich. Der Ärger vom Vortag schien weitgehend verflogen zu sein, und sie machte nicht den Eindruck, als wollte sie es zu erneuten Streitigkeiten kommen lassen. Zu zweit verließen er und Annika das Café.

Mein Blick wanderte zurück zu dem jungen Backpacker. „Kommt euch der Typ da vorne nicht auch irgendwie bekannt vor?", meinte ich schließlich.

„Welcher?", fragte Julius. „Der mit der Kappe?"

„Ja, genau."

Möglicherweise wären wir gemeinsam auf eine Lösung gekommen, hätte Nina nicht im selben Moment gerufen: „Seht mal!“ Sie hielt uns ihr Handy entgegen. „Den Artikel hat mir eben das Mädel aus meinem Yogakurs in Bangkok geschickt. Dieser junge Österreicher namens Tim ist gestern in einem Krankenhaus in Bangkok verstorben. Er war scheinbar vor ein paar Tagen verletzt aufgefunden worden und hatte seitdem im Koma gelegen. Der arme Kerl. Hättet ihr gedacht, dass so was direkt vor unserer Nase passiert?“

Ich musste nur einmal in Julius Gesicht schauen, um zu wissen, dass er den Jungen gekannt hatte.

„Ich muss hier raus“, bestätigte er meinen Verdacht.

„Was hast du?“ Die feine Falte zwischen Ninas hellen Augen vertiefte sich.

„Mir ist schlecht.“

Eiertanz

Julius

Ihm war schlecht. Die ganzen letzten Tage über hatte er immer wieder an Tim denken müssen. Wie er zu Boden gesackt und plötzlich verschwunden war. Er hatte nichts als eine dezente Blutspur am Boden hinterlassen. Und nun auch noch der Zeitungsartikel. Was hatte er, Julius, nur getan? Warum hatte er es in jenem Hinterhof so weit kommen lassen, warum hatte er Tim nicht beschützt?

Hinter sich hörte er Ninas und Emilys Stimmen. Sie waren ihm nach draußen gefolgt. Er wollte sie loswerden, wollte verschwinden, sich in Luft auflösen, so wie Tim es in dem Hinterhof getan hatte. Wieso konnten sie ihn nicht alleine lassen?

„Julius, warte!" Das war Nina.

„Lass ihn." Das war Emily.

„Was hat er denn?"

„Ich glaube, er kannte den Jungen."

Emilys großen, braunen Augen schien nichts zu entgehen. Was er normalerweise an ihr bewunderte, empfand er plötzlich als lästig und aufdringlich. Er wollte unsichtbar sein, unsichtbar für jede noch so großen, braunen Augen. Und für die Kamera, die ihn gefilmt hatte. Auf dem Video sah es so aus, als hätte er Tim absichtlich in einen Hinterhalt gelockt. Als sei er schuld an seinem Tod. Joe musste es extra so ungünstig zusammengeschnitten haben, um ihn damit erpressen zu können. Nur ... warum?

Die Stimmen hinter ihm verstummten. Er drehte sich um. Er wollte etwas sagen, etwas wie: „Lasst mich alleine." Doch er sagte etwas vollkommen anderes.

„Das Auto." Er war so überrascht, dass es ihn für einen winzig kleinen Moment auf andere Gedanken brachte. Nur etwa einen halben Meter von Nina entfernt befand sich ein hellblauer Kleinbus. „Das ist das Auto. Das Auto, das Yan und ich gemietet haben."

„Das da?" Nina wandte sich zu ihrer Linken. „Bist du dir sicher?"

„Ja. Diese hellblaue Farbe hab ich hier vorher noch nie gesehen. Und vorne rechts müsste es an der Motorhaube eine Macke haben ..." Froh über jede Art der Ablenkung, lief Julius darauf zu, ging in die Hocke und deutete zielsicher mit dem Finger auf die entsprechende Stelle. „Da ist sie. Das ist unser Auto." Noch mehrere Male umrundete er es, ohne zu glauben, dass das, was er sah, wirklich existierte.

„Ich hab den Zweitschlüssel", meinte Nina in seine Gedanken hinein. „In meiner Tasche. Den hattest du mir doch gegeben, damit ich ihn aufbewahre."

Und tatsächlich: Der Schlüssel funktionierte.

„Ich glaub's nicht", sagte Julius und tat es wirklich nicht.

„Yan muss hier ganz in der Nähe sein." Nina öffnete die Fahrertür. „Das ist eure Chance. Ihr wolltet ihn doch unbedingt wiederfinden. So wie's aussieht, können wir jetzt im Auto auf ihn warten."

Es war eine eigentümliche Szene. Eine Szene, die instinktiv misstrauisch machte. Konnte es sein, dass sie nach all dem Pech plötzlich Glück haben sollten? Es schien fast zu einfach, zu glatt. Wie die Falle in einem Thriller, in dem der Psychopath seinen Opfern immer einen Schritt voraus ist.

„Das ist doch Wahnsinn, dieser Zufall", sagte Emily.

Julius beschlich ein eigenartiges Gefühl, doch er ignorierte es. „Ich will sehen, ob meine Sachen noch drin sind", sagte er. „Mein Laptop, meine Kamera ..." *Und die Bewerbungsmappe*, fügte er in Gedanken hinzu. Er kroch auf den Beifahrersitz und inspizierte erst das Handschuhfach, dann die Vorder- und Hintersitze.

Nina ließ sich auf der Rückbank nieder. „Bequemer, als sie aussieht", meinte sie.

Julius sah, wie sich Emily neben sie setzte. Er selbst beugte sich unter den Fahrersitz, der einzige Ort, an dem er noch nicht nachgeschaut hatte, aber auch hier fand sich nichts außer ein paar Fusseln und einer Socke.

Der Klingelton seines Handys unterbrach Julius' Suche. Als er einen Blick auf das Display warf, fühlte er sich einen Moment lang seltsam erstarrt, dann nahm er ab.

„Yan?", fragte er.

„Julius!", antwortete Yans Stimme. „Gut, dich zu sprechen. Mann, alles in Ordnung bei euch? Wo steckt ihr?"

Er war es, dachte Julius. Er war es tatsächlich.

„Scheiße, Yan!", entgegnete er. „Warum rufst du erst jetzt an? Warum hast du dich einfach so verpisst?"

„Sorry, Mann, ich weiß, das war scheiße von mir. Aber ich stecke zurzeit in ziemlichen Schwierigkeiten. Ich erzähl euch alles, wenn wir uns wiedersehen."

„Das wird nicht lange dauern. Wir sitzen in deinem Auto. Oder halt, nein, es war ja eigentlich *unser* Auto."

„Nicht dein Ernst! Ihr seid in Chiang Mai? In dem blauen Van? Verarschst du mich?"

„Nein, Yan, ich war im Gegensatz zu dir immer ehrlich."

„Jaja, ich weiß, ich hab's vermasselt. Aber ich werd's wiedergutmachen, versprochen! Ich weiß nur nicht, ob es so empfehlenswert ist, dass ihr hier seid. Es treiben sich ein paar ungemütliche Leute in Chiang Mai rum. Ich wollte eigentlich gerade weg von hier. Ich musste noch was erledigen, am anderen Ende der Stadt. Ich wollte kein Aufsehen erregen, deswegen hab ich das Auto zurückgelassen. Wir sollten schleunigst aus der Stadt verschwinden. Würdet ihr mich abholen?"

Er nannte eine Adresse und sagte noch ein paar Worte mehr, die Julius jedoch kaum verstand, da Nina und Emily so laut dazwischenquatschten.

„Wo ist er? Kann er dir seinen Standort schicken?"

„Ich will ihn auch mal sprechen!"

„Könnt ihr nicht mal ruhig sein?", rief Julius.

„Was hat er gesagt?", antworteten beide fast gleichzeitig, als er auflegte.

Julius wiederholte die Adresse, die Nina auf der Karte ihres Reiseführers raussuchte.

„Ist am anderen Ende der Stadt", stellte sie fest.

„Na dann, nichts wie hin", fand Julius.

„Ich weiß nicht", entgegnete Nina, „Dieses ewige Hin und Her mit Yan hat uns bisher nur Ärger gebracht."

„Yan ist der Einzige, der weiß, was überhaupt los ist", sagte Emily. „Wir müssen ihn wiedertreffen."

„Sehe ich genauso", meinte Julius und startete den Motor. „Was ist, Nina, spielst du mein Navi oder soll Emily das machen?"

Und so fuhren sie los.

Scrabble

Annika

„Was ist los mit dir?"

„Wieso, was soll sein?"

Andi sah nicht so aus, als würde er reden wollen. Annika wusste, dass er stur sein konnte. Das hatte sie schon früher an ihm erlebt. Er wurde dann ganz ruhig, tat, als sei alles in Ordnung, und machte in Wahrheit so dicht, als würde er sich in eine schallgedämpfte Decke einwickeln, die jedes ihrer Argumente nutzlos an ihm abprallen und zu Boden rieseln ließ.

Trotzdem fuhr sie fort: „Warum hast du vorhin auf einmal das Café verlassen wollen?" Sie konnte sich die Frage einfach nicht verkneifen.

Andi setzte sich auf die untere Matratze eines Stockbettes. Es gehörte zu ihrem neuen Hostel in einem ruhigen Viertel von Chiang Mai. Es war ein gastfreundlicher, preiswerter Ort, der trotz seiner Abgeschiedenheit ausgebucht war und von einem jungen Hostelbesitzer betrieben wurde. Er schlief auf dem Boden seines Büros, konnte zu jeder Tages- und Nachtzeit geweckt werden, wenn beispielsweise einer der zahlreichen Besucher im Bucket-Rausch seinen Schlüssel nicht fand, und wusste über sämtliche Angebote der Stadt Bescheid. Chiang Mai war sowohl für Party-Pauschalisten, als auch für Lifestyle-Hippies ein Paradies: Trekkingtouren, Yogakurse, Kochunterricht,

Zip Lining und natürlich Elefantenfarmen. Solche, die mit einem Dschungelritt lockten – für die Partypauschalisten –, andere, die mit Elefantenwaschen und Fütterung konterten und die erste Gruppe als Tierquäler bezeichneten – für die Lifestyle-Hippies –, und schließlich jene, die die erste Gruppe Tierquäler und die zweite Heuchler nannten und lieber eine Mischung aus beidem anboten.

„Ich war müde", antwortete Andi. „Das hab ich doch schon gesagt."

„Auf einmal. Aus heiterem Himmel."

„Das war ich schon die ganze Zeit, aber ich hatte nicht unhöflich sein wollen. Ihr habt so fit ausgesehen und wolltet euch die Stadt angucken."

„Wie nobel von dir!"

Er warf ihr einen grimmigen Blick zu.

Obwohl Annika wusste, dass sie glücklich sein sollte, ihren Freund wiedergefunden zu haben, fühlte sie vor allem eins: Hilflosigkeit.

„Ich erkenn dich gar nicht wieder!", rief sie. „Du bist so – so anders. Du siehst aus wie Andi, aber du verhältst dich nicht wie er."

„Was redest du da?"

„Nein, es stimmt: Du lässt mich gar nicht an dich ran. Ich muss dir jedes Wort aus der Nase ziehen. Du hast mich mit dieser Dschungeltour abgespeist und jetzt schweigst du das Thema komplett tot."

„Wieso sollte ich auch noch mehr dazu sagen? Du hast es ja gestern schon nicht hören wollen." Er zuckte mit den Schultern.

„Weil sich das alles so ... verdreht anfühlt! Es sieht dir überhaupt nicht ähnlich. Du verschwindest einfach, ohne dich zu melden, und dann fällt dein Handy auch noch auf einen Stein. Das soll ich dir abkaufen?"

„Annika, es stimmt!"

Sie sah ihn an, versuchte zu erkennen, ob er log oder die Wahrheit sagte. Sie *wollte*, dass er die Wahrheit sagte. Sie war sogar bereit dazu, sich selbst ein klein wenig dafür bezulügen. Sich weiszumachen, dass er nicht log.

„Ich geh nach unten", meinte sie schließlich. „Ich will einen Blick in die Prospekte werfen, schauen, was man hier in Chiang Mai so alles unternehmen kann. Wir werden uns ja hoffentlich nicht ewig verstecken müssen." Sie lief zur Tür und drehte sich um. „Ich nehme an, dass du zu müde dafür bist und es kaum erwarten kannst, dich endlich schlafen zu legen."

„Da hast du recht."

„Dann gute Nacht." Und weg war sie.

***

Sie war wütend. Weder die Häuser noch die Menschen, an denen sie vorbeilief, nahm sie richtig wahr. Dafür war Annika viel zu sehr in Gedanken versunken. Vor einem Schönheitssalon wäre sie fast mit einer der Mitarbeiterinnen zusammengeprallt, die vor dem Eingang stand und sie anwerben wollte. Sie war so klein und zierlich, dass Annika sie schlichtweg übersehen hatte, obwohl sie die Wörter „Manicure" und „Pedicure" sehr laut und deutlich rief. Ein paar Gebäude weiter hatte Annika neben einem zweiten Angebot für Nagelkosmetik noch drei Massagen und eine Gesichtsbehandlung abschlagen müssen. Ihre

Laune wurde dadurch nicht gerade gehoben: Vermutlich sah sie so aus, als könnte sie dringend eine Rundumerneuerung gebrauchen.

Sie war froh, als sie endlich ihr Ziel erreicht hatte: das pastellfarbene Café.

Es war alles noch an seinem Platz. Die kunstvoll übereinander geschichteten Torten, die Cupcakes mit ihren Sahnemützchen, die farbenprächtige Macarons. Nur Julius, Emily und Nina fehlten.

„They left forty minutes ago", sagte eine vorbeigehende Kellnerin. Sie musste Annika wiedererkannt haben und lächelte freundlich.

Das war ärgerlich. Anstatt die verschiedensten Kursangebote auf Hochglanzflyern zu bewundern, hatte sich Annika dazu entschlossen, ihre Freunde aufzusuchen. Sie fühlte sich einsam und unverstanden. Sie wollte jemanden zum Reden haben. Und da Andi ganz offensichtlich nicht viel davon verstand, war sie in das Café mit der üppigen Kuchenauswahl zurückgekehrt.

„They left in a hurry. But I don't know where they went."

„In a hurry?"

„The boy suddenly left. I was afraid that he maybe didn't like his cake. The girls followed him, they were arguing. You left in a hurry, too. Did you like your cake?"

„Oh, yes of course." Annika, verwundert über die Aussage der Kellnerin, suchte nach einem Kompliment. „It was very ... european."

Das freundliche Lächeln verstärkte sich.

In diesem Moment bemerkte Annika, dass nicht nur die europäischen Macarons an Ort und Stelle lagen, sondern dass auch der Junge mit der Kappe noch da war. Annika wurde nachdenklich. Sie hatte das seltsame Gefühl, diesen Jemand schon einmal gesehen zu haben, sogar erst vor kurzem ... War er in einem ihrer Hostels gewesen? Er sah spanisch aus oder vielleicht portugiesisch.

Der Mann schien ihren Blick zu bemerken, denn plötzlich schaute er sie an. Misstrauisch, schreckhaft. Schnell sah er wieder weg, die Kappe warf einen Schatten auf sein Gesicht.

Das Foto, dachte Annika aufgeregt. Sie kannte ihn von einem Foto.

„Thank you", sagte sie zu der Kellnerin, und dann verließ sie das Café, so eilig wie zuvor schon ihre Freunde.

Und wenn er kommt, dann laufen wir

Julius

Am anderen Ende der Stadt sahen die Straßen nicht anders aus: niedrige, freundliche Gebäude, das eine oder andere Teakholzhaus, ein Massagesalon, ein Café in Pastelltönen. Und über allem ein heller, heißer Himmel, der die Fassaden in einen kupferfarbenen Glanz hüllte.

Es war ein ruhiger, beschaulicher Platz, doch wollte sich die passende Stimmung einfach nicht einstellen.

Sie saßen zu dritt im Auto: Julius hinter dem Steuer, Emily und Nina auf der Rückbank. Jeder von ihnen blickte nach draußen auf die Straße. Yan war nirgendwo zu sehen.

„Ich komme mir vor wie in einem Film", meinte Julius.

Nina seufzte. „Bis jetzt scheint's leider keine Komödie zu sein."

Die nächste Szene wurde, wie schon so oft in den letzten Tagen, durch Julius' Klingelton eingeleitet. Diesmal war es eine SMS.

„Es ist Yan. ‚Ich musste schon los'", las Julius mit einer Stimme vor, die zu monoton für den Inhalt der Nachricht klang, „‚ich bin untergetaucht. Lasst das Auto zurück oder fahrt besser aus der Stadt raus, aber wartet nicht auf mich. Ich muss hier noch was regeln. Ich melde mich, wenn sich alles beruhigt hat, in ein paar Tagen können wir uns wieder treffen. Ich hab von der Sache mit dem Stein gehört. Joe Bustum steckt dahinter, da bin ich mir sicher. Ich hab die ganze Lage falsch eingeschätzt. Er droht mir. Ich fürchte, wir stecken alle in Schwierigkeiten. Beeilt euch.'„

„Was soll das?", fragte Emily.

„Er will, dass wir fliehen, das hast du doch gehört!", rief Nina.

„Aber wo sollen wir denn hin? Wir können doch nicht einfach so verschwinden!"

Sich in Luft auflösen, nur eine dezente Blutspur am Boden hinterlassen, schoss es Julius durch den Kopf. „Was weiß ich?", erwiderte er. „Weiterfahren, in ein kleines Hostel auf dem Land, wo uns niemand kennt. Unsere Handys haben wir ja schon ausgetauscht, also wird uns niemand orten können." Die Idee, einfach loszufahren, fand er gar nicht mal so schlecht. Er spürte einen starken Bewegungsdrang, seit ihm Nina von dem Zeitungsartikel erzählt hatte.

„Wir sollten zur Polizei gehen", sagte Emily. „Wir brauchen Hilfe."

„Die Polizei zu rufen, ist in Gangster-Filmen immer die schlechteste Idee", entgegnete Julius. „Immer!"

„Wieso sollte die uns auch glauben?", meinte Nina. „Meine Freundin aus dem Yogakurs hat mir nicht nur den Zeitungsartikel geschickt. Sie hat mir auch geschrieben, dass der Junge in unserem Hostel tatsächlich die Polizei informiert hat. Ich hab's euch nicht gleich erzählt, weil ich euch nicht beunruhigen wollte. Aber scheinbar waren die in Bangkok sehr daran interessiert, die Diebe des Traveller's Eye zu finden. Immerhin ist er in den letzten Wochen ein beliebtes Fotomotiv gewesen und hätte eine Art Mekka werden können. Eine interessante Touristenattraktion. Wer weiß, vielleicht ist die Polizei in Chiang Mai ja auch schon informiert worden?"

„Das hältst du für wahrscheinlich?", fragte Julius.

Sie zuckte mit den Schultern. „Ich würde das Schicksal jedenfalls nicht herausfordern wollen."

„Aber wir können uns doch nicht wochenlang irgendwo verstecken!", sagte Emily.

„Mein Onkel!", kam es von Nina.

„Dein Onkel?"

„Ja, er wohnt etwa zweieinhalb Stunden von hier entfernt", erklärte sie. „Wir können zu ihm fahren. Ich wollte ihn auf meiner Reise eh besuchen. Er ist Biologe und wohnt ganz einsam in der Nähe eines kleinen Dorfes. Er hilft uns bestimmt. Wenn wir erst mal bei ihm sind, können wir in Ruhe weiterdenken."

„Gut, von mir aus", meinte Julius.

„Und was ist mit Annika?", fragte Emily. „Und mit Andi?"

„Ruf sie an, dass sie schnell herkommen sollen."

Julius zögerte nicht. Er wollte weg, wollte sich ablenken. Schnell hatte er Annikas Nummer gewählt. Er ließ es klingeln, einmal, zweimal, immer wieder. Niemand meldete sich.

„Sie geht nicht ran."

„Dann nehmen wir sie eben nicht mit." Nina wirkte entschieden.

„Was?", entgegnete Emily.

„Ihre Fingerabdrücke sind sowieso nicht auf dem Stein drauf. Und wenn sie jemand fragt, wo wir sind, dann wissen sie es nicht. Sie können uns also nicht verraten. Wenn wir erst mal in Sicherheit sind, können wir uns immer noch bei Annika melden. Wir können es einfach nicht riskieren, jetzt noch erwischt zu werden. Lasst uns lieber losfahren."

„Aber wir müssen noch mal ins Hostel zurück! Unsere Backpacks sind dort."

„Willst du, dass wir dort geschnappt werden? Wir haben alles Wichtige bei uns: unsere Handys, unsere Portemonnaies, unsere Pässe. Ich hab euch immer gesagt, dass ihr diese Dinge bei euch tragen sollt, und das war offenbar gar keine so schlechte Idee. Mein Onkel wohnt zweieinhalb Stunden von hier entfernt. Annika könnte theoretisch schon morgen mit unseren Sachen nachkommen. Wenn sich alles entspannt hat, könnten wir sie auch selbst abholen. Keine Sorge, Annika wird schon auf unsere Klamotten aufpassen."

Emily öffnete ihre Umhängetasche.

„Was suchst du?", fragte Nina.

„Mein Notizbuch. Ich hab es dabei. Okay, also meinetwegen können wir losfahren."

Topfschlagen

Andi

Das Handy vibrierte. Einmal, zweimal, immer wieder. Irgendwann war es ruhig. Es gehörte Annika, sie hatte es in ihrem Zimmer liegen lassen. Eine halbe Stunde war es her, dass sie nach unten gegangen war, um sich die Prospekte im Eingangsbereich anzuschauen. Andi hatte nicht vor, ihr zu folgen. Er war froh, wenn er mit niemandem reden musste.

Annika hatte recht: Er war nicht mehr derselbe. Wie sollte er das auch sein? Er hatte etwas getan, und ihm war etwas angetan worden. Er wurde diesen Gedanken einfach nicht mehr los.

Sein Blick schweifte ab. Der Raum war groß, fünf Leute schliefen darin. Vor wenigen Tagen noch hatte er ein Doppelzimmer bewohnt, das er sich mit einem ehemaligen südamerikanischen Manager geteilt hatte. Er hatte sich als Vitas vorgestellt und erklärt, dass dies „lebendig" bedeute. Seitdem er hier sei, so war er fortgefahren, fühle er sich lebendig.

„Ich hätte diesen Schritt schon früher wagen sollen", hatte Vitas gesagt. „In den letzten Monaten ist mir einiges klargeworden. Hier habe ich genug Zeit zum Nachdenken. Was hat dich hierhergeführt?"

„Ich wollte eine Auszeit."

Vitas hatte ihn angesehen, mit klugen Manager-Augen. Ein Blick, der das Gegenüber in wenigen Sekunden durchschaut, besonders dessen Schwachstellen.

„Die wirst du hier finden. Aber Zeit zum Nachdenken kann einen auch in die Verzweiflung treiben."

Das stimmte. Andi hatte sie manches Mal gespürt, die Verzweiflung. Als würde er mit verbundenen Augen um sich schlagen und nicht vorwärtskommen. Das Gefühl war so stark gewesen, dass er sich einmal sogar am Rande der schützenden Steinmauer wiedergefunden hatte, tief unter ihm der harte, felsige Boden. Er hatte gezittert und gezögert und war am Ende umgedreht.

Andi hatte nicht viel gesprochen in jenen Wochen. In den Morgen- und Abendstunden hatten sie sich versammelt, wodurch er noch mehr Bewohner kennengelernt hatte: Ein Mädchen zum Beispiel mit jungem scheuem Gesichtsausdruck und langem lockigem Haar. Ein altes, westlich aussehendes Ehepaar in thailändischen Gewändern; einen dunkelhäutigen Mann, groß und breit wie ein Basketballspieler; eine asiatische Frau mittleren Alters, im Nacken ein strenger Knoten. Sie alle schliefen an diesem kühlen, abgeschiedenen Ort, sie schwiegen und beobachteten sich gegenseitig. Wenn Andi nicht über sein eigenes Leben nachdachte, dann versuchte er sich vorzustellen, worüber sie sich wohl die Köpfe zerbrachen. Welche Geschichten der strenge Knoten zusammenhielt, welche Sorgen und Hoffnungen sich unter den scheuen Locken versteckten. Keiner von ihnen war grundlos hier.

Und dann, eines Tages, war es passiert: Er hatte den Neuankömmling entdeckt, abends, vor dem Essen. Es war verboten, ein Handy zu benutzen, und doch hatte er ab und an einen Blick auf die Welt werfen können. Es war Vitas gewesen, der sein eigenes Telefon in ihr kühles Zimmer geschmuggelt und Andi in regelmäßigen Abständen mit Informationen versorgt hatte. Sie beide kannten also das Foto. Und Andi hatte den Neuen erkannt.

Es war genau wie heute gewesen. Auch im Café hatte er sofort gewusst, wer der Junge mit der Kappe war. Auch er war auf dem Foto gewesen. Es hatte Andi aufgewühlt und ihn zu einer Übersprungshandlung veranlasst, die Annika sofort als solche durchschaut hatte. Er war nicht plötzlich müde gewesen. Und anstatt einfach das Café zu verlassen, hätte er den Jungen ansprechen sollen. Es wäre das einzig Richtige gewesen. Nach all den Wochen des Versteckens hatte er instinktiv die Flucht gewählt.

Er musste an Ninas Worte denken.

Joe Bustum. Wir haben ihn noch nie persönlich getroffen, aber er scheint ein Bekannter von Yan zu sein. Wir haben nur seine Handynummer.

Wie gut kannten sie ihn wirklich? Und wollte Joe ihnen tatsächlich etwas anhängen? Andi konnte es nicht einschätzen. Er fragte sich, ob Annika und ihre neuen Freunde ihm bisher die Wahrheit gesagt hatten. Er musste es herausfinden und er musste *ihn* finden, deswegen war er überhaupt mit nach Chiang Mai gekommen.

Andi warf einen Blick auf sein Handy. Eine Dreiviertelstunde war Annika nun schon unten. Sie hatte kein Recht, ihm vorzuwerfen, dass er Geheimnisse hatte.

Sie und ihre neuen Freunde schienen auch nicht ganz ehrlich zu sein.

Wahrheit oder Pflicht

Annika

Das Foto auf ihrem Handy bestätigte ihren Verdacht. Es war derselbe Typ. Wie lange würde es wohl dauern, bis noch mehr Menschen auf ihn aufmerksam wurden? Und warum überhaupt hielt er sich versteckt? Wollte er nicht, dass sich die Öffentlichkeit einmischte?

Es war merkwürdig. Und es brachte sie zu einer weiteren Frage: Warum war Andi so aufgeregt gewesen, als er ihn entdeckt hatte? So aufgeregt, dass er ins Hostel hatte zurückgehen wollen, ohne über den Grund seiner Aufregung zu sprechen?

Als sie den Weg zurückgelaufen war, den Kopf voller Grübeleien, fand sie Andi auf der Matratze ihres Stockbettes. Er war die einzige Person in dem kargen, nüchternen Schlafsaal.

„Hast du genug geschlafen?", fragte sie.

„Die letzte Zeit war viel los", entgegnete Andi gelassen. „Ich war müde." Er strich sich mit der Hand über den dichten, dunkelbraunen Bart. Die neue Aufmachung verhüllte sein Gesicht, sodass sich Annika mit ein wenig Fantasie vorstellen konnte, ein Fremder würde auf dem schmalen Holzbett liegen. Sie versuchte, ihm gedanklich einen Cowboyhut aufzusetzen, doch der schien ihm an diesem Tag nicht richtig zu passen.

„Ich kann mir vorstellen, dass so eine Dschungeltour ziemlich anstrengend ist", sagte sie.

„Das stimmt."

Annika spürte, dass jeder von ihnen seine Worte genau abwog. Als ginge es darum, den anderen verbal zu besiegen.

„Und du hast dir die Kataloge angeschaut? Es hat ja 'ne ganze Weile gedauert. Jetzt weißt du sicher über alles Bescheid."

„Ich hab mir tatsächlich so einiges angeschaut."

Sie blickten sich in die Augen, misstrauisch. Als wüssten sie nicht, ob sie derselben Seite angehörten.

„Und, hast du was gefunden?", hakte er nach.

„Das hab ich. Aber ich weiß nicht genau, was ich von meinen Entdeckungen halten soll."

„Was meinst du?"

„Hören wir auf damit. Mit diesen Zweideutigkeiten. Ich war noch einmal in dem Café. Ich war sauer auf dich und wollte nicht allein sein, also hab ich die anderen gesucht. Aber sie waren nicht mehr da. Die Kellnerin meinte, dass sie es plötzlich eilig hatten, wegzukommen. Aber ... na ja, der Typ mit der Kappe saß noch an seinem Platz. Du erinnerst dich?"

Andis Gesicht blieb ausdruckslos.

„Du hast ihn auch wiedererkannt, stimmt's?"

Er antwortete nicht.

„Mach mir nichts vor, Andi! Warum hast du es mir nicht gesagt? Warum wolltest du das Café verlassen?"

„Ich weiß nicht, wovon du redest."

Annika holte ihr Handy hervor. „Davon!" Sie vergrößerte das Foto, das sie im Internet gefunden hatte. „Das ist er, siehst du? Javier, siebenundzwanzig, Ingenieurstudent aus Spanien. Javier gilt seit zwei Wochen als verschwunden. Und jetzt sitzt er auf einmal mit uns im Café."

Annika sah ihrem Freund an, dass er nachdachte. Einen Moment schien er zu zögern, doch dann meinte er: „Ja, gut, ich hab ihn auch wiedererkannt. Na und, warum beschäftigt dich das so?"

„Weil du es nicht gesagt hast, sondern plötzlich das Café verlassen wolltest. Ich denke, der Junge hat was damit zu tun."

„Wieso sollte er? Ich war müde, das hab ich doch gesagt."

„Hör endlich auf, mich für dumm zu verkaufen! Warum bist du überhaupt hier? Warum hast du dich versteckt und tauchst auf einmal wieder auf, als wär nichts gewesen? Und verhältst dich so anders als zuvor?"

Er betrachtete sie, schweigend. Es verstärkte ihre Wut und ihre Verzweiflung.

„Entweder du erzählst mir jetzt die Wahrheit oder ich gehe", entschied sie. „Ich halte das nicht länger aus, diese Geheimnisse, diese Lügerei ... Du bist mein Freund. Da ist es ja wohl deine Pflicht, mich einzuweihen, wenn es dir dermaßen schlecht geht. Warum du ein komplett finsteres Gesicht machst und ich dich überhaupt nicht mehr wiedererkenne." Annikas Herz klopfte, während sie darauf wartete, dass er endlich zu sprechen anfing. Noch immer sah Andi sie an, als würde er nicht wissen, ob er ihr vertrauen konnte. „Na gut, dann eben nicht!", rief sie. „Und weißt du was? Ich such mir ein anderes Hostel. Ich hab keine Lust, mir dieses Theater länger ansehen zu müssen. Sobald du weißt, was du willst, kannst du dich bei mir melden."

Ihr Herz klopfte schneller, während sie zur Tür lief. Er müsste nur ein Wort sagen und sie würde stehen bleiben, ein einziges Wort. Sie zögerte. Als sie sich umdrehte, sah sie, dass Andi sich aufs Bett gelegt hatte, den Blick stur gegen den Lattenrost über ihm gerichtet. Annika verließ das Zimmer und schlug so laut sie konnte die Tür hinter sich zu.

Twister

Emily

Wer heutzutage seinen Instagram- oder Facebook-Account öffnet, darf sich regelmäßig wie der CEO irgendeines international bedeutsamen Unternehmens fühlen. Von allen Seiten wird man umgarnt. Es ist quasi so, als erhielte man lauter perfekt gestylte Lebensläufe, die mit allen Mitteln gefallen wollen.

Hier war ich bereits und das kann ich auch und nach dem Aufstehen sehe ich so aus.

Und dennoch hätte ich keine Ahnung, was ich einem echten Chef in einem echten Bewerbungsgespräch antworten sollte. Welche konkreten Pläne und Ziele sollte ich nennen in der realen, ungestylten Welt? Persönliche Stärken: Ich langweilte mich nie. Denn warum sollte ich auch? Selbst hundert Jahre wären nie und nimmer genug für die Themen, die ich besser verstehen möchte, die Sprachen, Sportarten oder Musikinstrumente, die ich gerne lernen würde. Für die Bücher, die ich lesen und die Länder, die ich bereisen will.

Hier war ich noch nie und das kann ich auch noch nicht und nach dem Aufstehen brauche ich entweder gute Handy- oder noch bessere Kaffeefilter.

Vor allem, weil ich auch noch ziemlich gut im Trödeln und Tagträumen bin. Zeitmanagement gehört leider nicht zu meinen hervorstechenden Qualitäten.

Mein Blick fiel aus dem Fenster. Die Behausungen am Straßenrand wurden immer spärlicher und die Bäume üppiger. Eine Stunde waren wir mittlerweile unterwegs.

In keinem meiner Tagträume hatte ich mir jemals eine Situation wie die jetzige ausgemalt. Noch nie in meinem Leben hatte ich mich so sehr verirrt. Langweilig wäre auf meiner bisherigen Reise sicher niemandem geworden. Ich konnte froh sein, wenn ich überhaupt noch einmal zu einem Bewerbungsgespräch eingeladen werden würde. Denn die traurige Wahrheit lautete: Ich war exmatrikuliert.

Außerdem war ein Mann war gestorben, vielleicht, weil ich zu spät reagiert hatte. Und auch Julius schien etwas ähnlich Traumatisierendes erlebt zu haben, außerdem hatte er den jungen Österreicher gekannt, der im Krankenhaus verstorben war. Er und ich hatten langsam kein Geld mehr. Wir hatten uns von unseren Familien und Freunden zurückgezogen, damit nicht der Verdacht aufkam, wir würden ihnen etwas erzählen. Dabei war es genau das, was ich in diesem Moment gebraucht hätte. Wir wurden für den Diebstahl des Traveller's Eye verantwortlich gemacht und hatten die Polizei hinter uns. Wir schuldeten einem potenziellen Verbrecher Geld. Und nun waren wir auf der Flucht und hatten noch nicht mal Klamotten zum Wechseln dabei. Das war eine ziemlich lange Liste.

Nina hing über ihrem Handy, auf dem sie eine kleine Karte geöffnet hatte. Mittlerweile hatte sie es sich auf dem Beifahrersitz bequem gemacht, um Julius zu dirigieren. Laut Karte würden wir noch etwa eine weitere Stunde brauchen, bis wir das Haus ihres Onkels erreicht hatten. Auf der ganzen Fahrt hatten wir nicht einmal miteinander gesprochen. Nur ab und zu gab Nina eine Anweisung, wenn Julius abbiegen musste.

Ich sah nach draußen, meine einzige Tätigkeit seit über einer Stunde. Ich war ein schlechter Schläfer. Die Landschaft zog an mir vorbei, und ich hatte den dringenden Wunsch, auszusteigen und das alles hinter mir zu lassen. Eigentlich hatte ich doch ganz andere Pläne gehabt. Ich hatte doch noch so vieles vor. Wo war ich nur hineingeraten?

Die Bilder vor unseren Scheiben sahen trist aus an jenem Mittag und schienen sich immer weiter zu verdunkeln, bis es schließlich zu regnen anfing. Wir hielten an einer Tankstelle, vermutlich der letzten vor dem Dschungel. Nina stieg aus, danach tauschten sie und Julius Plätze.

Wir fuhren weiter. Eine Stunde, zwei Stunden. Der Regen wurde stärker.

„Mein Onkel meinte, wir müssten vor einer Weggabelung links abbiegen."

„Das hast du jetzt schon zweimal gesagt", kam es von Julius.

„Wo ist denn diese Weggabelung?", fragte ich.

„Der Regen weicht die ganze Straße auf, hier ist überall Schlamm."

„Vielleicht sind wir schon dran vorbei?"

„Nein, nein", unterbrach uns Nina. „Da vorne, seht ihr?"

Wir sahen die Weggabelung. Alles, was man links davon erkennen konnte, ließ sich höchstens als eine Art Trampelpfad bezeichnen. Und auch das nur mit viel Fantasie und einigem Wohlwollen. Dennoch bog Nina links ab.

Julius beäugte die Straße. „Das ist ja Waldboden."

„Mein Onkel wohnt sehr abgeschieden."

„Aber doch nicht mitten im Urwald?!"

„Ich war noch nie bei ihm."

Die Diskussion ging weiter. Sie kam erst zum Stillstand, als unsere Sitze erzitterten und wir alle ruckartig nach vorne rutschten. Dann war das Auto ruhig.

Ich spürte es, bevor ich es wusste: Wir steckten fest.

Das verrückte Labyrinth

Emily

Unser Auto hatte den Geist aufgegeben.

„Es springt nicht mehr an!“, rief Nina, nachdem sie zum vierten Mal den Schlüssel umgedreht hatte.

Wieder wechselten Julius und sie Plätze. Das Auto ließ sich davon nicht beeindrucken. Es gab keinerlei Laut von sich und seine Lichter blieben aus.

„Vielleicht bist du irgendwo hängengeblieben“, überlegte Julius nach einem weiteren nutzlosen Schlüsselumdrehen. „Du bist mitten ins Unterholz gefahren.“

„Ich musste hier abbiegen! Vor der Weggabelung links. Es steht so in der Nachricht von meinem Onkel.“

„Und jetzt stehen wir hier.“ Julius öffnete seine Autotür und begutachtete die Reifen.

Ich folgte ihm. Ich konnte mir nicht vorstellen, dass wir in den nächsten Schlamassel geraten waren. Dass sich unsere Liste schon wieder um einen Punkt verlängert hatte.

„Auf den ersten Blick kann ich nichts Auffälliges erkennen“, meinte Julius. Er umrundete den Wagen und wir machten es ihm nach, ohne zu wissen, wonach wir genau Ausschau hielten. Schließlich fand Julius unser Problem: Wir hatten kein Benzin mehr.

„Das kann nicht sein!“, sagte Nina. „Ich hab doch extra getankt.“

„Wir haben ein Leck. Das Benzin muss ausgelaufen sein."

Das hieß, unser Auto würde nicht mehr fahren.

„Wie soll es denn jetzt weitergehen?", fragte ich.

„Mein Onkel muss hier irgendwo leben." Nina zückte ihr Handy und betrachtete das Display. „Er hat mir vor ein paar Tagen Fotos von der Gegend geschickt. Er wohnt in einem Tal am Rande des Urwalds. Vielleicht können wir einfach zu Fuß weitergehen."

„Ruf doch mal deinen Onkel an", schlug ich vor, ein typisches Kind der Neunziger. Solange das Handy funktionierte, war alles halb so schlimm.

„Ich hab keine Handyverbindung", lautete Ninas vernichtendes Urteil.

Ich holte mein neues Nokia-Handy hervor. „Ich auch nicht."

„Also einfach mal loslaufen und hoffen, dass wir hier rauskommen?", meinte Julius.

„Etwas Besseres fällt mir im Moment auch nicht ein", sagte Nina. „Aber vorher brauch ich was zu essen. Seid ihr auch so hungrig wie ich?"

Das waren wir. Außer einem kleinen Snack an der Tankstelle hatten wir nichts mehr zu uns genommen. Die Aufregung hatte unser Hungergefühl unterdrückt, aber nun überfiel es uns dafür umso stärker. Ein Blick in den Kofferraum verstärkte das flaue Gefühl in unseren Mägen: Unsere Vorräte bestanden aus zwei Tüten Chips, einem angeschmolzenen Marsriegel, einem Snickers, einem angeknabberten Sandwich und einem Sechserpack Wasserflaschen.

„Scheint, als müssten wir uns mit der Suche nach meinem Onkel ein bisschen beeilen."

Das taten wir. Wir packten unseren kümmerlichen Proviant samt drei Flaschen Wasser in einen schwarzen Rucksack, der im Auto gelegen hatte, und machten uns auf den Weg. Ninas weiße Adidas wurden von Julius grünblauen Nikes und meinen Straßenstand-Flip-Flops verfolgt. Ich verfluchte mich dafür, meine Turnschuhe im Hostel gelassen zu haben. Meine klatschenden Laufgeräusche jagten uns nach, während wir über nasse Blätter, Moos und Zweige stiegen.

Die Luftfeuchtigkeit war hoch. Ich spürte ein Kribbeln auf der Haut, als ich an all die Moskitos dachte, die bei dem feuchten Wetter sicher in ganzen Armeen aus ihren Eiern schlüpften.

Denguefieber, Chikungunya, Malaria ... Jetzt, wo ich mein Mückenspray zum ersten Mal wirklich hätte gebrauchen können, hatte ich es nicht bei mir.

„Das ist die falsche Richtung."

Ninas weiße Adidas waren zum Stillstand gekommen. Das Klatschen meiner Flip-Flops verstummte.

„Woher weißt du das?"

„Auf den Fotos von meinem Onkel sieht die Gegend anders aus." Sie warf einen Blick auf ihr Handy, das in der Tasche ihrer Jeanshotpants gesteckt hatte. „Hier ist weit und breit kein Tal zu entdecken."

Nichts als nasse Blätter, Moos und Zweige.

Nina drehte den Kopf hin und her, als könnte sie durch all das hindurch blicken, weit weg, hinein in ein unsichtbares Tal. „Auf jeden Fall sollten wir vor der Dämmerung zum Auto zurückkehren", sagte sie. Sie sah ernst aus, als sie fortfuhr: „Mein Onkel hat mir nicht nur von seinem Tal erzählt, damals, als er uns in Deutschland besucht hat. Er kennt jemanden in seinem Dorf, der einmal von einem Tiger angegriffen wurde. Er war attackiert worden, obwohl er auf dem Rücken eines Elefanten gesessen hatte. Die blutigen Fleischwunden hätten den armen Mann fast umgebracht, auch als er schon längst zurück im Dorf war. Ich erinnere mich noch sehr gut an diese Geschichte. Es ist in der Dämmerung passiert. Gelbe Augen zwischen hohem Farn, die Streifen so dunkel, dass sie in all dem tiefen, nächtlichen Grün verschwinden. Sie sind selten hier, aber es gibt sie. Ein einzelner, erwachsener Tiger kann ein Gebiet von mehreren hundert Kilometern beherrschen. Er durchstreift es, wenn es Abend wird. Und er hat einen hervorragenden Geruchssinn. Ich hatte damals furchtbare Alpträume." Nina schüttelte sich, als läge das Erlebnis erst wenige Wochen zurück.

„Also nur, damit wir uns richtig verstehen", hakte ich nach, obwohl ich Nina bereits sehr gut verstanden hatte. „Du redest von einem echten Tiger?"

„Klar. Das hier ist der thailändische Urwald. Was denkst du, was hier so rumläuft?"

„Rehe? Papageien? Irgendwelche lustigen Affen? Auf jeden Fall alles außer Riesenspinnen und Tigern."

„Perfekte Beutetiere. So wie wir."

Ich drehte meinen Kopf, wie Nina es zuvor getan hatte, drehte ihn in all dem Grün und stellte ihn mir vor: gelbe Augen zwischen hohem Farn, die Streifen dunkel ... Er müsste nur dem arglosen Klatschen meiner Schuhe gefolgt sein oder dem Geruch unseres Schweißes, der dank der hohen Luftfeuchtigkeit ungebremst zwischen meinen Schulterblättern hinunterrann.

„Ich hab große Lust, schon jetzt umzukehren."

„Es ist erst Nachmittag", meinte Julius. „Das Jagdverhalten von Tigern ist in der Regel von der Klimazone abhängig. Sibirische Tiger unterscheiden sich da zum Beispiel von Indischen Tigern im Hochsommer. In heißeren Regionen ziehen sich Tiger tagsüber zurück. Ich schätze, bei den Temperaturen hier werden sie eher gegen Abend rauskommen und vielleicht sogar erst nachts auf die Jagd gehen. Katzen sind ja sowieso sehr gut ans nächtliche Sehen angepasst, durch ihre spezielle Netzhaut, das Tapetum lucidum. Aber generell wird man das wohl leider nicht so genau voraussagen können. Tiger sind kluge und opportunistische Jäger, die sich so verhalten, wie es ihnen einen Vorteil bringt. Sie sind Einzelgänger, die ihre Chancen nutzen und strategisch denken müssen, um ihrer Beute immer einen Schritt voraus zu sein."

„Wow, das beruhigt mich jetzt echt ungemein", entgegnete ich. „Sag mal, weißt du nicht endlich mal was Nützliches, das uns weiterhelfen könnte? Du hast nicht zufällig auch irgendein Survival-Video auf YouTube angeschaut?"

„Ich hab nur zwei Videos angeguckt, in denen es um den asiatischen Dschungel ging. Das eine war über ein Musikfestival, das andere über Tiere in Indien. Da ging's unter anderem auch um Tiger und ... na ja, also allgemein um Tiere, die potenziell tödlich sind. Aber kein Survival-Video. Die Pfadfinder waren in unserer Generation uncool, ich hab als Kind lieber einen Surfkurs gemacht. Das ist jetzt die Quittung."

„Wehe, du erzählst jetzt was über tödliche Dschungeltiere oder fängst wieder mit der Evolution an, mit

Survival of the Fittest oder so. Echt, Julius, ich warne dich."

„Für jemanden ohne Muskeln trittst du ziemlich kampflustig auf, so mitten im Dschungel."

„Haha."

„Für ein Alphatier redest du zu viel und machst zu wenig", meinte Nina zu Julius.

„Also gut, ich entscheide, dass wir weitergehen. Ich verspreche auch, ich erzähl nichts über tödliche Tiere oder über die Evolution. Aber ich hab das Gefühl, dass wir noch eine andere Richtung ausprobieren sollten. Ich hab nämlich nicht vor, länger als nötig in diesem Dschungel hier zu bleiben."

Und so liefen wir weiter.

Am Spielfeldrand

„Es muss jetzt langsam mal zu einem Ende kommen."

„Das tut es auch."

„Wie lange noch?"

„Zwei Tage. Dann bin ich auch mit den Letzten fertig."

Während er diese Worte sagte, sah er wie so oft hinunter auf die Straße. Die vorbeieilenden Menschen ließen ihn nicht los. Ihre Sorglosigkeit, ihre Geschäftigkeit, ihre Kraft. Den ganzen Tag schienen sie nichts anderes zu tun, als dort unten entlangzulaufen, auf und ab, hin und her. Nur heute war es ein klein wenig ruhiger als sonst. Er selbst war ruhiger. Nein, das stimmte nicht: Innerlich war er aufgewühlt, es rumorte und arbeitete in ihm. Er war lediglich müde. So sehr er auch versuchte, sich dagegen zu wehren.

„Gut", meinte der Besucher nun. „Das hoffe ich." Er machte eine Pause, bevor er hinzufügte: „Du siehst müde aus."

„Danke, es geht."

„Alles klar?"

„Ich sagte, es geht."

„Ich mach mir Sorgen um dich. Dass dir das alles über den Kopf gewachsen ist."

„Danke, Tim, aber ich weiß, worauf ich mich eingelassen habe."

„Weißt du das? Es war noch nie so wie jetzt. Es ist ein großer Plan."

„Und ich selbst hab ihn mir ausgedacht."

„Leute verschwinden ..."

„Nicht auf meinem Bildschirm."

Tim schaute ihn an, wie er ihn schon oft angeschaut hatte: bewundernd und erwartungsvoll, so wie früher. Aber diesmal mischten sich Zweifel in seinen treuen Blick. Zum allerersten Mal schien er nicht an ihn zu glauben.

„Wo sind sie jetzt? Ich meine die Letzten?"

Tim musste wissen, dass er ihre Spur seit diesem Morgen verloren hatte. Es ärgerte ihn.

„Ihr werdet es schon sehen", entgegnete er. Ja, dachte er, in zwei Tagen würden sie es alle sehen.

Himmel und Hölle

Emily

„Seid ihr eigentlich gläubig?"

Nina stellte diese Frage mitten im Urwald. Wir hatten eine Pause eingelegt auf dem nackten Rücken eines großen, feuchten Steines. In unserer Mitte befand sich eine geöffnete Tüte Chips. Nina war der Meinung gewesen, ohne ein Mindestmaß an Kohlenhydraten keinen Schritt mehr machen zu können. Trotz unseres Hungers versuchten wir, so wenig wie möglich von unserem kostbaren Vorrat anzurühren.

„Na ja", meinte sie. „Wir befinden uns im thailändischen Dschungel, wir haben bald nichts mehr zu essen und ich hab keine Ahnung, wie wir hier wieder rauskommen sollen. Da will ich wenigstens wissen, wie ihr über das Jenseits denkt."

„Hör auf, so was zu sagen, wir werden nicht sterben", entgegnete Julius.

„Ach nein? Und woher nimmst du diese Gewissheit? Steht das etwa auf dem Boden dieser Chipstüte? So wie du reinhaust, bin ich mir nämlich sicher, dass sie bald leer ist."

„Wir haben noch nicht mal die Hälfte gegessen", erwiderte er.

„Ach so, dann sieht die Lage natürlich komplett anders aus. Mit anderthalb Tüten werden wir hier wochenlang überleben."

„Also gut, ich glaube daran, dass wir hier wieder rauskommen“, sagte Julius. „Und ich glaube, dass wir nicht von einem Tiger gefressen werden.“

„Und kein Gott? Keine höhere Macht, die uns das hier alles eingebrockt haben könnte?“

„Ich hab nicht die geringste Ahnung. Na gut, wenn du es so willst: Ich hoffe es. Dass ich ganz einfach zu dumm bin, um alles zu verstehen.“ Er schwieg einen Moment. „Und dass wir Menschen mit unseren fünf Sinnen nicht in der Lage sind, alles zu überschauen.“

Ein Krächzen über unseren Köpfen ließ uns einen Moment hochschrecken und zu dem dunklen, blätterbedeckten Himmel sehen. Ein Papagei.

„Nehmen wir das Krächzen“, fuhr Julius fort, „hätten wir zum Beispiel keine Ohren, würden wir Schall gar nicht wahrnehmen können. Die ganze Welt der Töne bliebe uns komplett verschlossen – wir wüssten vielleicht noch nicht mal, dass sie überhaupt existiert. Wir können nur das versuchen zu verstehen und in irgendeinen Zusammenhang bringen, was wir überhaupt wahrnehmen. Wofür wir die entsprechenden Rezeptoren, die nötigen Fühler haben.“

„Klingt, als hättest du dir schon einige Gedanken dazu gemacht.“

„Na ja, ich hab mich aus Interesse mal ein bisschen näher damit befasst. Mit den menschlichen Sinnen. Jeder war und ist ein Überlebensvorteil: Wir sehen und hören Feinde – oder wunderschöne, bunte Papageien –, wir schmecken verdorbene Nahrung und so weiter. Im Laufe der Evolution –“

„Aha, da geht’s schon wieder los“, fiel ich ihm ins Wort. „Die Evolution!“

„Nina hat mich danach gefragt."

„Du könntest ja auch einfach mal mit Ja oder Nein antworten. Musst du immer sofort einen ganzen Vortrag halten? Wir sind hier mitten im Dschungel, verdammt!"

„Vielleicht beruhigt ihn das ja", entgegnete Nina. „Mich beruhigt es jedenfalls. Dieses wissenschaftliche Zeug hört sich so an, als hätte alles irgendeine Ordnung. Als gäbe es einen Plan ... wenn wir schon keinen haben."

Sie saßen vor mir, als wäre es das Normalste auf der Welt, in einer solchen Situation über Wissenschaft zu plaudern. Ich fühlte mich schwindlig, erschöpft und gleichzeitig überdreht.

Julius sah mich an. „Alles in Ordnung, Emily?"

„Nein, nichts ist in Ordnung!", fuhr ich ihn an. „Wir können hier doch nicht rumhocken und vor uns her philosophieren, wir müssen weiter! Wie kann euch denn so was beruhigen, das ist ... Esst eure Chips auf und dann los!"

„Was hast du denn auf einmal?", fragte Julius.

„Was ich habe?"

„Du bist plötzlich so zickig."

„Ich bin *nicht* zickig!" (Ich war definitiv nicht zickig.)

„Bist du wohl! Deine Stimme überschlägt sich ja schon."

„Ich bin nicht –. Vielleicht stört es mich ja einfach, dass wir *mitten in einem Scheißurwald* feststecken und keine Ahnung haben, wie wir hier wieder rauskommen sollen! Und dass wir fast nichts zu essen und zu trinken dabeihaben! Reicht das als Grund?"

„Ich wusste gar nicht, dass du so laut werden kannst“, sagte Nina mit hochgezogenen, blassen Augenbrauen. „Ich dachte, du bist so ein kleines, zartes Pflänzchen.“

„Seht euch doch mal um! Links, rechts, vorne, hinten: Hier sieht nichts, aber auch rein gar nichts klein oder zart aus! Dieser Dschungel wird verdammt noch mal versuchen, uns umzubringen. Bis uns die kleinen, zarten Pflanzen überwuchern und wir hier verrotten. Und ja, das ist definitiv *ziemlich* scheiße!“

„Gut“, sagte Nina und stand auf. „Also dann los. Ich hatte genug Pause. Ich will hier auch nicht verrotten.“

***

Ich hatte mir einen Dschungel immer ausgesprochen farbenprächtig vorgestellt, in kräftigen, bunten Tönen: Ananasgelb, Lianengrün, Papageienrot, Blütenstauborange. Unserem Ort fehlte es dafür allerdings eindeutig am nötigen Licht. Zu dicht schienen die Bäume, als dass sie genug davon bis zu uns durchsickern ließen. Es war unheimlich. Vor meinen Augen verschwamm die ganze Umgebung zu einem braungrünen Mischmasch. Wie im Kunstunterricht der Kindheit, wenn man zu viele Wasserfarben ineinander geschmiert hatte und die Lehrerin daraufhin kopfschüttelnd meinte, man müsse seinen Pinsel auswaschen. Nirgendwo konnten wir in diesem Mischmasch ein Zeichen von Zivilisation ausmachen. Unsere Handys verweigerten noch immer den Empfang.

Ich hatte gehofft, dass im Dschungel Bananenstauden wachsen würden oder irgendetwas anderes

Brauchbares, was bereits auf den ersten Blick als ungiftige Nahrung identifiziert werden konnte. Auch von einem kompletten Laien wie mir. Doch da war nichts.

Und gleichzeitig hatten wir Angst, dass da weitaus mehr sein könnte. Mehr, als unsere Augen identifizierten konnten, die dafür gedacht waren, Feinde auf den ersten Blick zu erkennen, die ich aber noch nie für diesen Zweck genutzt hatte. Ich konnte in einer vorbeifahrenden S-Bahn oder einem überfüllten Club meine Freunde erkennen, ich konnte im Kühlregal des Supermarktes, ohne zu zögern, meinen Lieblingsjoghurt aus einer ganzen Reihe von schlechten Imitaten heraus deuten.

Aber ein Raubtier?

Ich musste an *Das Dschungelbuch* denken, an Shir Khan, Balu, Kaa und Baghira. Zumindest Balu und Baghira hatten zu den Guten gehört – aber war das in Wirklichkeit auch so? Ich wollte nur ungern einem echten Bären oder Panther über den Weg laufen, um das herauszufinden.

Ein einzelner, erwachsener Tiger kann ein Gebiet von mehreren hundert Kilometern beherrschen. Er durchstreift es, wenn es Abend wird.

„Wie hat denn dein Onkel jemals in diese verlassene Gegend gefunden?"

„Er war den ganzen Trubel der Städte leid. Er wollte das alles hinter sich lassen."

„Das scheint ihm hervorragend gelungen zu sein."

Nina antwortete nicht, sondern blieb abrupt stehen und deutete auf einen braungrünen Fleck, der genauso aussah wie die braungrünen Flecken ringsum. „Da war was, ein Geräusch!“ Sie flüsterte.

Ich spürte, wie ich automatisch den Atem anhielt. Spätestens jetzt, als mein Gehörsinn auf das zweite, kurze Rascheln scharfstellte, regten sich meine Urinstinkte. „Aber es ist noch Tag“, flüsterte ich zurück. Der schwache Versuch, uns ein klein wenig zu beruhigen.

Wir liefen tiefer hinein in das Mischmasch, wachsam und mit gespitzten Ohren.

„Habt ihr was gehört?“

„Nein. Du?“

„Nein.“

Schließlich gab Nina ein schmerzerfülltes Stöhnen von sich.

Ich wandte mich zu ihr um. Sie saß auf dem von Blättern und Farn bedeckten Boden und rieb sich den linken Knöchel. „Was ist?“

„Ich bin umgeknickt.“

„Tut es weh?“

„Geht schon.“

„Kannst du weiterlaufen?“

Zögerlich richtete sie sich auf und machte zwei Schritte, nein falsch, sie hinkte anderthalb. Danach blieb sie stehen. „Schlecht“, sagte sie.

Ich bückte mich und begutachtete ihren Fuß. „Vielleicht hast du dir ein Band überdehnt. Soll ich dich stützen?“

„Das hat keinen Sinn“, meinte Julius. „Lasst uns morgen weitermachen.“

„Das heißt, wir kehren um?“

Es war wie in einem Albtraum: Man kam einfach nicht vom braungrünen Fleck, egal wie sehr man es wollte und wie stark man es versuchte.

„Hast du eine bessere Idee?"

„Ich kann laufen", erwiderte Nina.

„Das glaubst du selbst nicht. Sieh dich um, es wird bald Abend. Und wir haben keine Ahnung, wie lange es noch dauern würde, das Tal zu finden. Lasst uns im Auto übernachten und morgen früh wieder aufbrechen. Ich stütze dich."

„Na gut, kehren wir um."

Wir entschieden, die Nacht abzuwarten und am nächsten Tag eine dritte Richtung weiterzugehen. Viel mehr blieb uns nicht übrig. Wir würden unsere Rucksäcke mitnehmen und wenn nötig unterwegs campen, um eine größere Strecke zurücklegen zu können. Aber vielleicht würden wir dadurch auch nur noch tiefer im Dschungel verloren gehen.

Und wir hätten kein Auto mehr, was mir als einzig sichere Behausung inmitten des Mischmasches erschien.

***

Als wir den blauen Wagen erreichten, brach die Dämmerung bereits über unseren Köpfen herein. Unter uns breitete sich eine Stimmung aus, die genauso schwer und dunkel lastete wie die Baumkronen über uns.

„Wir haben zwar keinen Empfang, aber immerhin können wir noch die Uhrzeit sehen", sagte Nina. „Es ist jetzt sieben Uhr sechzehn. Ich hab ein Ladekabel dabei, wir können uns abwechseln."

Sie machte sich trotz ihres schmerzenden Fußes daran, unser Auto auf nützliche Gegenstände abzusuchen und wirkte dabei am entspanntesten von uns dreien. „Hier ist ein Moskitonetz", meinte sie. „Das hängen wir wohl am besten vor die Scheiben. Sonst werden wir noch Mücken im Auto haben."

Ich dachte voller Wehmut an mein speziell imprägniertes, sich selbst entfaltendes Moskitozelt für sämtliche Bettformen. Heute hätte es endlich seinen großen Auftritt haben können. Ich war mir sicher, auf unserem Dschungelspaziergang zweimal gestochen worden zu sein. Die Bemühungen des bärtigen Hipster-Verkäufers waren leider völlig umsonst gewesen.

Nina ließ sich auf der Rückbank nieder. „Und jetzt", verkündete sie fast schon feierlich, „sollten wir versuchen, uns ein wenig auszuruhen. Es war ein ziemlich anstrengender Tag und morgen wird sicher nicht besser werden. Wir brauchen unsere Kräfte."

Es war schwierig, es sich auf den durchgesessenen, alten Autositzen bequem zu machen, aber wir gaben uns alle Mühe. Immerhin konnten wir die Sitze ein wenig zurückstellen, sodass wir nicht im Neunzig-Grad-Winkel schlafen mussten. Aus dieser halbliegenden Position heraus beobachteten wir, wie es jenseits unseres Moskitonetzes immer dunkler wurde. Jeder von uns fühlte, wie uns eine zunehmende Unruhe befiel. Wir waren hungrig und wussten nicht, wie lange es dauern würde, Ninas Onkel oder einen anderen Menschen zu finden, der uns helfen konnte. Oder ob es hier draußen überhaupt Hilfe gab. Der heutige

Ausflug hatte uns gezeigt, dass wir von einem Meer aus Bäumen umzingelt waren, die alle ziemlich gleich aussahen.

„Ist das Moskitonetz dicht, Nina?“, fragte ich.

„Ja, sieht so aus.“

„Sicher? Malaria wird vor allem in der Dämmerung und nachts übertragen.“

„Du kannst es gerne überprüfen, wenn du mir nicht glaubst.“

„Schon gut. Wenn ich heute Nacht mal auf Toilette muss, kommt dann einer von euch mit?“

„Klar, wir sollten nirgendwo alleine hingehen“, meinte Julius.

„Wird sicher eh nicht passieren, bei meiner heutigen Flüssigkeitsbilanz. So wenig wie ich getrunken und so viel wie ich geschwitzt hab.“ Immerhin ein kleiner Vorteil, dachte ich. „Meint ihr denn, die Tiere können uns riechen, wenn wir das Fenster runtergekurbelt haben?“

„Ich glaub nicht, dass das so viel ausmacht“, überlegte Julius. „Wir sind ja eh schon viel im Wald rumgelaufen und haben unsere Spuren hinterlassen. Wenn's hier irgendwelche Raubtiere gibt, dann sind die nicht auf offene Fenster angewiesen.“

„Wow, also falls irgendein Menschenfresser da draußen Hunger hat, dann wird er uns so oder so finden und verspeisen. Na wunderbar, dann können wir jetzt ganz entspannt die Fenster runterlassen und müssen wenigstens nicht ersticken. Julius, fällt dir nicht irgendeine gute Geschichte ein, die uns ein bisschen auf andere Gedanken bringt? Was hattest du noch mal vorhin sagen wollen, über die Evolution und die Sinnesorgane?"

„Ach, auf einmal willst du es hören?", entgegnete Julius.

„Tut mir leid. Ich hab Panik bekommen. Diese Story von dem Tiger hat mir den Rest gegeben. Aber jetzt sitzen wir im Auto rum und können eh nichts machen. Ich will mich ablenken. Ich wollte nicht böse sein vorhin."

„Kein Ding, du warst nicht böse."

„Ich war auf jeden Fall *nicht* zickig. Keinen Millimeter."

„Na ja, ein klitzekleines bisschen schon." Nina grinste.

„Eigentlich war's ganz süß. Wie so ein kleiner Giftzwerg." Julius lachte. „Du sahst aus wie ein Siebzigjähriger mit Bluthochdruck, dein Gesicht war komplett rot und verschwitzt."

Ich verpasste ihm einen Stoß.

„Du fängst ja schon wieder an."

„Immerhin sind wir dank dir nicht verrottet", sagte Nina. „Noch nicht. Also, Julius, schieß los. Erzähl uns eine Gute-Nacht-Geschichte."

„Na gut", meinte Julius. „Darf ich ausholen?" Er sah erst Nina an, die nickte, dann mich.

„So weit, wie du möchtest", entgegnete ich. „Du hast die Erlaubnis des Giftzwerges."

„Seid ihr euch da ganz sicher? Perfekt. Ihr wisst, was das bedeutet. Dann lehnt euch am besten zurück und macht euch auf feinstes Geschwafel gefasst."

„Ich kann's kaum erwarten", sagte ich.

„Die Evolution. Eines meiner Lieblingsthemen. So lehrreich wie faszinierend."

„Fang endlich an!", rief Nina.

Julius grinste. „Ihr habt gesagt, ich darf ausholen, und ihr seid mir hier im Auto komplett ausgeliefert. Also. Wo waren wir stehen geblieben? Bei den Sinnesorganen. Im Laufe der Evolution haben sich Sinnesorgane entwickelt, wie das Ohr oder das Auge, die sich auf die verschiedenen Sinne spezialisiert haben. Sie sind hervorragend an ganz bestimmte Reize angepasst: das Auge an Lichtwellen, das Ohr an Schallwellen, die Nase oder unsere Mundschleimhaut an Geruchs- und Geschmackspartikel." Er machte eine kurze Pause, als wollte er sichergehen, dass wir ihm zuhörten. „Jedes Sinnesorgan besteht aus lauter winzigen Sensoren, die einen dieser Reize detektieren und an unser Gehirn weiterleiten können. Zum Beispiel reagieren die Sensoren unserer Netzhaut im Auge optimal auf Licht bestimmter Wellenlängen. Aber auch wenn man sich das Auge reibt, also mechanischen Druck auf das Auge ausübt, kann man die Netzhaut reizen und Lichtblitze auslösen. Denkt nur mal an den Schlag aufs Auge und die Sterne, die man sieht."

„Und wie kann ich mir so einen Sensor vorstellen?", fragte Nina.

„Da gibt's Unterschiede. In der Haut liegen zum Beispiel Sensoren für Vibrationen. Sie bestehen aus dem Ende einer Nervenfaser, die von einer Art Zwiebelschale umgeben ist. Die Schale verhindert, dass die Nervenfaser pausenlos gereizt wird. Erst, wenn die Zwiebelschale so weit eingedrückt wird, dass sich auch das Ende der Nervenfaser verformt, kann ein Reiz wahrgenommen werden."

„Und was genau macht den Reiz aus?"

„Das ist auch unterschiedlich. Wenn unsere Vibrationssensoren stark genug verformt werden, öffnen sich Kanäle in der Wand der Nervenfaser. Durch diese Kanäle strömt Natrium in die Faser und –"

Julius brach ab, als er Ninas gerunzelte Stirn sah.

„Okay, ich fasse mich kürzer", sagte er. „Also wie auch immer, die Nervenfaser wird dadurch positiv aufgeladen. Und jetzt kann Strom fließen. Vereinfacht kann man sich das so vorstellen: Die Nervenfaser feuert ein elektrisches Signal an unser Gehirn ab. Je stärker die Nervenfaser gereizt wird, das heißt je positiver sie geladen ist, desto schneller feuert sie. Aus allen möglichen Körperregionen erreichen unser Gehirn solche schnellen oder langsamen Signale. Aber je nachdem, woher sie kommen, interpretiert das Gehirn sie zum Beispiel als starken oder leichten Druck auf unserer Haut oder als leisen oder lauten Ton in unserem Ohr."

„Hört sich ziemlich komplex an. Also, dass ich dich gerade höre, liegt daran, dass sich deine Stimmlippen beim Sprechen bewegen, dadurch eine Schallwelle erzeugt wird und diese Welle mein Ohr erreicht?"

„Genau. Im äußeren Teil des Ohres wird die Schallwelle durch die Luft geleitet, danach trifft sie auf dein Trommelfell. Das ist wie ein kleines Trampolin, das durch die Welle in der Luft bewegt wird. Die Bewegung wird auf einen winzigen Knochen übertragen, der wie ein Hammer geformt und in das Trommelfell eingelassen ist. Der Hammer schwingt und trifft auf einen weiteren Knochen, einen kleinen Amboss. Dieser schwingt nun ebenfalls und setzt einen dritten Knochen in Bewegung, einen Miniatur-Steigbügel. Die Welle wird also in Knochenbewegungen umgesetzt. Die Knochenbewegungen schlagen gegen das Innenohr, in dem sich eine Art Schneckengehäuse mit Flüssigkeit befindet. Durch den Aufprall des dritten Knöchelchens wird die ganze Flüssigkeit des Schneckenhauses in Bewegung gesetzt, es entsteht also wieder eine Welle. Und nun erst kommen die Sensoren ins Spiel. Sie sitzen in der Schnecke und strecken feine Haare in die Flüssigkeit. Sie bilden einen Rasen aus Härchen, der sich durch die ganze Schnecke zieht. Durch die Flüssigkeitsbewegungen werden die Haare umgebogen, es öffnen sich Kanäle und wieder kann ein Signal abgefeuert werden. Je nachdem, ob das Ohr ein lauter oder ein leiser Ton erreicht, ist die Welle stärker und die Haare werden mehr abgeknickt. Und je nachdem, ob ein hoher oder ein tiefer Ton durch die Luft ins Ohr geleitet wird, läuft die Welle nur in den Eingangsbereich der Gehörschnecke oder bis hinauf in die letzte Windung. So kann unser Gehirn wissen, welcher Ton gerade durch die Lüfte schwingt."

„Ziemlich klug gemacht."

„Ziemlich. Aber wer weiß, vielleicht gibt es ja noch mehr da draußen, wofür wir keine solchen superspezialisierten Sensoren besitzen. Ich hab einmal folgendes Beispiel gelesen: Würden wir Menschen in einer zweidimensionalen Welt leben – zum Beispiel Bestandteil eines Gemäldes sein –, dann könnten wir das Gemälde nie gesamthaft erfassen. Als dreidimensionale Wesen können wir das Bild als Ganzes betrachten und dessen Sinn erkennen. Nehmen wir zum Beispiel eine Säule: Im Querschnitt, also zweidimensional, ist sie nur ein Kreis." Er zuckte mit den Schultern. „Vielleicht leben wir ja in einem dreidimensionalen Gemälde. Wie aber würde unsere Welt aus der Perspektive einer vierten, fünften oder zehnten Dimension aussehen? Ergäben dann Säulen plötzlich einen höheren Sinn? Formen sie irgendwas, das wir Menschen einfach nicht erkennen können?" Julius' Blick schweifte ab. Als würde er tatsächlich versuchen, in der Dunkelheit vor unseren Scheiben – zwischen den endlosen grünen Stämmen – eine größere Ordnung zu erkennen. „Und wie sieht's bei euch aus?", fragte er dann.

„Also früher hätte ich mich als gläubig bezeichnet", meinte Nina. „Aber im Grunde hab ich mir nie viele Gedanken darüber gemacht. Ich hab einfach das übernommen, was ich als Kind gehört habe, und bin mit meinen Eltern in die Kirche gegangen. Jetzt mache ich das nicht mehr. Ich weiß nicht, wann ich das letzte Mal dort war. Wenn es einen Gott gibt, der das erwartet, dann muss er schon längst den Glauben an mich verloren haben."

Wir schwiegen einen ganzen Moment lang. Jeder schien seinen eigenen Gedanken nachzuhängen. In meinem Kopf vermischten sich Bilder von Sensoren, von Universen, schwingenden Strings und Atomen mit dem des weisen Mannes mit langem Bart und freundlichem Gesicht. Ich dachte an all die Millionen und Abermillionen von Menschen, die schon vor uns gelebt, geliebt und gehofft hatten, in Dschungeln wie diesem hier. Und nun waren wir diejenigen: Wir lebten, liebten und hofften.

„Was meint ihr, werden wir hier rausfinden?" Ich konnte mir die Frage nicht verkneifen.

„Haben wir eine Wahl?", entgegnete Julius.

„Egal, was passiert", meinte ich, „wir dürfen uns nicht entzweien. Ich hab *Herr der Fliegen* gelesen, und da kommt es zu einem richtigen Krieg. Also keine Alleingänge, okay?"

„Alles klar, Giftzwerg."

„Keine Angst", meinte Nina. „Ich liefer mich den Tigern nicht noch schutzloser aus. Solange wir zusammenbleiben, hat er immerhin eine gewisse Auswahl. Obwohl wir eine ganz schön magere Beute abgeben werden, wenn wir bald nichts mehr zu essen haben." Sie nahm ihr Handy. „Wenn's euch nicht stört, mach ich Musik an. Das beruhigt und hält Tiere fern, hab ich mal irgendwo gehört."

„Ja?"

„Keine Ahnung."

Wenige Sekunden später wurde die Stille von Ninas aufgedrehtem Smartphone verdrängt. Es waren sogar Lieblingslieder von mir dabei, wie *Mr. Brightsight* von den Killers. Es beruhigte uns tatsächlich ein wenig. Ich musste an Yan denken und an den einzigen Abend, den ich mit ihm verbracht hatte. Damals war dasselbe Lied gespielt worden, in einer vollgedrängten, dröhnend lauten Ecke. Eine Ewigkeit schien dieser Moment zurückzuliegen. Vor meinem Auge tauchten verschwommene, unscharfe Bilder auf. Yan, der die Arme ausbreitete. Siegerpose und seltsame silbergraue Augen.

Magst du Spiele, Emily?

Wäre ich damals nicht so betrunken gewesen, hätte ich mich vielleicht an irgendein wichtiges Detail erinnern können. Wo Yan jetzt wohl steckte? Suchte er nach seinem hellblauen, kaputten Auto?

„Das mit der Musik war eine gute Idee von dir“, sagte Julius.

Ich begann wieder zu schwitzen. Dank des Moskitonetzes hatten wir die Fensterscheiben auf der linken Seite herunterkurbeln können, doch ich selbst saß auf der rechten Rückbankhälfte. Die schwüle Luft machte mich träge. Immerhin halfen mir die rhythmischen Klänge, mich ein bisschen zu entspannen. Bis auf die Musik war es ganz still um uns herum. Hätte ich nicht gewusst, wo wir waren, hätte ich mich sogar wohlgefühlt. Die Scheibe neben meinem Kopf war mittlerweile so schwarz, dass ich mir einbilden konnte, mich an einem vollkommen anderen Ort zu befinden.

„Stellt euch vor, wir wären drei Leute mitten auf dem Ozean“, meinte ich mit Blick auf das bleierne Schwarz. „Nirgendwo kann man Festland erkennen, aber jeder von uns behauptet, es befindet sich in einer anderen Richtung. Obwohl wir keine Beweise haben, lassen wir uns nicht von unserer Meinung abbringen. Jeder fängt an, in seine eigene Richtung zu paddeln, bis es Streit gibt, der eine dem anderen seine Paddel auf den Kopf haut und sich keiner mehr leiden kann. Das Resultat ist: Das Boot bewegt sich keinen Millimeter, es gibt keinen Fortschritt, sondern nur Ärger.“

„Hört sich eher so an, als würdest du von Religion sprechen und nicht von unserem kleinen Ausflug hier“, fand Julius.

„Eine Fahrt ins Unbekannte: Vielleicht führt sie in schönstes türkisfarbenes Karibikwasser, vielleicht mitten in den nächsten Urwald."

„Besser als der Ozean", entgegnete Nina. „Da wäre ich vermutlich schon längst seekrank."

Irgendwann wurden wir doch noch müde, obwohl unsere Bäuche schmerzlich grummelten. Noch nie in meinem ganzen Leben hatte ich hungrig zu Bett gehen müssen.

Nur von Weitem war ein Blätterrascheln zu hören, wie die Brise in einem gespannten Segel, so gleichmäßig und sanft, dass es mir keine Angst machte.

„Und wisst ihr, was der Witz an der ganzen Sache ist?", fügte ich hinzu, bevor ich endlich in den ersten Traum abglitt. „Es geht gar nicht ums Paddeln. Die drei Leute sitzen in einem Tretboot."

TAG 17

Am Spielfeldrand

Heute war es so weit.

Der Tag der Abrechnung. Der Tag, an dem er alles zu einem Ende bringen würde. Er hatte so lange auf diesen Moment gewartet, hatte so vieles vorbereitet, so vieles unternommen. Es war ein schwieriger Plan gewesen und trotz der zahlreichen Dinge, die er bedacht hatte, auch ein relativ unsicherer. Stimmungen waren nicht immer leicht vorhersehbar. Außerdem war er auf Hilfe angewiesen gewesen. Er hatte nicht alles alleine machen können. Jeder hatte sich bemüht, gute Arbeit zu leisten. Das wusste er zu schätzen. Er war ihnen sehr dankbar.

Nun war er fast fertig und wenn er sich das Ergebnis so ansah, dann war er eigentlich ziemlich zufrieden. Natürlich, es hätte noch besser laufen können. Manche Ereignisse waren nicht eingetroffen, andere hatten sich als enttäuschend herausgestellt. Aber wie gesagt, er hatte nicht alles voraussehen können, selbst der beste Plan der Welt hätte das nicht vermocht. Menschen verhielten sich manchmal einfach unberechenbar.

Deswegen gab es auch das eine oder andere Problem. Zum Beispiel waren sie noch immer nicht auffindbar. Seit einem Tag hielt er nun schon nach einem Lebenszeichen von ihnen Ausschau, nach irgendeinem Anhaltspunkt, doch da war nichts. Er war ratlos. Ihre Spur hatte sich einfach so im Nichts verloren. Er war ihnen gefolgt, doch sie waren nicht da gewesen.

Was war geschehen?

Er musste es herausfinden. Auch wenn es bedeuten würde, dass sich der große Tag nach hinten verschob.

Und er musste sich beeilen. Er wusste, dass ihm nicht viel Zeit blieb.

Tetris

Emily

Ich erwachte durch einen Schrei oder vielleicht war es auch eher ein lautes Krächzen. Jedenfalls riss es mich aus einem Traum, von dem ich gehofft hatte, er sei Wirklichkeit: Ich befand mich in der Uni und musste eine Prüfung schreiben, doch ich wurde einfach nicht fertig. Ständig erschien eine neue, bisher übersehene Aufgabe am unteren Rand meines Blattes. Ein fürchterlicher Albtraum, aber geradezu entspannend und fröhlich, wenn ich ihn mit der Alternative verglich, ohne Proviant in der freien Wildnis festzustecken.

Doch nun war ich wach und musste mich der Realität stellen. Das Krächzen stammte von einem Papagei, der weit über unseren Köpfen seine Kreise zog.

„Wir müssen weiterlaufen, was anderes bleibt uns nicht übrig." Ninas Stimme klang unruhig. Sie redete schneller, hastiger als gewöhnlich. „Wir sollten Emily aufwecken, damit wir bald loskönnen."

Ich wollte etwas erwidern, aber ich wurde abgelenkt. Ich blinzelte. In einer der Ecken unseres Autos hatte ich etwas Kleines, Schwarzes entdeckt. Automatisch stellte ich scharf. Jahrelange Angst vor Spinnen hatte mich sehr aufmerksam werden lassen, was kleine, schwarze Formen anging.

„Jetzt haben wir schon Krabbeltiere im Auto", sagte ich laut. „Da ist ein Käfer!" Eine seltsame Ahnung überkam mich – eine schattenhafte Erinnerung –, aber ich konnte das Gefühl nicht richtig zuordnen. Ich fragte mich, ob der Käfer giftig war, und setzte mich auf, um ihn näher zu inspizieren.

„Wo?"

Nina steckte den Kopf zur Tür hinein und spähte nach oben. „Tatsächlich", sagte sie. „Auch das noch!"

Sie klang aufgebracht. Ich wollte sie beruhigen, wollte sagen, dass es ja nur ein kleiner Käfer war, doch Nina hatte bereits ihre Hände ausgestreckt und das schwarze Etwas von der Decke entfernt. Sie lief ein paar Schritte ins Dickicht hinein und schien nach einem Ort Ausschau zu halten, an dem sie das Tier absetzen konnte. Ich erkannte sie kaum wieder, so fahrig war sie.

„Hey, guten Morgen", begrüßte mich Julius. „Gut geschlafen?"

„Viel zu gut. Aber wie ich sehe, träum ich leider nicht mehr. Wie lautet unser Plan für heute?" Aus den Augenwinkeln beobachtete ich Nina, die noch immer im Dickicht stand.

„Wir wollen eine dritte Richtung ausprobieren. Und wenn wir nirgendwo ein Tal finden können, dann sollten wir vielleicht besser umkehren. Den Weg zurücklaufen, den wir gekommen sind."

„Das wird ewig dauern."

Nina hatte Julius' letzten Satz gehört und drehte sich um. „Deswegen schlag ich auch vor, dass wir zuerst nach was zu essen suchen. Für einen längeren Marsch sollten wir gestärkt sein."

„Wir dürfen nicht zu viel Zeit verlieren", meinte ich. „Wenn die Geschichte deines Onkels über die Tiere dieser Gegend stimmt, Nina", (ich vermied bewusst das Wort *Tiger*, da es mir einen Schauer über den Rücken gejagt hätte), „dann kann ich definitiv auf eine Nacht im Gebüsch verzichten."

„Wir sind ziemlich tief in den Dschungel gefahren", entgegnete Julius. „Ich weiß nicht, ob wir's bis zum Abend hier raus schaffen."

„Vielleicht können wir uns unterwegs irgendein Nachtlager bauen", überlegte Nina. „Damit wir nicht ganz so schutzlos sind. Wir nehmen auf jeden Fall die Moskitonetze mit."

„In Ordnung." Julius nickte. „Also gut, ich schau mich am besten mal um, ob's hier irgendwo was gibt, das wir essen können. Und trinken, vielleicht gibt's eine Quelle für unsere Wasserflaschen."

„Wenn's euch nicht stört, dann bleibe ich hier und ruh mich noch ein bisschen aus", sagte Nina. „Mein Knöchel tut immer noch weh."

Ich streckte mich träge und stand langsam auf. Meine Beine und mein Nacken fühlten sich nach der Nacht in Sitzlage außerordentlich steif an. „Ich komm mit."

Ich kam mit – doch es dauerte nicht lange, bis Julius mich zurückschickte. Ich war mit meinen klatschenden Flip-Flops an einer Wurzel hängengeblieben und fast hingefallen.

„Hast du dir wehgetan?"

Ich schüttelte den Kopf.

„Wir können nicht noch einen Verletzten gebrauchen", meinte Julius. „Sieh dir deine Schuhe an. Kannst du damit einen ganzen Tag lang durchs Gebüsch laufen?" Mein Gesichtsausdruck kann nicht sehr überzeugend gewesen sein, denn er erwiderte nur: „Ich versuche, mich zu beeilen."

Ein Albtraum, in dem ich nicht vorwärtskam. Trotzdem nickte ich.

Als ich unser Auto erreichte, drehte ich mich verwundert nach links und rechts. Ich rief Ninas Namen, doch weder erhielt ich eine Antwort noch konnte ich sie sehen. Sie war weg.

Ich wurde unruhig. Noch dreimal rief ich nach ihr, vergeblich. Ich öffnete das Auto, in der Hoffnung, sie würde schlafend auf der Rückbank liegen, doch auch hier war sie nicht. Ich lief die Ecken unseres Lagers ab, rief, lief weiter. Schließlich ging ich zurück zu unserem Auto und setzte mich auf die weichen Stoffbezüge. Meine Nervosität blieb. Ich redete mir ein, dass sie Julius und mir vielleicht gefolgt war und nun genau wie Julius unser Camp umrundete. Dass sie nach Essen suchte, weil sie zu hungrig war, um nichts zu tun. Ich sagte mir, dass sie sicherlich gleich zurückkommen würde und dass es in unserem Camp weder Shir Khans noch Bhagiras oder giftige Käfer gab.

Ich wartete.

Um mich zu beschäftigen, holte ich mein Notizbuch hervor. Langsam füllten sich seine Seiten.

***

Das Haus im Berliner Stadtteil Charlottenburg ist nicht nur groß, sondern von jenem altehrwürdigen Charme, der durch eine verwinkelte Bauweise und mitunter recht kreative Logikfehler in der Anordnung der Wasserrohre und Leitungen noch hervorgehoben wird. Es besitzt den Zauber des Unperfekten so gekonnt, dass gerade darin seine Liebenswürdigkeit besteht: knarrende Dielen, ein übersensibler Temperaturregler in der Dusche, holprige Steine im Vorgarten und über allem wuchernde Efeuranken. Die Rede ist von meinem Elternhaus, einem Haus mit Eigenleben, mit Ecken und Kanten, doch trotz allem von einer solchen Anmut und postkartenhaften Schönheit, dass man durchaus gewillt ist, über den einen oder anderen Fehler hinwegzusehen. Nein, ihn sogar gutzuheißen. Denn genau das macht schließlich seinen Reiz aus.

Auch meine Eltern fanden das, als sie das Haus vor über zwanzig Jahren gekauft haben. Ein Haus, das auf niemanden bezaubernder wirkt als auf einen Gast, der zwar um die knarrenden Dielen weiß, aber nicht jeden Tag darüber laufen muss. Dennoch ist es der unersetzbare Familienbesitz geblieben, in dem ich zusammen mit meinen Eltern und Großeltern väterlicherseits aufgewachsen bin. Ein Bilderbuchleben in einem Bilderbuchhaus, harmonisch und herrlich friedlich. Ein Leben inmitten von Büchern und Worten, meine Mutter Lektorin, mein Vater Besitzer eines kleinen Verlages für Reise- und Kochliteratur. Ich hatte somit früh lesen gelernt, hatte mehr Welten als nur die verwinkelten Korridore in dem charmanten Altbau erobert, geschriebene Welten, die schon früh meine Fantasie und meine Neugierde beflügelt hatten. Es war das, was man als durch und durch behütete Kindheit bezeichnen konnte, auch wenn Bullerbü und Lönneberga nicht vor der Tür, sondern nur im Regal lagen. Wer hinter das schmiedeeiserne Tor mit den

Efeuranken trat, fühlte sich automatisch geborgen. Als sei die einzig drohende Gefahr, ein wenig zu kalt duschen zu müssen. Das schöne, charmante alte Haus bildete meinen Zufluchtsort, der den Wirren der Großstadt ebenso zu trotzen schien wie dem Wunsch der Hausbesitzer nach einer reibungslosen Wi-Fi-Verbindung.

Es war vermutlich unvermeidbar gewesen, dass ein solches Leben automatisch ein unbewusstes Misstrauen gegenüber allem fördert, was sich außerhalb des Efeutores abspielt. Einer Welt, in der so viel Unbekanntes und Erschreckendes lauert: lärmende Kinder auf Spielplätzen zum Beispiel, die im Falle einer besetzten Schaukel nicht davor zurückschreckten, anderen an den Haaren zu ziehen, und Mütter, die sich nicht darum kümmerten. Gewalt oder Ungerechtigkeit oder Desinteresse oder Schmutz oder aber Menschen, die mich nicht auf Anhieb so bedingungslos gernhatten wie meine Mutter, Vater, Oma und Opa, deren unangefochtenes Nesthäkchen und größte Freude ich immer gewesen bin.

Es war daher ein ziemlicher Schock für mich, als ich auf einem Ausflug im Kindergarten das erste Mal in meinem Leben gehört habe, wie jemand etwas Gemeines über mich gesagt hat, noch dazu, weil es gelogen war. (Angeblich hatte ich meinen Vordermann in der Zweierreihe geschubst, dabei war er so tollpatschig gewesen, über seine eigenen kleinen Füßchen zu stolpern – eine grauenhafte Blamage, die natürlich retuschiert werden musste).

Ich bin in Berlin geboren, aufgewachsen, zur Schule gegangen und habe dort meine ersten beiden Studienjahre verbracht. Bis zum Unibeginn hatte sich mein Leben in einer Welt abgespielt, die mir bis in den letzten Winkel hinein vertraut war: im Kreise meiner Familie und meiner Freunde aus Kindertagen. An der Uni jedoch war ich alleine gewesen – zumindest die ersten paar Minuten. Dann hatte sich ein fremdes Mädchen neben mich gesetzt, Nora. Ich hatte sie gleich gemocht. Sie war nach Berlin gezogen, aus einer winzigen deutschen Kleinstadt, von der ich noch nie etwas gehört hatte. Nora war eine Entdeckerin und sie hatte Berlin entdecken wollen. Mit mir, ihrer neuen Freundin. Obwohl ich geglaubt hatte, Berlin voll und ganz zu kennen, hatte ich feststellen müssen, dass ich mich geirrt hatte.

Wir besuchten lauter Orte, an denen ich noch nie gewesen war: Bars, Restaurants und Clubs, die außerhalb meines gewohnten Radius gelegen hatten. Nora genoss es, an der frischen Luft zu sein, und so erliefen wir uns viele Strecken zu Fuß. Da sie für einen Halbmarathon trainierte, nahm sie mich auch hin und wieder auf einen Joggingausflug mit. Ich sollte vielleicht dazu sagen, dass das immer unsere kürzesten Ausflüge waren: Ich, die als Kind lieber gespielt, gelesen, gebastelt und gemalt hatte, als einem ambitionierten Sportverein beizutreten, hatte joggen immer fürchterlich gefunden. Meiner Meinung nach war es die monotonste Sportart, die es gab.

Aber ich machte die Erfahrung, dass man sich an alles gewöhnen konnte – auch ans Joggen. Und nicht nur das: Ist man erst einmal an etwas gewöhnt, hat man es auch plötzlich gern. Ich lernte es zu schätzen, zwischen Bäumen und Wiesen entlangzurennen. Ich mochte die Geschwindigkeit.

Wir unternahmen auch viele Fahrradtouren zusammen, in das Berliner Umland. Ich liebte unsere Streifzüge, obwohl ich in meiner Jugend nicht oft auf ein Fahrrad gestiegen war. Ich lebte im gefährlichen Berlin, einer riesigen Großstadt, und so war ich überall hingefahren worden und später oft selbst gefahren. Mit dem Auto oder dem öffentlichen Verkehr, meine ich, nicht mit dem Fahrrad. In meiner gesamten Grundschulzeit bin ich nur ein einziges Mal alleine nach Hause gelaufen, als keiner in meiner Familie Zeit gehabt hatte, mich pünktlich abzuholen.

Mit Nora allerdings wagte ich mich immer weiter aus dem schützenden Umkreis des Efeuhauses heraus. Ich legte zwar nicht mein angeborenes Misstrauen gegenüber den Tücken der weiten Welt ab, aber ich lernte, mir selbst zu vertrauen. Ich war wie eine unserer Kletterpflanzen: Ein Teil von mir haftete noch immer an der Wand, aber, einmal in Bodenkontakt, streckte ich meine Ausläufer überallhin. Ich wuchs und wuchs.

Nach meiner ersten großen Prüfung, dem Physikum, entschied ich, mein drittes Studienjahr an einer anderen Universität zu beginnen. Also verließ ich die Großstadt, verließ meine Eltern, meine Kindheitsfreunde und Nora, und hatte zum ersten Mal in meinem Leben unerträgliches Heimweh. Und trotzdem mochte ich die kleine WG, in die ich zog, mit einer schüchternen Kommilitonin und einem trinkfesten Maschinenbauer. Wir lebten in einer überschaubaren, gemütlichen Studentenstadt, und dennoch kam sie mir wunderbar aufregend vor. Zum ersten Mal in meinem Leben musste ich mich um alles alleine kümmern. Zum ersten Mal briet ich mir ein Spiegelei und zum allerersten Mal kochte ich Nudeln. Und wenn ich irgendwohin wollte, dann nahm ich das Fahrrad.

Mein Wunsch, Neues zu entdecken, wurde durch den Umzug allerdings schon bald nicht mehr befriedigt. Im Gegenteil: Ich wollte weiterwachsen. Also beschloss ich kurzerhand, ein Jahr Auszeit zu nehmen, mein WG-Zimmer unterzuvermieten und hierher zu reisen.

Ich hatte genaue Vorstellungen von meiner Reise gehabt: was ich sehen wollte, wohin ich gehen würde. Und obendrein hatte ich genug Ideen für ein Buch sammeln wollen. Für ein gutes Buch. Wenn ich es mir recht überlege, dann war es ein ganzer Katalog in meinem Kopf gewesen. Eine Bucket List. Der selbstgemachte Stress, ständig etwas abhaken zu müssen, wie in einem Wettrennen. Dabei hatte ein Punkt sogar gelautet: sich treiben lassen. An diesem Punkt hätte ich die Liste eigentlich gedanklich verbrennen müssen. Aber so weit war es gar nicht gekommen. Nichts war nach Plan verlaufen. Denn ich saß fest, inmitten des thailändischen Urwaldes.

Wenn ich Pech hatte (und ich hatte gerade sehr viel Pech, um ehrlich zu sein), war das ewige Wettrennen hier vorbei, lange vor der Zielgeraden.

Auf einmal sehnte ich mich nach Alltag und Routine. Nach einem vollkommen geregelten Leben in meiner Berliner Heimat, nach meiner Familie und meinen Kindheitsfreunden, die ich allesamt so sehr vermisste, und nach einem Job ohne Aufregung. Zum Teufel mit den Listen. Ich wollte mit meinen Eltern zu Abend essen und mich danach mit ihnen auf die Couch setzen, um irgendeinen schwachsinnigen Fernsehfilm anzuschauen, über den ich mich lustig machen würde. Ich wollte mit meinen Freunden über sinnlose Themen quatschen und albern sein. Ich wollte im Bett meines Kinderzimmers liegen und ein Buch lesen. Ich wollte durch meinen Berliner Lieblingsstadtpark rennen, der gegen den thailändischen Urwald geradezu lächerlich armselig bewachsen ist. Ich wollte eine Melodie auf dem Klavier in unserem Wohnzimmer spielen. Ich wollte jemanden küssen. Ich wollte nie wieder die Kochkünste meiner Mutter infrage stellen, sondern jedes ihrer Gerichte ratzeputz aufessen. Ich wollte im Garten meiner Großeltern sitzen und mit ihnen ein Kreuzworträtsel lösen. Und es würde mir vollkommen egal sein, wenn mein Opa wie jedes Jahr zu stundenlangen Monologen über sein Kräuterbeet und die Schneckenplage ausholen würde. Ich wollte alles über sein Kräuterbeet und die Schneckenplage wissen, denn auf einmal hatte ich Angst, dass ich seinen Monologen niemals richtig zugehört hatte.

Ich wollte mich geborgen fühlen. Ich wollte zurück in das Efeuhaus.

Mein Magen zog sich schmerzlich zusammen. Aus Angst und aus Sehnsucht, aber vor allem aus Hunger. Der Hunger wurde immer mächtiger. Ich hatte so etwas noch nie erlebt. Nur mein Durst war schlimmer.

In der letzten Zeit war ich ein wenig kurzsichtig geworden, aber nun stellten sich meine Augen erschreckend scharf: auf das saftige Grün der Blätter um mich herum, grün wie eine Paprika oder eine Avocado. Oder eine Baumschlange.

Konnten diese Blätter giftig sein?

Es würde nicht mehr lange dauern, bis ich es herausfand. Ich würde nämlich nicht mehr lange warten können, bis ich irgendwo hineinbiss.

Wer genießt, ist sich der Kostbarkeit des Augenblicks bewusst. Der Tatsache, dass nicht alles beliebig reproduzierbar ist. Ich genieße ein Stück Schokolade weniger, wenn ich weiß, dass ich überall genau dieselbe wieder kaufen kann. Was Schokolade angeht, war ich schon immer ein gnadenloser Konsument.

Auf dieser Reise ist es mir schon ein paar Mal aufgefallen: Ich bin so sehr an die Reproduzierbarkeit unserer Supermarkt- und Kaufhausgeneration gewöhnt, dass ich mich hin und wieder dazu anhalten muss, bewusst zu genießen, anstatt einfach nur zu konsumieren. Das Bild eines Strandes auf Ko Tao zum Beispiel, an den ich vermutlich nie wieder zurückkehren werde. Kein Foto der Welt kann ihn so einfangen, wie ich ihn in diesem Moment erlebt habe. Weder die beste Spiegelreflexkamera noch mein Hightech Smartphone. Kein Foto der Welt kann Momente so einfangen, dass sie reproduzierbar werden.

Zum ersten Mal seit dem Tod des kranken Thai musste ich weinen. Es war ein Schluchzen, über das ich selbst erschrak. Ich bin eigentlich peinlich nahe am Wasser gebaut, sicher vergleichbar mit Annika – was etwas heißen will. In den Tagen zuvor hatte jedoch der Schock überwogen, sodass ich äußerlich vollkommen ruhig geblieben war. Aber nun war ich alleine, und es gab niemanden, vor dem ich mich hätte zusammenreißen müssen. Ich weinte so viel, dass ich mit einem Mal Angst hatte, noch mehr Flüssigkeit zu verlieren, als unsere Wasserflaschen enthielten.

Ich weiß nicht, ob ich jemals hätte aufhören können, wenn ich nicht plötzlich einen Schuss gehört hätte.

Schnitzeljagd

Julius

Julius hielt inne. Er musste das Lager bald umrundet haben und tatsächlich hatte er nichts gefunden: keinen geheimen Pfad, kein Tal, nichts, das an Ninas Fotos erinnerte. Er sah sich um. Der Himmel war an diesem Tag düster. Genau wie die Pflanzen um ihn herum. Was aus diesem Dschungel war bloß essbar? Sein Magen rebellierte immer heftiger gegen die spärliche Diät. Heute Morgen waren es gerade mal ein paar Bissen ihres trockenen Sandwiches und drei Chips gewesen. Immerhin hatte Emily in ihrer Tasche noch eine Packung Kaugummis gefunden, sodass er auf etwas herumkauen konnte.

Er lief weiter. Er kannte sich nicht mit Pflanzen aus, er hatte nie gelernt, sich in der Wildnis zurechtzufinden. Er kannte Obst und Gemüse nur aus dem Supermarkt. Er konnte keine Spuren lesen, er konnte nicht jagen und er konnte kein Feuer machen. Jahrhundertelang erlernte, ausgeübte und perfektionierte menschliche Fähigkeiten waren in ihm sang- und klanglos ausgestorben. Hätten ihn seine Vorfahren in diesem Moment sehen können, hätten sie ihn mit Sicherheit ausgelacht oder mitleidig ihre Köpfe geschüttelt.

Dafür kannte er die Zahl Pi bis vier Stellen hinter dem Komma und er konnte die Fläche einer rechteckigen Pyramide über den Einfallswinkel der Sonneneinstrahlung berechnen. In ihm wuchs der Unmut. Wie viele Tage würden sie wohl mit Chipskrümeln und einer halben Wasserflasche überleben? Er sollte eine Formel dazu aufstellen. Oder einen Wahrscheinlichkeitsbaum malen: Wie wahrscheinlich war es, dass sie es heil nach Hause schaffen würden? Ohne Polizei, ohne Wildtiere, ohne Essen?

Die Bäume um ihn herum waren Realität. Er fuhr mit den Fingern über die saftig aussehenden Blätter eines dichten Strauches. Als Kind hatte er mal im Micky-Maus-Heft gelesen, dass der Morgentau auf Pflanzen in großen Durstphasen ein Mindestmaß an Flüssigkeit liefern kann. Kurz entschlossen riss Julius die Blätter ab, zusammen mit ein paar merkwürdigen runden Gewächsen. Sie erinnerten an vertrocknete Golfbälle, und er hatte die Hoffnung, dass es sich um Früchte handelte. Er steckte alles in seine Hosentaschen und ging weiter. Seine Augen blieben an einer besonders grünen Pflanze hängen, deren dichtes Blätterdach weit über ihm hing. Er ließ seinen Blick schweifen über das engmaschige Netzwerk, das der Dschungel nach oben hin bildete. Es hatte etwas Kunstvolles an sich. Vermutlich würde es ein interessantes Foto abgeben. Nur an wenigen Stellen blitzte der Himmel hindurch, der an diesem Tag genauso dunkel aussah wie der Wald. Als wären sie nun tatsächlich unter der Riesenglocke gefangen, von der ihr Tauchlehrer auf Ko Tao gesprochen hatte.

In diesem Moment hörte Julius die Schüsse.

Es waren zwei, danach war es wieder still.

Julius drehte sich in die Richtung, aus der er sie gehört hatte, und ging in die Hocke. Er reagierte vollautomatisch, denn Instinkte können auch Jahrhunderte in uns überdauern, gut versteckt unter unseren zivilisierten, geputzten Oberflächen. Immerhin hatten ihm seine Ahnen das weitergeben können.

So saß er nun in Kauerstellung, die Sinne geschärft. Er überlegte, laut zu rufen, den Jäger darauf aufmerksam zu machen, dass hier ein Mensch und kein Tier war. Aber etwas ließ ihn zögern. Vielleicht, weil auch sein Gegenüber zu zögern schien. Es war ganz still. Als würde der andere auf einen Laut von ihm warten, irgendein Geräusch, das Julius verriet. Dann hörte er das nächste Abfeuern, gefolgt von einem scharfen Knacken, als wäre die Patrone auf einen der Bäume getroffen. Der Ton kam von rechts, nicht weit von Julius entfernt. Der Baum musste in seinem direkten Umkreis stehen.

Aus einiger Entfernung hörte Julius, wie jemand „Stopp!“ rief. Es musste Emily sein.

So leise wie möglich begann Julius, über den Boden zu kriechen. Es war gar nicht so leicht, da die Erde übersät war mit Blättern, Reisig und Wurzeln.

Ein vierter Schuss.

Diesmal war sich Julius sicher, dass in seine Nähe gezielt worden war. Er fing an zu schwitzen, kostbare Flüssigkeit zu verlieren, und kroch immer schneller. Hatte es der Schütze etwa auf ihn abgesehen? Er musste ihn bemerkt haben, wie er zwischen den Bäumen hindurchgelaufen war und die Äste inspiziert hatte. War er beobachtet worden?

Während Julius über den Boden robbte, begann er zu überlegen. Sein Gehirn arbeitete geradezu fieberhaft und ging in enormem Tempo sämtliche Möglichkeiten und Fragen durch. Wenn ja, wer war dieser Jemand? Etwa Joe Bustum höchstpersönlich? Oder hatte es etwas mit dem Traveller's Eye zu tun? Auf jeden Fall schienen sie doch nicht die einzigen drei Menschen in dieser Wildnis zu sein. Entweder es gab hier draußen irgendein verstecktes Dorf, oder jemand war ihnen gezielt gefolgt, um nun auf sie zu zielen ... Er musste an Emily und Nina denken. Wurden auch sie verfolgt oder ... hatten die zwei ersten Schüsse ihnen gegolten? Es war eine schreckliche Vorstellung, die ihn vorwärtstrieb, immer dicht am Boden.

In einiger Entfernung, weiter rechts, raschelte es. Wieder ein Schuss, diesmal auf das Rascheln gerichtet. Vielleicht vermutete der Schütze, dass Julius dorthin geflüchtet war. Der Abstand zwischen ihnen hatte sich vergrößert. Es ging um Taktik und um Schnelligkeit, wie in all den Ego-Shootern, die Julius bis zu seiner Abreise nach Australien gespielt hatte. Es war ganz einfach, sagte er sich, er war immer gut darin gewesen. Er robbte weiter, bis ihn nur noch wenige Meter von der Schneise ihres kleinen Lagers trennten. Es brachte ihn in eine ausgesprochen unangenehme Situation: Er würde seine Deckung verlieren.

Einen Moment wartete Julius und lauschte, dann stand er auf und hastete zum Auto. Er versuchte, die Beifahrertür ebenso geräuschlos zu öffnen wie zu schließen.

„Julius!"

Er wandte sich um und sah Emily auf der Rückbank sitzen.

„Ein Glück!", rief sie. „Ich hab mir schon Sorgen gemacht! Wegen der Schüsse, hast du sie gehört? Es muss tief im Wald gewesen sein. Ich hab Stopp gerufen, aber der Jäger hat es vermutlich überhört, er hat einfach weitergemacht."

„Das hab ich gemerkt."

„Du warst dort?"

Julius nickte. Seine Mimik fühlte sich steif an, wie eingefroren. Anstatt zu antworten, breitete er den Inhalt seiner Hosentaschen aus: saftige grüne Blätter, vertrocknete Golfbälle.

„Meinst du denn, es ist ein Jäger?", fuhr Emily fort, offensichtlich zu erregt, um Julius' Ausbeute entsprechend zu würdigen. „Der uns helfen könnte?"

„Ob man das essen kann? Das hier sieht immerhin wie eine Frucht aus." Er nahm einen der Bälle und roch daran.

„Und?"

„Riecht nach gar nichts. Nach Wald vielleicht." Er leckte über die Schale, dann biss er hinein. „Schmeckt ziemlich neutral. Zumindest nicht bitter. Sagt man nicht, dass giftige Dinge bitter schmecken?"

Emily griff nun auch nach einem der Golfbälle und drehte ihn hin und her.

Julius kaute mit flauem Magen, ohne wirklich zu realisieren, dass er etwas im Mund hatte. Jemand hatte auf ihn gezielt, da war er sich ganz sicher. Er hoffte nur, dass der Jäger nicht zurückkommen würde – und dass es ein Jäger war.

„Wo ist Nina?", fragte er. Erst jetzt fiel ihm auf, dass sie fehlte.

„Ich weiß es nicht. Als ich vorhin umgedreht bin, war sie weg. Ich dachte, sie wäre dir nachgelaufen."

„Ich geh sie suchen", meinte er, entschiedener, als ihm zumute war.

„Wegen dem Jäger?"

„Kann natürlich sein, dass er mich mit einem Tier verwechselt hat. So wie ich das empfunden hab, hat er in meine Richtung geschossen."

„Was?"

„Ich bin auf dem Boden hierhergekrochen."

„Das kann doch nicht wahr sein!"

Sie tauschten Blicke aus und Julius sah, dass durch Emilys Kopf ähnliche Gedanken zogen wie durch seinen eigenen. Sie schraken hoch, als über ihren Köpfen ein Prasseln einsetzte. Es begann zu regnen.

„Ich geh Nina suchen", wiederholte Julius. „Der Jäger muss noch irgendwo da draußen stecken."

„Dann komm ich auf jeden Fall mit."

„Nein, bleib du hier. Alleine bin ich schneller und ein weniger großes Ziel. Tut mir leid, das ist nicht böse gemeint."

„Ich versteh schon, ist in Ordnung. Es ist nur so, dass ich mir Sorgen mache, wenn ihr beide da draußen seid und ich nur hier rumsitze und warte."

„Wir sind hoffentlich bald zurück." Er versuchte, seine Stimme mutig klingen zu lassen, um sich selbst anzuspornen. Glücklicherweise war das gar nicht nötig, denn im selben Moment wurde die Tür zu ihrer Linken aufgerissen.

Nass und laut atmend ließ sich Nina auf den Fahrersitz fallen. Den schwarzen Rucksack hielt sie fest umklammert.

„Was ist passiert, wo warst du?"

Sie antwortete nicht sofort. Noch immer holte sie tief Luft.

„Im Wald. Ich – ich wollte essen holen. Wasser. Irgendwas. Deshalb hab ich den Rucksack mitgenommen. Ich hab es nicht ausgehalten, einfach so im Auto rumzusitzen und die Beine hochzulegen, ich war zu aufgewühlt. Aber auf einmal waren da Schüsse im Wald. Erst weit weg, ich glaube fünf oder so, und dann", sie nahm einen kräftigen Atemzug, „dann waren sie ganz nah."

Stille machte sich im Auto breit. Jeder von ihnen schien auf Geräusche von draußen zu horchen, doch es blieb ganz ruhig. Bis auf die Regentropfen, die auf ihr Dach niederfielen.

„Da war jemand hinter mir her", fuhr Nina fort, mit normalisierter Atmung und leiser, schneller Stimme. „Ich bin mir ganz sicher. Eine Kugel hätte mich fast getroffen. Ich – ich war so geschockt! Jemand hat auf mich geschossen!" Sie verstummte.

„Ich glaube, dieselbe Person hat auch auf mich gezielt", sagte Julius.

Nina sah ihn an: „Was, wirklich? Warum? Wer macht so was?" Sie schüttelte den Kopf. „Wir sind verloren", flüsterte sie. „Ich bin mir sicher, jetzt ist es aus."

„Meint ihr, er wird hierherkommen?", fragte Emily. „Ist er dir gefolgt, Nina?"

„Nein, irgendwann sind die Schritte leiser geworden. Ich glaube, er hat gedacht, ich wär abgehauen. Er ist in die entgegengesetzte Richtung verschwunden. Ich hab mich im Gebüsch versteckt und gewartet, bis ich nichts mehr gehört hab. Mein Fuß ist ja noch angeschlagen, ich hätte nicht rennen können. Es war furchtbar." Ihr Gesicht war schneeweiß, ihre Augen hatte sie zusammengekniffen, aber sie weinte nicht.

„Hast du die Person sehen können?"

„Von Weitem, ja. Durch den Busch. Das Gesicht konnte ich nicht sehr gut erkennen, er trug eine Mütze. Aber es war ein Mann, da bin ich mir sicher. Oh Gott, werden wir hier jemals rauskommen?"

„Ich weiß nicht, ob wir es heute noch versuchen sollten", meinte Julius. „Seht euch das Wetter an. Es regnet immer stärker. Und der Typ ist vermutlich noch irgendwo da draußen. Wenn wir Glück haben, findet er unser Versteck nicht."

„Und ich hab ihm auch noch was zugerufen", sagte Emily. „Wenn er mich gehört hätte, wären wir alle in riesiger Gefahr gewesen."

„Mach dir keine Vorwürfe, du konntest ja nicht wissen, was das für ein Psychopath ist."

„Ich befürchte übrigens, dass das gerade nicht unser einziges Problem ist." Nina klang sehr ernst.

„Wieso, was meinst du?", fragte Julius.

„Ich hab langsam das Gefühl, dass wir uns verfahren haben."

„Wie kommst du darauf?"

Sie zückte ihr Handy und öffnete eine Bildstrecke. Bäume, Sträucher, ein Tal. „Die Fotos von meinem Onkel", erklärte sie. „Die Gegend sieht anders aus, weniger dicht bewachsen als hier. Und seht euch die Karte an. Ich hab sie mir noch mal ganz genau angeschaut. Ich glaube echt, dass ich die falsche Abzweigung genommen hab. Deswegen haben wir auch so lange gebraucht. Ich hätte bestimmt schon eine Stunde früher abbiegen müssen."

Julius nahm das Handy und betrachtete das Display. „Gut möglich", sagte er. „Ich kann dir auch nicht mehr hundertprozentig sagen, wie wir gefahren sind."

Nina strich sich mit der linken Hand durch die mittlerweile recht unordentlichen, fettig glänzenden Haare und stieß einen langgezogenen Seufzer aus. Ihr Blick wirkte abwesend, ihre Augen fixierten etwas Unbestimmtes.

„Also, was heißt das für uns?", meinte Emily. „Dass wir die richtige Abzweigung suchen und danach das Tal?"

Nina antwortete nicht.

„Die Karte ist nicht besonders detailliert", entgegnete Julius. „Und der Regen hat die Wege sicher noch weiter aufgeweicht. Ich weiß nicht, ob wir uns am Ende nicht noch mehr verirren würden. Ich denke, wir sollten wirklich versuchen, die gesamte Strecke zurückzulaufen, die wir hergekommen sind. Spätestens an der kleinen Tankstelle außerhalb des Dschungels können wir vielleicht endlich wieder telefonieren." Er drehte seinen Kopf in Richtung Fensterscheibe. „Ich hoffe, der Regen hört bald auf. Vorher würde ich echt ungern aufbrechen."

„Wer weiß das schon?", sagte Nina. „Vielleicht regnet es in den Tropen einfach tagelang durch."

„Dann müssen wir eben im Regen losgehen. Immerhin haben wir wieder ein klein wenig Proviant. Guck mal, die sehen aus wie Golfbälle, findest du nicht auch?"

Nina schaute abwechselnd Julius und Emily an. Julius hatte den Eindruck, dass sie zögerte. Als würde sie überlegen, ob sie die nächsten Worte wirklich aussprechen sollte. „Habt ihr etwa davon gegessen?", meinte sie dann.

„Schmeckt nach nichts", erwiderte Julius. „Ist aber trotzdem besser als nichts."

„Spinnst du?" In Ninas Stimme schwang ein feiner hysterischer Unterton. Als wäre sie geradezu froh darüber, endlich ein Ventil für ihre Angst zu finden. Sie kurbelte das Fahrerfenster hinunter, packte die runden Früchte mit beiden Händen und warf sie hinaus.

„Was soll das?"

„Die Teile sind giftig! Hast du dich nie darüber informiert, was es in Thailand für Giftpflanzen gibt? Das Gift dieser Frucht kann deine Muskeln lähmen, sodass du erstickst."

„Ist das dein Ernst?"

„Oh Gott, spürst du schon was?", rief Emily, scheinbar fest entschlossen, nicht den nächsten Notfall zu verpassen. „Wie fühlst du dich? Kurzatmig? Drück mal meine Hand, damit ich sehe, wie viel Kraft du hast. Okay, das wirkt normal. Du siehst ganz schön blass aus. Kennst du ein Gegengift, Nina?"

„Leider nein. Und erbrechen bringt angeblich auch nichts. Aber das Gift wirkt individuell sehr unterschiedlich. Wenn du Glück hast, dann wirst du die halbe Portion vielleicht gar nicht spüren." Sie klang nicht sehr überzeugt.

Julius lehnte sich in seinem Sitz zurück. Drei Komma eins vier zwei war die Zahl Pi, aufgerundet. Der Sinus war die Gegenkathete mal die Ankathete. Oder doch nicht? Julius fühlte, wie er schwitzte. War das die Angst oder das Gift?

„Wie fühlst du dich?", fragte Emily.

„Ach, geht schon. Ich ruh mich einfach ein bisschen auf meinem Sitz aus."

Wieder verfielen sie in ein Schweigen, bedrückender als zuvor. Eine ganze Weile sagte niemand etwas. Emily war diejenige, die die Stille schließlich durchbrach.

„Was haben wir nur getan, dass uns all diese Dinge passieren?" Sie hatte das Gesicht auf ihre Hände gerichtet, als würde sie sich schämen. „Ich weiß, es hat nichts damit zu tun, aber ... Du erinnerst dich an das Video, Nina? An den kranken Mann, der gestorben ist? Ich hätte sofort handeln sollen, aber das habe ich nicht. Weil ich mich gefragt habe, ob sein Leben überhaupt noch lebenswert ist."

„Sag nicht so Sachen", kam es von Julius. Er spürte noch immer nichts von dem Gift, obwohl es mindestens eine halbe Stunde her sein musste, dass er die Frucht gegessen hatte. Es machte ihn wieder mutiger, irgendwie kampfbereit. Er fühlte sich fast schon überdreht, denn er wusste jetzt, dass er bereit sein würde, Widerstand zu leisten. Gegen die Giftpflanzen, die unsichtbaren Tiger und den Mann mit dem Gewehr. Und er wollte dieses Gefühl mit Emily und Nina teilen. „Du hast Anteil genommen", meinte er, „fertig. Dafür solltest du dich nicht schämen. Kein Patient will von einem unsensiblen Holzklotz behandelt werden."

„So wie's aussieht, werde ich nie mehr jemanden behandeln."

„Also wenn, dann bin ich sicher schuldiger als du."

„Wieso, was hast du getan?"

Julius begann, die Geschichte aus dem Hinterhof zu erzählen. Erst widerwillig und dann immer detaillierter. Von seiner Zufallsbegegnung mit Tim bis zu der Blutspur am Boden.

„So wie ich das sehe", fing Nina an, „hatte keiner von euch böse Absichten. Was man von dem Schützen wohl nicht gerade behaupten kann." Sie öffnete die Autotür. „Ich hab schrecklichen Durst. Das ist das einzig Gute an diesem Wetter: Wir haben wieder genügend Wasser."

Sie nahm die leeren Plastikflaschen und stellte sie mitten in den Regen.

Activity

Emily

Ich glaube, die Kunst ist der Versuch des Menschen, der Bedeutungslosigkeit zu entkommen, der Angst, dass das Leben nichts als eine Abfolge zufälliger Szenen sein könnte. Es ist, als würde man dieser Angst plötzlich eins auswischen und ihr mitten ins Gesicht lachen. Durch ein Liebeslied zum Beispiel, ein Gedicht, ein Gemälde. Kunst heißt innehalten. Reflektieren. Etwas selbst erschaffen. Den Szenen des Lebens mehr Kraft verleihen, indem man sie mit Gefühlen verbindet.

Weil das eigene Leben für keinen Menschen eine zufällige Abfolge ist.

***

„Das war's vielleicht mit uns." Ninas Blick ging nach draußen.

Es regnete unermüdlich weiter und es war so dunkel um uns herum, als sei es bereits spät am Abend. Immerhin hatten wir keine Schüsse mehr gehört, und dank des Regenwassers fühlten sich unsere Mägen wenigstens für den Moment ein kleines bisschen voller an. „Gibt es etwas, das ihr bereut? Ich meine, außer dieser Sache hier."

Ich sah von meinem Notizbuch auf. Wieder hatte ich versucht, mich durchs Schreiben abzulenken. „Ich weiß nicht genau", meinte ich. „Abgesehen davon, dass ich eindeutig mehr Schokoladenkekse hätte essen sollen? Und diese eine Eissorte von Hägn Dazs, die mir immer zu teuer war – die mit den Cookies und der Schokolade drin. Und –. Ach egal, ich darf nicht ständig ans Essen denken. Bereust du denn was, Nina?"

„Ich hätte gerne einer bestimmten Person viel früher gesagt, dass ich sie liebe."

„Der Person, die du verloren hast?"

„Ja. Es ist kompliziert. Aber jetzt bin ich hier, mit euch. Ohne ihn. Wenigstens bin ich nicht ganz alleine. Habt ihr jemanden?"

Julius schüttelte den Kopf.

„Nein", sagte ich. „Meinen ersten Freund hab ich mit achtzehn kennengelernt, aber als ich umgezogen bin, ist es schiefgegangen. Seitdem bin ich Single. Ich fürchte, ich bin ziemlich wählerisch." Ich zuckte mit den Schultern. „Ich war einfach ewig lange ein Kind. So lange, dass ich irgendwann dachte, die Pubertät hätte mich übersehen. Weil ich so klein war. Ich hab daran gezweifelt, jemals zu wachsen. Ich hab mich geschämt, ich dachte, ich hätte irgendeinen Defekt. Na ja, wie ihr sehen könnt, hat's am Ende doch noch geklappt. Aber ich schätze, dadurch fühl ich mich immer noch so jung. Nicht wie dreiundzwanzig."

„Glaub mir, niemand fühlt sich jemals wie dreiundzwanzig. Oder siebenundzwanzig. So alt bin ich nämlich." Nina tat so, als hätte sie etwas Ekliges gesagt.

Es wurde ruhig in unserem Auto. Auch das Geräusch des Regens war leiser geworden.

„Doch, ich bereue was", meinte ich plötzlich. „Ich hätte in meinem Leben gerne mehr unsinnige Sachen angestellt. Sachen, über die ich heute den Kopf schütteln könnte. Ich würde euch so gerne eine verrückte Geschichte aus meiner Vergangenheit erzählen, aber wenn ich so darüber nachdenke, dann fällt mir gar keine ein. Ich bräuchte einfach noch ein bisschen mehr Zeit." Hundert Jahre, um genau zu sein.

„Die kriegst du", entgegnete Julius. „Wir werden hier wieder rauskommen." Er machte den Eindruck, als würde er es ernst meinen. „Sieh mich an, ich kann immer noch ganz normal atmen. Ich hab große Hoffnung, dass das Gift nicht wirkt."

Ich sah ihn an. „Und ich hätte wirklich gerne mehr geküsst."

Julius erwiderte meinen Blick.

„Dann tu's doch einfach", sagte Nina.

Und ich tat es. Ich beugte mich zu Julius, den ich schon lange hatte küssen wollen, und tat es. Es war so einfach, dass ich überrascht war.

„Gut gemacht", hörte ich Nina sagen.

Ich weiß nicht, was ich mir dachte, als ich mich daraufhin zu ihr umdrehte, sie bei den Händen nahm und zu uns zog. Vermutlich habe ich das erste Mal in meinem Leben gar nichts gedacht. Sondern nur gehandelt. Nina küsste mich. Wir küssten uns. Jeder von uns hat sich in diesem Augenblick wohl einfach nur nach ein klein wenig Liebe gesehnt, nach ein paar unbeschwerten Minuten, nach dem Gefühl, nicht alleine zu sein. Und das waren wir auch nicht. Irgendwann hörte Nina auf, vielleicht weil sie eigentlich lieber jemand anderen geküsst hätte. Julius und ich machten weiter.

Sollte ich lange genug leben, um diesen Moment als ein Erlebnis in meiner Vergangenheit zu betrachten, dann weiß ich ganz sicher, dass ich ihn nicht bereuen werde.

TAG 18

Dame

Emily

Sie war weg.

„Nina?“, fragte Julius.

„Vielleicht sucht sie wieder nach was zu essen“, überlegte ich.

Es war bereits hell um uns herum. Zumindest so hell, wie es das dichte Blätterdach zuließ. Der Regen hatte aufgehört. Julius und ich sahen uns um, schweigend. Es war ein unangenehmer Augenblick, denn ich hatte den Eindruck, dass keiner von uns erwähnen wollte, was letzte Nacht zwischen uns vorgefallen war. Als wäre es nichts als ein Traum gewesen.

Julius öffnete die Tür und stieg aus. Die Luft, die ins Wageninnere drang, war schon jetzt unangenehm warm. Der Regen hatte die Luftfeuchtigkeit weiter ansteigen lassen. Ich war verschwitzt aufgewacht (seit mittlerweile zwei Tagen in demselben, ekligen Top) und schwitzte einfach weiter. In einem plötzlichen Anflug von Nostalgie sehnte ich mich zurück in die enge, gekachelte und löchrige Hosteldusche in Bangkok mit ihren vielen kleinen Ameisen. So viel sympathischere Lebewesen als opportunistische Dschungeltiger.

Ich beobachtete, wie Julius sich vor meinem Fenster streckte und seine Muskeln dehnte. Einzelne verworrene Bilder schossen in mir hoch: Küsse, Berührungen,

Julius' nackter Körper. Wir hatten nicht miteinander geschlafen. Ich sah nach draußen, wo Julius auf der Stelle trat. Er trug wieder seine Shorts und sein graues T-Shirt, aber trotzdem sah ich ihn immer wieder nackt, kurze, irritierende Momente lang.

Plötzlich drehte er sich um und lief zurück zum Auto. Ich fuhr mir mit den Fingern behelfsmäßig über die fettigen, struppigen Haare, die ich gestern zu einem klebrigen Zopf geflochten hatte. Das letzte Mal, dass ich mich so ungepflegt gefühlt hatte, war im Winter vor einem Jahr gewesen, als ich zehn Tage lang mit einer Grippe im Bett gelegen hatte.

Julius ließ sich auf den Beifahrersitz fallen und griff nach der armseligen, zusammengesunkenen Chipstüte (Nummer zwei von zwei). Dann wandte er sich der Rückbank und mir zu. „Erst mal frühstücken?", fragte er.

Ich war froh, über etwas Banales wie Essen reden zu können, obwohl es gleichzeitig das deprimierendste Thema von allen war. „Ich kann's kaum erwarten", entgegnete ich. „Wie viele Chips sind es heute? Zwei?"

„Nein, was redest du denn da? Es sind ganze drei Stück. Plus eine Ecke von dem fast geschmolzenen Snickers." Er grinste, und schon wieder – zack – sah ich ihn splitterfasernackt vor mir. Völlig aus dem Nichts heraus.

Was war mit meinem Gehirn los?

„Ob ich die überhaupt schaffe?", meinte ich. „Mein Magen hat sich glaub ich langsam selbst verdaut. Du weißt, dass dir wegen deiner Größe vier Chips zustehen?"

„Den vierten heb ich mir für später auf." Julius brach seine Chips entzwei und schob sich die erste Hälfte in den Mund.

Bis auf unsere Kaugeräusche war es ganz ruhig um uns herum. Keine Papageien, kein Zweigeknacken, kein Rascheln. Unser hellblauer Kleinbus befand sich in einer schmalen Schneise, die von hohen, gleichmäßigen Stämmen eingegrenzt wurde. Selbst wenn das Auto nicht wegen des Benzins stehen geblieben wäre, war es schwer vorstellbar, dass Nina noch viel weiter hätte fahren können.

„Eigentlich könnte es hier ganz schön sein, meinst du nicht?", überlegte Julius. „Wenn es nur ein bisschen heller und sonniger wäre. Die meisten Backpacker zahlen ziemlich viele Baht für eine Dschungeltour und wollen echte, pure Authentizität. Was glaubst du, wie viele von ihnen würden uns um unseren kleinen Trip ins richtige Thailand beneiden?"

Er schien unsere miese Lage durch einen Witz auflockern und nicht über letzte Nacht reden zu wollen. Ich stieg gerne darauf ein.

„Damit haben wir ein ganz neues Travel-Level erreicht. Guess wäre sicher stolz auf uns."

„Stimmt", sagte Julius. „Ich hätte nicht gedacht, dass man mich noch überraschen kann. Ich bin echt beeindruckt. Und das im Zeitalter von YouTube und den ganzen computeranimierten Blockbustern. Ich hab gedacht, ich hätte schon alles gesehen, von Naturkatastrophen bis zum Angriff einer außerirdischen Großmacht. Alles in 3D und mit bester Soundqualität."

„Im HD-Fernsehen sähe dieser Dschungel hier sicher viel farbiger und prachtvoller aus. Und unser Niedergang würde von einer passenden Hintergrundmusik untermalt werden. Vielleicht von einer richtig epischen Melodie, die uns zu tragischen Filmhelden machen würde."

„Das stimmt. Wenn Nina zurückkommt, sollten wir wieder Musik anmachen." Julius holte sein Handy raus. „Das ist wirklich oldschool. Es hat noch nicht mal 'ne Kamera. Eigentlich schade, hier hätte man bestimmt ein paar gute Bilder schießen können. Man müsste die ganze Gegend irgendwie einfangen, später wird uns das sonst sicher niemand mehr glauben. Hast du eigentlich alles, was wir hier erlebt haben, aufgeschrieben?"

„Das meiste schon, ja."

„Ich schreib auch gerne. Ich wäre eigentlich lieber freischaffender Journalist als BWL-er, hab ich dir das erzählt?"

„Echt? Nein, das hast du nicht."

„Ich wollte mich bei *Punkt* bewerben, das ist ein relativ modernes, unabhängiges Magazin. Hast du schon mal was davon gehört? Nein? Die haben ihren Sitz in Berlin. Sie stehen noch recht am Anfang."

Splitterfasernackt, schon wieder. Erinnerungen an Küsse und Berührungen. Er hatte übrigens *doch* Haare auf der Brust. Sie waren nur so hell, dass sie von weitem gar nicht auffielen.

„Aber nicht, dass du jetzt was Falsches denkst", sagte Julius in diesem Moment, Gott sei Dank ohne zu wissen, was ich wirklich dachte. „Die Redaktion ist zwar klein, aber seriös. Und sehr wählerisch, wen sie in ihr Team aufnehmen. Sie versuchen, eine etwas intellektuellere Zeitung für junge Menschen auf die Beine zu stellen, auch ein bisschen mit Satire. Und sie wollen viel online machen, vielleicht auch mal Nachrichten auf YouTube bringen. Das wär schon echt 'ne ziemlich coole Sache, wenn ich da mitmachen könnte."

„Hört sich gut an. Ich könnte mir vorstellen, dass das zu dir passt. Also wenn du nicht irgendwann deinen eigenen YouTube-Channel gründest, mit so Wissensbeiträgen über die Evolution, dann weiß ich nicht, wer das sonst machen soll. Wer könnte die Menschheit besser über den Aufbau der Sinnesorgane aufklären? Oder über die Unterschiede zwischen Männern und Frauen und das Jagdverhalten von Tigern in den verschiedenen Klimazonen? Es ist echt unverantwortlich, dass so viele Leute da draußen immer noch keine Ahnung haben, was es mit dem Ohr auf sich hat. Oder warum man in Sibirien mittags lieber nicht spazieren gehen sollte, während wir hier in Thailand bis zur Dämmerung lässig im Dschungel chillen können."

Er lachte. „Stimmt, eigentlich bin ich das der Menschheit schuldig. Aber es gibt einen kleinen Haken an der ganzen Sache: Meine Bewerbungsmappe ist zusammen mit Yan verschwunden. Und mein Laptop auch. Da waren meine Exposés drauf."

„Oh, Mist."

Wir verstummten, gedankenverloren, und kauten so langsam wie möglich auf den letzten Resten des Snickers herum.

„Du, das mit gestern Abend ...", fing Julius auf einmal an.

„Unser Gespräch?" Ich wusste sofort, dass er nicht das Gespräch meinte, und wurde nervös. Er schien nun doch darüber reden zu wollen. Ich fragte mich, welche Reaktion er von mir erwartete. Sollte ich mich lässig geben? Gefühlvoll? Lustig?

„Nein“, erwiderte er. „Ich meine danach. Dass wir uns geküsst haben und so ... Also wenn wir hier rauskommen – und wir kommen ja sicher hier raus –, also dann ...“

Entspannt, entschied ich, das mochte Julius sicher an Mädchen. „Alles gut, ich bin total entspannt“, sagte ich so entspannt wie möglich. Aber wieso, dachte ich im selben Moment, hatte ich ihn nicht wenigstens ausreden lassen?

„Ach ja?“

„Volle Kanne.“ Ich wunderte mich selbst über den Ausdruck, da ich mich nicht daran erinnern konnte, ihn jemals benutzt zu haben. „Total“, wiederholte ich.

„Okay, das ist ... ja, das ist gut.“

„Keine Sorge“, fuhr ich fort, ohne zu wissen, ob ich Julius’ oder meinen eigenen Erwartungen entsprechen wollte. „Ich bin keins von den Mädchen, die gleich an was Festes denken. Der Urwald hier ist anstrengend genug.“ Ich lachte, aber es hörte sich gezwungen an. „Und wir kennen uns ja praktisch kaum. Also, so wie Freunde eben. Gute Kumpels. Wir haben uns einfach geküsst und ... ein bisschen mehr. Das passiert eben mal. Im Auto. Nach so einem Tag. Wir sind alle angespannt. Aber ich bin locker, also alles easy.“ Woher kamen diese Sprüche? Und wieso hatte ich so rüberkommen wollen, als säße ich alle paar Tage mit irgendeinem Typen knutschend in einem Auto im Urwald? Die Pause, die entstand, war mir genauso peinlich wie meine Worte. „Verdammt, wir müssen endlich hier raus!“, meinte ich. „Wo bleibt Nina?“

Nina. Ich hatte sie geküsst, genau wie Julius. Ich hatte noch nie ein Mädchen geküsst. Als Katy Perry's „I kissed a girl“ rausgekommen war, habe ich vermutlich noch mit Puppen gespielt.

„Ich geh sie suchen“, beschloss Julius, als sei auch er froh über den Themenwechsel. „Wir müssen wirklich bald loslaufen. Und wir sollten versuchen, uns vor der Dämmerung irgendein Lager einzurichten. Falls wir es bis dahin nicht schon hier rausgeschafft haben.“ Er stand auf. „Bis gleich.“

Ich nickte (Lässig? Erwachsen? Cool?) und blieb sitzen. Ich ärgerte mich über mich selbst und wäre vermutlich das gesamte Gespräch noch mindestens ein- bis zweimal im Kopf durchgegangen, hätte die Angst mich nicht abgelenkt. Nina war immer noch nicht da. Die Erinnerung an die Schüsse vom Vortag holte mich ein. Was, wenn Nina beim morgendlichen Toilettenausflug überrascht worden war? Von einem in der Wildnis lebenden Psychopathen oder ... Neben den Schützen gesellte sich das Bild einer Raubkatze mit gelben, hungrigen Augen.

Ich wurde unruhig. Um mich auf andere Gedanken zu bringen, ging ich noch einmal den kümmerlichen Inhalt meiner kleinen Tasche durch, die ich mit auf die Wanderung nehmen würde. Ich überlegte, ob es noch irgendetwas gab, das wir gebrauchen könnten, und öffnete zu diesem Zweck auch den Kofferraum. Als ich nach dem Erste-Hilfe-Koffer Ausschau hielt, fiel mir auf, dass der schwarze Rucksack fehlte.

Stattdessen fand ich etwas anderes. Versteckt unter der Matte des Kofferraumbodens blitzte etwas hervor. Die wenige Sonne, die an diesem Morgen schien, ließ den Gegenstand matt glänzen. Beim genauen Hinsehen bemerkte ich, dass es sich um mehrere gleichförmige Objekte handelte. Es waren kleine glänzende Zylinder.

Patronen.

Was hatte das zu bedeuten?

Stadt, Land, Fluss

Annika und Andi

Als sie am Morgen aufwachte, blieb sie so lange liegen, bis endlich auch der letzte ihrer drei Zimmerbewohner den Raum verlassen hatte. Vermutlich brachen sie alle zu irgendwelchen ausgefallenen Abenteuertouren auf.

Annika konnte sich schon jetzt kaum vorstellen, wie es sein würde, alleine in ihrem eigenen Bett zu faulenzen, zu Hause in ihren fleckenlosen Baumwolllaken, die nach Weichspüler dufteten. Kein surrender Ventilator an der Decke, kein schnarchender Nachbar, kein nächtliches Aufwachen, wenn ein verspäteter Partygänger zur Tür hineinstolperte. Und endlich keine Flip-Flops mehr, wenn sie duschen ging.

Es war ein ständiges Lotteriespiel: Mal war ein Hostel ordentlich, obwohl es sich im Internet mit verwackelten, äußerst suspekten Fotos präsentierte. Dann wiederum im nächsten Hostel der Schock, wenn es ohne Vorwarnung nur so vor Dreck und ramponierter Einrichtung wimmelte. Das war in Annikas Augen kein Wunder: Wie sollte man einen Ort wirklich sauber halten, in dem so viele Menschen ein- uns ausgingen, die – wie Annika bereits mehrfach festgestellt hatte – ihre Manieren scheinbar an der Flughafenkontrolle abgegeben hatten? Außerdem hatte sie die einheimischen Hostelbesitzer generell im Verdacht, eine andere Art der Putzkultur zu verfolgen, als sie es von zu Hause gewohnt war. In den hessischen Jugendherbergen, in denen sie so manche Sport- und Musikfreizeit verbracht hatte, war sie ganz ohne Flip-Flops durch die Flure gelaufen, und erst gestern hatte sie beobachtet, wie ein struppiger Besen verwendet worden war, obwohl Annika viel eher zu einem schlichten, nassen Lappen und einer Flasche Sagrotan geraten hätte.

Langsam und mit dem deprimierenden Gefühl, keinen guten Tag vor sich zu haben, richtete sich Annika auf. Es half alles nichts, dachte sie, sie würde sich ihre Flip-Flops anziehen und duschen gehen, wie sie es jeden Morgen tat, auch wenn sie den Tag am Ende womöglich alleine verbringen würde. Schließlich hatte sie das Hostel gewechselt, um alleine zu sein. Um Abstand zu gewinnen. Und vor allem – und das gestand sie sich nur ungern ein –, um Andi zu bestrafen. Sie hatte extra zickig sein wollen, um ihn zu ärgern, um ihm eins auszuwischen. Und jetzt saß sie hier alleine auf einem klapprigen Bett und grübelte.

Was Andi wohl gerade machte? Vermisste er sie? Ärgerte er sich über sie? Als sie vorgestern vor ihrem Umzug noch einmal ihr altes Hostel betreten hatte, war Andi nicht auf dem Zimmer gewesen. Sie hatte ihm eine SMS mit dem Namen und der Adresse ihres neuen Hostels geschickt. *Falls du reden willst*, hatte sie daruntergeschrieben. Er hatte bis heute nicht geantwortet. Was sollte sie tun? Sich entschuldigen? Ihn noch einmal zur Rede stellen?

Sie brauchte sich nichts vorzumachen: Sie wusste, dass sie später zu ihm gehen und sich entschuldigen würde. Sie hielt es nicht aus, noch einen weiteren Tag alleine durch die Stadt zu streifen und darauf zu hoffen, dass er sich bei ihr melden würde. Schon gestern war sie in Andis Hostel gewesen, allerdings nicht seinetwegen. Gestern war sie noch zu stolz gewesen, um nachzugeben. Der Grund, warum sie das unscheinbare Hostel mit dem netten Besitzer aufgesucht hatte, waren die anderen gewesen: Emily, Julius und Nina. Noch immer hatte Annika nichts von ihnen gehört. Dabei waren ihre Rucksäcke auf den Zimmern gewesen, also konnten sie eigentlich nicht weit sein. Was Annika unruhig machte, waren die vier Anrufe in Abwesenheit von Julius, die mittlerweile zwei Tage alt waren. Und dass sie ihn nun nicht mehr erreichen konnte.

Den ganzen gestrigen Tag über hatte Annika die neuen Prepaidnummern gewählt. *The person you are calling is temporarily not available.* Irgendwann hatte sie beschlossen, sich bei dem netten Hostelbesitzer nach ihnen zu erkundigen. Doch auch er hatte sich nicht daran erinnern können, die drei gesehen zu haben. Annika hatte ihm ihre Handynummer gegeben, damit er sich bei ihr melden konnte, falls er etwas von ihnen hörte. Das hatte er nicht getan. Seit dem Besuch im Café vor zwei Tagen schienen Emily, Julius und Nina verschwunden zu sein. Annika machte sich große Sorgen. Die Vorstellung, Joe Bustum könnte ihnen vor dem Café aufgelauert haben, ließ Annika nicht mehr los. Oder war alles nur ein unglücklicher Zufall und die drei hatten einfach den ganzen Tag auf einem Ausflug verbracht? Auf dem sie keinen Handyempfang gehabt hatten? Vielleicht, so überlegte sie weiter, hatten sie sich aber auch absichtlich versteckt und es war wichtig, dass sie unentdeckt blieben?

Annika fand, dass sie genug gewartet hatte. Direkt nach dem Duschen würde sie es ein letztes Mal auf ihren Handys probieren. Und wenn wieder keiner abnahm, würde sie die Polizei informieren. Bei dem Gedanken an den miefigen, wenig einladenden Waschraum blieb Annika sitzen und überlegte, es lieber zuerst mit den Telefonanrufen zu versuchen.

Die Tür öffnete sich. Es war Andi. Zwar mit Bart und vernarbter Unterlippe, aber er war es.

„Was machst du hier?" Obwohl Annika gehofft hatte, dass er kommen würde, hatte sie nicht damit gerechnet. Immerhin war sie diejenige gewesen, die den Streit angezettelt hatte.

„Ich wollte dich sehen", sagte er.

„Heißt das, du willst reden?"

„Ich ... ich muss dich was fragen."

Das hieß wohl, dass er *nicht* reden wollte. Auch nicht nach einem ganzen Tag Bedenkzeit. Annika spürte, wie automatisch die Wut und die Enttäuschung der letzten Tage in ihr zu rumoren anfingen. „Und jetzt soll ich dir einfach schnell antworten und dann gehst du wieder?" Ihre Stimme klang heftiger als beabsichtigt.

„Kannst du mal aufhören, so verdammt spitzfindig zu sein? Ich bin hergekommen, weil ich eine Frage habe, so einfach ist das. Hör sie dir doch einfach an, du musst sie ja nicht beantworten." Andi wirkte noch gereizter als sie selbst, was ihre Wut noch verstärkte.

„Ich weiß echt nicht, warum ich überhaupt hierhergekommen bin. Nach Thailand, meine ich." Die Worte waren ihr einfach so herausgerutscht, obwohl sie eigentlich fest vorgehabt hatte, sich mit Andi zu versöhnen. Wieso war sie so aggressiv? Schon bei Andis Abreise hatten sie sich gestritten. Annika hatte es ihm übelgenommen, dass er eine Reise ohne sie geplant hatte. An einen Ort, an den sie ihm eigentlich gar nicht hatte folgen wollen.

„Ich kann's dir sagen", entgegnete Andi nun zu Annikas Erstaunen.

„Ach ja?"

„Na ja, du willst eben immer über alles und jeden die Kontrolle haben."

„Das stimmt überhaupt nicht!"

„Ach nein? Deswegen hasst du auch Veränderungen. Du bist nach Thailand geflogen, weil ich mich nicht mehr bei dir gemeldet hab, stimmt's?"

„Und Liebe zählt nicht als Argument?"

Er zuckte mit den Schultern. „Ich weiß es nicht. Vielleicht bist du auch aus Gewohnheit all die Jahre mit mir zusammengeblieben. Weil du Angst hattest, was Neues auszuprobieren, das du noch nicht kennst."

Annika wusste nicht, was sie darauf erwidern sollte. Sie war geschockt, dass Andi so dachte. Und dass er all das so überlegt sagte, als hätte er diese Gedanken schon länger mit sich herumgeschleppt.

Andi nutzte ihre Sprachlosigkeit, um ihr seine Frage zu stellen. „Was weißt du über Joe Bustum?"

Annika sah ihn überrascht an. „Deswegen bist du extra hergekommen?"

„Es ist wichtig."

Sie war verletzt und wollte weinen. Aber sie war so überrascht, dass sie einfach nur dasaß, mit ausdruckslosem Gesicht. „Nicht viel“, erwiderte sie schließlich.

„Was heißt das?“

Er schien es wirklich ernst zu meinen: Andi schien tatsächlich mit ihr über Joe Bustum reden zu wollen.

„Ach, was weiß ich. Er ist ein Freund von Yan. Sie spielen eine Art Spiel zusammen, aber so genau kann ich dir das auch nicht sagen.“ Irgendetwas ließ in Annika plötzlich den Wunsch aufkommen, Andis Frage zufriedenstellend zu beantworten. Als ob sie ihn auf diese Weise besänftigen könnte, sodass er die Worte, die sie so verletzt hatten, wieder zurücknehmen würde. „Ich hab Yan nicht wirklich gekannt, er hat nur einmal eine Hostelparty veranstaltet, auf der ich auch war, weil ... weil ich Fotos von dir rumzeigen wollte, ich hab dich ja überall gesucht. Yan ist in derselben Nacht verschwunden. Und am nächsten Tag hat dieser Joe in unserem Hostel angerufen, scheinbar war er auf der Suche nach Yan. Er ist der Eigentümer von dem Auto, mit dem Yan abgehauen ist. Joe hat sich seitdem ein paarmal bei Julius und Emily gemeldet, er hat ihnen sogar gedroht, aber sie wollten nicht sagen, warum.“

„Was waren das für Drohungen?“

„Er hat ihnen Fotos von ihren Familien geschickt und von ihren Elternhäusern.“ Annika betrachtete ihren Freund einen Moment lang, bevor sie fragte: „Wieso willst du das so genau wissen?“

Andi sah ihr in die Augen. „Ich habe Joe kennengelernt."

***

Über einen Monat lag das Ganze nun schon zurück. Damals war Andi gerade aus Laos gekommen, seinem dritten Reiseziel nach Vietnam und Kambodscha. Er hatte so viele unvergessliche Orte gesehen, so viele Menschen unterschiedlicher Nationen kennengelernt, dass es ihm fast ein wenig zu viel gewesen war, als er sein Hostel im Trubel Bangkoks bezogen hatte.

Er war als Kind nicht besonders oft gereist. Ein einziges Mal war er mit seinen Eltern nach Griechenland geflogen, sein allererster Flug mit dreizehn, ansonsten hatten sie vor allem Ausflüge mit ihrem Wohnmobil unternommen. Mit seinen Freunden aus der Heimat – einer bodenständigen, hessischen Kleinstadt – war er einmal an der Costa Brava und einmal auf Mallorca gewesen, die Pflichtziele als deutscher Jugendlicher zwischen siebzehn und zwanzig Jahren.

Er hatte wirklich nicht sehr viel von der weiten Welt gesehen, als er vor etwas weniger als drei Monaten in sie aufgebrochen war. Es war eine relativ spontane Entscheidung gewesen. Kurz zuvor hatte er seine Ausbildung in einer Autoproduktionsstätte abgebrochen. Er hatte sich einfach nicht vorstellen können, für immer in diesem Betrieb zu arbeiten. Und das, obwohl er sich damals nach seinem Fachabitur über die Stelle gefreut hatte. Der Betrieb war so nahe gelegen, dass er sogar von zu Hause aus hatte pendeln können. Das war auch Annika sehr recht gewesen.

Im Grunde genommen konnte sich Andi nicht genau erklären, woher sein plötzlicher Sinneswandel kam. Er vermutete, dass ein Freund von ihm nicht ganz unschuldig daran war. Andi hatte ihn nach dessen Weltreise auf ein Bier getroffen. Es waren genau genommen fünf Bier geworden, genug Zeit, um sich die aufregenden Erzählungen seines Freundes in ihrer ganzen bemerkenswerten Länge anzuhören. Davon, wie sich dessen Leben verändert hatte. Er studierte nun, irgendetwas mit Design oder Management oder beidem. Er hatte so erfahren und unerschrocken gewirkt, das hatte Andi imponiert. Sein eigenes Leben war immer sehr gleichförmig verlaufen, in ein und derselben Kleinstadt, in der schon seine Eltern und Großeltern aufgewachsen waren. Und vermutlich sämtliche ihrer Vorfahren.

Was er so sehr am Reisen lieben gelernt hatte? Es ließ sich nur schwer in Worte fassen. Vielleicht war es die Erkenntnis, dass die Welt so bunt war, so vollgepackt mit Schätzen. In der Schule und den Nachrichten hörte man vom katastrophalen Klimawandel, vom sauren Regen, von Atommüll und Naturunglücken. Und dann ging man selbst hinaus, in Flip-Flops und ärmellosen Shirts, und sah all diese Schönheit. Diese Vielfalt. Die schon die ganze Zeit über da war, aber der man nie die nötige Aufmerksamkeit geschenkt hatte.

Nun war man schon auf diesem Planeten und hatte nicht die geringste Ahnung, warum. Dann sollte man wenigstens ein Recht darauf haben, nachzuschauen, was das überhaupt für ein Ort war. Die große, weite Welt mit ihren großen, weiten Landstrichen, ihren Bergen, Tälern und Stränden. Und doch so klein: Sie schrumpfte auf Landkartengröße, auf den Durchmesser eines Handydisplays, auf ein Ranking von TripAdvisor und die Tipps aus einem *Lonely-Planet*-Führer. Auf einmal wurde die Fremde vertraut. Und vertraute Probleme aus der Heimat wurden fremd. Wo man auch hinging, hinterließ man Orte, mit denen man sich verbunden fühlte. Verbunden durch lauter neue Erinnerungen. Und in jedem Land und jedem Hostel warteten potenzielle neue Freunde, Verbündete für noch mehr solcher Erinnerungen. Hier draußen waren sie alle gleich; entscheidend war nicht die Herkunft, sondern die Ziele.

Auch das gefiel Andi: zu spüren, dass man sich überall zurechtfinden konnte. Irgendwie war es ihm immer gelungen, an irgendein Ziel zu gelangen. Und wenn es auch ein anderes gewesen war, als er sich ursprünglich vorgenommen hatte. Abends, über seinen Reiseführer und sein Handydisplay gebeugt.

Nur er selbst hatte das Tempo bestimmt. Als hätte er eine parallele Zeit betreten, in der die Uhren anders tickten. Oder gar nicht. Denn zu Hause schien die Zeit indessen stillzustehen: Wer zurückkehrte, hatte stets das Gefühl, alles wäre beim Alten geblieben. Als hätte es die Zeit dazwischen nie gegeben. Oder, was vielleicht noch schlimmer war, als wäre es eben nie mehr gewesen als das: ein *Dazwischen.*

Von diesem Phänomen hatte Andi schon ein paar Mal gehört. Das war die Reisekrankheit, die unter Backpackern wesentlich verbreiteter war als Malaria und Co. Die gefürchtet war unter den Heimkehrern. Man infizierte sich unterwegs, vielleicht ganz unbemerkt. Und dann, zurück im eigenen Bett, brach sie aus. Ganz plötzlich. Auch sein designender Managerkumpel hatte ihm erst vor kurzem geschrieben. Er war nun auf der Suche nach einem zweiten Nebenjob, um seine nächste Reise finanzieren zu können.

Ob es ihm, Andi, auch so ergangen wäre? Er wusste es nicht. Vielleicht. Denn für ihn hatte bereits jetzt eine neue Zeitrechnung angefangen. Die Zeit nach dem einen, alles verändernden Ereignis.

„Was ist?“, fragte Annika.

„Was soll sein?“

„Du guckst so ... düster.“

Annika.

Ihre Wangen waren besprenkelt mit Sommersprossen, die sich über ihre helle Haut spannten und darauf hüpften wie kleine Schneeflöckchen, sobald sie redete. Jetzt hatte sie ihren Mund jedoch fest zusammengepresst. Er hätte ein wenig voller und die Nase ein wenig kleiner sein können, und zwischen den Vorderzähnen hatte sie eine feine Lücke, die man sah, wenn sie lächelte. Aber dafür strahlten ihre runden, grünbraunen Augen bei jedem Wort so herzlich, dass es ihre Züge weicher werden ließ, schöner, sie irgendwie verklärten. Als sähe man sie in einer dieser warmen, gedimmten Beleuchtungen, die das Gegenüber angenehm verschwimmen ließen. Wie in einer der Strandbars auf Ko Tao kurz vor Sonnenuntergang.

Andi hatte Annika auf einer Faschingsfeier kennengelernt, wobei *kennenlernen* eine sehr förmliche Umschreibung für das feuchte, hemmungslose Rumgeknutsche war, das sich zwischen ihnen ereignet hatte. Andi wusste nicht einmal, ob sie miteinander geredet hatten. Zumindest musste es ihnen zwischen den Küssen gelungen sein, ihre Handynummern auszutauschen, denn schon am nächsten Morgen hatte Annika ihm eine Nachricht geschickt. Er hatte ihr bis heute nicht erzählt, dass er an jenem Abend noch mit drei weiteren Mädchen dieselbe Art des Kennenlernens praktiziert hatte.

Eigentlich war es Zufall gewesen, dass er Annika als viertes Mädchen ausgewählt hatte. Er hatte es ursprünglich auf eine Klassenkameradin abgesehen, doch diese war damals mit ihrem neuen Freund erschienen. Er war fürchterlich betrunken gewesen. Und er hatte schon den einen oder anderen Streit herbeigeführt, weil er sich nicht mehr daran erinnern konnte, welches Kostüm Annika beim großen *Kennenlernen* getragen hatte. Er hatte auf Minnie Maus getippt, und sie hatte zu weinen angefangen. Er wusste es noch immer nicht. Biene Maja? Eher unwahrscheinlich, eine Biene hätte ihn nicht besonders angezogen. Immerhin hatte er eine hartnäckige Wespenallergie.

Es wäre allerdings falsch, Annika als reine Ablenkung zu bezeichnen. Er hatte sich ehrlich in sie verliebt. Wenn auch nicht direkt an jenem Abend, wie sie es immer hören wollte, sondern mit ein klein wenig Verzögerung. Sie war ein warmherziger, fürsorglicher Mensch, der zuhörte und in jeder Lebenslage verlässlich war. Sie konnte unheimlich süß sein, und er mochte die vielen Sommersprossen, die über ihre Wangen hüpften, sobald sie lachte.

Allerdings war sie auch ziemlich oft rechthaberisch und stur.

Im Grunde hätte er es sich denken können, dass sie ihn sofort durchschauen würde. Sie kannte ihn. Sogar sehr gut. Aber auch sie wusste nicht alles. Er hatte sich verändert. Und die Sache war wesentlich komplizierter, als sich das Annika vermutlich vorstellen konnte.

Noch immer sah sie ihn an, stumm und vorwurfsvoll. Er wusste, dass er sie verletzt hatte, und es fing an, ihm leidzutun.

„Sag mal ... deine Nägel, kann es sein, dass sie gewachsen sind?", fragte er.

„Das ist dir aufgefallen?"

„Ja, sie ... sie sehen anders aus."

„Das ist so eine spezielle Tinktur ..."

„Kein Nagetier mehr?"

Annikas Blick war misstrauisch, als wüsste sie nicht, wie sie seine Worte auffassen sollte.

„Und du hast wirklich überall Fotos von mir rumgezeigt?", fragte er weiter, weil Annika nichts sagte.

„Zwölf Bilder aus verschiedenen Blickwinkeln. Andi ... glaubst du wirklich, ich bin nur aus Gewohnheit mit dir zusammen?"

„Nein", entgegnete er. „Ich glaube, in dir steckt mehr Abenteurerin als du denkst."

Annika konnte sich ein Lächeln nicht verkneifen, auch wenn Andi ihr ansah, dass sie es versuchte. Das erste Mal seit zwei Tagen hatte er vermutlich etwas gesagt, das ihr ein kleines bisschen Hoffnung zu machen schien.

„Das Essen, es ... es ist nicht so schlimm wie erwartet", meinte sie. „Immerhin hab ich bisher niemanden getroffen, der Hunde oder Delfine grillt."

En Vibrieren ließ Andi aufschrecken und er fuhr herum, als hätte ihn etwas in die Hüfte gestochen. Aus seiner Jeanstasche holte er sein Handy hervor. Eine ganze Weile betrachtete er das Display.

„Was ist?“, wollte Annika wissen.

Er schaute auf, sein Gesichtsausdruck hatte sich verfinstert. „Es fängt wieder an.“

„Was meinst du?“

Bist du neu hier?, hatte Joe ihn an seinem Ankunftsabend gefragt. Er hatte gelächelt und sympathisch gewirkt. Unerschrocken.

„In Ordnung“, erwiderte Andi, nach einer langen Pause. „Ich erzähle es dir. Von Anfang an.“

Ich sehe was, was du nicht siehst

Andi

Er sah die Bilder noch ganz genau vor sich: Joe hatte ihn an seinem dritten Tag in Bangkok gebeten, ein Paket für ihn abzugeben. Es sei dringend, hatte er Andi mitgeteilt, und er, Joe, müsse geschäftlich noch zu einem Treffen am anderen Ende der Stadt. Andi hatte geantwortet, dass dies kein Problem sei: Der Ort der Paketabgabe lag entlang des Weges, den er ohnehin in Richtung Tempelanlagen hatte einschlagen wollen.

„Was ist da drin?", hatte er Joe gefragt, und dieser hatte gelacht.

„Ach, nichts Spannendes. Wenn du es wüsstest, wärst du enttäuscht. Es ist für einen Kunden." Und mit diesen Worten hatte er Andi zurückgelassen.

„Und dann?", fragte Annika.

Dann war es passiert. Er war zu der Adresse gelaufen, die Joe ihm auf der Karte gezeigt hatte. Ein einsames, scheinbar unbewohntes Fabrikgebäude. Ein kleiner Mann in Jeans und Shirt war davor aufgetaucht. Er hatte nicht besonders beeindruckend gewirkt, aber trotz seiner Größe war er sehr bestimmt aufgetreten. Er hatte Andi am Arm gepackt und etwas auf Thai geredet. Im Nachhinein wusste Andi nicht mehr, was er sich dabei gedacht hatte, als er sich von dem kleinen Mann in einen einsamen Hof hinter dem Fabrikhaus hatte führen lassen. Der Mann hatte Geldscheine aus seiner Hosentasche gezogen, bündelweise, sodass Andi sich gefragt hatte, was für Goldbarren sich in dem Paket in seinen Händen befinden mussten. Plötzlich war Joe erschienen.

„Was machst du hier?", hatte Andi ihn gefragt. „Was ist mit deinem Termin am anderen Ende der Stadt?"

„Der Deal ist geplatzt", hatte Joe bloß geantwortet.

Und dann war ein Schuss gefallen.

„Eine Schießerei?", unterbrach Annika Andis Erzählungen.

„Nicht ganz. Vier Männer sind in den Hof gelaufen, einer von ihnen hatte in die Luft geschossen. Ein Warnschuss, denke ich."

Eine Gang, war es Andi damals als Erstes in den Sinn gekommen. Und dass es womöglich um Drogengeschäfte ging. Es war wie in einem Film gewesen. Aus dem Haus waren zwei Männer gelaufen, die sich neben Joe und seinem Kunden positioniert hatten. Plötzlich hatte auch Joe eine Waffe gezogen.

„Ja und weiter?"

„Einer der Männer hat was auf Thai gesagt. Er wirkte wie der Anführer der gegnerischen Gruppe. Sie haben dann alle laut und wild durcheinandergeredet, aber ich hab natürlich kein Wort verstanden. Und na ja, einer aus dem gegnerischen Team hat auf einmal geschossen. Auf Joes Kunden."

Alles geschah in Zeitlupe. Blut spritzte. Der kleine Mann wurde noch kleiner, als er zu Boden sank.

„Haben sie auch auf dich geschossen?"

„Nein, ich ... ich wusste nicht, was ich tun sollte. Ich hatte keine Waffe, also hab ich mich einfach in Deckung gebracht." Er wollte es nicht zugeben, aber er schämte sich noch immer, dass sein erster Gedanke die Flucht gewesen war. „Ich kann ehrlich gesagt nicht mehr alles genau wiedergeben", fuhr er fort. „Es ist so schnell gegangen. Joe hat sich neben mich geworfen, er war am Oberarm getroffen worden. Dann hat er mir seine Pistole gegeben."

„Er hat was?"

Andi spürte, wie seine rechte Hand zu zittern anfing. Obwohl er sich in einem Hostel in Chiang Mai befand, weit weg von Bangkoks Hinterhöfen, konnte er es nicht verhindern.

„Ein Typ kam auf uns zugelaufen, er hat seine Waffe abwechselnd auf Joe und auf mich gerichtet. Er hat was gerufen, das ich nicht verstanden hab. Er wirkte ganz aufgebracht. Er hat den Hahn gespannt und mich angeschaut. Und da hab ich ... geschossen. Ich ... ich hab nicht richtig gezielt oder so, aber ich hab auf ihn geschossen. Und ich muss ihn auch getroffen haben, er ist nämlich zusammengesackt, auf den Boden." Oder hatte er doch gezielt? Hatte er den Mann töten wollen oder war es nur ein Unfall gewesen? Andi redete schnell weiter: „Der Anführer der gegnerischen Gruppe und sein letzter Mann sind mit dem Paket und den Geldbündeln abgehauen. Joe war verletzt, aber es ging ihm ansonsten gut. Es hat noch ein anderer Mann aus unserer Gruppe überlebt, mit einer blutenden Wunde."

„Was ist dann passiert?"

„Joe hat gesagt, wir müssten sofort weg von hier, sonst bekämen wir riesige Schwierigkeiten." Er schnaubte. „Als ob wir die nicht schon gehabt hätten. Er meinte, dass er zusammen mit dem anderen Mann zu einem Arzt gehen würde, einem Freund von ihm. Und mich hat er zurück ins Hostel geschickt. Niemand sollte uns an diesem Ort sehen. Da waren ja noch die Leichen ..." Die Bilder drohten, Andi zu überwältigen. All die letzten Wochen hatten sie es immer wieder fertiggebracht, sich in seine Träume zu stehlen, bei Nacht wie auch bei Tag. Sie erschienen plötzlich, wie aus dem Nichts heraus. Er wachte dann auf von seinem eigenen Schrei. Er hatte immer versucht, die Erinnerungen zurück in die Box zu zwängen, die tief verschlossen in seinem Gedächtnis lag. Aber diesmal hatte er sie freiwillig geöffnet.

„Andi, ist alles in Ordnung?" Annika sah ehrlich besorgt aus. Doch sie blieb auf Abstand. Sie schien ihm anzumerken, dass er nicht umarmt werden wollte.

„Ja", sagte er knapp.

„Was hast du dann gemacht?"

„Ich bin nicht zurück ins Hostel. Ich wollte einfach nur fort. Ich wollte Joe nie wiedersehen. Ich hatte mein Handy und meinen Reisepass dabei und genug Bargeld. Na ja, und dann bin ich weg."

„Und wohin bist du? Andi, warum hast du mir das damals nicht gesagt? Warum hast du mich nicht angerufen?"

„Ich war an dem Tag ... nicht so gut auf dich zu sprechen."

„Was soll das heißen?"

Andi sah auf sein Handy. „Hör mal, Annika, ich muss hier weg. Ich muss mein Handy ausschalten und mir ein neues Hostel suchen. Joe hat mir vor ein paar Minuten geschrieben. Er weiß, dass ich zurück bin, und so wie ich ihn kenne, weiß er auch, wo ich mich gerade aufhalte."

„Du willst wieder fliehen?"

„Ich ... Nur für den Moment. Ich muss! Ich brauch Zeit zum Nachdenken. Ich will verstehen, was passiert ist. Dieser Joe treibt irgendwelche bösen Spielchen. Ich hab damals mitbekommen, wie er sich mit einem anderen Backpacker unterhalten hat. Ich dachte, es wäre ein Kumpel von ihm. Und weißt du, wer es war? Javier, der Ingenieurstudent. Den du im Café wiedererkannt hast. Ich hab den Artikel über ihn und die anderen verschwundenen Backpacker gelesen. Javier hat genau wie ich Joe kennengelernt und muss kurz darauf abgetaucht sei–"

Weiter kam Andi nicht. Die Tür ihres Zimmers flog auf.

„Yan?", rief Annika.

„Hallo, Annika", antwortete die Gestalt im Türrahmen freundlich. „Wie ich sehe, hast du deinen Freund wiedergefunden."

Andi griff instinktiv nach Annikas Arm.

„Woher kennst du ihn?", zischte er ihr ins Ohr.

Annika wandte sich zu ihm um. Sie sah überrascht aus. „Was ist los mit dir, Andi?"

„Ja, Andi, was ist los mit dir?", wiederholte die Gestalt im Türrahmen.

„Das ist nicht Yan", erwiderte Andi mit fester Stimme. „Das ist Joe."

Malefiz

Andi

Andi blickte von seiner Freundin zu dem jungen Mann im Türrahmen und wieder zurück. Es konnte nicht wahr sein. Es konnte nicht sein, dass er ihn tatsächlich gefunden hatte. Nicht jetzt, nach all den Wochen, in denen er sich versteckt hatte. Und doch erkannte Andi ihn wieder, ganz eindeutig. Dieselben dunkelbraunen, dichten Haare, dieselbe milchig weiße Haut. Und dieselben silbergrauen, seltsamen Augen, die ihn nun fixierten.

„Was hast du, Andi, mache ich dir etwa Angst?", fragte der junge Mann noch immer mit dieser freundlichen, kameradschaftlichen Stimme. Er lächelte.

„Ich hab keine Angst vor dir."

„Dann bin ich ja beruhigt. Ich freue mich nämlich wirklich, dich zu sehen."

„Yan, wie hast du uns gefunden?" Annika wirkte sehr aufgeregt. „Wo warst du die ganze Zeit?"

„Ich war weg. So wie Andi. Joe war nicht sehr erfreut darüber, dass Andi einfach so abgehauen ist. Er dachte, ihr wärt befreundet. Aber als es brenzlig wurde und er dich gebraucht hätte, hast du dich einfach so davongemacht. Das war nicht nett von dir, Andi. Gar nicht nett. Joe war wirklich ganz schön enttäuscht, das muss ich schon sagen."

„Du bist auch einfach so abgehauen, Yan", kam es von Annika. „Wir haben dich gesucht. Weißt du das überhaupt?"

„Das weiß ich und dafür muss ich mich entschuldigen."

„Was soll das für ein Spielchen sein, Joe?", rief Andi. „Was machst du uns hier vor?"

„Oh", erwiderte dieser. „Ich bin nicht Joe. Du musst mich verwechseln. Ich bin Yan. Joe ist Engländer, er spricht kein Deutsch."

„Yan, ich verstehe nicht –", warf Annika ein.

„Komm mal her, Annika", meinte er. „Du erkennst mich doch, oder? Bin ich es etwa nicht?"

Andi wollte sie zurückhalten, doch Annika schüttelte seine Hand einfach ab und lief die wenigen Schritte bis zum Türrahmen. Sie hatte sich noch nie vorstellen können, dass Menschen sie absichtlich belügen würden. Sie hatte immer geglaubt, die Wahrheit zu erkennen, wenn sie sie vor sich hatte. Andi sah, wie sie sich umdrehte, ahnungslos und gutherzig, wie sie war.

„Das ist Yan", bestätigte sie. „Ganz eindeutig. Yan, wieso sollte dich Andi verwechseln? Ich verstehe das alles überhaupt nicht ..."

Schnell hatte Andi das Zimmer durchquert. „Lass dich nicht von ihm um den Finger wickeln", sagte er und trat neben Annika. „Das kann er nämlich gut. Und du, lass bloß deine schmutzigen Finger von meiner Freundin."

Joes oder vielleicht auch Yans Blick kreuzte sich mit Andis. Ja: dieselben, seltsamen Augen. Silbergrau, erstarrt, durchsichtig. Wie Eiskristalle. Genau so hatte Andi Joe in Erinnerung.

„Sei nicht so undankbar. Ich habe deiner Freundin versprochen, dass sie dich wiederfinden würde, und das hat sie. Du wirst einen solchen Freundschaftsdienst doch wohl zu schätzen wissen?“

„Was willst du von mir?“ Die Frage, die Andi schon so lange beschäftigt hatte. All die Wochen. „Warum hast du mich ausgewählt?“ Denn genau so hatte es sich angefühlt, von Anfang an. Als sei Andi von Joe ausgewählt worden. Es war ihm erst später, hinter den kühlen Mauern seines Zufluchtsortes, klargeworden.

„Nun ja, sagen wir es so: Ich möchte, dass ihr beide mit mir mitkommt. Denn heute ist ein besonderer Tag, müsst ihr wissen.“

„Yan, bitte, du musst mir erklären, was das alles soll“, fing Annika erneut an.

„Zeig mir, wo sich deine Freunde versteckt halten“, erwiderte er gelassen.

„Meine Freunde?“

„Du weißt, von wem ich rede. Wo sind Emily, Julius und Nina?“

„Ich weiß es nicht. Um ehrlich zu sein, mache ich mir große Sorgen. Das letzte Mal hab ich sie in einem Café in der Innenstadt gesehen, aber das ist jetzt zwei Tage her.“

„Du weißt es nicht?“ Er schien einen Augenblick lang zu überlegen. „Also gut, dann kommt erst mal mit.“

„Wohin denn?“

„Das werdet ihr schon sehen.“

„Wir gehen nirgendwohin“, sagte Andi. „Wir bleiben hier. Und du verschwindest jetzt besser.“

Wieder schauten sie sich in die Augen. Andi hielt dem Blick stand. Er würde nicht noch einmal davonlaufen.

„Warum bist du so misstrauisch, Andi? Heute ist ein besonderer Tag, glaub mir. Ich kann ein Nein leider nicht akzeptieren. Nicht nach all den Strapazen, die ich für euch auf mich genommen habe."

„Was redest du da?", fragte Annika.

Doch der junge Mann mit den silbergrauen Augen schwieg. Stattdessen fuhr er mit der Hand in die Tasche seiner grauen Jeans. Annika gab einen kurzen spitzen Schrei von sich, als sie erkannte, dass er eine Pistole hervorzog.

„Heute ist der Tag der Abrechnung", sagte er mit ruhiger, klarer Stimme. „Und diesen Tag wollt ihr ganz sicher nicht verpassen. Es wäre eine Schande. Meine ganze Mühe wäre umsonst gewesen. Also, seid so nett und begleitet mich, ja?"

Andi bemerkte, dass er erneut nach Annikas Arm gegriffen hatte, fester, als er wollte. Sie musste das Zittern spüren, das er durch immer härteres Zupacken zu unterdrücken versuchte.

„Was ist, Andi?", fragte sein Gegenüber. „Du siehst plötzlich so blass aus. Erinnert dich das an etwas?" Er hielt die Pistole hoch. Sie glänzte im Licht der Deckenlampe. „Weißt du noch, wie es sich anfühlt, den Abzug zu betätigen? Ja, du hast recht: Es ist einfacher, als man denkt." Er grinste. Es war ein merkwürdiges, heftiges Lachen, das seinen Mund unerwartet groß werden ließ.

Der nächste Moment kam um so unerwarteter. Es musste bloßer Instinkt sein, der Andi handeln ließ.

Anders konnte er es sich selbst nicht erklären. Ein Überlebensinstinkt gemischt mit der Wut und Verzweiflung von mehreren Wochen seelischer Qual. Er war zwar nie einer der größten Jungs gewesen, aber er hatte jahrelang Kampfsport betrieben. Er brauchte keine Cowboytricks und keine glänzenden Plastikpistolen. Alles, was Andi tat, war, sich schnell zu bewegen und sein Gegenüber mit sich zu reißen. Auf den Boden.

Er bemerkte das Erstaunen in den silbergrauen Augen. Er war sich zu sicher gewesen.

„Wie fühlt sich das an, Joe?", fragte Andi nun, als er über seinem Opfer saß. Seine rechte Hand hielt die Pistole umklammert.

Annika blickte von ihrem Freund zu dem jungen Mann am Boden und wieder zurück. „Andi, was tust du da?", rief sie entsetzt.

„Joe hat recht", sagte Andi leise. „Den Abzug zu betätigen ist leichter, als man denkt."

Joker

Nina

Sie lief. Der Wald und der Weg schienen endlos, doch sie wusste, dass es ihre einzige Chance war. Sie durfte keine Zeit verlieren. Und lange Erklärungen hätten sie zu viel Zeit gekostet. Jetzt, wo sie alleine war, musste sie sich zum ersten Mal seit Wochen nicht mehr verstellen. So schlecht sie sich auch sonst fühlen mochte, ging es ihr dadurch wenigstens ein kleines bisschen besser. Es war befreiend.

Sie hatte den schwarzen Rucksack mitgenommen, der zum Glück groß genug für das Gewehr war. Auch wenn sie es eigentlich aus einem anderen Grund bekommen hatte, würde es sie auch vor einem Wildtier beschützen können. Sie hatte Angst vor Wildtieren, große Angst sogar. Früher, als Kind, war sie an Regentagen oft zusammen mit ihrem Vater in den Zoo gegangen, weil dann die Tiere aus ihren Verstecken herauskamen. Das allein war der Grund gewesen, warum sie nicht schon am verregneten Vortag den langen Weg angetreten war. Warum sie sich überhaupt noch einmal zu den anderen ins Auto gesetzt hatte. Und dann hatte sie sich von ihren Emotionen mitreißen lassen. Die verdammte Angst saß ihr pausenlos im Nacken. Seitdem sie festgestellt hatte, dass ihr ein Fehler unterlaufen war.

In regelmäßigen Abständen warf sie einen Blick auf ihr Handy. Auf die Balken in der Statusleiste. Doch sie blieben leer. Wann würde sie endlich wieder Empfang haben? Sie hatte gewusst, dass sie hier draußen ohne ihr Handy zurechtkommen musste. Doch sie hatte nicht ahnen können, dass sie sich verfahren würde. Sie war unvorsichtig geworden, weil bisher immer alles so gut geklappt hatte. Zumindest fast alles. Sie war immer sehr gewissenhaft vorgegangen.

Würde er sauer auf sie sein? Oder, was noch schlimmer wäre, enttäuscht? Sie fürchtete sich davor, ihm in die Augen zu sehen, aus Angst, darin seine Unzufriedenheit oder Wut zu erkennen. Sie liebte ihn. Ja, das tat sie wirklich. Es war eines der wenigen wahren Dinge, die sie zu Emily und Julius gesagt hatte.

Auch sie würden enttäuscht sein. Und wütend. Aber das ließ sich nun nicht mehr ändern. Immerhin hatte sie nicht allzu viel lügen müssen, dankenswerterweise hatten sie ihr nur wenige Fragen gestellt. Selbst schuld, dachte sie. Julius war ihr gegenüber schon am ersten Abend auf Abstand gegangen, als sie so getan hatte, als wäre sie beleidigt. Emily hatte von Anfang an eifersüchtig und misstrauisch gewirkt. Und Annika war viel zu sehr mit Andi beschäftigt gewesen.

Sie hatte ihnen erzählt, dass sie aus Hamburg kam, was der Wahrheit entsprach. Aber warum sie hier war, das hatte sie niemand gefragt.

„Du bist eine Frau, die jeden Mann augenzwinkernd unter den Tisch trinken kann und danach auf High Heels das Schlachtfeld verlässt, so leichtfüßig wie eine richtige Lady. Eine solche Kombination muss man erst mal finden." Das hatte er einmal zu ihr gesagt. Sie schmunzelte.

Ja, warum war sie also hier?

Die Antwort war überraschend einfach: Er hatte es so gewollt. Und sie würde alles für ihn tun, das wusste er. Auch diese Sache hier, die sie von Anfang an für verrückt gehalten hatte. Er selbst konnte manchmal ein klein wenig verrückt sein, aber sie liebte ihn trotzdem.

Die einzige Möglichkeit, die ihr jetzt blieb, war, ihn schnellstmöglich zu finden. Sie war eine der wenigen, die die Wahrheit kannte: dass Joe Bustum nicht der war, für den ihn alle hielten.

Risiko

Emily

Wir liefen. Der Wald und der Weg schienen endlos, doch wir wussten, dass es unsere einzige Chance war. Wir durften keine Zeit mehr verlieren.

Nachdem ich Julius die versteckten Patronen in unserem Kofferraum gezeigt hatte, war er sehr ernst geworden. „Ich hab Nina nirgendwo gefunden", hatte er gesagt. „Lass uns jetzt zurückgehen. Wenn wir es bis heute Abend aus dem Dschungel rausgeschafft haben sollten, lassen wir die gesamte Gegend nach Nina absuchen. Aber um ehrlich zu sein, hab ich nicht das Gefühl, dass sie noch hier ist." Obwohl er es nicht aussprach, ahnte ich, dass uns dasselbe durch den Kopf ging: Woher stammten die Patronen? Konnte Nina etwas damit zu tun haben? Nein. Es war einfach zu abwegig.

Während wir unseren Rückweg antraten, zwischen endlosen Alleen aus tropischen Bäumen und Sträuchern hindurch, redeten wir nicht miteinander. Wir waren beide kraftloser als sonst. Der Hunger und die Ungewissheit nagten an uns.

Ich weiß nicht, ob es an dem Mangel an Glukose in meinem Gehirn lag, aber auf diesem Weg kamen mir die eigenartigsten Gedanken. Ich stellte mir vor, wie wir hier liefen, zwei winzig kleine Punkte in einem Meer aus grünen Baumwipfeln. Von weiter oben betrachtet vollkommen unbedeutend; wir mussten untergehen in all dem Grün. Ich sah die Stämme als Säulen, wie Julius sie beschrieben hatte. Säulen, die irgendetwas bildeten, das unser menschliches Auge nicht erfassen konnte.

Wir waren winzig kleine Punkte – und doch bevölkerten wir Menschen die gesamte Erde mit ihren Säulen, Stämmen und Ozeanen. Wir hatten Netzwerke wie das Internet und die Wirtschaft entwickelt, wir tauschten uns aus. Wir standen miteinander in Kontakt, wie all die Zellen, die unseren eigenen menschlichen Körper bildeten. Im Studium hatte ich gelernt: Es sind durchschnittlich 100 Billionen Zellen, aus denen wir uns zusammensetzen. Eine Eins mit vierzehn Nullen. Und ich weiß, dass ich mich schon damals gefragt habe: Wer ist es eigentlich, der von uns lebt – sind es die Zellen oder sind wir es selbst?

Unsere Zellen erledigen schließlich die ganze Arbeit für uns: Sie bauen unseren Körper auf, sie führen uns Nährstoffe zu und schleusen sie wieder aus. Sie schließen sich stellenweise zu ganzen Organen zusammen, die sich auf bestimmte Aufgaben spezialisieren, wie den Blut- oder den Gastransport. Sogar eine vollkommen eigene Armee haust in jedem unserer Körper: Das Blut wimmelt nur so von Zellen, die allesamt der Abwehr dienen. Täglich ziehen sie in die Schlacht gegen Bakterien, Viren und andere Eindringlinge. Und wir Menschen? Wir merken nicht einmal etwas davon. Wir essen und gehen auf die Toilette, wir atmen und schlafen, wir treiben Sport und pflanzen uns fort. Wir sind das Endprodukt eines riesigen, eng zusammenarbeitenden Netzwerkes. Je nachdem, was wir tun, bestimmen wir auch das Dasein unserer Zellen. Gehen wir regelmäßig ins Fitnessstudio, vergrößern sich unsere Muskelzellen. Rauchen wir, so zerstören wir Zellen in unseren Lungen.

Unsere Zellen werden gebildet und sie gehen zugrunde. Sie teilen und vermehren sich, sie leben in Zellverbänden, mit denen sie sich über chemische und physikalische Signale austauschen. Sie arbeiten und produzieren dadurch Stoffe, die für uns Menschen lebenswichtig sind. Werden sie krank, schädigen sie unseren Körper und damit uns Menschen. Und sie bestehen aus lauter kleinen Zellorganellen, die teilweise ähnliche Funktionen wie unsere menschlichen Organe erfüllen. Die meisten von ihnen enthalten unsere DNA, unser Genmaterial, das unseren Bauplan genau vorschreibt.

Was würden unsere Zellen wohl denken, wenn sie dazu in der Lage wären? Sie würden die Zellen kennen, mit denen sie im Austausch stehen, sie würden wissen, dass sie etwas produzieren müssen und dass sie eines Tages sterben werden, genau wie die Zellen um sie herum. Aber würden sie vom großen Ganzen ahnen? Von dem Körper, den sie bilden? Würden sie verstehen, dass sie ein Herz formen?

Das Herz hat nur Sinn, wenn es andere Organe gibt, die Blut brauchen. Der einzige Zweck eines Herzens ist es, Blut durch den Körper zu pumpen. So unromantisch das auch klingen mag. Der gesamte Körper braucht Blut, denn im Blut wiederum befinden sich Nährstoffe und Sauerstoff, ohne die unsere Organe kläglich zugrunde gingen. Ohne Organe, ohne Körper bräuchte es auch kein Herz. Aber hat so eine winzig kleine Herzzelle jemals eine Leberzelle getroffen? Hat sich die Leberzelle jemals bei der Herzzelle dafür bedanken können, dass sie von der Herzzelle mit Blut versorgt wird? Die Zellen unseres Körpers entstehen, leben, arbeiten und sterben, vermutlich ohne zu wissen, warum sie all das tun. Das wissen nur wir Menschen, da wir durch die Zusammenarbeit der Zellen zum Leben erweckt werden.

Und was wäre nun, wenn es so weiterginge? Wenn die Erde nichts als ein Zellorganell und das Universum eine Zelle wäre?

Der Gedanke beschäftigte mich, während wir weiter und weiterliefen. Es war ein ganz und gar ungeformter, absurder Gedanke, wissenschaftlich sicherlich vollkommen inkorrekt, aber dennoch fütterte er meine Fantasie. Und mit etwas musste man sich geistig füttern, wenn man einen so gleichförmig aussehenden Weg mitten im Urwald entlangmarschierte (mit klatschenden, rutschigen Flip-Flops). Vor allem, wenn man auch noch fürchterlich hungrig war.

Ein Rascheln lenkte mich ab. Ich fuhr herum, aber ich konnte nichts erkennen. Hatte ich etwas gehört? Ich sah ein Flimmern vor den Augen. Gelbe, zitternde Streifen zwischen hohem Farn. Ich wollte das Wort *Tiger* sagen, aber mein Mund formte nur komische unverständliche Laute. War das dort vorne Julius? Es war schwierig zu sagen. Meine Umgebung begann, langsam zu verschwimmen. Die Stämme wurden zu Säulen, die etwas bildeten: Ich glaube, es waren braungrüne Flecken. Nichts als Flecken, die ineinanderliefen. Alles wurde zu einem einfarbigen Brei.

„Emily!“, rief mir einer dieser Flecken entgegen. „Emily, was ist los mit dir?“

Revanche

Andi und Nina

„Andi, hör auf damit!"

Er saß am Boden, unter ihm der junge Mann mit den silbergrauen Augen. Andis rechte Hand hielt noch immer die Pistole umklammert. Sie glänzte im Licht der Deckenlampe.

„Er soll uns gefälligst in Ruhe lassen", zischte Andi mehr zu sich selbst als zu irgendjemand anderem.

„Drück ruhig ab", erwiderte der junge Mann ungerührt. „Du weißt doch, wie leicht es ist. Und es wäre nicht das erste Mal, richtig?"

„Halt die Klappe!"

„Wie ist es eigentlich, sich vor lauter Scham zu verstecken? Abzuhauen, sogar vor der eigenen Freundin? So zu tun, als sei man vom Erdboden verschluckt worden? Klar, du warst natürlich auf einer Dschungeltour und hattest kein Handy." Er wirkte nachdenklich, als würde er sich ernsthaft für Andis Sichtweise interessieren. „Ich frage mich nur, ob ich mich danach nicht noch viel mehr schämen würde. Manche Leute würden ein solches Verhalten als feige bezeichnen."

„Ich sagte, du sollst verdammt noch mal die Fresse halten!" Andis rechte Hand zitterte. Er verstärkte seinen Griff.

Der Mann unter ihm bewegte sich nicht. Er machte einen geradezu entspannten Eindruck oder nein, *ge-*

spannt: Als fände er es äußert unterhaltsam, zu beobachten, was als Nächstes passierte.

Es klingelte.

„Was ist das?", fragte Annika.

„Mein Handy. Es nimmt keinerlei Rücksicht auf etwaige Zwischenfälle. Darf ich rangehen? Ich würde gerne persönlich sagen, dass ich verhindert bin und später zurückrufen werde. Vorausgesetzt, ich lebe dann noch."

„Du redest zu geschwollen und zu viel", kam es von Andi.

„Höflichkeit ist mir wichtig. Dir scheinbar nicht, denn man kann es wohl nicht gerade als höflich bezeichnen, auf seinem Opfer zu liegen und ihm die Luft abzudrücken. Du bist leidenschaftlich, aber manchmal etwas aufbrausend. Trotzdem glaube ich, dass wir uns ganz gut verstanden hätten. Wenn du nicht sofort abgehauen wärst."

„Ich –", fing Andi an, doch Annika lenkte ihn ab. Sie griff in die Jackentasche des jungen Mannes und holte sein klingelndes Handy hervor. Er ließ es geschehen.

„Ich kann den Ton nicht länger ertragen", sagte sie. „Er macht mich verrückt, er –" Sie hielt inne. „Es ist Nina."

„Nina?", wiederholte der Mann.

„Steht auf dem Display."

„Geh ruhig ran. Du kennst sie ja schon."

„Unsere Nina?" Sie drückte das grüne Symbol und hob das Handy an ihr Ohr. „Wer ist da?"

„Hallo?"

Sie war es. Es war ihre Stimme. Andi konnte sie hören.

„Annika, bist du's?", fragte Ninas Stimme.
„Nina, was soll das? Wieso hast du Yans Nummer?"
„Wieso hast du sein Handy? Ist er bei dir? Annika, kannst du ihn mir schnell geben? Es ist sehr wichtig!"
„Yan ist gerade ... verhindert."
Am anderen Ende war eine kurze Pause zu hören. Dann meinte Nina in veränderter Tonlage: „Annika. Gib ihn mir." Sie klang sehr ernst. „Oder wir stecken alle in großen Schwierigkeiten."

***

Als sie seine Stimme hörte, war sie einen kurzen Moment lang sicher, dass alles gut werden würde. Obwohl sie wusste, was als Nächstes kam. Es war schließlich unvermeidbar. Sie ließ sich von der Stimme nur aus einem einzigen Grund beruhigen: aus Gewohnheit. Diese Stimme hatte immer eine Lösung gekannt. Warum sollte es dieses Mal anders sein?
Für den Augenblick fühlte sie sich voller Hoffnung. Auch, als sie schon längst aufgelegt hatte. Denn sie hatte es geschafft: Sie hatte eine Lichtung mit Handyempfang gefunden, der es ermöglichte, dass man sie endlich orten konnte. Sie musste nicht lange warten, bis Khai – einer seiner thailändischen Helfer – sie fand und mitnahm. Hinaus aus dem Grün des Dschungels.
Vor einem Hostel mitten in Chiang Mai ließ Khai sie aussteigen.
„He's getting weaker", sagte er zum Abschied. „Today is important."
Sie ärgerte sich über den Kommentar, da er ihre gute Laune trübte. *He is getting weaker.* Sie spürte, wie sie

nervös wurde. Nicht nur, weil sie Angst hatte, in welcher Verfassung sie ihn antreffen würde. Es war ganz einfach die Tatsache, dass sie ihn überhaupt wiedersah. Sie war verliebt, genau wie früher.

„Nina!“

Sie hatte die Tür des Hostelzimmers geöffnet, nervös und ungeduldig. Doch das erste Gesicht, in das sie blickte, war nicht seins, sondern Annikas. Sie stand mitten in einem Raum voller leerer Stockbetten. Bis auf ein einziges: dort saß er. Und neben ihm Andi auf einem ramponierten Hocker.

„Was macht ihr da?“ Nina hatte die Pistole in Andis Hand erkannt. Sie war auf das Bett gerichtet. Auf Yan. „Spinnt ihr?“ Sie lief auf Andi zu, lief in Rage, völlig außer sich.

Annika stellte sich ihr in den Weg. „Warte!“, sagte sie. Ihre Stimme zitterte. Sie wirkte nicht so, als sei sie Herrin der Lage.

Nina schüttelte ihre Hand ab.

„Joe hat Annika und mich mit dieser Pistole hier bedroht“, sagte Andi in wesentlich schärferem Tonfall. Er sah Nina aus zusammengekniffenen, misstrauischen Augen an. Sein Blick ließ in ihr ein feines Gefühl von Angst aufkommen.

„Und jetzt richtest du sie auf ihn?“ Sie begann nachzudenken, fieberhaft. Hatte Yan ihr von der Pistole erzählt? Nein, dachte sie, das hätte sie unmöglich vergessen.

„Was machst du hier überhaupt?“, fuhr Andi fort, noch immer mit diesem finsteren Blick. „Woher kennst du Joe?“

„Wie in einer Komödie“, meldete sich dieser daraufhin zu Wort. Er klang locker, belustigt, doch Nina spürte, dass er in Wahrheit wesentlich angespannter war. Ihre Angst wuchs. „Ein Sketch. Nur, dass keiner lacht. Andi, nimm es mir nicht übel, aber du solltest vielleicht ein wenig an deiner Originalität arbeiten. Jemandem seine Waffe und damit den großen Auftritt zu stehlen, ist wirklich nicht sehr originell. Das ist eigentlich Ideenraub, weißt du das? Ganz abgesehen davon, dass es auch Waffenraub ist. Aber meine Ideen sind mir wichtiger. Sie sind weitaus treffsicherere Geschütze, glaub mir. Solange sie originell sind.“ Er wandte sich Nina zu. „Du siehst fantastisch aus, auch der Dschungel kann dir nichts anhaben. Das wusste ich natürlich schon vorher.“ Er lächelte.

„Hallo, Yan.“

Nervosität, genau wie früher. Vielleicht würde doch noch alles gut werden. Die Macht der Gewohnheit.

„Ich glaube, wir sollten ihnen langsam mal die Wahrheit sagen, was meinst du?“, fragte Yan freundlich.

Nina nickte. „Ich denke, das ist ein guter Vorschlag.“ Er allein kannte die Lösung. Wie immer.

Yan hob seine Stimme, wodurch er signalisierte, dass er nun auch Andi und Annika ansprach. Trotzdem fixierte er noch immer Nina, als er meinte: „Wir sollten ihnen sagen, dass das Spiel hiermit aus ist. Aus und vorbei. Schluss. Dass sie uns niemals kriegen werden und dass wir sie nur benutzt haben, um an unser eigenes Ziel zu gelangen. Und dass ab sofort die Polizei auf jeden von ihnen wartet, sobald wir aus diesem Zimmer verschwunden sind. Ist es nicht so, Nina?"

Nina sah ihn an, verwirrt. „Yan, was redest du da?" Sie verstand ihn nicht. Wo war die Lösung?

„Du willst unsere beiden Freunde doch nicht weiter anlügen, oder? Wir beide kennen doch die Wahrheit?" Wieder lächelte Yan.

Sie versuchte, in seinem Gesichtsausdruck zu lesen, irgendein Zeichen zu erkennen, damit sie endlich begriff, worauf Yan hinauswollte.

„Was soll das Ganze?", fragte Annika.

„Hey, erzähl keinen Scheiß." Andis scharfer Tonfall riss Nina aus ihren Überlegungen. „Du siehst die Waffe in meiner Hand, ja? Schau genau hin. Ihr werdet nirgendwohin verschwinden, weder du noch Nina."

„Du würdest niemals abdrücken." Yan schien unbeeindruckt. „Du bist zu feige. So feige wie damals in dem Hinterhof. Oh ja, ich kenne die Story. Ich weiß, dass du einen Mann erschossen hast. Aber nicht aus Mut, sondern aus Feigheit. Und danach bist du geflohen." Er drehte sich zu Nina. „Du hilfst mir doch, oder? Auf dich hab ich mich immer verlassen können."

Eine Sekunde oder vielleicht auch länger schaute er ihr in die Augen. Kluges, schönes Silbergrau. Nina wollte diesen Moment festhalten, denn auf einmal ahnte sie, was als Nächstes kommen würde. Ihre Hoffnung erfror. Dann registrierte sie, wie Yan aufsprang und auf Andi zustürmte. Ein Gerangel entstand, jeder versuchte, die Waffe an sich zu ziehen.

Nina hatte sich später oft gefragt, was genau passiert war. Was gesagt worden war, welche Bewegungen ausgeführt worden waren, in welcher Reihenfolge sich alles ereignet hatte. Sie war sich sicher, dass Annika und sie den Versuch unternommen hatten, einzuschreiten. Oder hatten sie nur versteinert und verängstigt danebengestanden? Wie auch immer: Das Geräusch des Schusses, der Augenblick, in dem sich eine Kugel aus der Pistole gelöst hatte, würde sie ihr Leben lang nicht vergessen.

Andi hatte auf Yan geschossen. Ob absichtlich oder nicht, am Ende hatte Yan aus dem Bauch geblutet. Ein roter Fleck war auf seinem weißen T-Shirt erschienen, einfach so aus dem Nichts. Er hatte sich vergrößert und Yan hatte seine beiden Hände darauf gepresst. Auch die darauffolgenden Erlebnisse sollten Nina für immer ein Rätsel bleiben. Alles ging unter in einem Strudel aus Bildern und Tönen, einem Rausch aus Adrenalin und schlichtem Schock.

Khai hatte den Raum betreten. „Who shot?"

„Was habt ihr getan?", hatte Nina geschrien. „Yan ist unschuldig, ihr habt ja keine Ahnung!" Sie war auf ihn zugelaufen, doch Khai hatte sie zurückgehalten. Ein zweiter Thai war neben sie getreten.

„I call the ambulance!", hatte dieser gerufen.

Khais Griff um Ninas Arm hatte sich verstärkt. „You must come with me. You have to finish it now. Go. He will be fine." Er hatte ihr einen USB-Stick in die Hand gedrückt. „Everything you need is on this stick. You must show them the truth."

Annika hatte geweint. Nina hatte sie alle verjagen wollen, hatte mit Yan allein sein und ihm helfen wollen. Doch er selbst hatte sie umgestimmt.

„Geh mit Khai“, hatte er gesagt, während seine Hände noch immer seinen Bauch bedeckt hielten. „Alles wird gut.“

Also war sie gegangen.

Khai hatte sie mitgenommen, in einem alten, ramponierten Transporter. Annika und Andi hatten auf seinen Befehl hin auf der Ladefläche Platz genommen, vermutlich waren sie zu schockiert gewesen, um sich zu wehren. Annika hatte noch immer geweint, Andi geschwiegen. Genau wie Nina. In ihrem Kopf hatte ein einziges Chaos geherrscht, das sie erfolglos zu ordnen versuchte: Andi hatte auf Yan geschossen. Ein Thai, den sie nicht kannte, hatte einen Rettungswagen gerufen. Und sie selbst war mit Khai – einem von Yans Helfern – in den Dschungel aufgebrochen. In ihrer Hand hatte der USB-Stick gelegen, den Khai ihr gegeben hatte.

Everything you need is on this stick. You must show them the truth.

Irgendwann hatte ein zweiter Ton die Stille durchbrochen. Auch an ihn sollte sich Nina ein Leben lang erinnern können. Es war Khais Handy gewesen. Als er abnahm, hatte er nur ein einziges Wort gesagt: „Okay.“ Dann hatte er aufgelegt und sich an Nina gewandt.

„Yan is dead.“

Am Spielfeldrand

Es war vollbracht: Yan war tot. Erschossen. Der Plan war aufgegangen. Und es war gar nicht so schwer gewesen. Vielleicht sollte er nicht solche Angst vorm Sterben haben. Er fühlte sich geradezu befreit, als hätte er tatsächlich einen Teil von sich verloren und damit ein Kapitel für immer abgeschlossen. Es zeigte ihm, dass er endlich dabei war, loszulassen. Das war gut so. Aber es war noch nicht vorüber. Der Tag der Abrechnung hatte gerade erst begonnen.

Das Spiel des Lebens

Emily

Ich saß in einem Auto.

„Kannst du mich hören?", fragte eine vertraute Stimme rechts neben mir.

„Wo sind wir?", entgegnete ich. „Was ist passiert?"

„Wir sind in einem Auto." Es war Julius. Ich drehte mich zu ihm.

„Was für ein Auto?" Ich wartete keine Antwort ab, denn ich hatte entdeckt, das Julius etwas in den Händen hielt. Es sah herrlich aus: zwei lockere Brothälften, die anmutig eine Scheibe Käse umschlossen. Ein Sandwich. Aus pappigem Supermarkt-Weißbrot, das erfahrungsgemäß nach rein gar nichts schmeckte, und der thailändischen Version eines blassen Scheibenkäses. Ich hatte noch nie etwas Schöneres gesehen.

„Nimm es. Es ist für dich."

Ich nahm es.

„Du bist zusammengeklappt", klärte Julius mich auf. „Wahrscheinlich wegen Unterzuckerung. Ein Glück, dass Nawin mit seinem Auto vorbeigekommen ist." Er machte eine Kopfbewegung in Richtung des Fahrersitzes. Ich erkannte einen Mann mit dichten, blauschwarzen Haaren und dunklen Händen. Ich nahm an, dass es sich um einen Thai handelte. „Er hatte Orangensaft dabei, den hab ich dir eingeträufelt."

„Nawin?"

„Ja, Nawin. Er sagt, er arbeitet für Joe. Joe Bustum."

Ich wusste nicht, ob ich noch immer unterzuckert war. Ich wollte etwas erwidern, wollte sichergehen, dass ich richtig gehört hatte, aber mein Mund war voller pappigem Weißbrot.

„Joe hat gewusst, wo wir sind", fuhr Julius fort. „Keine Ahnung, woher. Nawin wollte es mir nicht erzählen. Und ehrlich gesagt weiß ich auch nicht, wo er uns hinfährt. Er meinte, Joe wolle uns treffen."

Ich spürte, wie der letzte, pappige Bissen plötzlich trocken wurde. Es war schwierig, ihn hinunterzuschlucken. Ich war nervös. Wenn es stimmte, was Julius sagte, dann befanden wir uns mit einem Mann im Auto, der für Joe Bustum arbeitete. Derselbe Joe, der uns in den letzten Wochen gefolgt war, der uns verängstigt und gedroht hatte. Wie hatte er uns erneut finden können? Ich versuchte, Julius unauffällige Blicke zuzuwerfen. Blicke, die ihm signalisieren sollten, dass ich eine Erklärung von ihm verlangte. Eine Erklärung, warum er sich in dieses Auto gesetzt hatte. Ich fürchtete mich davor, meine Gedanken laut auszusprechen. Joe schien seine Ohren überall zu haben.

Es gibt wohl nur zwei Möglichkeiten: Entweder der Typ ist ein harmloser Spinner oder er ist verdammt gefährlich.

„Ich dachte, du stirbst", beantwortete Julius meinen Gesichtsausdruck. „Und das nicht nur wegen der Unterzuckerung. Unser Fahrer hat direkt zur Begrüßung ein recht überzeugendes Argument aus seiner Hosentasche gezogen. Eine hübsche, kleine Pistole – wenn auch nicht gerade das neueste Modell. Immerhin war sein zweites Mitbringsel ein Sandwich, das spricht wenigstens für ein gewisses Maß an Manieren."

Der Fahrer erwiderte nichts, vermutlich verstand er kein Deutsch.

„Eine Pistole?"

„Und ein Sandwich. Sogar mehr als eins. In Anbetracht der Umstände wirklich höflich. Hast du noch Hunger?"

Es hätte in diesem Moment weitaus mehr gebraucht, um mir den Appetit zu verderben. Ich aß, aß mit trockenem Mund, während wir weiter durch den Dschungel fuhren. Baum neben Baum, düsteres Dickicht. Wo würde man uns hinbringen? Ich überlegte, ob es uns gelingen würde, zu fliehen, wenn wir in einem günstigen Moment die Türen öffneten, hinaussprangen und im Dickicht verschwanden. Ob wir Nawin überwältigen und ihm das Auto entwenden konnten? Wieder sah ich zu Julius, in der Hoffnung, er würde mir zuzwinkern, mir irgendein Zeichen geben, dass er die Lage unter Kontrolle hatte. Doch er schaute aus dem Fenster, abwesend, als träumte auch er von einer filmreifen Flucht, von der wir beide wussten, dass sie niemals stattfinden würde.

Das Auto bremste. Eine Schneise umsäumt von grünem Gestrüpp.

„Here we are." Vom Fahrersitz drang eine tiefe Stimme bis zu uns, Englisch mit hartem Akzent. „You have to go. Always straight. Till the end. I will stay here, don't try to run away. I will find you."

Julius und ich sahen uns an, Schulterzucken, dann stiegen wir aus. Meine Beine fühlten sich wacklig an. Ich ahnte, dass ich mit ihnen noch nicht einmal fünf Minuten würde rennen können. Meine Fluchtpläne verliefen schlagartig im moosbedeckten Erdboden.

Wir gingen los, in dem unangenehmen Gefühl, Nawins Blick im Nacken zu spüren. Ich traute mich noch nicht einmal, nach links oder rechts zu schauen, aus Angst, Nawin könnte dies als Wunsch deuten, sich unbemerkt davonzustehlen.

„Alles klar, Emily?", fragte Julius in meine Überlegungen hinein.

„*Alles klar* wäre jetzt etwas optimistisch ausgedrückt, findest du nicht?"

„Glaubst du, du kannst im Notfall rennen?"

„Nein." Meine Gummibeine hatten Mühe, geradeaus zu laufen. „Aber ich würde es versuchen."

„Ehrlich gesagt wüsste ich gar nicht, wohin. Siehst du das da vorne?"

Etwas Eigenartiges, vollkommen Unerwartetes geschah: Der Wald tat sich auf. Ich hätte es nicht für möglich gehalten, dass das dichte Grün so plötzlich enden würde. Wir befanden uns auf einem Plateau. Unter uns erstreckte sich eine Schlucht, um die sich eine Berglandschaft formierte. Noch unerwarteter war jedoch das, was ich am Rande der Schlucht ausmachte: Dort standen und saßen Menschen auf Rucksäcke und Steine verteilt. Es mussten mehr als ein Dutzend sein.

„Julius", rief ich, besorgt, dass mir der Glukosemangel in meinem Gehirn die nächste Fata Morgana vorgaukelte. „Sind das Annika und Andi?"

Sie waren es.

„Und da vorne ist Nina. Was machen die denn hier?" Eigenartig, unerwartet, unglaublich. „Meinst du, Joe hat sie auch hierherbringen lassen?"

Je näher wir kamen, desto stärker wurde meine Wiedersehensfreude getrübt. Sowohl Nina als auch Annika und Andi sahen aus, als ginge es ihnen ungewöhnlich schlecht. Ich erkannte sie kaum wieder. Als seien sie es, die sich tagelang durch den Dschungel hatten kämpfen müssen.

Nina saß im Schneidersitz, den Kopf auf die Hände gestützt. Sie war die Erste, die uns bemerkte. Sie erhob sich und lief uns entgegen. Ihre hellen Augen waren matt, von geplatzten Äderchen durchzogen und wurden von veilchenfarbenen Halbmonden umrahmt. So schaute sie uns an, mit aufgeschrecktem, alarmiertem Blick. Eine Sekunde lang musste ich an die Patronen in unserem hellblauen Auto denken, doch ich schob die Erinnerung beiseite.

„Er hatte recht", sagte sie.

„Wer?"

„Khai. Ein Freund von Yan. Er meinte, dass ich auf euch warten soll. Wer hat euch hierhergebracht? Und wie hat man euch gefunden?" Trotz ihres Aussehens sprach sie ruhig, geradezu mechanisch. Als hätte sie eine Aufgabe zu erledigen, auf die sie sich krampfhaft zu konzentrieren versuchte.

Julius fing an zu erzählen, von unserer Wanderung durch den Dschungel, meinem Schwächeanfall und Nawin.

„Er sagt, er arbeite für Joe."

„Ja, für Joe ... So wie Khai. Er hat alles geplant." Nina sah zu Boden und nickte, scheinbar nachdenklich.

„Nina, hast du irgendeine Ahnung, was das Ganze hier soll?", fragte Julius. „Wie bist du hierhergekommen? Seid ihr auch wegen Joe da? Und wer sind überhaupt all diese Leute, kennst du sie?"

Nina zögerte. Annika kam auf uns zu.

„Emily! Julius! Ich bin völlig fertig, der Tag heute ist ein Albtraum, eine Katastrophe!" Auch ihre Augen waren gerötet, genau wie ihre Nasenspitze. „Yan hat uns alle gesucht, aber er konnte euch nicht finden, weil ihr im Wald keinen Empfang hattet und man euch nirgendwo orten konnte. Aber er hat mich geortet, in meinem Hostel in Chiang Mai. Eine Katastrophe, es ist schrecklich, alles ganz schrecklich ... Ein Glück, dass ihr da seid, ich hatte solche Angst um euch!"

„Was ist denn passiert?"

„Kommt erst mal mit", meinte Nina. „Ich muss euch allen was zeigen." Sie drehte sich um und ging voraus, zu der Gruppe junger Leute am Rande der Schlucht. Julius, Annika und ich folgten ihr.

„Nina und Yan kennen sich", fing Annika in aufgebrachtem Flüsterton an. „Ich weiß nicht, was das alles soll, ich versteh wirklich gar nichts."

Ich wollte etwas fragen, doch Ninas Worte lenkten mich ab. Sie sprach mit lauter Stimme, sodass sich alle Anwesenden zu ihr umdrehten. (Ich muss vielleicht noch erklären, dass die gesamte nachfolgende Unterhaltung auf Englisch stattfand. Zum besseren Verständnis gebe ich sie allerdings auf Deutsch wieder.)

„Setzt euch", sagte Nina in die Runde, zerstreut und gefasst zugleich. „Ich soll euch alle von Yan grüßen."

Schlagartig kehrte Ruhe ein. „Er hat mir etwas gegeben, das euch weiterhelfen wird." Sie hielt einen USB-Stick in die Luft. „Heute ist der Tag der Aufklärung.

Macht's euch bequem." Sie warf Julius, Annika und mir Blicke zu, dass auch wir uns zu den anderen gesellen sollten. Danach nahm sie ihren Rucksack, öffnete den Reißverschluss und holte einen Laptop hervor. Sie schloss den USB-Stick an, stellte den Laptop auf einen Stein und drehte das Display in unsere Richtung. „Ich zeige euch jetzt ein Video", meinte sie und drückte auf Play.

Ich sah Hostels, ich sah Straßen, ich sah Diebstähle und Überfälle. Es waren immer junge Menschen involviert. Sie waren bei fast allem, was sie taten und sagten, gefilmt worden. Ich stutzte, als ich nicht nur Sarah und Antonia, sondern auch Javier und Evan erkannte – die vier Vermissten aus dem Zeitungsartikel. Javier, 27, Ingenieursstudent aus Spanien. Ich musste an das pastellfarbene Café in Chiang Mai denken und stellte die Verbindung her. Mich beschlich eine böse Vorahnung.

Sie sollte sich bestätigen, als das nächste bekannte Gesicht auf Ninas Laptopbildschirm auftauchte: Andi. Andi im Hostel, Andi auf Bangkoks Straßen, Andi in einem Hinterhof, Andi mitten in einer Schießerei. Und nicht nur er war auf dem Video festgehalten worden: Da waren auch Julius, Annika und ich. Noch einmal beobachtete ich mich im Zimmer des kranken Thai. Aber nicht nur das: Ich sah uns auch im Hostel, ich sah mich selbst, wie ich von der Exmatrikulation erfuhr, ich sah mich weinend, ich sah mich hungrig und ausweglos in einem hellblauen Auto im Wald. Alles war gefilmt worden. Was hatte das zu bedeuten?

Nina schloss das Video. Es herrschte eine lähmende Stille. Keiner von uns schien zu wissen, was er sagen sollte.

„Ich verstehe nicht." Es war Nina, die als Erste das Wort ergriff. „Es ist seltsam ..." Sie schloss und öffnete das Video erneut, machte ein paar Bewegungen mit der Maus, drückte Tasten, doch nichts geschah. „Als würde etwas fehlen", murmelte sie, mehr zu sich selbst.

„Was soll das alles?", schaltete sich ein Junge ein, der hinter mir saß und den ich ebenfalls auf dem Video hatte entdecken können, verwickelt in einen Raubüberfall. „Wer hat uns gefilmt? Wieso?"

„Ich darf es euch nicht sagen ...", fing Nina an, eindeutig überfordert mit der Situation. Ihre Stimme brach ab, ihre Finger huschten unruhig über die Tasten. „Khai, weißt du irgendwas?"

Ein Thai, der am äußersten Punkt der Klippe stand und die ganze Szene schweigend verfolgt hatte, schüttelte den Kopf.

„Hat Yan denn niemandem von euch etwas gesagt? Niemandem?"

Schweigen. Verunsicherte, verängstigte Gesichter.

„Er kann mich doch hier nicht einfach so alleine lassen, mit diesem USB-Stick und dem Video", rief Nina verzweifelt. „Ohne Hinweise. Am Rande einer Klippe, am Ende der Welt!"

„Hubkeatiswingam."

Ich drehte mich zu Annika um. „Woher hast du das?", fragte ich sie.

Annika zuckte mit den Schultern. „Das hast du damals vor dich hingebrabbelt. Als du so besoffen warst, in dieser Bar auf der Khaosan. Du wolltest es dir unbedingt merken. Es wär sehr wichtig, hast du gemeint, und dass es um das Ende eines Spiels ginge. Ich dachte, du fantasierst irgendwas zusammen. Aber vielleicht war das ja ein Hinweis?"

Hubkeatiswingam.

„Das Ziel des Ganzen ... Wenn du es bis zum Ende schaffen willst."

„Was für ein Ende?"

„Das Spiel. Ich rede von dem Spiel."

„Hubkeatiswingam", wiederholte ich.

„Schönes Tal?", fragte Nina.

„Was?"

„Du meinst H̄ubk̄heā thī̀ s̄wyngām", erklärte Nina. „Das heißt so viel wie ‚schönes Tal'. Du weißt, ich kann ein wenig Thai. Das hat dir Yan gesagt?"

„Ja, Annika hat recht. Das sollte ich mir merken."

Nina rollte die verquollenen Augen. „Yan liebt Rätsel. Er musste natürlich auch den letzten Schritt in ein Rätsel verpacken."

„Ich sehe nirgendwo ein Tal und schon gar kein schönes", meinte ich zweifelnd. „Dort unten ist nur die Schlucht."

Julius deutete nach rechts. „Das da vorne könnte ein Pfad sein."

„Also gut", sagte Nina, entschlossener als noch vor wenigen Sekunden. „Dann sollten wir wohl nachschauen gehen."

Weil uns nichts anderes übrigblieb, folgten wir ihr. Und tatsächlich: Nach ein paar Minuten Wanderung machte der Pfad eine Biegung und gab den Blick frei auf ein grünes Tal inmitten der hügeligen Landschaft. Von unserem Standpunkt aus besaß es die längliche Form einer Essiggurke. An ihrem oberen Ende bildete ein kleiner Wald einen Ausläufer, der wie eine Mütze über der Gurke schwebte. Und an dessen Ende öffnete sich ein runder See. Mit viel Fantasie konnte man in ihm den graublauen Bommel erkennen, den Yan auf eine Serviette gemalt hatte.

Als uns der Weg immer tiefer in das flache Tal führte, entdeckte ich vor uns auf einer Wiese einen kleinen schwarzen, viereckigen Körper auf langen, dünnen Beinen. Eine Riesenspinne. Ich bekam Gänsehaut. „Was ist das?"

Je mehr wir uns näherten, desto größer wurde die Spinne. Und desto lebloser. Obwohl sie ein rotes, blinkendes Auge besaß, schien sie ansonsten vollkommen unbeweglich zu sein. Erstarrt.

„Das ist eine Kamera", meinte Julius, der sie als Erster erreichte. „Auf einem Stativ." Er fuhr mit den Fingern darüber. „Sie ist an, deswegen blinkt das rote Lämpchen. Wer hat sie hierhingestellt?"

Nina runzelte die Stirn. „Sie hat uns eben gerade dabei gefilmt, wie wir den Weg hinuntergelaufen sind?"

„Ja, sieht ganz danach aus." Julius nahm die Kamera von ihrem Stativ.

„Gib her", sagte Nina und riss sie ihm aus der Hand. Ihre Finger zitterten leicht, als sie die Kamera an ihren Laptop anschloss, während wir uns alle darum versammelten. Dann drückte sie den Abspielknopf.

Plötzlich stand er wieder vor uns: Yan. Vor undefinierbarem Hintergrund, in einem schlichten T-Shirt, das auf Brusthöhe vom unteren Laptoprand abgeschnitten wurde. Der Blick aus seinen eisgrauen Augen war auf jeden von uns gerichtet und gleichzeitig auf niemanden. Keiner von uns rührte sich. Die Stille war erdrückend. Jeder von uns wartete, dass die Videoversion von Yan zu sprechen anfing.

Und das tat sie auch.

„Ja“, sagte Yan. „Ich denke, ich bin euch eine Erklärung schuldig. Und die sollt ihr auch bekommen. Aber setzt euch am besten hin. Ich hole zu einer längeren Erzählung aus.“

Yan machte eine einladende Geste, und wir setzten uns im Halbkreis um den Laptop.

„Zunächst einmal: Warum seid ihr überhaupt hier? Und warum ausgerechnet ihr? Nun, vielleicht seht ihr es euch auf den ersten Blick nicht an, aber euch alle verbindet eine Gemeinsamkeit. Schaut euch ruhig einmal um. Ja, dreht euch zu eurer Linken und zu eurer Rechten und seht euren Mitspielern in die Augen!“

Yan verstummte, als würde er wollen, dass wir seiner Aufforderung nachkamen. Und tatsächlich fingen wir an, uns gegenseitig zu mustern. Ich sah Menschen in meinem Alter, junge Frauen und Männer, die vermutlich mit ähnlichen Zielen nach Thailand gekommen waren und die nun vor allem derselbe ratlose Gesichtsausdruck verband.

„Erstens“, setzte Yans Stimme ein, „seid ihr mir zum richtigen Zeitpunkt über den Weg gelaufen. Das werdet ihr in den letzten Tagen vermutlich schon oft genug verflucht haben. Und zweitens – und dieser Punkt ist eigentlich noch wichtiger, weil ihr nur deshalb infrage gekommen seid –, habt ihr alle davon geträumt, etwas Besonderes aus eurem Leben zu machen. Jeder von euch stand vor der Entscheidung, sein Leben zu verändern. Zu verbessern. Ihr seid Träumer. Und ihr habt im großen Stil geträumt. Ihr habt euch viel vorgenommen. Ich nenne euch Sommerkinder, weil ihr auf der Sonnenseite des Lebens aufgewachsen seid. Genau wie ich. Auch ich habe viel geträumt. Genug für ein Dutzend Leben. Bis ich erfahren habe, dass mein eigenes, mein einziges, schon bald vorbei sein wird."

Yan machte eine kurze Pause, als müsse er einen Moment durchatmen.

„Ich bin sehr krank. Und ich merke, wie meine Kräfte von Tag zu Tag nachlassen. Wie ich zu einem schwachen, jämmerlichen Häufchen Elend verkomme. Als ich gesagt habe, ich sei in Bangkok geboren und meine Mutter sei eine halbe Thai, war das ausnahmsweise die Wahrheit. Ursprünglich stammte sie aus dem Norden. Deswegen kenne ich auch diesen Ort hier."

Er tat, als sähe er sich im Tal um, als sähe er durch die Kamera hindurch das, was wir sahen.

„Meine Großtante hat mir diesen Ort gezeigt. Sie hat mir erzählt, er sei so gut versteckt, dass es der einzige Platz ist, an dem sie noch nie einen Touristen gesehen hat. Könnt ihr euch das vorstellen? Kein einziger Tourist soll je ein Foto von diesem herrlichen Tal geschossen haben? Das hat mir gefallen. Ein unberührter, idyllischer Flecken Erde – genau das Richtige also für die große Aufklärung. Ich wollte diesen Ort mit euch teilen. Genießt ihn. Träumer wie ihr passen hierher.

Aber verratet niemandem, wo er sich befindet. Er soll so bleiben, wie er ist."

Schnitt. Derselbe Hintergrund, aber diesmal trug Yan ein anderes T-Shirt. Seine Wangen wurden von dem Schatten eines Dreitagebarts verdunkelt. Die Szene musste an einem anderen Tag aufgenommen worden sein.

„Aber nun zum spannenderen Teil", sprach er weiter. „Von welcher Aufklärung rede ich überhaupt?"

Unvermittelt klatschte Yan in die Hände. Einige Backpacker zuckten zusammen.

„Ihr alle habt von dem Spiel gehört: Herausforderungen, die wir in unserem Leben bewältigen wollen, wichtige Erlebnisse, für die wir bisher keine Zeit hatten und die uns zu dem Menschen machen könnten, der wir sein möchten. Was ich damit meine, erkläre ich später. Zunächst einmal: Ihr habt noch mehr gemeinsam. In den letzten Tagen und Wochen habt ihr alle immer wieder mysteriöse Nachrichten von einem gewissen Joe Bustum erhalten. Rätselhafte, zweideutige SMS. Nun ..."

Yan machte eine Kunstpause und rieb sich die Hände. Es wirkte, als wäre er voller Vorfreude, als müsste er sich geradezu anstrengen, die Szene in die Länge zu ziehen und uns weiter auf die Folter zu spannen. Die nächsten Worte trafen uns dafür umso heftiger.

„Joe Bustum ist nichts als eine Erfindung. Ich habe mich anfangs nur zur Tarnung Joe genannt. Irgendwann fand ich die Idee spannend, Yan und Joe gleichzeitig zu spielen, euch dadurch zu verwirren."

Zum ersten Mal fand ich, dass Yans breites Grinsen unheimlich wirkte. Er musste verrückt sein, schoss es mir durch den Kopf. Das entsetzte Gemurmel, das unter den Backpackern ausbrach, bestätigte mir, dass die anderen ähnlich empfanden wie ich.

„Sag mal, Nina, der verarscht uns doch gerade oder?“, rief eine weitere Deutsche. „Diesen Scheiß kann er doch nicht ernst meinen?“

Nina hatte keine Zeit, zu antworten, da Yan schon weitersprach. Das Gemurmel erstarb.

„Ich ganz allein war es, der sich in eure Handys gehackt hat, der eure Fotoalben durchgeblättert und deshalb genau gewusst hat, wie er euch Angst einjagen kann. So habe ich immer überwachen können, wo ihr seid. Ich konnte euch jederzeit orten, ihr wart kleine farbige Punkte auf meinem Laptopbildschirm.“

Es war gespenstisch: Er ließ seinen Blick schweifen, als befände er sich mitten unter uns und als würde er jeden von uns der Reihe nach ansehen.

„Sarah und Antonia“, rief er schließlich. „Ihr wart meine ersten Mitspieler, meine Testobjekte sozusagen. Ihr hattet gerade eure Jobs gekündigt und wart auf der Suche nach neuen Zielen. Ich wusste, ihr würdet in mein Experiment passen.“

Mein Blick ging in die Richtung der beiden. Sarah hatte sich die Hand vor den Mund gehalten, ihre Augen starrten wie hypnotisiert auf den Bildschirm.

„Ihr habt euch nach euren Erlebnissen ohne Vorankündigung von euren Familien und Freunden zurückgezogen, sodass sie euch als vermisst gemeldet haben. Genau wie Javier und Evan. Javier, auch du bist abgetaucht, sodass sich deine Schwester durch die Vermisstenanzeige von Sarah und Antonia dazu veranlasst sah, dich ebenfalls zu melden. Evan, deine Mutter hat sogar eine Internetseite gegründet, auf der sie Menschen dazu aufrufen wollte, sich an der Suche nach dir zu beteiligen. Ist das nicht rührend?"

Ekel stieg in mir auf. Ich sah, wie Evan auf den Boden spuckte. Etwas weiter vorne stand Sarah auf, ihr Gesichtsausdruck hart, als wollte sie auf den Laptop zulaufen und ihn zertreten. Antonia hielt sie am Arm fest und sagte etwas, das ich nicht verstand. Sarah setzte sich daraufhin wieder und nahm Antonias Hand.

„Es war nicht in meinem Sinn, eure Familien in die ganze Sache mit reinzuziehen. Ich selbst wusste immer, dass ihr am Leben seid. Ich hatte eure Backpacks verwanzt. So konnte ich oft genug hören, über was ihr euch unterhalten und wohin ihr euch zurückgezogen habt, obwohl ihr eure alten Handys gegen neue ausgetauscht habt. Erinnert ihr euch an Daniel und Magnus, die in euren Hostels gewohnt haben? Sie sind Freunde von mir. Sie wussten, wer ihr seid, auch wenn ihr euch mit falschen Namen vorgestellt habt, aus Angst, ich könnte euch folgen. Daniel und Magnus haben sich in eurer Nähe aufgehalten, bis sie eure Handynummern hatten. Und sie haben die eine oder andere Kamera in euren abgeschiedenen, kleinen Hostels installiert."

Yan ließ eine kurze Pause entstehen und lächelte. Dann sagte er: „Andi. Du warst mein fünfter Mitspieler. Ich hab mich im Hostel umgeschaut und du hast irgendwie verloren ausgesehen. Wir haben ein Bier zusammen getrunken und dann hast du auch schon angefangen, mir aus deinem Leben zu erzählen. Dass du deine Ausbildung abgebrochen hast, dass du einen

Neuanfang wagen willst. Du hast dein ganzes Leben infrage gestellt."

In Yans Blick lag fast etwas wie mütterliche Fürsorge, was in Anbetracht der Situationen, in die er jeden Einzelnen von uns gebracht hatte, merkwürdig deplatziert wirkte.

„Um dich hab ich mir ehrlich ein wenig Sorgen gemacht. Du bist so überraschend verschwunden, dass du sogar deinen Backpack zurückgelassen hast. Ich hatte keinerlei Anhaltspunkte, wo du dich aufhalten könntest. Ich dachte, du würdest dir vielleicht etwas antun. Erst vor wenigen Tagen hast du dein altes Handy wieder eingeschaltet und bist auf meinem Bildschirm aufgetaucht. Da war ich wirklich erleichtert!"

Es ging weiter. Es wurden immer neue Namen aufgerufen. Julius war der vierzehnte.

„Auch bei dir muss ich mich entschuldigen. Deinen Laptop und deine Fotokamera bekommst du wieder, genau wie deine Mappe. Tut mir leid, dass es so zwischen uns endet. Ich glaube, wir zwei hätten gute Freunde werden können. Und das sage ich nicht oft."

Dann hörte ich meinen eigenen Namen.

„Emily. Als ich dich auf unserer Zimmerparty entdeckt habe, wusste ich gleich, dass du eine von uns bist. Ich hatte nicht damit gerechnet, noch einen weiteren Teilnehmer zu finden. Julius sollte der letzte sein. Aber du warst mir sympathisch und du warst auf der Suche nach etwas, deswegen hab ich meinen Plan noch am selben Abend erweitert. Du hast mir erzählt, wo du studierst, und zufälligerweise wohnt ein Kumpel von mir dort. Ich wusste, dass es reichen würde, einen formal aussehenden Brief am Laptop zu erstellen und ihn meinem Freund zu schicken, sodass dieser ihn nur ausdrucken und bei euch einwerfen musste, als wäre es ein offizieller Brief deiner Universität. Ich hab das Logo auf der Uni-Homepage gesehen und in den Briefkopf gesetzt, der Rest der Nachricht war mehr oder weniger frei erfunden. Nur nicht die Telefonnummer. Die gehörte meinem Kumpel. Er hat dein Studiendekanat gespielt. Ich glaub, es ist ihm ganz gut gelungen." Yan schmunzelte. „Und auch in dein Handy konnte ich mich ziemlich leicht reinhacken. Ich hab es aus deiner Tasche genommen, als du ein bisschen zu tief ins Cocktailglas geschaut hast, und es dir später wieder zurückgegeben. Du hast gar nichts davon gemerkt."

Ich erinnerte mich, dunkel. Ich hatte erst vor kurzem davon geträumt: Yan, der etwas tat, das ich nicht wollte. Er hatte in meine Tasche gegriffen. Und er hatte einen unauffälligen, schwarzen Käfer an seiner schwarzen Brusttasche getragen. Derselbe Käfer wie an der Autodecke. Eine Kamera.

Das hieß, die Drohungen waren nichts als ein Bluff gewesen. Meine Familie war nicht in Gefahr. Und ich war niemals exmatrikuliert worden?

Ich wusste nicht, wie ich mich fühlen sollte. Der Schock dämpfte jede weitere Empfindung.

„Einen von euch hab ich noch nicht aufgerufen: Annika. Du bist als Mitspielerin nicht infrage gekommen, weil du als Einzige ein klares Ziel vor Augen hattest. Du wusstest, was du wolltest, und hast nicht gezweifelt. Das Einzige, was dir fehlte, war Andi. Und ich hatte gehofft, dass ich ihn durch dich finden würde.

Vielleicht sollte ich noch was zu Andis Verteidigung sagen: Er hat ein Foto von mir bekommen, zusammengeschnitten aus einem Bild, das ich von dir auf Facebook gefunden habe, und dem Foto deines langjährigen Verehrers Olli. Andi schien im Chatverlauf zwischen euch eifersüchtig auf ihn zu sein. Also hab ich es so aussehen lassen, als hättet ihr beide auf einer Party miteinander getanzt. Andi sollte glauben, er hätte auch dich verloren."

Yan lehnte sich zurück. Er grinste.

„Oh, seht mal, wer da kommt."

Wir drehten uns um. Eine kleine Gruppe tauchte auf dem verborgenen, gewundenen Pfad auf, der hinunter in das grüne Tal führte. Es waren neun Leute, die sich auf uns zubewegten. Ich fragte mich, ob es noch mehr Menschen gab, die Yan in seinen Plan eingeschlossen hatte, bis ich den ersten von ihnen erkannte. Es war der blonde Junge, der in unserem Hostel gewohnt und der uns an die Polizei verraten hatte. Die Personen hinter ihm hatte ich allerdings noch nie gesehen. Ich blinzelte. Eine Frau bildete das Schlusslicht, eine schlanke junge Thai. Sie ging eingehakt mit einem alten Mann, ebenfalls Thai, der ein wenig unsicher zu laufen schien, aber ansonsten recht munter wirkte.

Es war der kranke Mann, der wegen meines Unvermögens gestorben war.

Ein Stimmengewirr brach aus. Ich war vermutlich nicht die Einzige, die unter all den Lebenden einen Toten wiederentdeckte.

„Tim!", hörte ich Julius hinter mir rufen. Der Angesprochene hob seine Hand zu einem Gruß. Auch er wirkte ziemlich lebendig.

„Ihr habt also meine Helfer kennengelernt", erklang erneut Yan über das Mikrofon. „Nina Sophie, Daniel und Tim, meine ehemaligen Klassenkameraden. Magnus, einer meiner besten Kumpels aus Holland." Es wurden noch mehr Namen genannt, bis er schließlich sagte: „Und mein Onkel Sudarak und meine Cousine Mali."

Die junge Thai lächelte, ihr Vater nickte einmal in unsere Richtung.

„Jeder von ihnen hat mir mit vollem Einsatz geholfen und mich unterstützt. Ohne sie hätte ich mein Projekt niemals in die Tat umsetzen können. Ich bin ihnen dafür sehr dankbar. Sie haben euch verwanzt, sie haben Kameras installiert, sie haben euch ausgehorcht und euch in bestimmte Richtungen gelenkt. Sie haben mir wichtige Informationen geliefert und sie haben herausragende schauspielerische Leistung abgeliefert. Jeder von ihnen ist in den letzten Wochen mindestens einmal gestorben."

Unter den Auferstandenen breitete sich ein Lachen aus, das keiner von uns erwiderte.

„Ich habe mir verschiedene Szenarien ausgedacht und sie haben sie umgesetzt. Eine Geldübergabe mit Schießerei, Platzpatronen und lauter unechtes Kunstblut zum Beispiel, ein Raubüberfall, ein medizinischer Notfall ..."

Ich konnte förmlich sehen, wer von uns welches Szenario erlebt hatte. Andi zuckte bei dem Wort Schießerei zusammen, bei Javier war es der Überfall und bei mir selbst die Reanimation.

„Manches ist so gelaufen, wie ich es mir vorgestellt hatte, anderes hat weniger gut oder gar nicht funktioniert. Und ja, ich befürchte, dass manches auch zu krass war. Ich bin wohl etwas über's Ziel hinausgeschossen. Aber wie schon gesagt: Ich konnte nicht alles immer genau planen, meine Helfer und ich mussten oft ein bisschen improvisieren. Das war die große Herausforderung für mich und das hat es im Grunde erst so spannend gemacht."

So sehr ich es auch versuchte, ich konnte Yans Begeisterung nicht teilen. In mir herrschte ein einziges Chaos an Emotionen, und ich konnte nicht sagen, ob die Erleichterung oder die Wut überwog. Oder das Gefühl, neben mir zu stehen, ein unbeteiligter Beobachter zu sein, weil dieses ganze inszenierte Spiel einfach zu abwegig war, um es wirklich glauben zu können.

„Nun, und wozu das Ganze?" Wieder hatte die Szene gewechselt: Yans Bart war noch deutlicher zu sehen, das T-Shirt war dasselbe wie in der ersten Videoaufnahme. „Als ich erfahren habe, dass ich sterben werde, wollte ich unbedingt aktiv werden. Ich wollte nicht in Vergessenheit geraten. Es war vermutlich ein ziemlich eitler Wunsch, der den Anfang zu all dem hier gebildet hat. Ich habe schon immer sogenannte Pranks gemocht, kleine Streiche, aber faszinierender noch fand ich Social Experiments. Ich wollte nicht nur verblüffen, schockieren, am Ende wollte ich die Sichtweise der Menschen verändern. Menschen wie euch, den Sommerkindern."

Er machte eine kurze Pause, als wollte er sichergehen, dass sich seine Worte in uns festsetzen und wirken konnten.

„Ich hab mir durch meine Krankheit sehr viele Gedanken gemacht, und diese Gedanken wollte ich mit anderen teilen. Ich wollte euch helfen und gleichzeitig ein kleines Stück von mir weitergeben. Mich in euch verewigen. Und ich habe dieses Video zusammengestellt, um noch viel mehr Menschen zu erreichen. Ihr alle habt euren Lebensweg infrage gestellt, ihr habt nicht gewusst, wer ihr sein wollt. Ich wollte, dass ihr ganz bewusst noch einmal darüber nachdenkt. Ich habe euch sogar Geld zukommen lassen, in alten Turnbeuteln, erinnert ihr euch? Es war eine Art Probe. Ich wollte sehen, was ihr damit anfangen würdet. Ob ihr damit Punkte auf eurer Bucket Liste abhakt, indem ihr den nächstbesten Fallschirmsprung bucht, oder ob eure Wünsche weniger materiell sind und es euch um grundlegendere menschliche Bedürfnisse wie Anerkennung, Zufriedenheit, Erfolg geht. Die meisten von euch haben nicht viel mit dem Geld gemacht. Vermutlich aus Angst. Und diese Angst wurde sicher noch größer, als sich auf einmal Joe Bustum bei euch gemeldet und behauptet hat, es sei sein Geld gewesen. Joe, der in einem Internetartikel als potenzieller Verbrecher gehandelt wird. Der Artikel war übrigens von mir geschrieben. Er hat nie wirklich im Internet existiert."

Das Bild wurde schwarz, Yan war verschwunden. Es war, als wäre der Vorhang zu einem Theaterstück gefallen, um uns eine kurze Pause zu gönnen. Wie aus dem Nichts entbrannten plötzlich Diskussionen. Die Fragen, die sich in der letzten Stunde immer stärker in unseren Köpfen angestaut hatten, begannen sich Bahn zu brechen.

„Was soll der Scheiß?"
„Heißt das etwa, wir wurden verarscht?"
„Ich hatte Todesangst, ich dachte, ich würde da nie wieder rauskommen!"
„Ich will sofort Yan sehen!"
„Wo ist Yan jetzt?"
„Wenn ich ihn in die Finger bekomme, hau ich ihm in die Fresse."
„Nina soll ihn herholen!"
„Da kann man sicher auf Schadensersatz klagen."
Und dazwischen immer wieder die Frage: Warum das alles? Warum wir? Habt ihr es auch erlebt? Dasselbe wie ich? Was sagt ihr dazu? Und seht ihr sie da vorne sitzen, die „Auferstandenen"? Wahnsinn, oder? Vollkommen verrückt!
Ja, das war es.
Wir verstummten, als Yan erneut auf der Bildfläche auftauchte, wieder vor weißem Hintergrund. „Öffnet eure Rucksäcke", sagte er über das Mikrofon. „Holt sie raus. Ich weiß, dass ihr sie dabeihabt."
Das Bild wechselte. Diesmal erkannte man Yan aus mehreren Metern Entfernung. Er befand sich gemeinsam mit Annika, Andi und Nina in einem Hostelzimmer. Eine kurze Rangelei, ein Schuss und Yan fiel blutend zu Boden. Erneuter Schnitt, man sah eine Landschaft. Einen Wald, der sich zu einem Plateau öffnete, darunter eine felsige Schlucht. Und am Rande jener Schlucht mehr als ein Dutzend junger Menschen. Sie hatten sich dort versammelt, sie saßen verteilt auf Rucksäcken und Steinen, den Blick auf einen Laptop gerichtet. Sie waren schockiert, sprachlos, irritiert. Wieder wechselte das Bild. Es zeigte nun das

untere Ende eines verschlungenen Pfades. Dieselben jungen Menschen tauchten auf, sie liefen wie eine Prozession den steilen Weg hinab. Einer von ihnen kam auf einmal ganz nahe. „Das ist eine Kamera", rief der Junge, den ich als Julius identifizierte, „auf einem Stativ."

Das Video brach abrupt ab. Einen kurzen Moment lang sagte niemand etwas. Dann meldete sich ein Mädchen mit rotbraunen Haaren zu Wort, das Yan wenige Minuten zuvor noch auf Schadensersatz hatte verklagen wollen: „Versteht ihr das?"

Nina ignorierte die Frage. „Ihr habt Yan gehört. Öffnet eure Rucksäcke und holt sie raus." Ihre Wangen waren erhitzt, ihre trüben Augen lebhafter als noch vor wenigen Minuten.

„Was?", sagte irgendjemand.

„Die Steine." Sie warf einen Blick in Julius' und meine Richtung. „Ich hab unseren dabei."

Es war nicht ganz leicht, ihr zu folgen. Yans Rede hatte jeden von uns gefesselt, seine Nachrichten hatten nicht nur mich schockiert. Wir saßen ganz steif und stumm, als wären wir selbst ein wenig zu Steinen geworden. Schließlich machte Antonia den Anfang und griff nach ihrem Backpack. Wir anderen zogen mit. Nach und nach kam zum Vorschein, was seit Wochen als verschollen galt: Das Traveller's Eye, zerbröckelt in neun Teile.

„Yan fand diesen Pilgerort schrecklich", sagte Nina. „Das Gegenteil von dem, was er seinem Heimatland wünschte. Er hat den Stein in einer Nacht- und Nebelaktion abgeschlagen, in lauter kleine Einzelteile. Das, was davon übriggeblieben ist, hat er auf euch aufgeteilt. Er wollte, dass ihr ihn hier, an diesem einsamen Ort, wieder zusammensetzt." Ein feines Lächeln huschte über ihre spröden Lippen. „Ich glaube, er war ein wenig eifersüchtig auf den Typen, der den Stein entdeckt hat und dadurch selbst so bekannt wurde. Er hält ihn für einen Nullachtfünfzehn-Partypauschalisten."

Wäre die Szene nicht sowieso schon eigenartig gewesen, dann hätte sie sich spätestens jetzt skurril angefühlt: Wir setzten die Bruchstücke wie zu einem Puzzle zusammen und blieben darum herum versammelt stehen, schweigend, jeder in seinen eigenen Gedanken versunken.

„Seht mal!", rief Evan und deutete nach oben.

Etwas fiel vom Himmel, etwas Rundes, Dunkles. Es war an einem winzigen Schirm befestigt, sodass es mehr segelte, als dass es flog. Ich schaute nach oben, beobachtete den Tanz, den es aufführte. Evan streckte seine Hand danach aus und fing es auf.

„Das ist eine GoPro-Kamera. Sie blinkt. Heißt das, dass sie an ist?" Er inspizierte sie genauer. „Ja, sie filmt gerade." Er winkte in das Objektiv, dann schaltete er sie aus. „Was meint ihr, sollten wir sie auch an den Laptop anschließen?"

Nina nahm sie ihm ab, die Wangen immer röter, der Blick lebendiger. „Das ist noch eine Nachricht", sagte sie. „Noch eine Nachricht von Yan."

Zum dritten Mal an diesem Tag versammelten wir uns um Ninas Laptop und zum dritten Mal sollten wir nicht enttäuscht werden. Yan hatte uns tatsächlich einen dritten Film hinterlassen.

Zuerst erkannten wir uns selbst, wie wir im grünen Tal saßen und auf Ninas Bildschirm blickten. Wir sahen unser Erstaunen, als die Auferstandenen den Weg hinuntergelaufen kamen. Danach wechselte die Szene.

Auf einmal war die Kamera nur noch auf Yan gerichtet. Diesmal wirkte er jedoch bedeutend älter, obwohl vermutlich nur wenige Tage zwischen dieser und der letzten Aufnahme lagen. Er schien schmaler, zusammengefallen, mit hohlen, stoppeligen Wangen und großen Augen. Silbergrau, erstarrt und ein klein wenig müde betrachteten sie uns.

„Seit sich die Menschheit Geschichten erzählt, spielt die Zahl Drei eine auffallend bedeutsame Rolle", hörten wir Yan über das Mikrofon sprechen. „Menschen mögen es offenbar, wenn sie Muster erkennen. Also gut, hier habt ihr sie: meine dritte Videobotschaft. Heute ist übrigens mein Geburtstag, aber ihr müsst mir nicht gratulieren."

Er grinste wieder sein breites Yan-Grinsen. Diesmal sah es nicht unheimlich, sondern nur angestrengt aus.

„Kennt ihr noch dieses Gefühl, das man als Kind hatte, wenn man am Morgen seines Geburtstages endlich aufgewacht ist und die Geschenke sah? Einen Legokasten, ein Fahrrad, eine Burg von Playmobil. Diese Geschenke haben ganz neue Welten eröffnet, sie bedeuteten wochen-, monate-, vielleicht jahrelange Spielmöglichkeiten." Er lächelte wieder, diesmal aber irgendwie traurig. „Ich weiß noch, dass ich es komisch fand, warum meine Eltern ihren Geburtstagen nie entgegengefieberten. Das war der Grund, warum ich keine Lust hatte, erwachsen zu werden, denn das hätte bedeutet, sich über einen Toaster oder Satin-Unterhosen freuen zu müssen. Grauenhaft langweilig! Aber ich hab damals etwas Wesentliches nicht begriffen. Dass Glück nicht von Dingen abhängt, die man in einem Laden kaufen kann. Stellt euch mal vor, es gäbe Freitickets für Abschlussprüfungen. Oder man würde am Morgen seines Geburtstages eine neue Fähigkeit auspacken können. Eine hervorragende Gesangsstimme zum Beispiel, hübsch zusammengerollt in einem Tütchen. Oder ein kleiner Schluck aus einer glitzernden Flasche und ab sofort wäre man ein begnadeter Läufer. Stellt euch vor, auf eurem Geburtstagstisch würde der perfekte Freund oder die perfekte Freundin sitzen mit einer adretten Schleife um den Hals und einem Stück Kuchen in der Hand. Unendliche Spielmöglichkeiten! Oder man bekäme einen Gutschein gegen Krebs. Einlösbar, wenn ein Familienmitglied oder ein Freund erkrankt. Zufriedenheit und Glück sind etwas, das wir uns als Erwachsene selbst erarbeiten müssen. Es ist nichts, was wir in einer Legobox überreicht bekommen."

Er schwieg einen Moment lang, dann meinte er: „Ich wollte, dass ihr zu schätzen lernt, was ihr habt. Und zwar indem ihr glaubt, alles verloren zu haben. Ich wollte euch in die Enge treiben und euch Angst einjagen."

Er lehnte sich zurück. Er schien selbst nachdenken zu müssen, was er als Nächstes sagen sollte.

„Es tut mir leid. Es tut mir wirklich leid, dass ich euch so viel Angst eingejagt habe. Ich bin mit der Technik groß geworden und in dem Gefühl, dass von Jahr zu Jahr mehr möglich wird. Ich war so sehr an diesen Gedanken gewöhnt, dass ich selbst anfing, mich unbesiegbar zu fühlen. Und plötzlich musste ich einsehen, dass ich das nicht bin. Ich musste gegen meinen Willen lernen, hinzunehmen, zu akzeptieren, dass es vielleicht keine technischen, aber auf alle Fälle menschliche Grenzen gibt. Es tut mir leid, wenn ich eure Grenzen überschritten habe. Das war nicht meine Absicht."

Ich hatte tatsächlich den Eindruck, dass er seine Worte ernst meinte. Yans Blick ging in die Ferne, er wirkte leicht gequält.

„Kennt ihr noch dieses Brettspiel von früher: *Das Spiel des Lebens*? Als ich von meiner Krankheit erfuhr, dachte ich, ich hätte es verloren. Und jetzt? Jetzt denke ich nicht mehr, dass das Leben ein Spiel ist. Es geht nicht darum, am Ende zu gewinnen. Wie sollte das auch möglich sein, wo doch jeder von uns am Ende dieses Spiels sein Leben verliert? Der Gedanke gefällt mir, denn ohne Gewinner kann es auch keine Verlierer geben."

Er schmunzelte und sah plötzlich wieder jünger aus. „Es ist wirklich praktisch, dass mir niemand von euch widersprechen kann. Oder mich unterbrechen. Endlich kann ich so viel am Stück reden, wie ich möchte. Aber nun ja, ich sollte langsam zum Schluss kommen. Es gibt eine Frage, die mich immer beschäftigt hat: Wir alle sind Menschen, aber was ist es, das uns ausmacht? Wir können Anteil nehmen, uns interessieren, uns engagieren, Verantwortung übernehmen. Wir können unsere Instinkte kritisch hinterfragen und uns im Zweifelsfall für einen anderen Weg entscheiden. Wir können gestalten, aktiv sein, uns bewusstwerden, reflektieren. Also tut genau das. Seid das, was ihr seid: menschlich. Oder, um beides zu verbinden: Yan Joe Bustum. Just be Youman."

Yan – oder Joe – hielt ein Stück Papier in die Kamera, auf dem sich das Anagram für uns Zuschauer entfaltete.

„Wie gesagt, das Leben ist eine Party. Und auch wenn sie an diesem Punkt für mich vorbei sein sollte: Trinkt einen für mich mit."

Plötzlich drehte Yan die GoPro-Kamera und filmte die Umgebung, in der er sich befand. Dichte, grüne Bäume. Er lief ein paar Schritte, dann öffnete sich der Wald zu einem steinernen Plateau. Es war derselbe Ort, an dem wir vor gerade mal einer Stunde selbst gesessen hatten. Die GoPro schwenkte und zeigte wieder Yan.

„Nina, wir treffen uns morgen wie verabredet, in Ordnung? Sei nicht böse auf mich, dass ich auch die allerletzte Szene meines kleinen Spiels inszeniert habe. Vielleicht wollte ich schon mal austesten, wie es sich anfühlt, zu sterben. Und dir wenigstens einmal die Freude bereiten, wieder aufzuerstehen. Ein zweites Mal werde ich das nicht können. Aber beim zweiten Mal wird es nicht ganz so schlimm für dich werden, das verspreche ich dir. Beim zweiten Mal ist man immer besser vorbereitet, richtig?" Er grinste sein Yan-Grinsen und sah für einen kleinen Augenblick so aus wie immer.

Ein Rauschen und Knacken ertönte, danach sah man, wie sich die Kamera in die Tiefe stürzte, flog und anschließend sanft durch die Lüfte segelte. Kleine runde Menschenköpfe tauchten auf, darunter grünes

Gras. Die Köpfe drehten sich, wandten sich nach dem fliegenden Objekt um.

„Das ist eine GoPro-Kamera", meinte jemand. Es war Evan. „Sie blinkt. Heißt das, dass sie an ist?" Er winkte in die Kamera, dann endete das Video.

Sofort brach ein heilloses Durcheinander unter den anderen aus. Ich dagegen nutzte den Moment, um Nina unauffällig zur Seite zu nehmen und sie zu fragen, was ich wissen musste. Dann kämpfte ich mir meinen Weg zwischen den anderen hindurch, einem Bombardement aus Fragen und Hasstiraden. Ich brauchte einen Moment für mich, ich fühlte mich so aufgewühlt, dass ich mich bewegen wollte, musste. Also lief ich den steinernen Weg zur Hälfte zurück, nahm eine Abzweigung und kletterte auf einen Felsen. Von diesem Punkt aus hatte ich einen atemberaubenden Blick über das Tal. Obwohl das eigentlich egal war, weil ich zu sehr in meine Gedanken vertieft war, um die Aussicht wirklich wahrzunehmen.

Es war Wahnsinn, ganz einfach. Und gleichzeitig viel zu kompliziert, um es wirklich begreifen zu können. Yans Videobotschaft war so plötzlich gekommen, dass ich sie noch nicht verdauen konnte. Natürlich, in erster Linie war ich erleichtert. Fast schon schwerelos. Ziemlich ähnlich dem Gefühl, wenn man aus einem extrem fiesen Albtraum aufwacht. Aber dann war da noch ein Rest Misstrauen und Angst, dass Yan schon wieder gelogen hatte und der Horror weitergehen würde. Und vor allem war da Wut. Wut darüber, dass Yan mich so viel Angst und Verzweiflung hatte spüren lassen. Mit welchem Recht?

Noch vor wenigen Stunden hatte ich gedacht, dass wir sterben würden, und jetzt sollte ich mich plötzlich freuen, nein, noch mehr: Ich sollte sogar dankbar sein, sollte mich bereichert fühlen, sollte einfach so – zack – einen Schalter umlegen? Dabei hatte ich vor kurzem noch geglaubt, entweder zu verhungern oder von einem hungrigen Tiger verspeist zu werden. Und das hätte auch passieren können, egal wie gut Yan alles geplant hatte. Oder hatte er sich etwa im Gebüsch versteckt und die Tiger mit Betäubungspfeilen abgeschossen?

Dieselbe Frage hatte ich Nina gestellt, bevor ich mich von der Gruppe zurückgezogen hatte.

Ich atmete die schwülheiße Luft ein, die genauso erdrückend und feucht war wie in all den Tagen zuvor. Immerhin ging hier oben ein leichter Wind, was angenehm war. Er zerzauste mein Haar, wehte um meinen Kopf, aber er schaffte es nicht, ihn leerzupusten. Meine chaotischen Gedanken zogen weiter zu dem, was Nina mir noch gesagt hatte.

Yan hatte sogar sie selbst hinters Licht geführt. Er hatte so getan, als wäre er erschossen worden, mit einer Schreckschusspistole. Yan hatte sie verarscht, wie uns alle.

Dabei war Nina selbst alles andere als unschuldig: Sie hatte dafür gesorgt, dass unser Auto zu wenig Benzin hatte, um jemals wieder aus dem Wald rauszukommen. Die Geschichte mit ihrem Onkel hatte sie erfunden. Genau wie die Geschichte über einen ortsansässigen Tiger und giftige Früchte. Nina hatte uns Angst einjagen wollen. Deswegen hatte sie im Wald auch mit einem Luftgewehr um sich geschossen.

Dass wir uns verfahren hatten, war Nina erst einen Tag später aufgefallen. Sie war sich zu sicher gewesen, weil alles andere so glattgelaufen war. Das hatte sie unaufmerksam werden lassen, und so hatten wir die richtige Abzweigung verpasst. An unserem zweiten Tag hätte uns Yan im Wald abholen sollen. Alles hatte von einem perfekten Timing abgehangen.

Dabei wären wir gut genug ausgerüstet gewesen, um vermutlich mehrere Wochen im Dschungel überleben zu können: In unserem Auto hatte sich eine geheime Notration mit Essen, Trinken und Medikamenten befunden. Yan hatte an alles gedacht. Zumindest fast.

Er musste vergessen haben, dass er es mit Menschen zu tun hatte. Und dass die Gefühle von Menschen nicht immer einer strengen Logik folgten. Ich war mir in diesem Moment nicht sicher, ob sein Plan am Ende wirklich aufgegangen war.

Ich ließ den Blick über die Landschaft unter mir schweifen. Da waren wir nun also: In einem grünen Tal, das die längliche Form einer Essiggurke besaß.

Ich sah Julius und all die anderen in Zweier- und Dreiergruppen zusammenstehen, aber sie waren zu weit weg, um sie hören zu können. Wir sollten uns austauschen, dachte ich. Es war gut, dass wir hier alle gemeinsam eine Nacht campen würden.

„Und noch was“, hatte Nina zu mir gemeint. „Ich weiß, dass sich Yan freuen würde, wenn du ein Buch über all das schreiben könntest. Über deine Erlebnisse und deine Gefühle.“

Ich entschied zurückzulaufen, blieb aber auf halbem Weg stehen. Ich ließ mich ins Gras nieder und holte mein stillgelegtes Smartphone aus der Tasche. Dann setzte ich meine alte SIM-Karte ein und drückte den Startknopf. Es fühlte sich an, als würde ich einen Teil meines Gehirns reaktivieren. Ich hatte zwanzig Anrufe in Abwesenheit und etliche ungelesene Nachrichten, die meisten stammten von meinen Eltern. Ich überflog sie nur kurz und las mehr als einmal die Wörter: „Deutsche Botschaft".

„Mama?"

„Häschen, endlich! Wir haben uns solche Sorgen gemacht! Geht's dir gut? Ist alles in Ordnung? Wo bist du denn jetzt?"

Ich lächelte. Seit Tagen hatte ich diesem Moment entgegengefiebert. „In einem echten Dschungel. Aber bald bin ich draußen. Der Typ, wegen dem ich hier war, ist schon wieder weitergezogen. Ich steig nie wieder in einen blauen VW-Bus. Und weißt du was? Ich hab mich entschieden: Ich will nach Vietnam und dort eine Bootstour machen. Und danach nach Neuseeland und an die Westküste von Australien. Ich will morgen mit dem Planen anfangen."

„Wie kommst du denn jetzt plötzlich auf diese Idee?"

„Wenn ich mich nicht entscheide, dann sind die vier Monate irgendwann rum. Lieber eine Sache richtig machen und die neun Alternativen verpassen, als zehn Sachen offenzulassen und am Schluss alles zu verpassen."

„Was redest du denn da für wirres Zeug? Hast du einen Sonnenstich?"

„Ich ruf dich morgen an und erzähl dir mehr von meinem Plan. Ich hab sehr viel zu erzählen."

Von Weitem sah ich Julius. Er unterhielt sich mit Daniel, unserem einstigen Verräter. Etwas weiter abseits standen Annika und Andi, neben ihnen Evan und Javier.

Wenn ich es nicht besser gewusst hätte, dann hätte ich gesagt, es sei ein vollkommen friedlicher Tag gewesen. Ein Tag im Grünen, eine nette Unterhaltung, ein bisschen campen und ein warmes, sonniges Tal. Das Wort „friedlich" trifft es tatsächlich ganz gut.

Jetzt, wo ich mir die Geschehnisse der letzten Wochen noch einmal durch den Kopf gehen lasse, ist es schwierig, zu sagen, wie alles angefangen hat. Vielleicht war es der Moment, als wir uns das erste Mal begegnet sind. Um die Zusammenhänge zu verstehen, müsste ich aber vermutlich noch weiter ausholen. Das wird mir nicht schwerfallen: Immerhin habe ich mir Notizen gemacht, über jeden einzelnen dieser schockierenden, alles verändernden Tage. Obwohl ich die Erlebnisse sicherlich auch ohne große Mühe aus dem Gedächtnis wiedergeben könnte. Ich schätze, ich werde sie nie vergessen. Und das sollte ich auch nicht. Wenn das passieren würde, wäre schließlich alles umsonst gewesen.

Ninas Worte kamen mir in den Sinn. Vielleicht würde ich Yans Wunsch doch nachkommen. Vielleicht würde ich tatsächlich ein Buch über all das schreiben. Ja, ich glaube, das könnte mir gefallen.

Nachruf

Wie die nordthailändische Polizei am Morgen mitteilte, ist am Vortag ein junger Backpacker während eines Wingsuit-Fluges tödlich verunglückt. Er habe sich in Gegenden vorgewagt, die unter Kennern als ausgesprochen gefährlich gelten.

„Nur Lebensmüde kommen hierher", weiß Greg B., einer der Vorsitzenden der Interessengemeinschaft „Wingsuit Thailand".

Die Identität des jungen Mannes konnte bisher nicht eindeutig geklärt werden. In seinem Umhang fand sich ein Reisepass, der einige Rätsel aufzugeben scheint. Zum einen sei er aus einem Holländischen und einem thailändischen Pass zusammengeklebt worden. Ein Foto liegt unserer Zeitung bislang nicht vor. Außerdem sei der offizielle Name des Mannes durch schwarze Farbe unkenntlich gemacht worden. Daneben seien mit einem Stift die Wörter „Yan Joe Bustum" vermerkt worden. Ob es sich hierbei um den wirklichen Namen des Unfallopfers handelt, ist jedoch unklar.

Fest steht: Seinen Freunden in Thailand scheint er als Yan bekannt zu sein. Sie laden indes zu einer Gedenkfeier in Bangkok ein. Ein Facebook-User, Julius H., kommentierte den Beitrag folgendermaßen: „Das Leben ist eine Party. Von jetzt an trinken wir einen für dich mit."

Im Internet schrieben sie, dass für ausreichend Whiskey und Bananen gesorgt sei.

Interessierte sollen sich morgen Abend auf der Khaosan Road einfinden.

Erwünscht seien laut Julius H. „alle, die gerne träumen oder feiern – am besten beides."

Das Beste kommt zum Schluss

Und das sind Menschen wie ihr, die mir zur Seite stehen. Auch wenn sich die Seiten noch chaotisch lesen lassen.

Danke fürs Gegenlesen, Korrigieren, Diskutieren und Motivieren.

Danke an meine Eltern für ihre Unterstützung, an meine Mama, die in mir die Liebe zum Lesen geweckt hat, und an meinen Papa, der ein so wunderbarer Geschichtenerzähler ist. Danke an meinen Bruder für seine Vorträge über die Quantenphysik und Tiger, über Biologie und Philosophie, für die vielen wichtigen Dinge, die du mir gezeigt hast – wie Tauchen oder Zaubern zum Beispiel –, und für die Spiele, Serien und Filme, die meinen Geschmack für erfundene Geschichten nachhaltig geprägt haben. Danke an meine Oma, die noch mit 95 Jahren liest und mir beweist, dass das Alter nur eine Einstellungssache ist.

Danke an meine Mädels Katha, Soli, Luisa, Jenny, Simone, Marie Sophie, Desi, Lisa, Pauline, Ali, Maike, Kathi, Kristina, Jac, Maya, Anna, Lara. Dafür, dass viele von euch schon meine früheren Schreibprojekte gelesen und ihr mich immer zum Weitermachen angespornt habt – auch, als die „Sommerkinder" noch ganz am Anfang standen.

Danke an meine Arbeitskollegen des A-Teams, Klara, Anika (die im Übrigen nichts mit Annika aus dem

Buch gemeinsam hat), Stephan, Lukas, David und Andi – ohne euch wäre ich nämlich vermutlich noch vor Erscheinung des Buches in den Wahnsinn getrieben worden.

Danke an Francesca Hintz für die wundervolle und unterstützende Zusammenarbeit im Verlag.

Danke an Janina Klinck, dass du durch dein kluges, kritisches Lektorat das Buch zu einem Besseren gemacht hast.

Danke an Martin Bethke und das Team von Storyvents für euer Engagement und die Chance, die ihr mir durch Aufnahme in eure Agentur gegeben habt.

Und jetzt geht's mit der nächsten Idee weiter.

Ihr werdet als Erste davon erfahren.

<3